ROBYN CARR
Luna de verano

Editado por Harlequin Ibérica.
Una división de HarperCollins Ibérica, S.A.
Núñez de Balboa, 56
28001 Madrid

© 2010 Robyn Carr. Todos los derechos reservados.
LUNA DE VERANO, N° 141
Título original: Moonlight Road
Publicada originalmente por Mira Books, Ontario, Canadá.
Traducido por Victoria Horrillo Ledesma

Todos los derechos están reservados incluidos los de reproducción, total o parcial. Esta edición ha sido publicada con permiso de Harlequin Enterprises II BV.
Todos los personajes de este libro son ficticios. Cualquier parecido con alguna persona, viva o muerta, es pura coincidencia.
™ TOP NOVEL es marca registrada por Harlequin Enterprises Ltd.

® y ™ son marcas registradas por Harlequin Enterprises Limited y sus filiales, utilizadas con licencia. Las marcas que lleven ® están registradas en la Oficina Española de Patentes y Marcas y en otros países.

I.S.B.N.: 978-84-687-0996-3

Para Tonie Crandall, porque el mundo sería un lugar más sombrío sin todo ese amor que llevas en el corazón. Gracias por ser incluso más que una amiga: gracias por ser una hermana.

CAPÍTULO 1

En las dos semanas que llevaba en Virgin River, Aiden Riordan había recorrido a pie mil kilómetros por sendas de montaña y se había dejado crecer una poblada barba de color rojo oscuro. Tenía el pelo y las cejas muy negros y los ojos verdes claros, pero aquella barba roja, herencia de sus antepasados, le daba un aspecto asilvestrado. Rosie, su sobrina de cuatro años, que tenía una gran mata de rizos rojos a juego con sus ojos verdes, había exclamado:

—¡Tío Aid, tú también eres como una rosa irlandesa!

Hacía mucho tiempo que no disfrutaba de unas vacaciones, y aquellos días de descanso estaban siendo muy de su agrado. Desde sus tiempos de estudiante de Medicina no había dejado de marcarse metas difíciles. Ahora, a la edad de treinta y seis años, catorce de ellos pasados en la Armada, se encontraba sin trabajo y, aunque ignoraba qué iba a ser de su vida, no le importaba lo más mínimo. Aquella especie de limbo estaba resultando muy agradable. Lo único que sabía con toda seguridad era que no se marcharía de Virgin River hasta mediados de verano, como mínimo. Su hermano mayor, Luke, y su cuñada, Shelby, estaban esperando su primer hijo y eso no pensaba perdérselo. Su hermano Sean regresaría pronto de Irak y antes de marchar a su siguiente destino pensaba pasar las vacaciones en Virgin River con su mujer, Franci, y su hija, Rosie, y él estaba deseando pasar unos días con ellos.

El sol de junio caía a plomo sobre él. Llevaba pantalones militares, botas de montaña y una camiseta marrón con manchas de sudor bajo las axilas. Tenía la espalda y el pecho mojados y olía a sudor. Llevaba una mochila de camuflaje con barritas de proteínas y agua, y sujeto al cinturón un machete para despejar la maleza que se encontrara por el camino. Se cubría la cabeza con una gorra de béisbol, por debajo de la cual empezaba a rizársele el pelo negro. Un bastón de caminante de un metro veinte se había convertido en su compañero inseparable, y desde que había tenido un encuentro fortuito con un puma llevaba también un arco y un carcaj con flechas. Claro que si se encontraba con un oso con malas pulgas, el arco no le serviría de nada.

Iba caminando por un sinuoso sendero de tierra que podría haber sido la entrada a una casa o una vía de saca de madera abandonada. Se dirigía a un risco que había visto desde abajo. Al final del sendero se encontró cara a cara con lo que parecía ser una cabaña abandonada. Sabía por experiencia cómo distinguirlas: si el camino que llevaba a los cobertizos estaba lleno de maleza o parecía abandonado, lo más probable era que la casa estuviera vacía. Pero no era seguro. Una vez había dado por sentado que así era y una señora mayor le había apuntado con una escopeta y le había ordenado que se largara.

Aiden sorteó la casa dando un rodeo y siguió hacia el risco atravesando por entre los árboles.

No había camino, claro. Tuvo que usar el machete para cortar la maleza. Pero al salir al otro lado de la casa se encontró con un panorama asombroso y embriagador.

Una mujer vestida con unos pantalones cortísimos estaba inclinada al borde del porche, con el trasero apuntando directamente hacia él. A pesar de su mucha experiencia en ese campo, Aiden no logró adivinar su edad exacta. Eso sí, se trataba de un trasero precioso en lo alto de unas piernas largas, morenas y magníficas. Aiden dedujo por los tiestos y por la regadera que había en el porche que estaba cuidando las plantas. Encima de la barandilla había apoyada en equilibrio una maceta con flores. La mujer parecía estar escarbando en el suelo y llenando de tierra una jardinera.

Aiden advirtió dos cosas: que aquel trasero y aquellas piernas pertenecían a una mujer de menos de cincuenta años, y que no parecía haber ninguna escopeta a la vista. Así pues, se abrió paso a machetazos entre los árboles con intención de saludarla amablemente.

Todavía inclinada, ella lo miró por entre sus piernas. Tenía el pelo rubio rojizo y era preciosa, lo cual le hizo sonreír. Pero ella soltó de pronto un grito espeluznante, se incorporó de golpe y, al golpearse la cabeza con la barandilla del porche, volcó una maceta que le dio en toda la coronilla. Y se desplomó. ¡Plaf!

—Maldita sea —masculló Aiden, y corrió hacia ella lo más deprisa que pudo, dejando el bastón y el machete allí tirados.

Estaba tumbada boca abajo, inconsciente. Aiden le dio la vuelta con cuidado. Era despampanante. Tenía la cara tan bonita como el resto del cuerpo. El pulso de su carótida latía con fuerza, pero tenía sangre en la frente. Aiden había visto cómo la maceta le caía en la coronilla, pero al caer debía de haberse golpeado con el filo del porche, porque en el centro de su bonita frente, justo donde empezaba a crecerle el pelo, tenía una brecha. Y sangraba abundantemente, como era típico de las heridas en la cabeza.

Aiden sacó su pañuelo, que por suerte estaba limpio y lo apretó contra el corte para detener la hemorragia. Ella gimió un poco, pero no abrió los ojos. Aiden le levantó los párpados con el pulgar, primero uno y luego otro. Sus pupilas tenían el mismo tamaño y reaccionaban a la luz, lo cual era buena señal.

Sin dejar de taponar la herida, se quitó la mochila, el arco y el carcaj. Luego la levantó en brazos, cruzó el porche y entró por las puertas abiertas que daban a la cabaña.

—¿Hay alguien en casa? —gritó al entrar.

Como no obtuvo respuesta, supuso que la mujer vivía allí

sola y que el gran todoterreno Lincoln que había visto fuera era suyo.

El sofá de cuero parecía lo más apropiado. Mejor que la cama o incluso que la gran alfombra nuevecita y muy cara que cubría el suelo: seguro que ella no quería que se manchara de sangre. Aiden la depositó con mucho cuidado sobre el sofá, con la cabeza un poco levantada.

Miró a su alrededor. Por fuera, la casa parecía una cabaña corriente, con el entablado nuevo y un porche recién pintado, con barandilla y sillas de jardín. Por dentro era una especie de salón de escaparate, con mobiliario muy lujoso y elegante.

Aiden retiró con cuidado el pañuelo. La hemorragia era menos abundante y ya solo salía un hilillo de sangre. Pero ella tenía manchada la camiseta blanca. Lo primero era buscar hielo; luego, algún tipo de vendaje.

Estaba en una habitación diáfana, mezcla de cuarto de estar, comedor y cocina. Había una mesa delante de las puertas abiertas, a través de las cuales vio de pronto el panorama en busca del que había ido hasta allí. Aquel trasero le había impresionado tanto que no se había dado cuenta de que la cabaña estaba construida justo en lo alto del risco.

Buscó a su alrededor un teléfono, pero no vio ninguno. Se lavó las manos, hurgó en el congelador, sacó un poco de hielo y lo envolvió en un par de paños de cocina: uno para la frente y otro para la coronilla. Los paños todavía tenían puesta la etiqueta con el precio. Apoyó la cabeza de la mujer sobre uno de los hatos de hielo y puso el otro sobre su frente. Ella no se despertó ni así, y Aiden se fue en busca de algo para vendarle la herida.

La cocina estaba en el extremo oeste de la cabaña. Enfrente había otras dos puertas. La de la izquierda daba a un dormitorio espacioso; la de la derecha, a un gran cuarto de baño. Desde el cuarto de baño, el lugar más obvio para buscar el botiquín, otra puerta comunicaba con el dormitorio.

Efectivamente, debajo del lavabo encontró una bolsa azul

con cremallera en la que se leía en letras blancas *Botiquín*. La agarró y volvió a toda prisa con la mujer. Solo tardó unos segundos en aplicarle una pomada antiséptica, unos puntos de aproximación para cerrar la herida y una tirita. Volvió a colocarle el paño con el hielo.

Lo siguiente era llevarla al hospital para que le hicieran un TAC. Se había dado un golpe en la cabeza y había perdido el conocimiento, y eso era siempre preocupante. Cuanto más tiempo permaneciera inconsciente, más se preocuparía él, pero había actuado deprisa: de momento no llevaba inconsciente más de un par de minutos. Vio un bolso en la encimera de la cocina y se le ocurrió registrarlo en busca de un teléfono, las llaves del coche, la documentación, lo que fuese. Lo vació sin contemplaciones y estaba inclinado sobre la encimera, rebuscando entre su contenido, cuando de pronto se oyó un chillido. Al levantar bruscamente la cabeza, se golpeó con los armarios que colgaban sobre la encimera.

—¡Ay! –gritó, agarrándose la coronilla.

Cerró los ojos con fuerza para intentar refrenarse a pesar de lo mucho que le dolía.

Pero ella siguió chillando.

Aiden se volvió. La mujer estaba de rodillas en el sofá, gritando a pleno pulmón. Los dos montones de hielo estaban esparcidos por el suelo.

—¡Cállese! –ordenó él.

Ella se calló de golpe, tapándose la boca con la mano.

—Vamos a acabar los dos con una lesión cerebral si sigue gritando así.

—¡Salga de aquí! –replicó ella–. ¡Voy a llamar a la policía!

Aiden puso los ojos en blanco y sacudió la cabeza.

—Una idea estupenda. ¿Dónde está el teléfono? –recogió un teléfono móvil que había entre las cosas dispersas por la encimera–. Este no tiene cobertura.

—¿Qué hace usted aquí? ¿Por qué ha entrado en mi casa? ¿Por qué ha registrado mi bolso?

Aiden se acercó a ella con el bolso colgándole de la mano.

—He visto como se golpeaba la cabeza. La he traído dentro y le he puesto hielo y un vendaje en la herida, pero ahora hay que...

—¿Me ha golpeado en la cabeza? —chilló ella, apartándose de él por el sofá.

—No, yo no. Por lo visto se asustó cuando me vio salir de entre los árboles y dio un brinco. Se golpeó la coronilla con la barandilla del porche y se le cayó encima una maceta. Creo que el corte de la frente se lo hizo al caer de bruces al suelo del porche. Bueno, ¿dónde está el teléfono?

—Dios mío —dijo ella. Se llevó la mano al vendaje y empezó a tocarlo con mucho cuidado—. Iban a instalármelo mañana. Igual que la antena parabólica. Así tendré Internet y podré ver películas.

—Eso no va a servirnos de mucho ahora mismo. Mire, el corte no tiene importancia. Las heridas en la cabeza sangran mucho. Dudo que vaya a dejarle cicatriz. Pero perder el conocimiento es...

—Le daré dinero si no me hace daño.

—¡Le he vendado la cabeza, por amor de Dios! ¡No voy a hacerle daño, ni quiero su dinero! —levantó el bolso que tenía en la mano—. Estaba buscando las llaves de su coche. Tienen que hacerle un TAC. Y puede que darle un par de puntos.

—¿Por qué? —preguntó con voz temblorosa.

Aiden suspiró.

—Porque ha perdido el conocimiento y eso no es buena señal. A ver, ¿dónde están las llaves del coche?

—¿Por qué? —repitió ella.

—¡Porque voy a llevarla al hospital para que le examinen la cabeza!

—Iré yo sola —contestó—. Puedo conducir. Ya puede marcharse.

Aiden dio un par de pasos hacia ella. Se agachó para no tener que mirarla desde arriba, pero no se acercó demasiado porque no se fiaba del todo de ella. Parecía un poco inestable. O quizá le tenía miedo. Intentó ponerse en su lugar: se había despertado con la camiseta manchada de sangre mientras un montañés rebuscaba en su bolso.

—¿Cómo se llama? –preguntó suavemente.

Ella lo miró indecisa.

—Erin –dijo por fin.

—Bueno, Erin, no es buena idea que vaya sola en el coche. Si tiene una lesión grave, o medio grave, podría perder el conocimiento otra vez o marearse, desorientarse, vomitar, que se le nuble la vista u otro montón de cosas. Intente no ponerse nerviosa. Voy a llevarla a urgencias. En cuanto lleguemos, podrá llamar a algún familiar o algún amigo. Yo avisaré para que alguien vaya a recogerme.

—¿Y le parece buena idea que me suba a un coche con un indigente?

Aiden se levantó.

—¡No soy un indigente! Estaba haciendo senderismo por el bosque.

—Pues debe de llevar mucho tiempo haciendo senderismo, porque da la impresión de que vive en el bosque.

Aiden se agachó otra vez para ponerse a su altura.

—En primer lugar, tiene que ponerse las bolsas de hielo que le he hecho para la frente y para la parte de atrás de la cabeza. Y no veo cómo va a hacerlo si tiene que conducir. En segundo lugar, es muy arriesgado que vaya sola por los motivos que acabo de explicarle. Y en tercer lugar, deje de comportarse como una cursi y súbase de una vez al coche con este apestoso excursionista, porque en estos precisos instantes su cerebro puede estar inflamándose y quizás acabe usted incapacitada de por vida por ser tan terca. Ahora dígame, ¿dónde están las dichosas llaves?

Ella miró hacia atrás. Había un gancho junto a la puerta. Las llaves colgaban de él.

—¿Cómo sabe esas cosas? Lo de la inflamación cerebral, quiero decir.

—Fui socorrista cuando estudiaba en la Facultad, hace siglos —contestó, lo cual era cierto.

No estaba seguro de por qué no le había dicho sencillamente que era médico. Quizá porque en ese momento no lo parecía: tal y como había dicho ella, parecía un indigente. Pero también porque la parte del cuerpo humano en la que estaba especializado distaba mucho de la cabeza, y en ese momento no le apetecía sacarlo a relucir. Ella ya estaba suficientemente asustada. Aunque estar asustada no le impedía ponerse desagradable y mandona.

Además, le dolía la cabeza. Y empezaba a perder la paciencia con su paciente.

—Bueno, vamos a recoger el hielo y los paños y a ponernos en marcha.

—Si resulta ser una especie de maníaco homicida, le advierto que después de muerta le haré la vida imposible —amenazó ella cuando Aiden se agachó para recoger el hielo.

Ella se levantó, y se tambaleó ligeramente.

—Ay...

Aiden se acercó enseguida, rodeó su cintura con el brazo y la sujetó.

—Se ha dado un buen golpe en la cabeza. Por eso no va a conducir.

La llevó fuera, agarró las llaves y cerró la puerta de golpe al salir. Fue entonces cuando se dio cuenta de que la parte delantera de la casa daba a la carretera. Tuvo que subirla en brazos al asiento y ayudarla a colocar el hielo en los paños para que pudiera aplicárselo a los chichones. Notó que arrugaba la nariz. Así pues, era evidente: exhalaba cierto olor a sudor.

—Necesito mi bolso —dijo ella—. Las tarjetas de mi seguro y la documentación.

—Voy por él —respondió Aiden—. De todos modos tengo que cerrar las puertas del porche —pero se llevó las llaves del coche por motivos de seguridad.

Recogió las cosas de la encimera, volvió a guardarlas en el

bolso, regresó al coche y dejó el bolso sobre su regazo. Luego montó y arrancó.

—Tendrá que darme indicaciones. No soy de por aquí.

Ella gruñó y echó hacia atrás la cabeza.

—Yo tampoco.

—Da igual, ya me las arreglaré —contestó Aiden—. Desde Virgin River puedo tomar la 36. ¿Qué hace aquí si no es de esta zona?

—Tomarme unas vacaciones e intentar disfrutar de la soledad —contestó, exasperada—. Entonces Charles Manson salió del bosque empuñando un cuchillo de medio metro de largo y me asusté. Adiós a la paz y la tranquilidad.

—Vamos... Me he dejado crecer la barba, nada más. Yo también estoy de vacaciones y no me apetecía afeitarme. Pero demándeme si quiere.

—Da la casualidad de que podría hacerlo. Lo hago con cierta frecuencia, de hecho.

Aiden se rio.

—Debería haberlo imaginado. Una abogada. Y, para que lo sepa, llevaba el machete para cortar la maleza y poder pasar por el bosque cuando no hay camino.

—¿Y usted qué hace aquí? –preguntó ella.

—Estoy visitando a mi familia. Tengo un hermano que vive aquí. Su mujer y él van a ser padres por primera vez y yo... eh... –se aclaró la garganta—. Digamos que ahora mismo estoy desocupado.

Ella se echó a reír.

—Así que está sin empleo. Menuda sorpresa. Déjeme adivinar: lleva ya algún tiempo desocupado.

Aquella mujer lo estaba sacando de quicio. Podría haber sido sincero, haberle dicho que era médico y que estaba pensándose qué destino pedir. Pero no le apetecía: era demasiado altanera, demasiado desdeñosa para su gusto.

—El suficiente para que me haya crecido la barba –contestó, esquivo.

—¿Sabe?, si se adecentara un poco tal vez encontrara trabajo –le aconsejó ella muy juiciosamente.

—Lo tendré en cuenta, se lo aseguro.

—Lo de la barba es un disparate –continuó ella–. Asustará a cualquiera que pueda contratarlo –luego añadió en voz baja–: Eso por no hablar del olor...

—Tomo nota. Aunque a mi sobrina le gusta –se volvió para mirarla–. La barba, quiero decir.

—Creía que había dicho que su hermano iba a ser padre por primera vez.

—Es hija de otro hermano.

—Ah, así que tiene más de uno. Solo por curiosidad, ¿qué opinan sus hermanos de este... estilo de vida suyo tan... desocupado?

—Creo que debería callarse de una vez –contestó Aiden–. Reserve las neuronas que le queden si es que le queda alguna. El hospital está a cuarenta minutos de aquí, al oeste de Grace Valley. Descanse. En silencio.

—Claro –contestó ella–. Perfecto.

¿Qué opinaban sus hermanos de su decisión? Opinaban que estaba como una regadera. Se había dedicado por completo a la Armada. Le encantaba la vida militar. Pero lo que el Ejército daba con una mano lo quitaba con la otra.

Después de licenciarse en Medicina gracias a una beca de la Armada, su primer destino había sido el de oficial médico general a bordo de un buque: un destino de dos años, con un par de meses de permiso cada seis meses. Atracaban en puerto con regularidad y podía aprovechar esos días para ver mundo y sentir la tierra bajo sus pies, pero se pasaba la vida a bordo del barco. El oficial médico soportaba una enorme presión veinticuatro horas al día: era el único médico a cargo del personal sanitario del navío y el único oficial de a bordo que podía sustituir al capitán. Se había dado cuenta del estrés que soportaba cuando se había descubierto llevándose el teléfono de urgencias a la ducha. Aquello había sido el colmo. Además, había pasado bastante tiempo en el golfo Pérsico, lo cual significaba atender de urgencias a población civil, sobre todo a pescadores y marineros que no hablaban ni una palabra de inglés.

Su recompensa por aquella misión había sido la especialización en Obstetricia y Ginecología, lo cual lo había obligado a seguir vinculado al Ejército. Pero había merecido la pena: había atendido al personal militar femenino y a las esposas de marineros y marines retirados y en servicio activo. Era una buena vida. Y había vivido mucho tiempo en un solo lugar: San Diego.

Pero después había llegado el momento de ascenderlo y la Armada había decidido que era hora de mandarlo de nuevo a alta mar. Habría tenido que ejercer otra vez como oficial médico general, dejando a un lado su especialidad: a bordo de un portaaviones, no hacía mucha falta un obstetra. No le importaba mucho embarcarse de nuevo, pero tenía ya treinta y seis años. Y aunque no hablara de ello, tenía la sensación de que a su vida le faltaba algo. Una esposa y una familia, por ejemplo. Y era poco probable que conociera a una mujer que encajara en ese papel a bordo de un gigantesco barco gris. Para eso tenía que quedarse en tierra.

A veces se preguntaba qué más daba: a fin de cuentas, estar en tierra tampoco le había dado resultado en ese aspecto. Justo después de servir como oficial médico general, a la edad de veintiocho años, había conocido a Annalee y se había casado con ella, y su flamante esposa había resultado estar como una cabra. Habían estado casados tres largos meses, durante los cuales ella había hecho pedazos todos los objetos rompibles que poseían. Era colérica, celosa y maniática: sus estados de ánimo cambiaban a velocidad de vértigo.

Aquella experiencia lo había dejado alicaído y lo había refrenado un poco, pero un par de años después, sintiéndose mayor y más sabio, había vuelto a lanzarse a la búsqueda de una mujer. Pero aun así no parecía capaz de conocer a ninguna mujer a la que se imaginara como esposa y madre de sus hijos.

De una cosa estaba seguro, sin embargo: si conocía a alguna, no sería en alta mar.

Lo cierto era que no estaba dispuesto a pasar más tiempo en la Armada. Sus hermanos opinaban que, llevando catorce años en el Ejército y estando solo a seis de cumplir los veinte y poder optar a la jubilación, era un disparate dejarlo. Pero a su modo de ver aquellos eran sus mejores años. Todavía era lo bastante joven para casarse y ser padre si conseguía encontrar a la mujer adecuada. Y fundar una familia a los cuarenta y dos, cuando pasara a la reserva, le parecía forzar un poco las cosas.

Miró a Erin, que tenía los ojos cerrados y se sujetaba el hielo contra la frente y la parte de atrás de la cabeza. Le gustaría que su esposa fuera así físicamente. Pero tendría que ser dulce y mucho menos arrogante. Él estaba buscando una mujer cariñosa y maternal. No buscaba uno a una arpía para que fuera la madre de sus hijos. Y aquella era una arpía. Pero ¿qué podía esperarse? Era abogada.

Se rio para sus adentros. Seguro que era experta en demandas por negligencia médica.

Como se sentía un poco culpable por el golpe que se había dado Erin en la cabeza, Aiden se quedó un rato en el hospital. No a su lado, claro. La llevó a urgencias, se aseguró de que tenía todo lo que necesitaba, explicó al médico de guardia lo que había ocurrido y le dejó las llaves del coche para que Erin pudiera volver a casa cuando estuviera bien. Luego, salió para no seguir ofendiéndola con su olor corporal. Y allí se quedó sentado casi una hora.

Estaba a punto de pasarse otra vez por la sala de urgencias antes de llamar a su hermano para que fuera a recogerlo cuando vio salir por la puerta del hospital nada menos que al pastor Noah Kincaid.

—¡Hombre, Aiden! —exclamó Noah tendiéndole la mano—. ¿Qué haces tú aquí? No habrás tenido un accidente, ¿verdad?

Aiden le estrechó la mano.

—No, creo que más bien he causado uno. ¿Vas para Virgin River?

—Eso tenía pensado. ¿Ocurre algo?

Aiden le explicó rápidamente que había llevado a Erin en su coche a urgencias y que tenía pensado llamar a Luke para que fuera a buscarlo.

—Pero antes de irme quiero hablar con el médico, a ver qué tal está. Confío en que me diga que no tiene ninguna lesión cerebral. Luego me iré corriendo, antes de que ella me vea.

—¡Qué suerte la suya: tener un accidente y que hubiera un médico cerca!

—Bueno –Aiden se frotó la nuca—, la verdad es que no sabe que soy médico.

—¿Por qué no se lo has dicho?

—¿Quieres que te diga la verdad? Porque es insoportable. Me llamó indigente, dijo que era un maníaco, que me parecía a Charles Manson... y hasta dio a entender que huelo mal.

Noah sonrió de oreja a oreja.

—Conque estuvo flirteando contigo, ¿eh?

—Si yo tuviera algún impulso violento, la habría hecho picadillo. Es exasperante. Pero quiero asegurarme de que no tiene daños cerebrales antes de marcharme. ¿Puedes esperar diez minutos y luego llevarme?

—Claro –contestó Noah—. Te acompaño. ¿Has dicho en urgencias que eres médico?

—Más o menos. Les he contado lo que ha pasado, qué síntomas tenía y cómo ha respondido, y la enfermera me ha preguntado si tenía formación médica. Luego le he dicho que la dama había llegado a la conclusión de que era un pordiosero sin preguntarme quién soy y que por mi parte prefería que no la sacaran de su error.

—Ah –dijo Noah—. Así se sentirá como una idiota cuando lo descubra.

—Te lo juro, Noah, tú no lo entiendes...

Entraron en la sala de urgencias y se acercaron al puesto de enfermeras.

—¿Cómo está la mujer que se ha dado un golpe en la cabeza? —preguntó Aiden—. El pastor va a llevarme a casa, pero antes de irme quería saber cómo estaba.

—Está bien —contestó la enfermera—. Pero aun así el médico quiere que esta noche se quede en observación. Más vale prevenir que curar.

—Seguramente es buena idea —comentó Aiden—. ¿Ya tienen los resultados del TAC?

—Está todo bien —dijo la enfermera—. Pero puede que tenga una conmoción leve.

—¿Le está usted diciendo a ese vagabundo que mi casa va a estar vacía esta noche? —se oyó preguntar a alguien con aspereza desde detrás de una cortina.

Noah se echó a reír. Aiden se limitó a mirar a la enfermera.

—Por lo visto el coscorrón le ha dejado el oído intacto, ¿no? —dijo alzando la voz—. Me marcho, pero cuando se calme un poco dígale que voy a usar su bañera y a revolcarme en sus sábanas de raso.

La enfermera se rio.

—No voy a entrar en eso, doctor Riordan —susurró—. Esto es entre ustedes dos.

Aiden se llevó un dedo a los labios para que guardara silencio.

—Créame, entre nosotros no hay nada de nada. Ni va a haberlo. Vamos, Noah.

Cuando iban de camino en la vieja camioneta azul de Noah, preguntó:

—¿Tienes mucha prisa?

—No tengo todo el día, pero tampoco hay prisa. ¿Necesitas parar para algo?

—Si puedo encontrar esa cabaña, ¿te importa que nos pasemos? Me he dejado todas mis cosas allí. Mis cosas de salir al campo.

—Claro —contestó Noah—. ¿Qué tal van tus excursiones?

—Estupendamente —dijo Aiden—. Ya conocía esta zona, pero nunca había tenido tanto tiempo para recorrerla. A veces me doy un paseo por las montañas de alrededor de Virgin River. Y otras me voy en coche a la costa o bajo a Grace Valley para cambiar un poco. Nunca me había sentido mejor.

—¡Qué bien! Parece perfecto. Aunque imagino que en algún momento tendrás que volver a trabajar.

—Paso un montón de tiempo mandando e-mails a amigos y contactos, busco por ahí y procuro evitar cualquier oferta de trabajo en la que se exija incorporación inmediata. Pero solo voy a quedarme por aquí hasta mediados de verano.

No le costó indicar a Noah el camino de vuelta a la cabaña, ni localizar las cosas que había tirado al suelo al rescatar a aquella marimandona. El machete y el bastón estaban en la explanada, entre la casa y el bosque. Al recogerlos notó que alguien había hecho una marca en el suelo excavando en la tierra para delimitar un cuadrado de buen tamaño. Pero el interior del cuadrado estaba todavía lleno de hierba, arena y piedras. ¿Un proyecto de jardín?

Agarró la mochila y al hacerlo se fijó en que Erin había empezado a cultivar una franja de jardín pegada al porche. Tal vez el cuadrado de la explanada fuera demasiado ambicioso para ella y había optado por un jardín más pequeño y manejable. En aquellas montañas, la tierra era muy dura y compacta. Había algunas matas de tomates semicomatosas, unas cuantas clavellinas que se habían secado hasta convertirse en confeti y un par de plantas más de futuro muy incierto.

La regadera estaba todavía apoyada en la barandilla del porche, y en el suelo se veían varias herramientas de jardinería que parecían del tamaño ideal para ocuparse de macetas domésticas. También había una gran sartén de hierro en el suelo del porche. Aiden no se explicó qué hacía allí.

Llevó sus cosas a la camioneta de Noah y las dejó en la parte de atrás.

—Dame un segundo, Noah.

—¿Qué vas a hacer?

—Creo que esa mujer estaba intentando revivir el jardín más raquítico que he visto en toda mi vida. Voy echar un poco de agua a sus plantas moribundas. Tardo un minuto. ¿Te importa?

—No –contestó Noah–. Pero yo no veo ningún jardín.

—Sí, lo sé. Ese es el problema. Enseguida vuelvo.

Agarró la regadera, dejó las herramientas en el porche y regó un poco las plantas. Luego se llevó la regadera a la parte de atrás de la casa para llenarla con el grifo de fuera y vio una caja casi vacía de fertilizante. Pero más que fertilizante le haría falta un milagro, se dijo con sorna. Llenó la regadera y volvió a regar, empapando un poco el pequeño jardín. Luego dejó la regadera vacía encima de la barandilla y montó en la camioneta con Noah.

Todo aquello era muy misterioso.

—¿Te importa repetirme qué es lo que pasó? –preguntó Noah con el ceño un poco fruncido.

—Estaba haciendo senderismo por aquí cuando la vi. Solo iba a saludarla, pero cuando salí del bosque pegó un grito, se sobresaltó y se dio un golpe en la cabeza. Tiré todas mis cosas para ir a socorrerla: el machete, el arco y las flechas, la mochila, el bastón...

Noah lo miró con los ojos como platos.

—¿Saliste del bosque con un machete? ¿Y te extraña que se pusiera histérica?

—Entiendo lo que quieres decir, pero...

Noah se rio.

—Quizá debas ponerte en su lugar, Aiden.

Y luego se echó a reír otra vez.

CAPÍTULO 2

Aiden había alquilado una de las cabañas de Luke para pasar sus vacaciones en Virgin River. Pagaba por ella la tarifa normal, aunque a Luke le sabía muy mal aceptar su dinero. Pero Aiden no solo quería tener su propio espacio: tampoco quería causar molestias a Shelby y a Luke, porque pensaba quedarse allí todo el verano. Y aunque la cabaña era pequeña y disponía de pocas comodidades, a él le gustaba. Luke había instalado conexión por satélite para ver la televisión y tener acceso a Internet, pero las cabañas no tenían teléfono aún. A Aiden no le importaba, de todos modos: había mandado el número de casa de Luke a sus contactos por e-mail por si necesitaban dejarle algún recado, y en algunas zonas de aquellas montañas había cobertura suficiente para que recibiera mensajes de texto en el móvil. Además, la mayoría de la gente con la que estaba en contacto prefería comunicarse por e-mail. Aiden revisaba su correo todas las mañanas y todas las noches.

Al bajarse de la camioneta de Noah, encontró una nota pegada a la puerta de su cabaña. *Ven a casa enseguida, L.*

Pensó que, aunque la nota dijera «enseguida», tenía tiempo de darse una ducha. A fin de cuentas, si Shelby tenía algún problema con el embarazo, no estarían allí, esperando a que él volviera de su excursión.

Un cuarto de hora después, cuando llegó a casa de su hermano, tocó a la puerta y entró.

Shelby estaba sentada en un sofá, con los pies en alto y un libro apoyado en equilibrio sobre su enorme vientre. Luke estaba arrodillado al otro lado del sofá, junto a una gran caja de cartón abierta. Parecía estar rebuscando entre los objetos desplegados ante él. Miró a Aiden y dijo:

—Tenemos problemas.

—¿Sí? ¿Por qué? ¿Qué ocurre?

Luke se levantó y le pasó un fajo de fotografías, hojas de papel y sobres. Aiden les echó un vistazo: eran dibujos de segundo y tercer curso, boletines de notas y tarjetas de felicitación del Día de la Madre hechas a mano. Recuerdos de infancia de su hermano.

—¿Y qué pasa? –preguntó—. ¿Cuál es el problema?

—Que lo ha mandado mamá. Una caja entera. Hasta ese librito que escribí en cuarto, ese sobre cuál era mi mayor deseo en la vida. Que en aquel momento era encontrar un modo de asesinar a mis hermanos y hacer que pareciera un accidente.

Aiden se rio. Se acordaba de aquello. Todavía bromeaban sobre el asunto cuando se reunían todos. A los diez años, Luke se sentía abrumado por la responsabilidad y los inconvenientes de tener cuatro hermanos pequeños, el menor de los cuales estaba todavía en pañales y lo seguía incansablemente a todas partes.

—Imagino que deberíamos dar gracias al cielo por que no encontraras ninguno. Pero ¿qué problema hay?

—También ha llegado una caja para ti. Colin recibió la suya ayer. Pensó que mamá lo había desheredado por no llamar ni ir a verla lo bastante a menudo, y que ese era su modo de decírselo. Con Patrick no he hablado aún. Ni con Franci, para ver si también Sean ha recibido la suya. Mamá está desmontando su casa.

Antes de decir nada, Aiden abrió su caja. Sacó un fajo casi idéntico de fotografías, papeles y carpetas y, debajo de todo ello, una caja de zapatos. Al abrirla, encontró adornos de Navidad: los que él había hecho de pequeño para el árbol de Navidad de la familia, y los comprados que más le gustaban. Levantó un adorno con un reno.

—Este me encantaba –dijo—. ¿Cómo es posible que se acuerde de cuáles eran mis favoritos?

Shelby suspiró y se pasó una mano por el vientre.

—Espero ser tan buena madre como ella –comentó.

—Esto me da mala espina –dijo Luke—. O se está muriendo, o va a vender su piso y a mudarse a una residencia.

Aiden se rio.

—O puede que vaya a vivir en una autocaravana con un ministro presbiteriano jubilado. Lleva dando vueltas a la idea desde las Navidades pasadas.

—Eso no iba en serio, Aiden –respondió Luke—. Es imposible. Solo quería hacerme rabiar un poco, vengarse de mí por haber tardado tanto en sentar la cabeza. ¡Pero si es santa Maureen! Si se va con George, se casará con él, y no se conocen lo bastante bien como para casarse. Desde que empezaron a hablar en Navidades, George ha seguido viviendo en Seattle y ella en Phoenix. ¡No puede casarse con él! Llámala.

—¿Yo? ¿Por qué?

—Porque tú eres el único al que de verdad hace caso, Aiden –Luke dio un paso hacia su hermano—. Si se casa con George, puede que acabe teniendo que cargar con un anciano con Alzheimer o algo así. Llámala.

Shelby dejó su libro y soltó un gruñido, exasperada.

—Luke pensaba que vuestra madre se pasaba los sábados por la noche sola, mirando vuestras fotos del colegio y vuestros boletines de notas. Puede que se haya hartado de ser una especie de trastero para todas vuestras cosas, ¿se te ha ocurrido pensarlo?

Algo llamó la atención de Aiden y se agachó para sacarlo de la caja: era un pequeño trofeo dorado con la figura de un nadador.

—¡Ah, mi único trofeo de natación!

Luke metió la mano en su caja, sacó todas sus medallas y ladeó la cabeza hacia la caja. El fondo estaba lleno de placas y trofeos. Siempre había sido un atleta y había ganado todas las competiciones a las que se apuntaba.

—Si no recuerdo mal, el que se llevaba las menciones de honor en el colegio eras tú, y el deportista yo.

—Luke, mamá nos avisó de que iba hacer esto –le recordó Aiden–. Nos preguntó a todos si queríamos los muebles del comedor, las colchas antiguas, la porcelana...

—A mí me han tocado los platos –dijo Shelby con una sonrisa–. Me dan muchísimo miedo. Son tan antiguos... Le dije que lo más probable era que los guardara en algún sitio y los defendiera con mi vida, como un tesoro. También va a mandarme algo de cristalería, no sé qué exactamente. Franci va a quedarse con la plata de la bisabuela Riordan. Nadie más quería nada, imagino –añadió encogiéndose de hombros.

—Yo pensaba que solo nos estaba poniendo a prueba –dijo Luke–. Creía que no lo decía en serio, que no iba a desprenderse de todas sus cosas.

Aiden tocó su caja.

—De sus cosas, no, Luke. De las nuestras. Y de las cosas de las bisabuelas. De cosas de las que ya no le apetece ocuparse. Vamos, tómatelo con un poco más de humor.

—Llámala –insistió su hermano–. Puede que esté perdiendo la cabeza o algo así.

Aiden dejó escapar un suspiro y se acercó al teléfono inalámbrico. Marcó el número del piso de su madre y, mientras sonaba la línea, sacó una cerveza de la nevera. Pero antes de que la abriera oyó una voz grabada que decía:

—El número al que llama no existe.

Intentó disimular su sorpresa. Cortó y dijo:

—No contesta. Voy a probar en el móvil –marcó un número.

Maureen no tardó en contestar con un «hola».

—Vaya, hola –dijo su hijo, divertido—. ¿Estás huyendo de la ley o qué?

—Ah, Aiden –dijo Maureen—. Iba a llamarte, pero he estado muy liada.

—Sí, embalando todos nuestros tesoros de la niñez para mandárnoslos. Luke cree que te estás muriendo.

—Eso quisiera él –contestó Maureen con sorna—. Pero no. Como nadie quiere mis viejos muebles, embalé todos los recuerdos de familia y todas las cosas que había guardado de cuando erais pequeños, y lo demás lo llevé a un guardamuebles. Como tengo el móvil que me comprasteis, pensé que lo mejor sería cancelar la línea del teléfono fijo. Una de mis amigas tiene una hermana que se quedó viuda hace poco y que necesita alquilar algo mientras busca una casa que comprar. Voy a alquilarle mi piso. Tenemos un acuerdo de seis meses.

Aiden sacó de la nevera otra cerveza para su hermano. Se la pasó a Luke y dijo:

—¿Y después de esos seis meses?

—Evidentemente no estaría haciendo esto si no pensara que voy a enamorarme de este estilo de vida, de viajar por ahí, de ir a ver a la familia y hacer turismo. George llega mañana con una autocaravana nuevecita. He visto fotos y estoy deseando verla. George va a ayudarme a supervisar el embalaje y el traslado de mis cosas, aunque ya está todo arreglado. Luego nos iremos. Pensamos ir derechos a Virgin River, claro, pero puede que tardemos un tiempo en llegar. Vamos a pasar por Sedona, por Oak Creek, por Flagstaff, por el Gran Cañón, por la presa de Hoover y puede que hagamos una parada en Las Vegas. ¿Te puedes creer que no he visto Sedona ni el Gran Cañón, aunque llevo años viviendo aquí?

—Estarás deseándolo –dijo Aiden—. Luke quiere saber si vas a casarte.

Su hermano se atragantó con la cerveza y empezó a sacudir la cabeza violentamente.

—No, que yo sepa. George es muy considerado. Dice que,

si para mí es importante, lo entendería, desde luego. Pero creo que de momento vamos a improvisar.

Aiden se rio cariñosamente.

—¿Has improvisado alguna vez en tu vida? –le preguntó a su madre.

—Creo que no –contestó ella–. Y si hace un año me hubieras preguntado si iba a hacerlo alguna vez, te habría dicho que no. Rotundamente. Pero aquí estamos. Aiden, ¿qué tal está Shelby?

—Enorme –contestó, haciendo un guiño a su cuñada–. Dice que se encuentra bien y que le hace mucha ilusión recibir los platos. Ah... y Luke dice que, si te va mal con George, tienes que prometerle que vendrás a vivir con ellos o no podrá dormir por las noches.

Luke se levantó de un salto, con los ojos como platos. Se puso rojo y meneó la cabeza otra vez.

—Dile que antes me voy a una residencia. Es un incordio hasta cuando voy de visita, ¡imagínate vivir con él!

—Esto es muy poco propio de ti, ¿sabes? –dijo Aiden con la clase de ternura que solo reservaba para su madre.

—Lo sé. ¿A que es perfecto?

—Con tal de que lo hayas pensado bien –contestó su hijo.

—Claro que lo he pensado, Aiden. Pero no dudes en llamar si quieres que volvamos a hablar de ello.

—No, no. ¿Quieres que te llame Luke, por si le preocupa algo y quiere que lo habléis? –preguntó, y miró a su hermano levantando una ceja.

—Pues no. Pero gracias por el ofrecimiento. Luke no es precisamente una persona de la que yo aceptaría consejos sentimentales, aunque la verdad es que ha tenido mucha suerte. ¿Verdad que sí?

—Absolutamente. ¿Y conmigo sí quieres hablarlo? –preguntó Aiden–. Porque últimamente no he tenido mucha suerte en ese aspecto.

—Sospecho que no le has puesto mucho empeño, cielo –

contestó su madre riendo—. Bueno, ahora tengo que irme. Da recuerdos a todos. Nos vemos dentro de una semana o diez días, algo así.

—Por favor, ten cuidado, mamá.

—¿Alguna vez he dejado de tenerlo? Diviértete hasta que llegue y ponga a toda la familia patas arriba con mis ideas alocadas.

Aiden se rio al decirle adiós. Luego miró a Luke, que parecía estar echando chispas.

—No puedo creer que le hayas dicho que quiero que viva con nosotros —dijo su hermano.

—Mira, si vas a decirle cómo tiene que vivir, debes estar dispuesto a hacerte responsable de sus condiciones de vida. Es un gran paso, Luke. Por suerte para ti, no está interesada.

—No puedo creer que esté pasando esto —dijo Luke—. Nuestra madre, que era casi una monja, ¿viviendo en pecado con un exministro presbiteriano?

Aiden ladeó la cabeza y se encogió de hombros.

—Tiene sesenta y tres años y George setenta. Seguramente pecan mucho menos de lo que les gustaría.

Había varias cosas, además de un terrible dolor de cabeza, que habían puesto a Erin de pésimo humor. Como el hecho de que le hubieran afeitado un poco la línea del pelo, en la mitad de la frente, para darle tres puntitos. No pensaba ir a ningún sitio, excepto a su retiro en la montaña, ¡pero aun así! Era muy puntillosa con su pelo. Y se veía espantosa.

Además, no le apetecía quedarse a pasar la noche en el hospital, vestida con un camisón verde. ¿Con un camisón? Aquello no era un camisón, era un trapo. La ropa vieja que se ponía para pintar era mucho más bonita.

Y encima tenía compañera de habitación: una señora que iba a quedarse dos noches porque le habían hecho una histerectomía, y que tenía visitas. Iba a quedarse dos noches, vivía a quince kilómetros de allí, ¿y toda su santa familia tenía que ir al hospital a verla? Además, por lo visto no había normas respecto a cuántas visitas podía haber a la vez en la habitación.

Si alguna vez volvía a ver a aquel vagabundo, le atizaría con un tiesto.

Una enfermera muy quisquillosa de la sala de urgencias le había informado ya de que aquel hombre no era un vagabundo, sino que acababa de dejar el Ejército y estaba en Virgin River visitando a su familia. Así pues, era un desempleado perfectamente respetable, feo y maloliente, sin nada mejor que hacer que presentarse de pronto en su casa como si fuera un asesino en serie y darle un susto de muerte.

Seguramente estaba de mal humor, en general. Aquella idea de escaparse sola a las montañas a pasar todo el verano no era la mejor que había tenido. En su momento le había parecido lo más lógico. Nunca había logrado asumir esa actitud serena y tan zen de aceptar lo que el universo pusiera en su camino, y tenía motivos para creer que le convenía meditar sobre ese tema. Un verano en una montaña preciosa y remota, lejos del calor de Chico, California, y de todas las presiones de su vida profesional, debía servirle para frenar, para aprender a relajarse y a disfrutar de no hacer nada. Era hora de desarrollar un sentido fuerte de la autonomía y de recordarse que la vida que llevaba era la que había elegido. Y tenía mucha prisa por resolver cuanto antes aquella cuestión. Y, además, era más barato que irse al Tíbet.

Había razones muy lógicas para que estuviera un poco tensa. El hábito de superarse siempre a sí misma podía desgastar mucho. Su madre había muerto cuando ella tenía once años. Se había quedado al cuidado de la casa con un padre deprimido, una hermana de cuatro años, Marcie, y un hermano de dos, Drew. No era la única responsable de la familia, claro: su padre había seguido ejerciendo de tal, aunque después de la muerte de su esposa hubiera estado deprimido, y durante el día, mientras ella estaba en clase, habían tenido una niñera.

Pero aun así Erin volvía corriendo a casa de la escuela para hacerse cargo de todo y, además de cuidar de sus hermanos, se había hecho cargo de un montón de tareas. Había tenido la sensación de que le correspondía a ella asumir la figura de madre, les gustara a sus hermanos o no. De hecho, a medida que se habían ido haciendo mayores, se había concentrado cada vez más en sus necesidades y actividades, en lugar de pensar en las suyas propias: desde las clases de piano y los entrenamientos de fútbol a asegurarse de que sacaban buenas notas y no se alimentaban de comida basura. Rara vez había salido, no había tenido nunca un novio y se había saltado todos los acontecimientos del instituto, desde los partidos de fútbol y baloncesto a los bailes de promoción. Y a pesar de todo siempre había sido la mejor de su clase. Había decidido a edad muy temprana que, ya que no podía ser divertida, sería inteligente.

Tenía veintidós años, estaba estudiando Derecho y seguía viviendo en casa para poder vigilar a los niños, que en aquel momento tenían trece y quince años, cuando su padre había muerto durante una operación rutinaria para ponerle una prótesis en la rodilla. Erin se había quedado otra vez al mando. Su vida no había cambiado gran cosa, aparte de echar muchísimo de menos a su padre. Pero técnicamente todo había recaído sobre ella más que antes porque, como tenía más de veintiún años, la custodia de sus hermanos había recaído en ella.

Sus amigos y compañeros de trabajo se admiraban de todo lo que había conseguido. Después de que sus hermanos superaran la adolescencia, había ayudado a Marcie, cuyo marido, un marine que había resultado herido en Irak, había permanecido en estado vegetativo durante años, en una residencia, antes de morir. Había logrado que su hermano siguiera estudiando y se licenciara en Medicina. Y mientras tanto se había ganado una reputación impecable como abogada de un bufete de éxito. El periódico local había publicado un artículo horrible en el que la nombraba la soltera más deseable de la ciudad: una mujer brillante y guapísima, excelente abogada y cabeza de una familia que dependía de ella. Todo un partido.

Aquello había hecho reír a Erin, que podía contar con los dedos de una mano las citas que había tenido en un año, todas ella horriblemente aburridas.

Había conseguido todo lo que se había propuesto. Su hermana pequeña había vuelto a casarse con el mejor amigo de su difunto marido, se había comprado una casa en Chico y estaba esperando su primer hijo. Su hermano se había licenciado en Medicina con honores y trabajaba como ortopedista residente en el sur de California. Tenía veintisiete años, vivía con su prometida y pensaba casarse al año siguiente.

A sus treinta y seis años, Erin había conseguido muchas cosas para sí misma y para sus hermanos. Se había esforzado mucho, pero había logrado lo que se proponía. ¿Por qué, entonces, seguía teniendo la sensación de que faltaba algo en su vida?

¿Era así como se suponía que se sentía una cuando su vida estaba empezando? ¿Insegura y temblorosa como una cervatilla recién nacida? ¿O era aquello, como temía a veces, el final del camino? ¿No tenía ya nada por lo que luchar? Se sentía más como una abuela para el futuro bebé de Marcie que como una tía. Estaba un poco angustiada y no sabía a quién recurrir. Pero, naturalmente, tenía la mejor cara de póquer de toda la abogacía y no permitía que se le notara.

Ian Buchanan, el nuevo marido de su hermana, había dejado la cabaña que tenía en las montañas para volver a Chico con Marcie. Erin la había visto. Era un cobertizo pequeño y destartalado, con una sola habitación, sin calefacción central ni baño, y con un pequeño generador de gas para la luz. Pero estaba en lo alto de un monte desde el que se divisaba un panorama magnífico. A Marcie y a Ian les encantaba. Reconocían que les habría encantado más aún con baño y electricidad, cosa que nunca habían podido permitirse, pero aun así la cima de aquella montaña era impagable.

Erin tenía un poco de dinero. Había trabajado mucho, y además había guardado lo que les había dejado su padre y lo había invertido. Tenía las bonificaciones del bufete para el que trabajaba, y un salario impresionante. Gracias a eso había podido ayudar a sus hermanos en los momentos difíciles y pagarles los estudios. Había pensado que tal vez mereciera la pena derruir la vieja cabaña y construir otra más bonita: una casa de veraneo que podía pertenecer a la familia durante décadas. Pero Ian le había dicho:

—Lo creas o no, Erin, la cabaña es muy sólida. Seguramente le vendría bien un tejado nuevo, un cuarto de baño y electricidad, pero por lo demás está en bastante buen estado.

Así pues, Erin le había preguntado si podía enviar a un ingeniero para que le echara un vistazo y tal vez arreglarla. No le había dicho:

—Porque yo no puedo alojarme ni un fin de semana en esa pocilga.

Pero por cómo había sonreído Ian al contestarle que sí, le había quedado claro que no hacía falta que lo dijera.

Había resultado que su cuñado tenía razón: la cabaña era fea, pero estaba bien construida. Erin había sacado de Internet varios diseños de remodelación y pedido presupuesto a cuatro empresas de construcción de los alrededores. Un tal Paul Haggerty le había dado un buen precio, no había puesto objeciones para comunicarse con ella por teléfono y correo electrónico y había accedido a firmar un contrato comprometiéndose a que la obra estuviera acabada el uno de junio, el día en que Erin pensaba mudarse. ¡Y hasta había acabado antes de tiempo!

Erin no había ido ni una sola vez a ver cómo iban las obras. Eso debería haber bastado para que intuyera que estaba haciendo aquello por motivos erróneos y que no iba a salir bien. Pero le había dicho al señor Haggerty:

—Soy abogada y voy a estar muy ocupada hasta primeros de junio. Luego voy a tomarme el verano libre, mis primeras vacaciones en más de diez años. Por eso tiene que estar lista a tiempo.

Había sido una locura. Ella parecía incapaz de vivir sin tener la agenda llena, y no sabía disfrutar del tiempo libre. Cuando se tomaba un día de vacaciones, a las doce de la mañana ya estaba subiéndose por las paredes.

Pero estaba decidida a seguir adelante. Iba a aprender a relajarse, maldita sea. Iba a aprender a disfrutar de la soledad y a sacudirse aquella sensación de que, si no estaba desbordada de trabajo, no servía para nada.

—Toc, toc —oyó que decía una vocecilla.

Había echado la cortina que rodeaba su cama para no tener que ver a su compañera de habitación y a su extensa familia. Las cortinas se abrieron y de pronto apareció la cara risueña y pelirroja de su hermana.

—¿Estás visible?

Erin se incorporó en la cama.

—¿Qué haces tú aquí?

—Me ha llamado la enfermera de urgencias. Le dijiste que era tu familiar más próximo —Marcie entró en el pequeño reducto. Se inclinó y miró la frente vendada de su hermana—. Hmm. No es gran cosa —dijo—. ¿Cómo te sientes?

—Fea —contestó Erin, tirándose del camisón—. Y me duele la cabeza.

Marcie se rio.

—No te gusta mucho tu atuendo hospitalario, ¿eh? Me refería a que la herida no parece muy grave. El vendaje es pequeño.

—¡Me han afeitado la cabeza!

—Menos de dos centímetros, Erin. Tranquila, volverá a crecerte —Marcie se sentó en el borde de la cama y se pasó las manos por su enorme tripa de embarazada—. El médico me ha dicho que, si pasábamos la noche contigo, te darían el alta y podríamos llevarte a casa. Me ha parecido razón suficiente para venir hasta aquí. Sabía que no querrías pasar la noche en el hospital. ¿Alguna vez has estado en un hospital?

—Bueno, cuando lo de Bobby —dijo Erin, refiriéndose a su difunto cuñado.

—Quería decir como paciente, Erin.

Erin entornó los ojos y se quedó pensativa.

—No —contestó por fin sacudiendo la cabeza—. No, creo que no. Por suerte. Es muy aburrido y te sientes como un recluso —volvió a tirarse del camisón—. Además, a las enfermeras no les caigo bien, lo noto. ¿Y este camisón no te parece increíble? ¿No pueden comprar algo mejor para los pacientes? ¡Por amor de Dios!

Marcie se limitó a reír.

—¿Tú estás bien? —le preguntó Erin.

—Estupendamente. Siento que te haya pasado esto, pero estoy deseando ver la cabaña. Espero que no la hayas dejado demasiado arregladita. Me gustaba como estaba antes.

—Te garantizo que te va a parecer demasiado arregladita —contestó Erin—. Ahora se puede vivir en ella, no como antes. Hay luz y todo. ¿Dónde está mi ropa?

—Voy a buscarla. No te levantes.

—¿Dónde está Ian?

—La enfermera le está dando instrucciones. Creo que solo tenemos que comprobar cada siete minutos que sigues respirando. Vas a ser buena paciente, ¿verdad?

—Tú sácame de aquí —dijo—. Iban a tener que darme otro golpe en la cabeza para conseguir que me quedara una hora más.

—Me parece que Ian tenía razón —Marcie encontró su ropa doblada, sus zapatos y su bolso metidos en la cajonera que había junto a la cama—. No hemos venido a rescatarte a ti, sino a las enfermeras. Apuesto a que no es divertido tenerte de paciente.

Marcie llevó a Erin a la cabaña en su todoterreno y su marido les siguió en su camioneta. Ian se quedó impresionado al ver la cabaña recién reformada.

—Santo cielo –musitó–. Cuando pensé en arreglarla, me refería a hacer un pozo séptico para poner un váter. ¡Y mira esto!

—Pero ¿te gusta? ¿Te gusta de verdad? La alfombra es Aubusson, los sofás de Robb & Stucky, hay un jacuzzi... ¿y qué os parece la chimenea?

Ian no sabía nada de alfombras Aubusson, ni de Robb y... quien fuese. Miró por las puertas recién instaladas de la cocina. Más allá, por el lado oeste de la cabaña, había un porche que se extendía a todo lo largo de la casa. Desde allí, la vista era magnífica.

—Es increíble, Erin. ¿Podemos usarla alguna vez?

Erin pareció perpleja. Parpadeó. ¿Acaso no querían ir cuando estuviera ella?

—Pensaba que... que íbamos a usarla todos de vez en cuando –dijo con cautela–. Quiero decir que estaba deseando arreglarla un poco porque iba a tomarme el verano de vacaciones, pero la cabaña es tuya, Ian. Creo que soy yo quien tiene que pedirte permiso, no al revés.

—De acuerdo –contestó su cuñado con una sonrisa–. Cuando me casé con Marcie, me casé con su familia, Erin, y lo que es nuestro también es tuyo. No tienes que pedir permiso –dio una vuelta, mirando a su alrededor–. No puedo creer que la hayas remodelado por completo por e-mail. ¡Es alucinante!

—Os llamaré para preguntaros si pensáis usarla antes de hacer planes –dijo Erin.

—Ian estaba bromeando –dijo Marcie–. Ian, eres un cafre. Vendremos todos juntos. Y cuando venga Drew, puede dormir en el cobertizo –sonrió.

—Pero ¿te gusta? –insistió Erin.

—Está genial –dijo Ian–. La has dejado preciosa.

Marcie se mostró entusiasmada y Erin pareció hincharse de satisfacción.

—No sé cómo me las arreglé aquí tanto tiempo sin una verdadera cocina –comentó Ian mientras abría la puerta de la nevera.

Cuando había vivido allí, había un fregadero con una bomba manual y cocinaba en un infiernillo. En aquel entonces, el paisaje emocional de su vida lo había impulsado a vivir en la más completa austeridad. No por castigarse a sí mismo, sino por desprenderse de equipaje. Cuantas menos cosas necesitara para vivir, más capaz se sentía. Había sido como una prueba de resistencia. Una prueba que había aprobado con matrícula de honor.

Erin llevaba viviendo allí casi una semana. Ian vio que en la nevera había yogur, queso fresco, leche desnatada, sustituto del huevo, pan de molde bajo en calorías cortado en rebanadas muy finas, ingredientes para hacer ensalada, puerros, zanahorias, manzanas, queso en lonchas, tofu y hummus. ¡Qué horror! Se preguntó si Erin se sentía más competente matándose de hambre.

Y volvió a preguntarse por enésima vez qué mosca le había picado a Erin, porque todo aquel rollo de las merecidas vacaciones no le cuadraba. No, tratándose de Erin.

—Esta noche cocino yo, ¿de acuerdo? –dijo.

Las dos dijeron que sería estupendo.

—O mejor dicho –añadió Ian—, cocina el Reverendo. Voy a ir al pueblo a comprar la cena.

—Eh... yo estoy a dieta –dijo Erin—. ¿Tienen algo, ya sabes, bajo en calorías?

El Reverendo era el cocinero del bar de Jack, y todos los días hacía algo distinto. Una cosa para desayunar, otra para comer y otra para cenar. Hacía lo que se le antojaba y siempre estaba riquísimo, pero su comida no era precisamente baja en calorías.

—Sí, es muy cuidadoso para esas cosas –mintió Ian, y su mujer ladeó la cabeza y lo miró como diciendo «Debería darte vergüenza».

Ian tenía un hambre de lobo. Pero quería comida de verdad,

no comida para conejos. Claro que no podía reprochárselo a Erin. A fin de cuentas, no estaba esperando visita.

—Vosotras relajaos y disfrutad, chicas –dijo—. No tardo nada.

Y se fue al pueblo.

Cuando entró en el bar, Jack lo saludó con entusiasmo.

—¡Eh, forastero! ¡Cuánto tiempo! ¿Has venido con Marcie a hacernos una visita?

—Podría decirse así –contestó Ian—. No pensábamos venir tan pronto, pero Erin ha tenido un pequeño accidente.

—No me digas. ¿Qué ha pasado?

—Un golpe de lo más tonto. Se levantó bruscamente, se golpeó la cabeza con la barandilla del porche y se quedó sin conocimiento. Se desmayó.

Jack dejó escapar un silbido.

—¿Y os llamó para que vinierais?

—No, nos llamaron del hospital. Dijeron que estaba bien, que no esperaban que hubiera ningún problema, pero que como estaba sola en la cabaña y no tenía teléfono, querían que se quedara a pasar la noche en observación. Ya sabes, por si acaso. Nos dijeron que le darían el alta si alguien iba a recogerla, la llevaba a casa y se quedaba a pasar la noche con ella.

—Y habéis venido a rescatarla. ¡Qué buen cuñado eres!

Ian sonrió.

—No, Jack. Hemos venido a rescatar al hospital. Erin puede ponerse un poco difícil a veces. ¿Me pones una cerveza bien fría?

—Claro –sirvió un vaso de cerveza y lo puso sobre la barra—. ¿Sabes, Ian?, si pasa algo así podéis llamar al Reverendo, o a mí. Habríamos encontrado a alguien que fuera a buscarla.

—Gracias, Jack. Ya me lo imaginaba, pero Marcie no habría pegado ojo en toda la noche pensando en su hermana. Tiene las hormonas un poco revueltas, ya sabes.

Jack sonrió.

—Sí, yo también he pasado por eso. ¿Qué tal está?

—Genial, está genial. El niño nace en agosto. Está preciosa. Parece un palillo que se ha tragado un guisante, pero está preciosa. Un palillo pelirrojo, claro.

—¿Y tú? –preguntó Jack–. ¿Qué te parece cómo ha quedado la cabaña?

—Creo que Paul se ha superado. Me cuesta creer que sea el mismo sitio. ¿La has visto, por casualidad?

Jack se sonrió y pasó el paño por la barra.

—Amigo, esto es Virgin River. A eso nos dedicamos los domingos, después de ir a la iglesia: a dar una vuelta en coche por ahí y a mirar las casas que están construyendo y las que están reformando. Aunque para ir a tu casa se necesitaba un guía, claro. Paul nos llevó un par de veces, espero que no te importe. Está muy orgulloso de la chimenea y del porche –Jack silbó–. Te estarás preguntando cómo podías vivir allí sin ese porche.

Ian se rio.

—Si se me hubiera ocurrido hacer esas mejoras, habría tardado años en hacerlas. Para hacer un trabajo así, hacía falta alguien con los recursos de Erin.

—¿Qué tal te llevas con la gran dama? –preguntó Jack.

—¿Con Erin? Bueno, la quiero mucho. Sé que parece muy exigente, pero esa es la Erin abogada y empresaria. Ha dedicado toda su vida a proteger a Marcie y a Drew, y muchas veces han necesitado que Erin fuera así de terca –se rio–. Se pondrá bien. No hay nada capaz de romper ese cráneo. No tenía por qué arreglar mi vieja cabaña. Podría haber hecho un crucero o haberse ido tres meses de vacaciones al Caribe. No sé cuánto dinero tendrá ahorrado, pero tiene fama de ser una de las mejores abogadas de este estado y de otros cinco. Imagino que podría haberse comprado una casita en la playa. Pero a Marcie le encanta la cabaña porque fue allí donde nos enamoramos. Creo que Erin lo ha hecho también por ella. Y porque no quiere estar muy lejos si se adelanta el bebé.

—Es curioso —comentó Jack—, pero pensaba que era un poco antipática. Puede que la haya juzgado mal.

Ian sonrió.

—No, seguramente no te has equivocado, pero solo has visto una parte de ella. Hay que ser muy fuerte para enterrar a tus padres, hacerte cargo de dos hermanos pequeños siendo una cría, ayudarlos en los momentos difíciles y encima convertirte en una abogada de éxito. Además, los dos tenemos un objetivo común: haríamos cualquier cosa por que Marcie esté bien y sea feliz.

—¿Y qué va a hacer allí arriba tres meses? —preguntó Jack—. ¿No se siente un poco aislada?

Ian sacudió la cabeza.

—La verdad es que no me lo explico. Dice que ya era hora de que se tomara unas vacaciones. Hace diez años que no se toma más de un día de vacaciones. Seguramente, más de diez años. Se merece unas vacaciones más que nadie, de eso no hay duda, pero esto es muy raro en ella.

Había estado dándole vueltas al asunto sin decírselo a Marcie. No quería que su mujer se preocupara. Pero no podía evitar preguntarse por qué Erin había tomado una decisión tan drástica: reformar su cabaña, tomarse tres meses de vacaciones lejos de su bufete y aislarse de aquel modo. ¿Estaba enferma? ¿Deprimida? ¿Corría riesgo su trabajo? ¿Le ocurría algo que no quería contar?

—Puede que no dure ni una semana allá arriba sola. Pero, oye, si alguna vez notas algo que te parezca que conviene que sepa, llámame, ¿quieres?

—Estás preocupado —dijo Jack. Al ver que Ian parecía sorprendido, se encogió de hombros y añadió—: Soy barman. Y nosotros notamos esas cosas.

—No sé si estoy preocupado —dijo Ian—. Es lo que haría yo. Marcie y yo nos vendríamos aquí sin pensarlo dos veces, y nos encantaría. Pero no es propio de Erin. Ella no está acostumbrada a tener ocio. Aunque sea sábado y esté en el parque o en la piscina, su móvil suena sin parar. Esto es muy raro.

—Estaré pendiente de ella, amigo mío –dijo Jack—. Quizá le venga bien.

Ian llevó pollo asado, patatitas rojas con perejil, judías verdes estofadas con aritos de cebolla caseros y brownies helados. También se pasó por la tienda de Connie y Ron y compró leche entera, huevos, mantequilla, pan, beicon, café y un paquete de seis cervezas. Marcie y él solo iban a quedarse una noche, pero quería tomar un buen desayuno antes de volver a ponerse en carretera.

Después de cenar se sentaron en el porche a ver ponerse el sol sobre las montañas, al otro lado de la sierra. Ian se recostó en la tumbona y Marcie se sentó entre sus piernas estiradas. Ella se apoyó en su pecho y él metió los brazos bajo los de su mujer para poder acariciar su vientre. Erin se sentó en la tumbona de enfrente, sola, claro. Al ponerse el sol comenzó a refrescar y empezaron a cantar los grillos.

Erin entró y regresó con dos mantas del sofá, una para su hermana y otra para echársela sobre los hombros. Se recostó en su tumbona y dijo:

—Cuando estabais aquí solos y no había ordenador, ni teléfono, ni televisión, ¿cómo pasabais el tiempo? ¿Qué cosas hacíais? Aparte de practicar para hacer a ese pequeñín, claro.

—Había tanta nieve que casi no podíamos salir –contestó Marcie—. Ian se levantaba temprano para trabajar, antes de que saliera el sol, y se iba a la cama muy pronto. Pero casi todas las semanas se pasaba por la biblioteca y traía libros. Yo iba con él cuando estaba aquí y también traía libros. Me pasaba el día leyendo, y él leía un rato por la noche –volvió la cabeza para mirar a su marido—. Me gusta leer novelas románticas muy sexys, y cuando Ian y yo nos hicimos amigos, él me leía en voz alta las escenas de amor. Era muy excitante.

—He traído unos libros que quería leer hacía tiempo —comentó Erin—. Pero no son de ese tipo.

—Me lo imagino. Intenta conseguir algún libro con una portada en la que salgan un chico y una chica abrazados. O una chica con un vestido de baile muy escotado. O con zapatos de tacón de aguja. No te volverás más lista, pero no podrás parar hasta llegar al final.

—Puede que lo haga.

—¿Ya estás aburrida? —preguntó Marcie—. Yo me aburría cuando Ian estaba trabajando, excepto cuando tenía que hacer una excursión a la letrina de atrás, o calentar agua para el baño, un trabajo durísimo. Hasta que empecé a leer libros de la biblioteca.

—No me aburro en absoluto —contestó Erin—. Hay muchísimas cosas que nunca he podido hacer por falta de tiempo. Voy a ir a la costa, para empezar. Estoy deseando pasarme por las tiendas de antigüedades que hay por aquí. También quiero escribir un poco. Nada entretenido, cosas de Derecho, pero puede que hasta me salga un libro. Llevo años pensándolo y ni siquiera he tenido tiempo de hacer un esbozo —se estremeció y se arrebujó en la manta—. Tengo que reconocerlo, Ian: creo que nunca he visto un sitio más bonito que este —luego, pasados unos segundos, añadió—: Me voy dentro. ¿Queréis que os traiga algo?

—Yo no.

—Yo tampoco —contestó Ian.

Después de que entrara, Marcie se acurrucó contra Ian y susurró:

—Ya está aburrida.

—Puede que esto se acabe en una semana —dijo Ian—. Quizá vuelva a casa.

Dentro de la cabaña, acurrucada en el rincón del sofá de piel, con la manta sobre los hombros, Erin escuchaba murmurar a Marcie e Ian en el porche. Hacía dos años y medio, Marcie había llegado a aquellas montañas en busca de Ian, se suponía que para cerrar un capítulo de su vida. Al final, sin embargo, aquello se había convertido en un nuevo comienzo para los dos, y Marcie había llevado a Ian a casa.

Se habían casado hacía un año y medio, justo en Navidad, y se habían quedado a vivir con Drew y ella en la casa en la que se habían criado los tres hermanos. Ian había vuelto a la universidad a estudiar Enseñanza Musical. Durante un tiempo habían sido una gran familia feliz: Drew estaba acabando la carrera, ella tan ocupada como siempre en su bufete, Marcie trabajando de secretaria e Ian yendo a clase y trabajando media jornada. Había sido todo tan natural, tan enriquecedor para todos... Como estudiaban tanto, era normal encontrarse la casa en silencio al llegar. Y sin embargo nunca estaba vacía. Sus cuatro habitantes compartían espacio, se repartían las tareas domésticas, cocinaban, y cuando estaban todos juntos su casa estaba llena de vida.

Luego, el verano anterior, todo había cambiado. Drew se había ido a ocupar su plaza de médico residente, Ian y Marcie se habían comprado una casita porque querían tener familia y Erin se había encontrado sola por primera vez en su vida. Y había pensado: «Estoy completamente sola. Por fin he dejado atrás la carga que llevaba sobre mis hombros. He alcanzado la cima por la que tanto nos hemos esforzado».

Luego había añadido para sus adentros: «Oh, oh. No se me da bien estar sola, pero más vale que me vaya acostumbrando, porque así es como son las cosas». Había sido entonces cuando le había preguntado a Ian si podía hacer algunas mejoras en su vieja cabaña de la montaña para poder usarla de vez en cuando.

Ian había sonreído y había dicho:

—¿No es un poco tosca para ti?

—Pues sí, más bien. Pero no la tocaré si para ti tiene valor sentimental por ser la choza donde te encontraste a ti mismo.

Puedo buscar otra cosa para pasar las vacaciones y los fines de semana.

—Erin, haz lo que quieras con esa choza —había respondido su cuñado—. Estoy acostumbrado a hacer siempre las cosas de la manera más incómoda que encuentro.

Esa noche, sentada en su sofá, mientras escuchaba a su hermana y a Ian susurrando en el porche, la imagen de las manos de su cuñado acariciando el vientre redondo de Marcie se había grabado en su mente. «Yo nunca tendré eso», se dijo. «Lo que voy a tener a partir de ahora es lo mismo que tengo en este momento: a mí misma. Solo a mí misma. Tendré a mi familia, claro. Marcie y Drew no van a olvidarse de mí. Seguiremos hablando y haciéndonos visitas. Pero yo nunca tendré lo que tienen ellos. Más vale que aprenda a valorar esto, porque es lo que tengo. Estoy sola. Y conviene que aprenda a estarlo».

A la mañana siguiente, Ian estaba fregando los platos del desayuno cuando le dijo a Erin:

—Hoy vienen a instalarte la conexión satélite y el teléfono, ¿no? ¿Para que tengas tele, Internet, etcétera?

—Con suerte, sí. Se suponía que tenían que haberlo hecho antes de que llegara, pero lo han pospuesto un par de veces.

—En cuanto estés conectada, llámanos, ¿de acuerdo?

Erin le sonrió.

—Claro, papá.

—¿Qué tal tu cabeza?

Ella se tocó el vendaje de la frente.

—Tengo una pinta horrible.

—Eso no es nada comparado con aquella vez que Marcie se quemó las cejas. ¿Ya no te duele? ¿No tienes jaqueca?

—No, estoy bien. Podéis iros.

—Cuando tengas conexión a Internet, ¿vas a ponerte en contacto con tu despacho para decirles que pueden mandarte trabajo?

—No. He traído el ordenador para poder documentarme si me apetece ponerme a escribir ese libro que tengo pensado, pero lo que intento es relajarme por completo. Nunca antes había podido permitirme ese lujo. Son mis vacaciones y pienso...

—Si te aburres o te sientes sola –la interrumpió Ian—, vuelve a Chico. Podemos venir juntos a pasar los puentes aquí. Tenemos que sacarle partido a este sitio, después de las molestias que te has tomado para dejarlo bonito.

—No voy a aburrirme, ni a sentirme sola –contestó ella con énfasis—. Llevo todo el año deseando que llegara este momento. Pero, si me aburro o me siento sola, tú serás la primera persona a la que llame.

—Hazlo, Erin –respondió Ian.

CAPÍTULO 3

Después de un largo día haciendo senderismo por la costa, Aiden regresó a casa, se duchó y a eso de la hora de la cena tomó el sendero que llevaba a casa de Luke y Shelby. Encontró a Shelby en la cocina, preparando la cena.

—¿Puedo ayudar?

—Puedes poner la mesa —contestó ella—. Pero primero, hay un mensaje en el contestador para ti, de un tal Jeff. He anotado el número, pero ve a escuchar el mensaje si quieres.

—No, ya lo llamaré —se acercó al armario para sacar los platos.

—Eh... Aiden, quizá convendría que lo llamaras ahora. Luego puedes poner la mesa.

—¿Por qué? —preguntó él.

Jeff y él eran amigos desde la universidad, habían hecho juntos el Curso de Instrucción de Oficiales y habían sido becados por la Armada para estudiar Medicina. Jeff era una de las pocas personas con las que estaba en contacto permanente, aparte de sus hermanos.

—Es urgente —dijo Shelby de espaldas a él, mientras removía el contenido de la sartén que había en el fuego—. Tiene algo que ver con una tal Annalee Riordan —se volvió hacia él—. Y sé que no tienes hermanas.

Ian se quedó sin habla un momento. Luego se recuperó de la impresión y sonrió.

—Es mi ex —dijo—. Tienes razón, voy a llamarlo.

Cuando llamó a Jeff, su amigo le informó de que Annalee había estado buscándolo sin éxito. El teléfono de su madre en Phoenix ya no existía, todos sus hermanos se habían mudado, él había dejado el Ejército y había pasado a la vida civil. La única persona con la que se le había ocurrido contactar era el amigo, excompañero de estudios y padrino de boda de Aiden, que actualmente era teniente de la Armada.

—Dice que es urgente que hable contigo —le dijo Jeff.

—Hace ocho años que nos divorciamos, y solo estuvimos casados tres meses —contestó Aiden—. No hay nada urgente de lo que tengamos que hablar.

—Quizá deberías llamarla. Si te parece que solo busca una excusa para ponerse en contacto contigo, siempre puedes colgar.

Aiden miró a Shelby.

—Te digo que no tenemos nada de qué hablar. No tenemos amigos comunes, ni familia, ni propiedades, ni pensiones, ni hijos. Cortamos limpiamente después de un matrimonio muy feo y muy breve. Pero dame el número. Si vuelve a llamarte, dile que me lo has dado y ya está. ¿Qué te parece?

Aiden anotó el número de teléfono.

—Perdona por las molestias. ¿Qué tal van las cosas? ¿Carol y los niños están bien? Bien, bien. Sí, estoy estupendamente. Estoy esperando a ver qué pasa, ¿y sabes qué? Que es una idea buenísima tomarse un poco de tiempo libre. Jeff, siento que hayas tenido que verte mezclado en esto. Annalee no debería haberte molestado. No he vuelto a saber de ella desde el día de la sentencia de divorcio, y no hay razón para que quiera ponerse en contacto conmigo, a no ser que esté tramando algo. Por mí puedes quitártela de encima sin contemplaciones.

Colgó, arrugó el papel con el número de teléfono, lo tiró a la papelera y siguió poniendo la mesa.

Maureen Riordan tenía varias cajas grandes en medio del pequeño cuarto de estar de su piso. Estaban llenas de valiosos recuerdos de familia: la porcelana antigua de su madre para Shelby, y una caja de cubiertos de plata de la bisabuela Riordan que iría a parar a Franci. También había embalado algunas piezas de cristalería y de plata en plástico de burbujas y había llenado un par de cajas con colchas y sábanas antiguas que pensaba llevar hasta Virgin River con la esperanza de que se las quedara Luke. Su contenido era demasiado precioso para llevarlo a un almacén de alquiler y quería guardarlas para futuras nueras. Un par de años antes no habría sido tan optimista, pero Luke había sentado por fin la cabeza a los treinta y ocho años, y Sean también poco después, así que todavía había esperanzas para Colin, Aiden y Patrick.

La vida era tan curiosa, se descubrió pensando. Se había pasado la vida guardando como oro en paño algunas de aquellas cosas materiales: la porcelana y el cristal, las viejas colchas tejidas amorosamente por las manos de sus antepasadas, las sábanas traídas de Irlanda... Y ahora el placer de transmitírselas a la siguiente generación era inmenso.

Otro montón de cajas contenía enseres de uso cotidiano que pensaba añadir a los que George tuviera en la autocaravana. Habían repasado el inventario por teléfono y por correo electrónico tantas veces que casi se sabía la lista de memoria. Y ya se había deshecho de la ropa, las sábanas, los utensilios de cocina y los adornos de los que podía prescindir.

George y ella se habían visto cuatro veces desde Navidad. Ella había ido en avión a Seattle una vez para pasar un largo fin de semana con él, y él había ido tres veces a Phoenix a pasar unos días con ella, y cada una de aquellas visitas había salido espectacularmente bien. Maureen no era ingenua. Sabía que, cuando las personas convivían en un espacio reducido más de un par de días o un par de semanas, era necesario hacer algunos ajustes. Cabía incluso la posibilidad de que se diera cuenta de que había cometido un error, pero confiaba en que no fuera así. Ella podía ser muy inflexible, pero George era tres veces más flexible que cualquier hombre que ella hubiera conocido.

Su buen carácter la había ayudado a desprenderse de su estrechez de miras anterior.

George iba de camino y habían hablado varias veces al día desde que había salido de Seattle. Había ido en avión a Nevada, donde había recogido la autocaravana, que a pesar de tener solo un año de antigüedad había costado más que el piso de Maureen. Por fin, después de una eternidad, George había llamado para decirle que estaba a una hora de camino. Y luego a unos minutos.

—Prométeme que no vas a estar esperando en el aparcamiento —había dicho él con énfasis, lo cual significaba que quería desplegar los laterales de la autocaravana, poner el toldo, encender las luces y poner música. Quería que viera su nuevo hogar en todo su esplendor.

Por fin, Maureen recibió un mensaje de texto. A George le encantaba mandarlos. En lugar de contestar, cruzó a toda prisa el patio y la zona de la piscina y salió al aparcamiento que había delante de la urbanización. Allí estaba George, delante de la autocaravana más bonita que había visto nunca.

Se paró en seco y se obligó a respirar hondo. Aquel iba a ser su hogar al menos durante seis meses y, si el experimento tenía éxito, durante unos cuantos años. Se tapó la boca con la mano mientras se acercaba despacio a la lujosa caravana.

George se rio, apoyado contra la parte delantera del vehículo, con las piernas y los brazos cruzados. Tenía una sonrisa preciosa. Sus ojos azules brillaron, traviesos. Tenía un pelo cano tan bonito... Era todo un caballero.

—Deberías darme un beso antes de que te la enseñe para que así tenga al menos la impresión de que te importo tanto como la caravana —bromeó.

—Claro —contestó Maureen, y se acercó a él. Le puso las manos en las mejillas, le dio un beso en los labios lleno de entusiasmo y dijo—: ¿Ya puedo entrar? ¡Me muero por verla!

—Te he mandado un montón de fotografías —dijo George—. Y te invité a ir a Nevada a verla en persona, pero te recuerdo que querías que tomara yo la decisión y que las fotografías te parecieron bien.

A Maureen le había parecido lo más justo. La autocaravana iba a ser de él, y no quería que la comprara por ella. Había sido muy amable por pedirle su opinión, si iba a vivir en ella meses, o incluso años, pero aun así... Naturalmente, Maureen se había ofrecido a pagar la mitad, pero George no había querido ni oír hablar del asunto: estaría encantado de que la caravana figurara a nombre de ambos, pero no pensaba aceptar su dinero.

—Llámame antiguo si quieres —había dicho—, pero a uno le gusta pensar que todavía puede hacerse cargo de su mujer.

Al final seguramente había sido lo más fácil, porque los dos habían estado casados y tenían hijos adultos.

Lo tenían todo planeado. George había comprado la autocaravana con el dinero que había obtenido de la venta de su casa. Habían guardado sus cosas en guardamuebles separados, hasta que estuvieran completamente seguros de que lo suyo iba para largo. No había sido fácil, pero George había aceptado finalmente que Maureen le pagara quinientos dólares mensuales en concepto de alquiler. Los ahorros de Maureen y el dinero de la venta de su piso seguiría siendo suyos. Si se casaban (o cuando se casaran, prefería pensar George), firmarían un acuerdo prematrimonial para que George pudiera dejar la autocaravana y sus ahorros a sus nietos y a Noah Kincaid, y ella los suyos a sus hijos. De momento, con sus pensiones podían permitirse pagar el combustible, el seguro, los imprevistos que pudieran surgir, la comida, etcétera.

Maureen subió los escalones. Pasó la mano por el suave cuero blanco del asiento del copiloto. Luego se quedó mirando el interior. A ambos lados había sofás de piel blancos y, entre ellos, un suelo que parecía de tarima oscura y que sin embargo era un laminado sintético. Más allá, a la izquierda, había una cocina espaciosa, con todos los electrodoméstico necesarios y hasta un aparador de roble con puertas de cristal emplomado a cada lado. Frente a la cocina, había una mesa oscura, como de mármol, junto a asientos de piel blanca en los que cabían cuatro personas para comer. Había numerosos armarios en la cocina y maleteros encima de los sofás. Encima del asiento del conductor, mirando hacia el cuarto de estar, había una pantalla de televisión plana de cincuenta y ocho pulgadas.

—Dios mío —musitó Maureen—. Es más grande que mi piso y más bonita que todas las casas en las que he vivido.

—¿Te gusta? —preguntó George, a su derecha.

—Es increíble —se volvió para mirarlo—. ¿Es difícil de conducir?

—No, es muy fácil. Esas clases a las que fui dieron muy buen resultado, aunque yo ya había conducido la caravana de Noah hace tiempo. Creo que tú también deberías ir a clases. Pararemos en algún sitio donde las haya y así podrás apuntarte.

—¿En serio? ¡Sería fantástico!

—¿Te gustaría?

—¡Me encantaría! Pero la caravana es tuya, claro...

George le puso un dedo en los labios.

—No hablemos de eso, Maureen. De todo ese asunto de lo que es tuyo y lo que es mío. Sé que tenemos un acuerdo, pero estamos en esto juntos —sonrió—. Y te quiero.

Maureen se inclinó hacia él.

—Es maravilloso oírte decir eso, George.

—Ya me lo imagino —contestó él con una sonrisa—. Quizás uno de estos días yo también pueda oírlo.

Ella le sonrió.

—Lo estaba reservando para un momento especial, como cuando estamos noche bebamos champán sentados en el salón de la caravana, pero si...

—¡Perfecto! —exclamó él—. ¡Estaré preparado!

—¿Podemos dormir aquí esta noche? —preguntó Maureen.

—¿No prefieres acabar de verla primero?

—Claro, pero ¿podemos?

—Claro que sí, si a ti te apetece.

—Mi casa está patas arriba, hay cajas por todas partes. Quité las sábanas de la cama para lavarlas y las metí en la caja de las cosas para dar, porque la cama de la caravana es de las grandes y en casa tenía una pequeña. Creo que estaremos más cómodos aquí.

—Entonces vamos a hacer una cosa: cargaremos las cajas para Virgin River y las cosas que quieras añadir a nuestro inventario y haré una reserva en un camping para que tengamos enganche. Tendrás que aprender rápidamente la diferencia: si vamos a un camping con enganche, el agua, el desagüe y la electricidad son del camping. Así no tenemos que apurar nuestra reserva de agua, ni encargarnos del váter. Habrá veces en que habrá que acampar sin enganche, pero siempre que sea posible buscaremos un camping con todas las instalaciones. Bueno... ahora tenemos trabajo, ¿no?

—No hay mucho que hacer. Mañana, cuando vengan los de la empresa de mudanzas a llevarse los muebles, solo nos quedará recoger un poco. He contratado un servicio de limpieza. El encargado de la urbanización les abrirá la puerta cuando nos hayamos marchado. He usado cajas de embalar de la medida que me dijiste para almacenarlas en el maletero de debajo de la caravana. Espero que quepan.

—Lo has organizado todo a la perfección —dijo George—. Pero no me sorprende lo más mínimo —tocó su nariz—. ¿Se lo has dicho?

—Más o menos. Se lo dije a Aiden por teléfono, y Luke estaba sentado delante de él. Ellos se lo contarán a sus hermanos. Ya les había dicho que me lo estaba pensando, pero no me habían tomado en serio.

—¿Cómo se lo tomó Aiden?

—Muy bien, la verdad. Claro que fue él quien me echó la bronca el año pasado, cuando se enteró de que te había dado calabazas. Me dijo que no entendía por qué daba por sentado que en mi vida no podía volver a haber ningún hombre. Que no podía volver a tener pareja, quiero decir.

—Ah —dijo George, y levantó los ojos al cielo—. Bendito sea. Le dejaré toda mi fortuna en herencia.

—Son cinco, George, y tan distintos como la noche y el día. Sé que ya los conoces, pero no has pasado mucho tiempo con ellos. Y esa es una experiencia para la que no puedo prepararte.

—Lo entiendo perfectamente. Vamos a empezar a cargar cajas y a guardar el equipaje. Cuanto antes lleguemos a la cena con champán, mejor.

—Ahora me gustaría ver el dormitorio –dijo Maureen–. ¿Has elegido ya tus cajones y tu parte del armario? ¿Y tu lado de la cama?

—No, cariño. Estaba esperando a que decidieras tú.

Ella le rodeó la cintura con los brazos.

—¡Qué suerte tengo por haberte encontrado!

Mel, la enfermera y matrona del pueblo, tenía una cita con una amiga suya a la que no veía a menudo por motivos profesionales. Darla Prentiss llevaba varios años en tratamiento con un especialista en fertilidad de Santa Rosa. En ese aspecto, sus necesidades estaban cubiertas. Pero Phil Prentiss había llamado a Mel y le había dicho que iba a llevarle a su mujer porque se quejaba de un resfriado y de dolor de garganta.

—Pero no es eso –le había dicho Phil–. Espera a que me vaya o me quede dormido, y se pasa horas y horas llorando. Necesita alguien con quien hablar. Acaba de tener su séptimo aborto.

—Ah, Dios mío. Tráela. Pero espera... ¿Su médico no la está ayudando a superarlo?

—Bueno, él solo piensa en anotarse un buen tanto –había dicho Phil–. Tiene fama de ser el mejor experto en reproducción asistida en tres condados, pero su trato con el paciente deja mucho que desear. Darla está destrozada.

—Tráemela –había dicho Mel–. Pero no le mientas. Dile que sabes que no tiene un resfriado. Haré lo que pueda. Siento muchísimo lo que os ha pasado, Phil.

—Esta vez estaba de dieciocho semanas. Era un niño. Le habíamos puesto nombre y lo hemos enterrado.

—Lo siento mucho.

—Gracias –dijo él.

Mel estaba acongojada. En lugar de siete abortos, aquella pareja maravillosa debería haber tenido siete hijos. Phil era agricultor: tenía una extensa explotación dedicada a la producción de cereales y a la cría de cerdos y vacas. Era un sitio precioso, y los Prentiss eran una pareja cariñosa, optimista y encantadora. Llevaban bastante tiempo casados, diez o doce años, y casi desde el principio habían intentado tener familia. Era una pena que personas así no pudieran tener hijos. Por suerte, el dolor de sus repetidos abortos no había destrozado su matrimonio: Phil y Darla seguían tan unidos como siempre, tan enamorados como el primer día.

Cuando Darla llegó con su marido, Mel le dio un fuerte abrazo.

—Lo siento –dijo—. Dios mío, siento muchísimo que hayas tenido que pasar por todo eso.

Solo hizo falta eso para que a Darla se le saltaran las lágrimas. Mel la tomó de la mano y entraron en el despacho para charlar un rato. Mel le había contado a Darla hacía mucho tiempo que durante su primer matrimonio había tenido problemas de fertilidad, pero que por algún motivo desconocido con Jack se había quedado embarazada en un abrir y cerrar de ojos. Podía ser una coincidencia, o quizás hubiera alguna razón médica que ella desconocía.

—No puedo seguir así, Mel –dijo Darla, llorosa—. Siento ser tan blanda, pero creo que esta última vez ha podido conmigo. Un niñito...

—Siete abortos son demasiados para cualquiera, Darla. ¿Recuerdas de cuando hablamos de un vientre de alquiler? ¿De una mujer con un útero a prueba de abortos?

—Sé que es una buena opción para parejas como Phil y yo, porque tengo problemas para concebir y para gestar. Hasta se ha ofrecido mi hermana pequeña, que tiene tres hijos. Pero Mel... Ay, Dios, sé que voy a parecerte frívola y egoísta, pero no creo que pueda verla embarazada de nuestro bebé sin entrometerme en sus asuntos. Examinaría cada cosa que se llevara a la boca. Me reconcomerían los celos por no poder llevar en mi vientre al bebé, ni poder sentirlo moverse dentro de mí. Hemos hablado de contratar a una desconocida. Sé que es muy común, pero no creo que podamos...

—Tienes que mantener una actitud más abierta. Es una buena solución para parejas que tienen todo lo que necesitan, menos un vientre –contestó Mel.

Darla sacudió la cabeza.

—Esto quiere decir algo. No sé qué, pero de una cosa estoy segura: no estoy destinada a tener hijos propios. El niño ha sido el primero al que hemos enterrado –dijo, y se echó a nuevo a llorar—. No puedo soportarlo más, Mel...

—Es comprensible –dijo Mel cariñosamente—. Dime cómo puedo ayudarte. ¿Crees que te vendría bien un buen antidepresivo?

—¿Para superar la pérdida de mi hijo? No –contestó Darla, meneando la cabeza—. Necesito llorar una temporada, que mi marido me abrace y preguntarle a Dios qué planes tiene para mí. No soy la primera que no puede tener hijos. A fin de cuentas, ¿cuántas mujeres tienen lo que tengo yo? Phil es el hombre más guapo, más tierno y más maravilloso del mundo. Pobrecillo, debe de estar angustiado, y yo solo pienso en mí misma.

—Tiéndele los brazos igual que él te los tiende a ti, cielo. Y luego llama a la consulta de tu médico y dile que te vendría bien ver a un psicólogo para superar este último aborto.

—Creo que no quiero seguir con esto... Con este afán absurdo de quedarme embarazada y llevar un embarazo a término...

—Eso no es lo que importa ahora –dijo Mel—. Sigas intentándolo o no, necesitas un poco de ayuda para superar el aborto. Ha sido muy duro para los dos. Habéis pagado a ese médico miles de dólares que no cubre ningún seguro. Debe de haber algún psicólogo entre su personal, o al menos podrá recomendarte a alguien. Tienes que buscar ayuda.

—Puede que vayamos a ver a nuestro pastor...
—Tenéis que ver a alguien, Darla. Por favor. No quiero que sufras. Yo nunca he tenido un aborto, pero intenté muchas veces quedarme embarazada sin conseguirlo, y recuerdo la tristeza y la decepción que sentía cada vez. No puedo ni imaginar lo que tiene que ser esto para ti.

Darla se quedó callada un momento. Luego se secó las mejillas y dijo:

—Creo que siete son suficientes.

—No me sorprende –contestó Mel.

Cada par de semanas, Luke tenía que ir a un almacén de Eureka a comprar provisiones para su casa y sus cabañas. Compraba en gran cantidad papel higiénico, pastillas de jabón, toallas de papel y productos de limpieza, y a veces también toallas de baño, paños de cocina, alfombrillas de baño y cosas así. Ya que estaba allí compraba también comida para casa; en el cobertizo que había junto a la casa tenía un congelador lleno de pescado, pero siempre les venía bien comprar pollo y carne roja. Shelby hacía la lista de las cosas que siempre hacían falta, como ketchup o atún en conserva. Estaba estudiando enfermería, pero el curso había acabado y, como estaba en sus últimos meses de embarazo, rara vez se pasaba por la tienda del pueblo, de modo que los viajes de Luke a la ciudad para hacer la compra eran cada vez más frecuentes.

Luke no tenía que decirle a Art adónde iban. Al menos con dos días de antelación, Art empezaba a preguntarle:

—¿Cuándo vamos a Eureka, Luke?

—Dentro de dos días –contestaba Luke.

Art tenía síndrome de Down y trabajaba para Luke ayudando en el mantenimiento de las cabañas. Lo seguía prácticamente a todas partes y vivía en una cabaña pequeña junto a la casa de Luke y Shelby.

—¿A qué hora nos iremos, Luke? –preguntaba.

—A las dos, por ejemplo.

Y luego:

—Mañana vamos a Eureka, Luke.

Y otra vez:

—Hoy vamos a Eureka, Luke.

Y por último:

—¿Ya es la hora de ir a Eureka, Luke?

Ir a comprar a Eureka era su tarea favorita. No le importaba ir a la ferretería, pero ir al almacén le entusiasmaba. Luke no le pedía que se quedara a su lado ni que lo ayudara a comprar, y se tomaba la compra con calma porque sabía que a Art le gustaba mirarlo todo. Sobre todo, las cosas que nunca iba a comprar. Le encantaba el mostrador de la bisutería, y le fascinaban los ordenadores. Al instalar la antena parabólica, Luke le había comprado un portátil barato y un par de programas de aprendizaje para que mejorara su ortografía y practicara sumas y restas. Art era muy capaz en cuanto aprendía algo, aunque en cuestión de ortografía y matemáticas no parecía estar mejorando mucho. Era como si hubiera llegado a su límite. Pero aun así le encantaba el ordenador. Era, además, muy literal. Si Luke le decía «Saca la basura», él preguntaba: «¿Adónde?». Había que decirle:

—Recoge esa bolsa de basura, ciérrala y llévala al contenedor.

Luke tardó un cuarto de horas en reunir los productos de limpieza que necesitaba. Luego se dio una vuelta por la sección de carne, verduras y quesos y anotó mentalmente lo que se llevaría cuando Art hubiera tenido tiempo de disfrutar de su excursión. Puso en el carro algunas cosas que le había encargado Shelby: aceite de oliva, galletas saladas, pasta, arroz y cereales. Añadió cervezas y whisky. Echó un vistazo a los libros, a los DVD y a la sección de música, y eligió un par de cosas. Luego se fue a buscar a Art.

Al ver que no estaba en la sección de bisutería, ni en la de videojuegos, ni en la de ordenadores, amplió la búsqueda. Miró en el pasillo de herramientas, en el de cosméticos y en el de congelados. Le extrañó no verlo por ninguna parte.

Por fin lo encontró en un rincón de la tienda, junto a la

sección de comida para perros, al lado de una mujer bajita y rechoncha, con el pelo castaño y rizado. Estaban tomados de la mano y se miraban intensamente. «Qué extraña pareja», se descubrió pensando Luke con una sonrisa. «Y sin embargo qué perfecta: Art, tan grandote, y ella tan pequeñita y regordeta».
—¿Art? –dijo.
Art se volvió bruscamente, como si lo hubiera asustado. Estaba sonriendo y tenía los ojillos tan abiertos que Luke se rio al verlo. Nunca lo había visto sonreír así.
—¡Luke! ¡Es Netta! ¡De la casa comunitaria en la que vivía antes! Era mi novia.
—¿En serio? –Luke le tendió la mano—. ¿Cómo estás, Netta? Oye –dijo—, creo que te había visto una vez. ¿No trabajabas en la tienda, con Art?
—¡Tuvo que irse de la tienda, Luke! –dijo Art, nervioso—. ¡Tuvieron que irse todos! A Stan, el dueño, le pusieron un castigo muy gordo por hacer las cosas mal. Netta dice que tuvo que pagar dinero y que se enfadó un montón.
—Un... mmm... montón –dijo Netta en voz baja.
—¡Qué pena! –dijo Luke—. Ojalá pudiera compadecerme de él, pero no puedo. Bueno, Netta, ¿y dónde vives ahora?
—En una... mmm... casa –respondió ella—. Con Ellen y Bo. En Fortuna. Ayudo en la panadería.
—¿Y qué haces aquí? –preguntó Luke.
—Compramos... mmm... aquí. Y Ellen me deja... mmm... comprar.
—Art –dijo Luke—, ¿por qué no invitas a Netta a un perrito caliente o a una ración de pizza y a un refresco, o algo así? Sentaos a charlar un rato. Yo seguiré haciendo la compra muy despacio. No hay prisa.
Art se quedó mirándolo. Netta lo agarró de la mano.
—Vamos a... mmm... a por un perrito caliente, Art.
—Adelante, Art. Ve a charlar un rato con Netta.
Art parecía paralizado, así que Luke se alejó con el carrito rápidamente para no molestarles.

Art tenía dinero, claro, y lo administraba muy bien. A Luke nunca se le ocurría meterse la mano en el bolsillo y darle dinero. Y menos aún delante de una chica. Art cobraba una pensión de la Seguridad Social y una ayuda del estado por su discapacidad, y Luke le pagaba por su trabajo. Art le pagaba un pequeño alquiler por vivir en la cabaña, pero Luke nunca le pedía dinero por la comida. A veces, cuando le sobraba algún dinero, Art se empeñaba en comprar un regalo para Luke o Shelby, y a ellos les parecía bien siempre que no fuera muy caro. Art tenía una cuenta de ahorro y, cada vez que le enseñaba a Luke su libreta, sonreía de oreja a oreja.

Luke no sabía qué problema tenía Netta. No tenía síndrome de Down; titubeaba ligeramente al hablar, sin llegar a tartamudear. Luke pensó que quizá fuera un poco lenta de reflejos. No estaba seguro de hasta qué punto estaba discapacitada, pero alguna discapacidad debía de tener si había vivido en una casa tutelada con Art.

¡Qué sorpresa! ¡Art había tenido una novia! Luke tenía la impresión de que había mencionado el nombre de Netta alguna vez, pero solo de pasada. No había estado sufriendo por ella, ni nada por el estilo.

A la entrada de la tienda había un restaurante de comida rápida, al otro lado de la línea de cajas. Luke procuró no acercarse por allí. Pasó media hora larga mirando cámaras. Necesitaba una mejor que la que tenía, para cuando naciera el bebé. Cuando acabó, había comprado una cámara de vídeo, una cámara fotográfica digital, un portátil de pantalla grande y una impresora a color. Seguramente debería haber hablado primero con Shelby, pero le faltaba práctica como marido y a ciertas cosas aún tenía que acostumbrarse. Por suerte Shelby era muy paciente con él.

Se dirigió al fondo de la tienda y escogió rápidamente la carne, la verdura y otras cosas que había pensado comprar. Era hora de marcharse.

De nuevo no encontró a Art.

Aquello se estaba volviendo ridículo. Nunca le había pasado

nada parecido con Art. Miró por todo el restaurante, pero no lo vio por ningún lado. Tendría que volver a recorrer la tienda. Pensó que primero guardaría las cosas en la camioneta y luego volvería a entrar para buscarlo.

Pero cuando salió Art estaba allí, contemplando el enorme aparcamiento.

—Vaya, me estaba preguntando dónde estabas. ¿Te lo has pasado bien con Netta?

Art se volvió bruscamente. Parecía un poco perplejo.

—Era mi novia.

—Ya me lo has dicho —contestó Luke—. Ven, vamos a guardar esto en la camioneta. ¿Os lo habéis pasado bien?

—Se ha ido. Tuvo que irse con esa mujer, Ellen. Ahora vive con ella.

—Pero ¿habéis estado a gusto?

—Era mi novia —repitió Art—. Hacía mucho tiempo que no la veía.

—Sí —dijo Luke. Al parecer Art no iba a responder a su pregunta—. Ayúdame a cargar, ¿quieres, campeón?

Art hizo lo que le pedía, pero no paró de moverse y de refunfuñar. Estaba muy disgustado, eso saltaba a la vista, y Luke descubrió enseguida por qué. Acababan de salir del aparcamiento cuando Art dijo:

—Tengo que ir al supermercado. Tengo que volver.

—Dentro de un par de semanas, Art.

—¡Ahora! ¡Tengo que ir ahora!

—¿Has olvidado algo? —preguntó Luke.

—A lo mejor ella vuelve. Netta puede volver y yo puedo estar allí. ¡Hacía mucho que no la veía! Puedo estar allí si vuelve. ¡Compra allí!

Como no habían avanzado mucho, Luke se metió en un aparcamiento y detuvo la camioneta.

—Se ha ido, Art. ¿Le has pedido su número de teléfono o su dirección, o algo así?

—No —contestó con voz pastosa—. De pronto llegó esa

mujer y dijo que tenían que irse. Y Netta me dijo adiós. ¡Tengo que volver!

—Hoy no, campeón. Netta no volverá a comprar al supermercado hasta dentro de un par de semanas, igual que nosotros. Me apuesto algo. ¿Sabes al menos cómo se apellida?

—Blue —contestó Art—. Netta Blue —luego, con los ojos llorosos, miró a Luke y con voz quejumbrosa dijo—: Luke...

Luke sintió que se le caía el alma a los pies. ¡Pobre chico! Art podía ignorar muchas cosas, pero sabía cuándo le dolía el corazón. Netta Blue, su exnovia, se había ido. Acababa de encontrársela después de una larga separación y, ¡zas!, volvía a desaparecer. Se moría de ganas de volver a verla. Pero ¿quería verlo ella? ¿Y qué pensaría Ellen, su cuidadora, de que un hombre con síndrome de Down cortejara a Netta?

Aquello iba a escapársele rápidamente de las manos. Últimamente, Luke tenía la sensación de que todo se le escapaba de las manos.

—Bueno, cálmate, Art —dijo—. Te ayudaré a encontrarla. Pero primero tenemos que llegar a casa. Netta también se ha ido a casa. En cuanto lleguemos, veremos si podemos encontrarla.

—De acuerdo, Luke —dijo Art con esfuerzo.

Luke acarició su brazo.

—No te preocupes, ¿de acuerdo? No pasa nada. ¿Cuántas panaderías puede haber en Fortuna?

—No lo sé —contestó Art, abatido.

—No hace falta que contestes, campeón. Lo que quiero decir es que vamos a encontrarla, así que no te preocupes.

Art sorbió por la nariz.

—De acuerdo, Luke.

Cuando llegaron a casa, Art parecía mucho más calmado. Había dejado de mascullar y de hablar solo y parecía de nuevo de buen humor. Pero Luke estaba un poco impresionado. Le daba un poco de miedo que Art intentara llegar por sus medios al almacén de Eureka. A fin de cuentas, así era como había acabado viviendo allí, con ellos: su cuidador le había pegado y Art se había escapado. Había preferido no tener techo a sufrir malos tratos.

—Voy a guardar la compra, Art –dijo Luke—. Vete a pescar una hora y luego vuelve.

—Está bien –dijo Art.

—Mira tu reloj y recuerda: una hora. Shelby saldrá a buscarte.

—Una hora –repitió Art.

Luke guardó el papel higiénico y los productos de limpieza en el cobertizo y luego llevó la compra a casa sin hacer ruido. Como esperaba, la puerta del dormitorio estaba entornada. Shelby podía haberse tumbado un rato con los pies en alto, o podía haberse quedado dormida. Cuando acabó de guardar la compra, en vista de que Shelby no había salido de la habitación, salió sigilosamente. Tenía pensado ir a asegurarse de que Art estaba pescando, pero la puerta de la cabaña de Aiden estaba abierta para que entrara la brisa de junio y vio a su hermano sentado dentro, con el portátil abierto delante de él.

Tocó a la puerta.

—Hola. ¿Ya has vuelto de tu excursión de hoy?

—Solo he ido a la costa a pasear un par de horas por la playa –contestó Aiden sin mirarlo.

—¿Tienes un minuto? –preguntó Luke—. Porque tengo un problemilla...

Aiden se recostó en su silla con un suspiro de impaciencia.

—Mira, Luke, a mamá no va a pasarle nada...

—No es por mamá –dijo Luke al entrar en la cabaña. Se sentó a la mesa, frente a Aiden, y su hermano cerró lentamente el ordenador—. Es Art. Ha pasado una cosa. Y necesito que alguien más listo que yo me dé su opinión.

Aiden esbozó una sonrisa.

—¿Quieres que te aconseje?

Luke se inclinó hacia delante y le contó en voz baja lo que había ocurrido en la tienda. Cuando acabó, Aiden dijo:

—Caramba. Parece que Art se ha encontrado con un viejo amor y se le ha disparado la testosterona.

—¿La testosterona? —repitió Luke, asustado.

Aiden sonrió con indolencia.

—Ese no es el cromosoma que le falta, Luke. Es un hombre. ¿Cuántos años tiene? ¿Treinta y uno? En muchas cosas va a reaccionar como un hombre normal. En otras cosas, claro, reacciona a su modo.

—Ay, Jesús, María y José – dijo Luke, pasándose una mano por el pelo corto.

Aiden se rio.

—Relájate. Art está muy tranquilo. No va a volverse loco ni nada por el estilo. Pero, por amor de Dios, ¡tiene sentimientos! ¿Has hablado con él de estas cosas?

—¿De qué cosas?

—De las chicas. Del sexo. Del deseo. De las precauciones que hay que tomar.

—¡Pues claro que no! ¿Cómo iba a ocurrírseme? ¿Y qué iba a decirle?

—No estoy del todo seguro. No trato con pacientes varones, y menos aún con varones con síndrome de Down. ¿No tiene asignado un psicólogo o un trabajador social? Porque si tiene una novia, sobre todo si es una novia con una discapacidad parecida, alguien debería aconsejarle al respecto antes de que las cosas se desborden.

—Ay, Dios —gimió Luke.

—Tienes que encontrar a un experto. A alguien que haya estudiado educación especial, quizá. Llama a servicios sociales y explícales a qué te enfrentas, que no tienes experiencia en este campo. Pide ayuda.

—Pero ¿y la chica? ¡Le he prometido que lo ayudaría a encontrarla!

—Pues hazlo. Vivían en la misma casa, Luke. Se tienen cariño. Bueno... –titubeó—. Por lo menos, Art se lo tiene a ella. Seguramente deberías intentar averiguar si el sentimiento es mutuo antes de hacer nada más –Aiden sonrió—. Sé lo que estás pensando. Temes un poco que Art se vuelva loco. No, Luke –dijo, meneando la cabeza—. Tiene una discapacidad psíquica, pero también muy buen carácter. Es amable y cariñoso. Solo necesita que le aconsejen un poco. Busca a alguien con experiencia que te diga cuál es el mejor modo de manejar la situación. Y no te preocupes. Te entiendes de maravilla con Art. Habla con Shelby. Seguro que entre los dos encontráis una solución.

Luke refunfuñó un poco, se levantó y se alejó hacia el río.

Aiden sacudió la cabeza. Luke le recordaba mucho a su padre: muy duro por fuera, pero angustiado por dentro, como buen irlandés. Su hermano era muy vulnerable. Tenía un corazón de oro. Nadie le había obligado a hacerse cargo de Art: ocuparse de él había sido idea suya. Igual que lo que ocurría con su madre: Luke era el que estaba más preocupado, y el que menos se atrevería a hablarlo directamente con ella.

Necesitaba solucionar aquel pequeño problema con Art, pensó Aiden. Así se sentiría más seguro, más capaz de desenvolverse en una situación emocional que nunca antes se le había presentado. Sería bueno para todos ellos, y una buena forma de practicar para ser padre.

CAPÍTULO 4

Aiden tenía un par de compromisos previstos para las semanas siguientes. En primer lugar, su cuñada Franci había vendido la casa en la que había vivido con Rosie mientras Sean estaba en Irak, y pensaba trasladar todas sus cosas a Alabama, el siguiente destino de Sean. Rosie y ella iban a instalarse en una de las cabañas de Luke, y Sean se reuniría con ellas poco después, antes de que se marcharan a Alabama. Pero había muchas cosas que hacer en casa de Franci antes de la mudanza: pequeñas reparaciones, un mercadillo en el garaje, pintar un poco, adecentar el jardín y, después de que la empresa de mudanzas se llevara los muebles, una limpieza a fondo antes de que se instalaran los nuevos propietarios. Aiden le había dicho que la ayudaría en todo. Le apetecía estar con Franci y con Rosie, y necesitaban ayuda.

Además, su madre y George se presentarían en algún momento de la semana siguiente y Aiden quería estar cerca cuando llegaran.

Y, naturalmente, quería estar disponible si Shelby lo necesitaba para algo. Luke no quería apartarse de su lado a menos que él estuviera cerca. Y estaba deseando resolver el asunto de Art antes de que naciera su hijo.

La misión de Aiden ese verano era bien sencilla: ayudar en lo que pudiera y disfrutar de su familia. Sus planes no le dejaban mucho tiempo libre, y todavía había una cosa más que quería hacer. Quería ver qué tal estaba la mujer que se había herido en la cabeza. Erin.

Una mañana se vistió para salir de excursión al campo, cargó su mochila y se fue en su todoterreno. Condujo hacia la cabaña de Erin, aparcó en una explanada junto a la carretera, a los pies del risco, y empezó a subir a pie por el sendero de tierra. Cuando llegó a la cima, vio que el coche de Erin no estaba. Dio una vuelta a la casa. No parecía haber ningún cambio, salvo porque la cabaña estaba completamente cerrada. Echó un vistazo al jardín. Estaba seco. No había mejorado mucho. Dedujo que Erin había vuelto a su casa, pero por si acaso regó las plantas. Tal vez ella tuviera pensado pasar allí un fin de semana de vez en cuando.

Luego, sin saber por qué, se puso a cavar un poco en la parcela cuadrada que había detrás de la casa y que Erin había dejado abandonada. Arrancó las malas hierbas, quitó las piedras grandes y las lanzó al bosque. Luego labró la tierra hasta ablandarla y dejarla lista para plantar. Se fue a Fortuna en coche, compró un par de sacos de mantillo, un par de bolsas de fertilizante, algunas herramientas de tamaño adulto y una manguera. Luego volvió, esparció el mantillo y el fertilizante y regó la tierra.

Antes de marcharse, se sentó en el porche a contemplar el panorama mientras bebía un poco de agua. No se sentó en las bonitas tumbonas de Erin, sino en el peldaño. Miró a través de las puertas: la casa estaba limpísima. Pero no había ni rastro de vida. Ni libros, ni papeles esparcidos por ahí, ni platos en la mesa, ni cazuelas en la placa, ni una sudadera colgada del respaldo de una silla.

Así pues, Erin se había ido.

Al marcharse se llevó las bolsas de plástico vacías del fertilizante y el mantillo y dejó las herramientas apoyadas en la pared, detrás de la casa.

Al día siguiente llevó plantas, hortalizas germinadas, flores, estacas y una boquilla para la manguera. Se sentó en el porche a beber agua y miró de nuevo por las puertas. Seguía estando todo impecable.

Se preguntó si ella volvería alguna vez. Luego se preguntó por qué se lo preguntaba. No le gustaba aquella mujer. Era un incordio.

Al día siguiente, a eso de mediodía, se pasó por allí para regar diciéndose que en casa de Luke no había sitio para plantar un huerto y que estaba disfrutando. También se le pasó por la cabeza que tal vez ella volviera a la cabaña y que quizá se le ocurriera echar un vistazo a las plantas de atrás. Le hacía gracia imaginarse la cara que pondría cuando viera que había un huerto y se preguntara quién lo había hecho y por qué.

Regó un poco más el huerto porque al día siguiente había quedado en ir a casa de Franci con Luke, Shelby y Art para ayudar en el mercadillo que su cuñada iba a hacer en el garaje, trabajar en el jardín y hacer algunas reparaciones.

Art, que tenía siempre tan buen carácter, se había vuelto un fastidio. Lleno de ansiedad, preguntaba constantemente por Netta.

—¿Sabes dónde vive ahora? ¿Sabes dónde está su casa?

Luke le decía una y otra vez:

—Todavía no, campeón. Estoy llamando a panaderías, preguntando si trabaja allí, y por ahora no la he encontrado. Intenta relajarte.

Pero decirle que se relajara estaba resultando tan útil como arrojar queroseno a un fuego. Nada era capaz de distraer a Art mucho tiempo. Ni siquiera con Rosie se entretenía. Y el mercadillo, que debería haberle entusiasmado, no le interesó lo más mínimo. Preguntó constantemente si había alguna novedad, y Luke contestó con paciencia:

—Me lo preguntaste hace diez minutos, Art. No, no hay ninguna novedad.

Shelby se sentó en una tumbona, en la puerta del garaje, y mientras se abanicaba estuvo hablando con la gente que se acercaba a curiosear mientras Franci y su madre, Vivian, movían de acá para allá las cosas.

Aiden dio un poco de yeso en los baños, reparó el canalón, retiró la nevera, la secadora y la lavadora y limpió el suelo. Rosie se pegó a él porque le había prometido que, cuando acabara lo que tenía que hacer, podría adornarle la barba con lazos y horquillas. Entre tanto, Luke y Art trabajaron juntos en el jardín.

—¿La has llamado ya, Luke?

—¿Me has visto acercarme a un teléfono, Art?

—¿La has llamado?

—¡Estoy cortando el dichoso césped, Art!

—Pero ¿vas a llamarla?

Aiden no quería reírse de ellos, pero se rio de todos modos. Él también tenía su sombra.

—Cuando acabes esto, ¿puedo peinarte la barba?

—Sí, Rose. Cuando acabe esto.

—¿Y ponerte un lazo?

—Sí, Rose. Cuando acabe aquí.

Cuando por fin acabó, se sentó en una silla de jardín en el patio de atrás, con Rosie y su perro, Harry, y mientras Art y Luke segaban los bordes del césped, recortaban los setos y recogían las hojas y las ramas, Rosie le peinó la barba y se la llenó de cintas y horquillas. Aiden cerró los ojos, se relajó y procuró recordar que debía mantenerse despierto. Su hermano Sean se había dormido una vez estando con Rosie, y la niña le había pintado de rotulador toda la cara.

—Ya sé qué voy a regalarte por Navidad —dijo Aiden—. Una muñeca con mucho pelo para que puedas peinarla. ¿Vas a ser peluquera cuando seas mayor?

—¿Peluquera? No, voy a ser pilota de aviones. Es muy importante. ¿Y tú? ¿Qué vas a ser? —preguntó Rosie.

Aiden abrió un ojo y la miró.

—Granjero —contestó—. También es muy importante.
—Eso está muy bien —respondió la niña.

Un día de entre semana, Mel Sheridan subió los peldaños del bar de Jack a las dos de la tarde. De pronto pensó en la cantidad de veces que había hecho exactamente lo mismo en el pasado. El bar solía ser muy tranquilo, a menudo estaba desierto entre la hora de la comida y la de la cena, y si su marido no estaba haciendo recados o atareado en algún otro sitio, siempre estaba allí. Solía estar detrás de la barra, haciendo inventario, ordenando cosas, o preparándose para la hora de la cena. El Reverendo estaría en la cocina, guisando, y su mujer, Paige, y los niños estarían en la casa contigua. A menudo, mientras los niños dormían la siesta, Paige se sentaba delante del ordenador a buscar recetas, a pagar facturas o a llevar las cuentas del bar.

Cuatro años atrás, cuando ella había llegado al pueblo, había conocido en el bar a su futuro marido. En aquel momento ni se le había pasado por la cabeza que pudieran ser amigos, y sin embargo no había tardado en enamorarse de Jack. Aquel era el lugar donde habían tenido sus conversaciones más íntimas con el paso de los años, y cuando había algo de lo que Mel quería hablar con él, aquella hora del día solía ser la ocasión perfecta.

Entró y comprobó de un vistazo que estaban solos: Jack estaba detrás de la barra y no había clientes.

—Hola, nena —dijo su marido con una sonrisa.

¡Ah, habían pasado cuatro años y Mel había entrado en el bar infinidad de veces, y sin embargo Jack seguía comportándose como si hiciera días que no la veía! Su sonrisa era cálida y provocativa, sus ojos marrones brillaban. Quizá cuatro años no fueran tanto tiempo, pensó Mel. Aun así, estaba absolutamente convencida de que Jack seguiría mirándola así pasados cuarenta años. Así era él: no se tomaba sus compromisos a la ligera. Una vez le había dicho:

—Yo voy en serio.

Cuatro palabras que resumían un compromiso de por vida. Jack no decía algo así a no ser que lo sintiera, y tenía fortaleza suficiente para cumplir su promesa.

Mel se subió a un taburete y se inclinó para darle un beso.

—Hola, cariño. Hoy es un día grande. Emma ya hace caca siempre en el orinal.

Jack sonrió.

—¿Y David? –preguntó.

—El principal problema que tenemos con David es que hace pipí en el jardín, como le ha enseñado su papá.

Jack la agarró de las manos.

—No espero que lo entiendas porque eres chica, pero aprender que el mundo es tu urinario es un rito de iniciación muy importante –se encogió de hombros—. Y a mi hijo le gusta.

—Lo sé. Prefiere hacer pis en un arbusto que hacerlo en el váter. Pero debería haber un punto de equilibrio. En los arbustos cuando no haya váter, etcétera.

—Ya lo entenderá...

—Hay una cosa de la que quería hablarte. Quería quitarles del todo el pañal a los niños antes de decírtelo, pero creo que ya va siendo hora.

—¿Qué es?

—Creo que me gustaría tener otro hijo antes de hacerme mayor.

Mel sonrió al ver la cara de pasmo de su marido. Le dio un par de segundos, y notó que Jack se preguntaba si se habría vuelto completamente loca. Por fin dijo muy despacio:

—¿Estás pensando en adoptar?

—Pues la verdad es que no. He pensado que podríamos tener uno más.

—Pero Mel... –dijo Jack suavemente, apretando sus manos—. Nosotros ya no podemos tener...

Ella se rio un poco.

—Sé que ya no tengo útero, Jack. Pero sigo teniendo ovarios

y tú sigues teniendo esperma. Podríamos recurrir a un vientre de alquiler.

—¿Qué? –Jack frunció el ceño.

—Seguro que sabes lo que es.

—Sí –dijo Jack—, pero...

—Fecundación in vitro y un vientre de alquiler –sonrió, radiante—. Haces unos niños tan maravillosos... Y creo que podríamos tener uno más antes de que nos hagamos demasiado mayores. Estábamos pensándolo justo antes de que naciera Emma. Y tiene dos años.

—Pero yo ya tengo cuarenta y cuatro años. Y tú treinta y seis.

—No somos tan viejos, Jack –dijo Mel.

—¿Y se te ha ocurrido así, de repente? –preguntó él.

—Llevo un tiempo dándole vueltas. No somos jóvenes, pero ahora hay muchas parejas que empiezan a tener familia con treinta y tantos o cuarenta años. Estamos sanos y fuertes... No hay razón para que no les veamos crecer. Uno de los dos, o incluso los dos, podríamos caernos por un precipicio, claro, pero eso puede pasar a cualquier edad. Pensándolo bien, con mi historia de infertilidad, podríamos haber tardado varios años en conseguirlo.

Jack se quedó callado otra vez. Luego dijo:

—Mel, tu historia de infertilidad quedó atrás cuando llegaste a Virgin River. Y tenemos dos hijos. Dos hijos preciosos y sanos.

—¿Te lo pensarás, al menos? Porque es la solución más lógica. Lo tenemos todo, menos un útero...

Jack empezó a sacudir la cabeza.

—Nena, nosotros no necesitamos una solución. ¡No tenemos ningún problema!

—Bueno, si queremos tener otro hijo, sí lo tenemos. Jack, es solo un embarazo y un parto, no una operación cerebral. Hay mujeres que, por la razón que sean, están dispuestas a gestar el bebé de una pareja que no puede tenerlo por sus propios medios. Casi siempre son mujeres casadas que ya tienen hijos, que no necesitan tener más ni quieren tenerlos, pero que llevan muy bien los embarazos. Naturalmente, hay que pagarles y cubrir sus gastos médicos, pero para ellas no suele ser una cuestión de dinero, sino más bien un servicio que están dispuestas a hacer a parejas que no pueden tener hijos.

—¿De veras te crees eso? –preguntó Jack—. ¿Que no lo hacen por dinero?

Ella se encogió de hombros.

—Imagino que a veces el dinero cuenta mucho, pero siempre hay muchas disponibles entre las que elegir, y a mí no me interesa ninguna que necesite el dinero desesperadamente. Ese tipo de motivación no es el que nos conviene.

—Mira, a veces he visto en la tele que hay madres de alquiler que al final se niegan a entregar al bebé...

—Eso suele ocurrir cuando la madre de alquiler pone sus óvulos –contestó Mel—. En esos casos, puede que cambie de parecer durante el embarazo. Es su bebé y no quiere separarse de él. Pero ese no sería nuestro caso. Nosotros solo necesitamos un vientre. Un recipiente. Normalmente no hay problemas con las madres de alquiler –dijo, y sonrió como si el asunto estuviera zanjado.

Jack recogió su paño y una vaso de debajo de la barra y empezó a secarlo, a pesar de que ya estaba seco. Mel sabía que su marido siempre hacía aquel gesto cuando no sabía qué decir ni cómo actuar. A veces lo hacía para que pareciera que estaba ocupado mientras su mente funcionaba a marchas forzadas, o para no estrangular a alguien.

—¿Cómo funciona exactamente? –preguntó.

—Bueno, uno elige a las candidatas, como es lógico. Se buscan madres de alquiler que hayan pasado los exámenes médicos pertinentes y te entrevistas con algunas. Se recogen unos óvulos y un poco de esperma, un laboratorio se encarga de producir los embriones con nuestros óvulos y nuestro esperma, los congela, implanta un par en el vientre de alquiler y...

—¿Y salen seis u ocho bebés? –preguntó Jack alzando una ceja.

—No, Jack. Solo uno. Quizá dos, pero si eliges a una madre

de alquiler con experiencia y que no tenga ningún problema para concebir, el médico solo le implanta un embrión, o como máximo dos. Si no arraigan después de un par de intentos, puede que el médico se arriesgue a implantar tres. Pero que arraiguen los tres embriones al tercer o cuarto intento es casi un milagro. No, Jack. Solo será un bebé. Hay tantas posibilidades de que nazcan dos como de que nosotros tuviéramos gemelos si yo todavía tuviera útero y decidiéramos tener otro hijo de manera natural.

Jack siguió frotando el vaso y se quedó callado. Su cara no dejaba traslucir nada.

—Jack —dijo Mel—, no es una idea tan alocada, ¿verdad?

Él dejó escapar un suspiro.

—A veces me cuesta recordar que te dedicas a esto. Que es tu especialidad. Pero lo intento.

—¿Y?

—Y quizá sería de ayuda que tú intentaras recordar que no es la mía.

—¿Qué quieres decir?

Él dejó el vaso y el paño. Apoyó los codos en la barra y la miró de frente. Volvió a tomar sus manos y, mirándola a los ojos, dijo con ternura:

—Mel, si no hubiéramos tenido hijos y tuvieras muchas ganas de ser madre, haría casi cualquier cosa para que lo consiguieras. Si me pidieras que abriéramos la casa a otro niño, quizás a uno que no tenga padres, me lo pensaría muy en serio. Ya sabes: si hay sitio en el corazón, hay sitio en casa. Pero esto que me pides... —sacudió la cabeza casi con tristeza—. No sé si soy capaz de ver a un hijo nuestro creciendo en el vientre de otra mujer. O saliendo del cuerpo de otra mujer.

—No tienes por qué mirar —sugirió ella.

—Que te quedaras embarazada fue lo más grande que me ha pasado en la vida —dijo Jack—. Saber que estabas embarazada, soportar tus cambios de humor y tus antojos, ver cómo crecía tu tripa y cómo se movían los niños, y luego verte dar a luz... Para mí, fue algo sagrado. Un milagro. Mel, no hay nada comparable con nuestros hijos y con todo lo que implicó su embarazo. Pero que mis espermatozoides se junten con tus óvulos en una plaquita de laboratorio y que nuestro hijo crezca en el vientre de una desconocida...

—¡Pero es nuestro último recurso!

—No, nena. Un último recurso es dar gracias por lo que tenemos. Si las cosas hubieran sido distintas y hubiera llegado un tercero, podría haberlo asumido. Me habría alegrado. Pero no tenemos por qué tener otro hijo –hizo una mueca—. Por lo menos, no así.

Ella se mordisqueó el labio un momento.

—Es solo que para ti es algo muy extraño y desconocido.

—En eso tienes razón –contestó Jack.

—Pero se hace constantemente.

—Yo no –respondió él.

—Antes de que tomes una decisión, ¿podrías hablar con John Stone? La clínica en la que trabajaba antes de llegar a Grace Valley tenía una consulta de reproducción asistida muy activa. Creo que Susan dijo que John y ella necesitaron un empujoncito para tener su primer hijo. ¿Podrías hablar con él, por favor? Preguntarle las dudas que tengas, desde el punto de vista masculino.

Jack frunció los labios un momento.

—Lo haré por ti –dijo—. Hablaré con él. Le haré algunas preguntas. Pero ahora mismo, Mel, la respuesta por mi parte es no.

—Habla con John, por favor –dijo ella.

Jack se inclinó y la besó.

—De acuerdo.

—Gracias, Jack. Para mí significaría mucho que consideraras esa posibilidad.

—Lo intentaré, nena. Lo intentaré, de veras.

Erin se aburría como una ostra. Después de que se marcharan Marcie e Ian, había pasado un par días sin hacer nada. Habían sido los días más largos de su vida. Pero como estaba decidida a tomar las riendas de su vida y a cambiar de rumbo, había sacado algunos de los libros que había llevado consigo: libros de autoayuda sobre relajación, serenidad, meditación, sobre cómo alcanzar la felicidad interior o tener un pensamiento positivo, sobre la energía de la voluntad, el control de las emociones y su favorito: *Cómo aprender a no preocuparse por cosas sin importancia.*

Había leído muchos libros de autoayuda, pero siempre sobre temas como la eficacia y la capacidad de concentración, la organización y la productividad. Le gustaban esos libros. Reforzaban su hábito de trabajo. En los libros acerca de emociones y sentimientos, ni siquiera encontraba frases que subrayar. Y a ella le gustaba subrayar. Así se sentía activa y emprendedora.

Cuando tuvo conexión por satélite, probó a poner la tele. Entre trescientos canales, no encontró nada que le interesara. Puso una película y se dio cuenta de que ni siquiera las comedias románticas, que tanto le gustaban, le hacían gracia si Marcie no estaba allí, riéndose o suspirando mientras Ian se quejaba de que aquello era una tortura.

Así pues, mandó un correo a su oficina para avisar a todas las personas relacionadas con sus casos y clientes de que ya estaba otra vez conectada y decirles que, como se sentía muy descansada, tenía tiempo de sobra para cualquier consulta que quisieran hacerle. Dado que estaban todos trabajando, las respuestas llegaron casi inmediatamente.

Por aquí todo va bien. Diviértete. Lo tenemos todo bajo control, jefa, que te lo pases bien. Por aquí no hay ningún problema, Erin. ¡Aprovecha tus vacaciones!

Decidió que seguramente lo mejor era marcharse de la cabaña, así que a la mañana siguiente montó en su coche y se fue a Eureka a comprar libros. Le encantaba leer, pero solo leía un par de horas por las noches y no le interesaba malgastar todo un día con un libro, por interesante que fuera. Prefería hacer cosas. Así que compró libros sobre diversas manualidades, desde jardinería a fabricación de colchas artesanales. Antes de comprar material para ponerse manos a la obra, decidió echar un vistazo a los libros para ver qué le apetecía más. Era la primera vez que tenía tiempo para hacer manualidades.

Cuando llegó a casa, a última hora de la tarde, se sirvió una copa de vino y se puso a hojear los libros. Todos surtían sobre ella el mismo efecto: era como ver secarse la pintura. Luego llegó a un libro sobre cocina de autor y sintió un nudo en la garganta. Se le nubló la vista y noto un escozor en los ojos. ¿Cocina de autor? ¿Para una sola persona?

Al día siguiente volvió a salir. Esta vez, para ir de compras. Compró una hamaca para colgarla entre dos árboles, unas cuantas plantas grandes y bonitas y tiestos grandes para el porche. Cuando llegó a casa y se dio cuenta de que había olvidado comprar herramientas para colgar la hamaca y tierra para las plantas, lo dejó todo fuera para cuando le apeteciera ponerse manos a la obra. Si llegaba a apetecerle alguna vez, claro.

Al día siguiente subió a su coche por la mañana y se puso a conducir. Era hora de hacer un poco de turismo. Quería ver esas tiendas de antigüedades que, según decía, se moría por ver, y en las que en realidad no tenía ningún interés. Mientras conducía, estuvo pensando. Sobre todo, en Marcie y en Drew. Estaba muy orgullosa de sus hermanos. Se sentía muy honrada de haberles ayudado a alcanzar la fase de sus vidas en la que se encontraban. Por fin sus hermanos eran adultos capaces de tomar las riendas de una vida feliz y fructífera. Para eso se había esforzado tanto, y el momento había llegado.

De pronto se dio cuenta de que llevaba varias horas conduciendo en dirección sur y que estaba casi en el desvío hacia el lago Clear. Se apartó de la carretera. Podía tomar el desvío, volver a Chico, a casa, y olvidarse de pasar el verano en las montañas. Ian y Marcie no se reirían de ella, y Drew estaba en Los

Ángeles. Y en cuanto a la gente del despacho... Hablarían de ella, dirían que era una adicta al trabajo, pero a fin de cuentas era socia del bufete: serían discretos.

Luego se acordó de aquel día en el aseo de señoras del juzgado, cuando había oído por casualidad una conversación mientras estaba en un retrete con la puerta cerrada.

—Sale con hombres, pero normalmente solo una vez, y nunca funciona —había dicho una mujer.

Y la otra había contestado:

—¡Es tan estirada...! ¡Esa mujer no tiene vida propia!

Desde que tenía edad para salir con chicos, solo había salido con cuatro más de dos veces y los cuatro se habían quejado amargamente de ella: no solo era estirada, sino que estaba siempre a la defensiva, era incapaz de bajar la guardia. Pero además era soberbia, inflexible, mandona y aburrida. Trabajaba demasiado y con demasiado empeño; sencillamente, no podía relajarse. Erin había perdido la cuenta de las veces que le habían dicho que tenía que «dejarse llevar».

Tres de esos hombres la habían contratado después como asesora fiscal y uno de ellos había recurrido a ella para crear un fideicomiso y un plan de gestión patrimonial.

Erin dio media vuelta y regresó a Virgin River.

Cuando acabó el mercadillo en casa de Franci, Aiden llevó lo que había quedado a una organización caritativa como donación. Después de acabar las tareas de limpieza, reparación y jardinería, Luke y él ayudaron a Franci y a Rosie a cargar sus maletas y a instalarse en una de las cabañas de Luke.

Un par de días después Franci y Rosie irían a San Francisco a recoger a Sean y volverían los tres a Virgin River. Sean iba a estar unas semanas de permiso, pero a mediados de julio debían partir hacia Montgomery. Tenían que encontrar una casa antes de que Sean empezara en la Academia de Mando de las Fuerzas Aéreas, donde iba a hacer un curso de un año para oficiales veteranos con posibilidad de ascender hasta los más altos puestos de mando. O sea, a generales.

Cuando pensaba que Sean podía llegar a general, a Aiden siempre le daban ganas de reír. Se imaginaba mucho más a Luke en ese papel que a Sean, que siempre había sido un desastre. Pero también se había graduado con honores en la academia y tenía instinto y gran habilidad para pilotar aviones.

Después de ayudar a su familia, Aiden pudo disponer otra vez de su tiempo. Se vistió para salir al monte, pero se llevó el coche. Se fue derecho a la cabaña de Erin con la esperanza de que el huerto no se hubiera secado en su ausencia. El coche de Erin no estaba, como de costumbre. Y el huerto parecía estar prosperando.

Por fin, sin embargo, vio que algo había cambiado: había tres plantas grandes y lustrosas en el porche. Y, a su lado, tres bonitos maceteros de cerámica. Pero nada más. No había ningún saco de tierra para plantar. Así pues, alguien había pasado por allí. Aiden echó un vistazo al interior de la casa por las puertas del porche: seguía sin haber ni asomo de vida.

En el porche había también una caja abierta que parecía contener algo de madera y macramé. Aiden miró más de cerca. Era una hamaca. Las instrucciones para montarla estaban allí, pero la hamaca parecía abandonada. No había herramientas para colgarla, aunque solo se necesitaba un destornillados y una llave pequeña para asegurar un par de soportes. Así pues, Aiden se ocupó del jardín y al día siguiente llevó tierra y un par de herramientas para colgar la hamaca. Pero ¿por qué estaba haciendo aquello? Porque Erin era incapaz de hacerlo y él tenía tiempo, por eso. Luego sonrió un poco al acordarse de su fantástico trasero.

Al volver a Virgin River después de su largo paseo en coche, Erin se paró en el pueblo. Decidió comprar algo que pudiera recalentar para cenar y se fue al bar de Jack. Solo había una persona en el bar. Erin la reconoció: era la matrona del pueblo. Estaba sentada a solas en una de las mesas, anotando algo en unas carpetas abiertas. Erin la había conocido en su primera visita al pueblo, dos años y medio antes.

Mel levantó la mirada y exclamó:

—¡Vaya! ¡Hola! Sabía que acabaría por verte —se levantó de la mesa con el bolígrafo todavía en la mano y se acercó a ella para darle un abrazo amistoso—. ¿Qué tal va todo?

—Genial —contestó Erin con una sonrisa—. Estupendamente.

—¿Qué te pongo? —preguntó Mel—. Ven a sentarte conmigo y cuéntame qué tal la familia.

—Se me ha ocurrido parar a comprar algo que pueda calentar luego para cenar, pero... —miró la mesa que había ocupado Mel—. Parece que estás trabajando.

—Estoy poniendo al día las historias de algunas pacientes. Le dije a Jack que, si se llevaba a David a hacer recados, me quedaría aquí trabajando. Así, si entra alguien, puedo llamar al Reverendo, que está en la cocina. La niña está dormida, en la clínica. El doctor Michaels está montando guardia. ¿Tienes tiempo para tomar algo?

—Tiempo es precisamente lo que tengo —contestó Erin, riendo—. Tengo todo el verano.

—Vaya, debe de ser una sensación increíble.

—Increíble, sí —dijo Erin. Miró la bebida de Mel y dijo—. ¿Una Coca Cola light?

—Ahora mismo te la pongo —dijo Mel, pasando detrás de la barra—. Bueno, Jack me ha dicho que Marcie y su marido van a ser padres. Y ¿qué más me dijo? Algo sobre tu hermano pequeño...

—Está trabajando como médico residente de ortopedia en el Centro Médico de la Universidad de Los Ángeles.

—Caray. Yo también estuve de interna allí cuando me especialicé —dijo Mel. Llevó a Erin el refresco—. Tendrá huesos rotos y accidentes de tráfico a mansalva para mantenerse ocupado. Fui a ver la cabaña. Espero que no te importe.

—¿Importarme? Me alegro de que fueras a verla. ¿Qué te pareció?

Mel se reclinó en la silla.

—Bueno, he visto el antes y el después de ese sitio. Y no me explico cómo entre Paul y tú habéis conseguido dejarla tan bonita fijándoos en unas fotografías mandadas por e-mail.

—Reunir esas fotografías fue lo más sencillo —contestó Erin—. La cabaña es pequeña, solo tiene dos habitaciones. También le propuse a Paul varios diseños que rechazó por motivos constructivos. Tuvimos que modificar el diseño de la cocina y el cuarto de baño para reformar la instalación de fontanería. Después solo quedó comprar los muebles, y eso lo hice con bastante tiempo de antelación para que me los trajeran en cuanto estuviera acabada la obra. Paul tiene mucho talento, ¿verdad?

—Fue él quien construyó nuestra casa —dijo Mel—. Lo hizo como un favor, pero ahora que ha establecido aquí su empresa, es el constructor predilecto de esta zona. Pero la verdad es que me muero de curiosidad por saber una cosa, Erin. ¿Por qué decidiste venirte aquí? No conozco a mucha gente que pueda tomarse todo el verano de vacaciones, y tú lo has planeado todo con mucho esmero.

—No fue tan repentino. Ian y Marcie venían de vez en cuando a pasar un fin de semana. Y Drew también usaba la campaña para hacer escapadas de tarde en tarde. Ian y él estaban todavía en la universidad y la cabaña era el retiro perfecto para estudiar. Yo era la única de la familia a la que no le interesaba, al menos hasta que tuviera cuarto de baño dentro.

Mel se rio.

—Es comprensible. Yo nunca he sido partidaria de tener el retrete fuera. Y sigue siendo muy común en las montañas, por cierto.

—Pensé que me vendría bien venir de vez en cuando si arreglaba un poco la cabaña. Y cuando Ian me dijo que adelante, perdí un poco la cabeza. Ian pensaba que me refería a construir un pozo séptico, y yo he añadido una habitación entera y he hecho reformar la cabaña de arriba abajo, he construido un baño grande y una cocina completa. Eso por no hablar de la chimenea de piedra y del porche.

—Lo mejor es ese porche, creo yo. Ver atardecer desde allí debe de ser pura magia. Paul y tú formáis un buen equipo.

—Es precioso –reconoció Erin.

—¿Y por qué decidiste venir a pasar todo el verano? –preguntó Mel.

Erin se encogió de hombros y se quedó mirando su refresco.

—No sé. La gente me decía que trabajaba demasiado, que no sabía relajarme.

Mel se rio suavemente.

—Sé lo que es eso.

—¿Sí? –preguntó Erin, sorprendida.

Mel asintió.

—Antes de ser matrona trabajé durante años como enfermera de urgencias y después fui matrona en un centro de acogida enorme. Nos llegaban casos complicadísimos. Muchas de nuestras pacientes no habían tenido cuidados prenatales y sufrían graves problemas. El primer parto que atendí fue el de una mujer a la que habían detenido por robo. Dio a luz esposada a la cama y rodeada de policías. Joey, mi hermana mayor, decía que yo era una adicta a la adrenalina.

—Y luego viniste aquí –dijo Erin.

Mel ya le había contado su historia durante su visita anterior, cuando había ido en busca de Marcie para llevarla a casa. Le había dicho que su primer marido había muerto víctima de un crimen y que ella había huido de Los Ángeles intentando dar un vuelco a su vida.

—Tiene gracia –comentó Mel–. Vine buscando paz y tranquilidad y acabé siendo secuestrada y llevada a la fuerza a una plantación de marihuana para atender un parto de riesgo. Un plantador que entró en la clínica buscando drogas estuvo a punto de liquidarme. Y mi bebé nació en la cabaña en la que vivíamos Jack y yo, a la luz de las velas porque una tormenta nos había dejado sin luz ni teléfono y un tronco había bloqueado la carretera y no pudimos llegar al hospital.

—¿En serio? —dijo Erin levantando las cejas—. Eso no me lo habías contado.

—Viniste a buscar a Marcie y ella no quería que la rescataran —dijo Mel—. Pensé que contártelo no ayudaría mucho a Marcie. El caso es que aquí sigo teniendo adrenalina de sobra. Aunque reconozco que la mayoría de los días son bastante tranquilos. Es solo que, cuando no lo son, son terribles.

—Francamente, a mí me vendría bien un poco de emoción —refunfuñó Erin—. Te juro que si una sola persona más me manda un e-mail diciéndome que disfrute del olor de las rosas...

Mel se rio.

—No dejes que nadie te diga lo que tienes que sentir, Erin. Si lo que te gusta es trabajar, ¡trabaja!

—¿No vas a sermonearme sobre la necesidad de encontrar un punto de equilibrio? —preguntó Erin con una sonrisa.

—¿Y no lo tienes ya? Tienes familia, amigos, una casita en las montañas, un trabajo emocionante...

—¿El Derecho Fiscal y Patrimonial? —preguntó Erin con los ojos como platos—. ¡La gente me mira como si estuviera loca cuando digo que me apasiona!

Mel se rio.

—Bueno, si a ti te gusta...

Erin se inclinó hacia ella.

—Me he esforzado muchísimo —dijo, muy seria—. He conseguido todo lo que me he propuesto. Tengo una cartera de clientes muy grande. Mis socios jamás me dicen que trabajo demasiado, puedes creerme. El bufete hace trabajos gratuitos, pero para eso tiene que sacar suficiente dinero de los clientes ricos que tienen problemas con Hacienda. Mi cartera de clientes es tan importante para mis socios que tuve que amenazar con dimitir para tomarme estos meses de vacaciones. Drew está trabajando en el hospital y va a casarse dentro de poco con una chica encantadora. Ian y Marcie son muy felices y a finales de verano tendrán su primer hijo. ¡Se acabó la presión! Ahora puedo relajarme y disfrutar de la vida, y no se me ocurre absolutamente nada que me apetezca hacer.

—Ah. Vaya.

Erin se recostó en la silla.

—Es la verdad. Pero no se lo digas a nadie. No llevo aquí ni dos semanas y estoy tan aburrida que no puedo soportar levantarme por las mañanas y enfrentarme a otro día eterno sin nada que hacer. Hace tantos años que trabajo sin parar...

—Primero la carrera y luego un bufete con mucho trabajo –comentó Mel—. Habrá sido un gran esfuerzo.

—Empecé a esforzarme antes de estudiar en la universidad, cuando era todavía una cría. Tenía que ayudar en casa.

Mel arrugó el ceño.

—Marcie me dijo que perdisteis a vuestros padres cuando erais pequeños.

—Nuestra madre murió cuando yo tenía once años. Marcie tenía cuatro y Drew estaba todavía en pañales.

Mel se quedó pensando un momento.

—Habrás cuidado mucho de ellos.

Erin se rio.

—¿Mucho? No hacía otra cosa. Volvía corriendo a casa después del colegio para sustituir a la niñera a la que había contratado mi padre, hacía la cena, ponía la lavadora, doblaba la ropa, bañaba a los niños, los acostaba... La niñera solía dejarlo todo manga por hombro, y yo no quería que mi padre se encontrara la casa así cuando volvía de trabajar. Estaba muy deprimido. Lo intentaba, pero había perdido a su mujer y tardó más de un año en recuperarse lo suficiente para poder hacerse cargo de nosotros.

—Hace unos diez años que no te tomabas unas vacaciones, ¿verdad? –preguntó Mel.

—Mi padre murió de repente cuando estaba estudiando en

la universidad. Todavía vivía en casa, claro. Marcie y Drew tenían quince y trece años. Por lo menos no tuve problemas para que me concedieran la custodia.

—¿Cuántos años tenías? ¿Veintidós?

—Era muy madura para mi edad —contestó Erin.

—Seguro que sí —dijo Mel—. ¿Y ahora, después de haber trabajado tanto, te sientes un poco en el dique seco? ¿Como si ya no tuvieras ningún objetivo en la vida?

—Ay, Dios —dijo Erin—. No sabía cómo expresarlo, pero es como si tuviera que tomarme todo el verano para aprender a estar sola, a ser feliz y estar satisfecha así, porque eso es lo que me espera a partir de ahora. Voy a estar sola.

—¿Y cuántos años tienes? ¿Treinta y cinco?

—Treinta y seis.

—Erin, querida... Tienes treinta y seis años y llevas veinticinco siendo madre. Estás pasando por el síndrome del nido vacío.

—¿Qué?

—Sacrificamos tantas cosas por nuestros hijos... Nos damos tanto... Voluntariamente, claro. Es lo que la mayoría de las mujeres quiere hacer: tener un hijo y consagrarse a ello. A veces es un golpe muy duro que tus hijos te digan: «Ya soy mayor. Apártate y deja que decida por mí mismo».

—Pero... pero yo hablo con Marcie todos los días, y con Drew por lo menos un par de veces por semana. Seguimos estando muy unidos.

—¡Pues claro que sí! ¡Tus hermanos te quieren! Pero al fin tienen sus vidas. No te necesitan. Ahora dispones de todo tu tiempo para crearte una vida nueva. Porque la antigua se ha terminado.

—Pero tengo amigas que llenan la maleta de libros, o películas, o agujas de hacer punto y ovillos de lana y que se van a pasar un fin de semanas solas y les encanta. O que se van a hacer senderismo por Irlanda o a escalar en el Gran Cañón y...

—Erin, en primer lugar esas mujeres no empezaron a los once años. Llevas veinticinco años esforzándote a tope, intentando anticiparte siempre a las cosas —se inclinó hacia Erin y la agarró de la mano—. Eras una cría cuando empezaste a cuidar de tus hermanos como una madre. Además, seguro que nunca has tenido tiempo de cultivar aficiones que te satisfagan.

Erin pensó: «No pude probar a ser animadora, aunque en realidad tengo tan poca coordinación que no puedo caminar y mascar chicle al mismo tiempo. Los ensayos eran después de clase, y yo después de clase tenía que ocuparme de los niños. Formaba parte del consejo escolar, pero no podía ir a los campamentos de verano del colegio. Bueno, papá decía que sí podía, pero se le notaba en la cara que habría sido una carga terrible para él y que, si no yo estaba allí, se preocuparía mucho por los niños».

Pero a ella nunca le había importado. ¿Verdad?

—Sí, mi padre dependía mucho de mí –dijo—. Eso he venido a hacer aquí. A encontrar alguna afición que de verdad me interese. Pero de momento no se me ha ocurrido ninguna.

—Todavía estás intentando hacerte a tu nueva situación. Al nido vacío.

—¿En serio? –preguntó Erin—. ¿De verdad crees que solo es eso? ¿El nido vacío?

—¿Solo? –dijo Mel—. Eso es muy duro, Erin. Es como morirse un poco. A algunas mujeres les da igual. Cuando sus hijos se van a estudiar fuera o se casan, ellas vacían sus habitaciones y las convierten en despachos o en cuarto de costura. Otras en cambio lo pasan fatal, sufren muchísimo. Tú eras muy joven cuando empezaste a hacerte cargo de tus hermanos.

—Eh... –dijo Erin, y bebió un sorbo de su refresco—. ¿Y qué se supone que tengo que hacer ahora para divertirme?

—No sé –contestó Mel—. Tiene que haber un periodo de adaptación. Seguramente has atravesado un periodo de depresión, y puede que todavía no haya terminado del todo. Ya se te ocurrirá algo.

Se abrió la puerta del bar y entró un hombre vestido con ropa de trabajo. Mel miró hacia atrás. Luego volvió a mirar a Erin.

—¿Sabes atender un bar?

CAPÍTULO 5

Mientras iba en el coche de vuelta a casa, Erin estuvo pensando en lo que le había dicho Mel. Tenía razón, claro. Aquel sentimiento de inutilidad había empezado cuando Ian y Marcie se habían mudado a su casa. Se había alegrado mucho por ellos, pero también se había sentido vacía y perdida. Y poco después de eso Marcie le había dicho que estaba embarazada. Erin había organizado una cena para celebrarlo, pero por dentro sentía una mezcla de emoción y desánimo.

No era solo por el nido vacío. También estaba llorando su infancia perdida, su juventud perdida, y el hecho de tener treinta y seis años y no haber dedicado nunca sus energías a una relación de pareja duradera o a tener hijos propios. Pero ¿cómo iba a hacerlo? Si hubiera surgido la oportunidad, no habría podido desentenderse de Drew y Marcie para dedicarse a su vida personal. Se había dedicado, en cambio, a ayudar a cuidar de Bobby, el primer marido de Marcie, y a ayudar a Drew para que pudiera estudiar Medicina, y se había matado a trabajar para ganarse una cartera de clientes que diera dinero al bufete y a ella en concepto de bonificaciones a fin de pagar la facultad de Medicina, que costaba un ojo de la cara.

Absorta en sus pensamientos, guardó en la nevera la cena que había comprado en el bar para comerla más tarde.

Se llevó al porche un yogur desnatado y una cucharilla, se

sentó en la tumbona que daba a las montañas y se puso a llorar en silencio. Estaba pensando en los bailes de promoción del instituto, nada menos. Un año se había comprado un vestido, pero nadie la había invitado al baile. Pero ¿por qué iban a invitarla? Nunca estaba disponible cuando había alguna fiesta. Nadie sabía que estaba viva. «Al cuerno el baile de promoción», pensó. «Me dio igual el dichoso baile de promoción. ¡Por eso estoy llorando!».

—Debería haberme ido de crucero con un montón de jubilados –masculló, sollozando.

De pronto, una cabeza cubierta de pelo oscuro y barba roja asomó por la esquina de la cabaña.

—No sabía que estabas aquí –dijo Aiden—. No he oído tu coche.

Erin sofocó un grito de sorpresa, puso unos ojos como platos y se apartó instintivamente de él.

—¿Qué demonios haces tú aquí?

Aiden dobló la esquina y se quedó parado frente al porche. Llevaba pantalones militares de faena, una camiseta y botas y sostenía en la mano un rastrillo o algo así.

—Creía que te habías marchado. Que te habías dado por vencida y habías vuelto a la ciudad o algo así. Luego vi que alguien había traídos plantas y tiestos, pero no tierra, ni fertilizante. Intentaba hacer algo para compensarte por la herida de la frente. Y no estoy diciendo que sea responsable de ella, que conste – añadió levantando una mano—. Pero iba a traerte una planta o algo así, y entonces me fijé en el jardín. O en lo que fuese...

Erin se limpió las mejillas con gesto impaciente, intentando aparentar naturalidad.

—Resulta que la jardinería no es lo mío.

—Sí, eso me ha parecido, pero pensé que quizás... –se inclinó por la cintura y la miró con el ceño fruncido—. ¿Estabas llorando?

—¡Claro que no! –gritó ella—. Estoy un poco acatarrada, o alérgica, o algo así. Tengo mocos, nada más.

—Ah. Claro. Bueno, el caso es que pensé que a lo mejor te venía bien un poco de ayuda para sacar adelante el jardín. Ha pasado mucho tiempo, pero cuando éramos pequeños mi madre nos hacía ayudarla a cuidar el jardín, así que... –la miró entornando los ojos—. Conque alegría, ¿eh?

Fue entonces cuando Erin notó que las plantas que había comprado estaban plantadas en las macetas y colocadas en las esquinas del porche.

—¿Has trasplantado las plantas?

—Y le he dado un empujoncito a tu huerto. Esta no es la mejor época, pero con suficiente fertilizante y agua, algo saldrá. Tomates, si hay sol suficiente. También he puesto unas flores por el borde. He plantado girasoles porque son más divertidos: casi se les ve crecer. Te vendría bien un borde de flores delante de la casa. Ahora están de oferta. Había pensado en pasarme por el vivero uno de estos días para traerte algunas si no te importa. Luego puedes plantarlas.

Erin dejó a un lado el yogur y se levantó.

—¿Y si hago las maletas y me voy? –preguntó.

—¿Estás pensando en irte?

—Es posible que me necesiten en la oficina –mintió ella.

—Bueno, yo no tengo nada mejor que hacer. Puedo venir a echar un vistazo al jardín de vez en cuando. Y quizá vuelvas a tiempo de cosechar un tomate o dos.

Erin se acercó al borde del porche para mirar el jardín de atrás. Había delimitado un cuadrado perfecto, la tierra estaba arada y algunas estacas marcaban el lugar donde había cosas plantadas. Las matas de tomates estaban mucho más grandes. Y el huerto estaba rodeado por una valla de malla metálica baja y clavellinas. Eso lo había leído: las clavellinas impedían entrar a algunos bichos.

—¿Has puesto una valla? –preguntó.

—No mantendrá alejados a los ciervos, pero quizá desanime a los conejos. Para ahuyentar a los ciervos, habría que hacer pis alrededor –sonrió—. Eso dicen. Hay una señora mayor que se pasa por el bar del pueblo y que tiene un huerto del tamaño de una pequeña explotación agrícola. Y jura que lo mejor para ahuyentar a los ciervos es una barrera de orín humano.

—¿Has colgado la hamaca?

—Seguramente debería haberte preguntado —dijo Aiden—. La vi en el porche y pensé que a lo mejor no habías podido colgarla.

—No pude —contestó ella—. Creía que faltaba alguna pieza.

—No, estaban todas. Pero quizá pensabas colgarla de otros árboles.

—No. Ahí está perfecta.

—Mira, no quiero entrometerme en tu vida, pero ¿te has divorciado hace poco o te has quedado viuda o algo así?

Erin frunció el ceño y sacudió la cabeza.

—No. ¿Por qué lo preguntas?

—No sé —contestó Aiden, sacudiendo también la cabeza—. Compras plantas y macetas pero no tierra... Traes una hamaca, pero no tienes ni un destornillador ni una llave... Plantas flores y hortalizas, pero no tienes una manguera, ni herramientas de tamaño adulto... Son cosas de esas en las que suelen pensar los maridos.

Ella soltó una risilla.

—Nunca había tenido tiempo de dedicarme a estas cosas. Y en parte tienes razón. Mi hermana y mi cuñado vivieron conmigo más de un año. Mi hermano pequeño, que tiene veintisiete años, también vivió con nosotros hasta el año pasado. Yo siempre estaba trabajando. Si llevaba a casa una estantería, o una hamaca, o muebles para el patio, uno de ellos se encargaba de montarlos. Y si no, siempre sabía a quién llamar. Pero aquí... ¿a quién llamas?

—Bueno, a tu vecino, el simpático vagabundo, quizá —contestó Aiden con una gran sonrisa—. En fin, me marcho —dijo, y dio media vuelta, apoyó el rastrillo en la barandilla del porche y se alejó.

—¿Adónde vas? —preguntó ella.

Aiden miró hacia atrás.

—A casa.

—¿Dónde vives?

Aiden se paró y dio la vuelta.

—Mi hermano tiene unas cabañas que alquila en Virgin River. Le he alquilado una mientras me pienso qué voy a hacer. Estoy en paro, ¿recuerdas?

—¿Cómo iba a olvidarlo? Aunque una enfermera muy antipática me informó de que en realidad no eres un vagabundo, aunque lo parezcas y huelas como tal. Has dejado la Armada hace poco. ¿Quieres que te lleve a casa? ¿Para darte las gracias por haberte ocupado del huerto?

—Me gusta caminar –contestó él–. Desde casa hasta aquí y vuelta hay poco más de quince kilómetros.

Era cierto, pero su coche estaba aparcado al pie de la colina, junto a un mirador que no se veía desde la casa.

—¿Te apetece un poco de agua?

—Tengo agua –contestó Aiden mientras se inclinaba para recoger su mochila, que había dejado junto al huerto. Recogió también su arco y su carcaj, su machete y su bastón de senderismo.

—¿Quieres una... una cerveza? –insistió ella.

—Eres muy amable. Casi no te reconozco –su sonrisa blanca apareció entre su barba roja.

—Bueno, te has portado muy bien conmigo y la enfermera de urgencias parecía creer que eres relativamente inofensivo. Gracias por colgar la hamaca.

—De nada. Gracias por ofrecerme una cerveza, pero quizás huela como un vagabundo. O como un hortelano.

Ella esbozó una sonrisa indulgente.

—Sacaré la cerveza al porche –dijo.

Aiden se sonrió al darse la vuelta y regresar hacia la cabaña. Pero cuando llegó al porche no se sentó en una tumbona. Estaba sucio y olía a sudor. Había estado un buen rato cavando en el huerto. Tenía las botas manchadas de barro y las manos sucias. Se sentó en un escalón, se recostó contra la barandilla, y dejó sus cosas en el suelo, delante del porche.

Erin sacó una cerveza para él y, ¡sorpresa, sorpresa!, otra para ella. Además, iba sonriendo. Estaba muy guapa, con sus pantalones pirata ajustados, su camiseta blanca y sus sandalias. Saltaba a la vista que se peinaba y se maquillaba todas las mañanas al levantarse aunque no tuviera que ir a ningún sitio. Pero Aiden ya tenía claro que era un bombón. Refinada y femenina.

Se tocó la frente a la altura de la raíz del pelo.

—Te crecerá enseguida.

Ella también se llevó el dedo a la herida.

—Es horroroso, ¿verdad? Pero, en fin, ahora mismo no puedo hacer nada al respecto, excepto tener paciencia.

—No es horroroso en absoluto –Aiden dio un largo trago a su cerveza—. ¡Qué rica! –dijo. Apartó la botella para mirar la etiqueta—. Es buena esta cerveza.

—La dejó mi cuñado.

—¿Tu cuñado ha estado aquí?

—Los del hospital avisaron a mi hermana y le dijeron que me darían el alta si alguien iba a recogerme y se quedaba conmigo toda la anoche. Si no, preferían que me quedara a pasar la noche allí –Erin se encogió de hombros—. Marcie sabe que no me gustan los hospitales, así que vinieron desde Chico a rescatarme.

Aiden puso una enorme sonrisa.

—Te oí en la sala de urgencias, Erin. Te defiendes muy bien sola.

—Me dolía la cabeza –contestó ella desviando la mirada.

Aiden se rio.

—¿Ha vuelto a dolerte?

—No, estoy perfectamente.

—¿Qué haces aquí, en esta cabaña?

—Estoy de vacaciones –respondió ella—. Hacía mucho tiempo que no tenía vacaciones. Años –esbozó una sonrisa.

«Veinticinco años», añadió para sus adentros. Hasta que se lo había dicho Mel, nunca había hecho la cuenta.

—Pero ¿por qué aquí? –insistió Aiden–. ¿Por qué no te has ido a un balneario en las islas? ¿O a un hotel en algún lugar exótico lleno de solteros?

Ella se encogió de hombros.

—Marcie, mi hermana pequeña, tiene veintinueve años y está esperando su primer hijo, un niño. Nuestros padres murieron hace tiempo, yo soy la mayor y este va a ser el primer bebé de la familia. Está previsto que nazca a fines del verano. No quería estar muy lejos por si acaso se le adelanta el parto, pero aun así necesitaba escaparme a algún sitio.

—Ah –dijo él–. Te entiendo perfectamente. Shelby, la mujer de mi hermano, dará a luz a mediados de julio. Luke es el mayor. Yo podría haberme ido a cualquier parte a pasar esta temporada de transición, pero no quería estar muy lejos –sonrió de nuevo–. También es un niño.

Ella ladeó la cabeza.

—¿A qué te dedicabas en la Armada?

—Formaba parte del cuerpo médico. Estuve catorce años.

—¿Por qué lo dejaste?

—Por lo que lo deja la mayoría de la gente: porque el siguiente destino no te parece muy atractivo. Iban a mandarme dos años a un buque de guerra. Ya estuve una vez. Y, como te decía, me apetece estar por aquí cuando nazca el bebé.

—Pero ¿no estás casado?

—Me divorcié hace ocho años. Fue un matrimonio muy breve, un divorcio muy rápido y no tuvimos hijos. ¿Y tú?

Ella sacudió la cabeza rápidamente.

—Soy soltera –nunca se había casado, ni había estado prometida, ni había vivido con nadie, ni había tenido novio–. Me da mucha vergüenza admitirlo, pero he olvidado cómo te llamas.

—No te avergüences. Te habías hecho una herida en la cabeza. Me llamo Aiden.

—Bueno, Aiden, ¿y qué vas a hacer ahora? ¿Cuando nazca tu sobrinito?

Él se encogió de hombros.

—Lo mismo que antes, supongo. La verdad es que me gusta bastante no hacer nada. Hacía mucho tiempo que no estaba de permiso. O sea, que no tenía vacaciones, como decís los civiles. No tengo prisa. Podría acostumbrarme a vivir así.

Ella no sonrió.

—No hacer nada no es tan divertido como yo pensaba.

Aiden levantó una ceja.

—¿Y eso? ¿Qué haces en Chico cuando quieres divertirte y relajarte?

—¿En Chico? ¿Cómo sabes que soy de...?

—Busqué las llaves del coche en tu bolso, te llevé al hospital, hablé con las enfermeras para asegurarme de que estabas bien... Además, acabas de decir que tu hermana vino de Chico y he supuesto...

—Claro. Bueno, pues ese es el quid de la cuestión: que en Chico nunca tengo tiempo libre. Por eso decidí que tenía que darme un respiro y marcharme de la ciudad una temporada, pero como te decía...

—No querías alejarte demasiado. ¿Cómo es Chico?

—Es bonito. Ni demasiado grande, ni demasiado pequeño. Está justo al otro lado de esas enormes montañas. No hay mucho ajetreo pero tenemos de todo, en Chico o cerca de allí: universidades, hospitales, centros comerciales... Tiene unos cien mil habitantes, quizá. Últimamente no lo he mirado. Y hay autopista para llegar a Sacramento o San Francisco. A mí me parece perfecto. Claro que me crié allí.

—¿Hospitales, dices? –preguntó él, levantando una ceja.

—Sí –contestó ella–. ¿Estás pensando en tu nuevo trabajo?

Él ladeó la cabeza. Casi asintió.

—Imagino que, estando en la Armada, habrás vivido en un montón de sitios.

—Sí y no. Cuando estás a bordo de un barco, ves mucha

agua y de vez en cuando atracas en un sitio interesante. Yo me bajé del barco hace unos ocho años y me destinaron a San Diego. Debieron de olvidarse de mí, porque he estado allí desde entonces, excepto un par de veces que tuve que salir de misión a otros sitios. En la Armada es bastante raro estar en un mismo destino tanto tiempo.

—¿Y no quieres seguir viviendo allí? –preguntó Erin—. A mí me encanta San Diego.

—Podría vivir allí –contestó él—. O aquí. Podría vivir aquí. Pero un tipo como yo, que busca trabajo en un hospital, seguramente necesita un pueblo más grande que Virgin River.

—¿A qué se dedica en un hospital alguien como tú? ¿Pasar la cuña por ahí? –preguntó ella.

—La verdad es que estoy bastante familiarizado con las cuñas. La cuestión es, ¿aceptaría una mujer como tú que un tipo como yo le diera una cuña?

—Puede, si te afeitaras...

Él se rascó la barba.

—¿Sabes?, cuando pasas mucho tiempo en el Ejército y te obligan a llevar la cabeza pelada, te apetece dejarte crecer la barba. Es como tener una mascota.

Erin se rio.

—Tiene pinta de poder ponerse a ladrar. Siempre podrías reciclarte, intentar cambiar de trabajo, ¿sabes? Podrías hacer algún curso. Ser auxiliar, o enfermero. Seguro que hay mucha demanda de enfermeros.

Aiden sonrió de oreja a oreja.

—No es mala idea –inclinó la botella de cerveza y la apuró—. Ha sido muy agradable, Erin. Gracias por la cerveza –dejó la botella en el porche, cerca de los pies de Erin, se levantó y empezó a recoger sus cosas.

—¿Para qué es el arco? –preguntó ella.

Él se lo colgó del hombro.

—Para impresionar, sobre todo. Una de las primeras veces que salí de excursión por estas montañas me encontré cara a cara con un puma nada tímido. Tardó mucho en huir, y durante unos minutos pensé que iba a servirle de almuerzo. Así que empecé a llevar el arco y las flechas cuando salgo al monte.

—¿Y ese cuchillo tan grande? —preguntó ella.

—Si un puma se me acerca lo suficiente para que pueda usar esto —dijo mientras enganchaba el machete a su cinturón—, te aseguro que me quedarían cicatrices. El cuchillo es para la maleza que tapa las sendas, no para defenderme. Ni para asesinar a nadie, como dedujiste tú al principio.

—¿No sería más lógico llevar un arma de fuego?

—Seguramente —Aiden se encogió de hombros—. Pero no me gustan mucho. Todos mis hermanos cazan. Yo, no.

—Mmm —Erin se puso en pie—. ¿Estás seguro de que no quieres que te lleve?

—Sí, quédate aquí. Me gusta caminar.

—¿Seguro?

—Totalmente. Tú sigue practicando para disfrutar de tus vacaciones. Tengo la impresión de que todavía no se te da muy bien.

—Sí, eso parece.

—He puesto las herramientas del huerto en el cobertizo y he puesto una boquilla en la manguera. También hay un rociador en el cobertizo. Si te acuerdas, riega las tomateras.

—Vaya, sí que te has tomado molestias.

—La verdad es que ni siquiera lo pensé. En ese momento me pareció lo mejor. Pero no te importa, ¿no?

—Claro que no. En serio, gracias. Bueno, ten cuidado, entonces.

—Siempre lo tengo, Erin —le hizo un pequeño saludo militar y se marchó.

Así pues, las enfermeras no le habían dicho a la señorita Erin Elizabeth Foley que era médico, pensó Aiden. Qué interesante. Y él no había averiguado lo que sabía sobre ella hurgando en su bolso y hablando con el personal de urgencias, sino leyendo su historia de arriba abajo, abierta sobre el mostrador de las enfermeras.

Erin había dado muchas cosas por supuestas respecto a él, lo cual era muy poco propio de una abogada como la señorita Foley. Pero a él le venía de perlas. No iba a mentirle, pero omitir información no le parecía injusto. Y no para que se sintiera idiota cuando se enterara de la verdad, como había dado a entender Noah. Sino más bien para que se viera obligada a conocerlo por él mismo y no por sus credenciales, si le apetecía. Él no tenía problemas de autoestima: sabía muy bien cuáles eran sus virtudes. No era feo, al menos cuando estaba limpio y afeitado. Era inteligente y elocuente, y tenía que ser muy considerado, dado su trabajo; a fin de cuentas, se ganaba la vida examinando las partes más íntimas de la anatomía femenina.

Y él se consideraba a sí mismo divertido, además, aunque eso era muy subjetivo. Lo cierto era que siempre que había salido con mujeres había tenido la sensación de que no se mostraban tal como eran cuando estaban con él. Algunas intentaban impresionarlo porque era médico y le mostraban su lado más simpático. Y otras, como en el caso de su exmujer, Annalee, le ocultaban sus tendencias psicópatas. Él solo quería ser un chico que intentaba conocer a una chica. Tan difícil no podía ser.

Seguramente se estaba pasando de la raya, pensando así en Erin. A fin de cuentas, ella era abogada. Y estaba claro que tenía éxito en su trabajo. Se notaba no solo por lo lujosa que era su cabaña y lo bien que vestía, sino también por su aplomo. O por su soberbia, mejor dicho. Ella no se dejaría intimidar por un simple médico. No empezaría a comportarse como si cazar uno tuviera premio. Y de todos modos era muy improbable que fueran a hacerse amigos, o algo más.

Así que, ¿por qué no la había sacado de su error?

Porque sería divertido, por eso. Tal vez Erin se sintiera atraída por un tipo que no ganaba en un año lo que ella pagaba en impuestos. Oh, oh, se dijo. ¿Quería que Erin se sintiera atraída por él? Bueno, la verdad era que estaba como un tren. Era preciosa. Aquel pelo rubio rojizo, aquella piel tan bonita, aquella sonrisa increíble, sus largas y hermosas piernas, su prieto trasero... Lo había atraído físicamente nada más verla, pero luego había abierto la boca y...

Ese día las cosas habían ido mejor. Erin seguía siendo preciosa, y al abrir la boca había hablado como un ser humano. Así que jugar un poco al gato y al ratón no podía hacer daño a nadie. Él no estaba mintiendo; sí, estaba familiarizado con la cuña y con cosas peores. El trabajo de obstetra podía ser muy engorroso.

Pensó en todo aquello mientras bajaba caminando por el camino. Seguramente si se mostraba especialmente cauteloso con las mujeres era por haberse casado con su exmujer. Mmm. Se había arriesgado a una consejo de guerra al meterse entre sus piernas. Acababa de bajarse de un barco cuando la había seducido una soldado muy joven y sexy que trabajaba en el hospital. Ella tenía veintiún años y era hija de inmigrantes rusos. Quería dejar la Armada y había visto en Aiden su oportunidad de hacerlo. Era una subordinada, una soldado raso, y él se la estaba beneficiando. Y a pesar de ser muy jovencita, no solo no era una ingenua, sino que era la amante mejor dotada que Aiden había tenido nunca.

Los habían descubierto rápidamente. Cuando lo pensaba ahora, Aiden se daba cuenta de que había sido ella quien había hecho saltar la liebre. El comandante de Aiden le había sugerido que arreglara el asunto casándose con ella inmediatamente y que Annalee dejara la Armada. Justo lo que ella andaba buscando. Desde entonces, ella había dejado de mostrarse complaciente y había empezado a comportarse como una víbora. Aiden no había tardado en comprender que lo que había querido desde el principio había sido marcharse de la Armada llevándose un buen pellizco. El divorcio, que había llevado un amigo de un amigo, le había costado a Aiden diez de los grandes. Pero le había servido de escarmiento.

A Annalee, desde luego, no la había impresionado por ser doctor. Él había sido sencillamente lo que estaba buscando, y había utilizado sus muchas artes para cazarlo. Había estado dispuesta a hacer todo lo que él quisiera para darle placer, y se lo había dado, desde luego. Hasta que había empezado a chillar y a lanzarle los trastos a la cabeza.

Aiden recordó entonces que su ex lo estaba buscando. «Qué mala pata, Annalee. Porque no vas a verme el pelo».

Llegó a su coche, dejó sus cosas en la parte de atrás y se fue a casa. Al llegar a las cabañas, vio a Rosie y a Franci pescando en el río y tocó el claxon para saludarlas. Cuando llegó a su cabaña, Art y Luke estaban hablando en el porche de la casa de su hermano. Tocó el claxon otra vez y les saludó con la mano. Luego entró a darse una ducha.

Luke había llevado a Art al porche para charlar un rato. Le abrió una Coca Cola, le indicó que se sentara y dijo:

—Bueno, he averiguado dónde vive Netta y he hablado con Ellen.

A Art se le iluminaron los ojos. De pronto se puso muy nervioso.

—Pues entonces vamos a verla, Luke.

—Ahora mismo, no, Art –dijo Luke—. Ellen me ha dicho que puedes ir a verla el sábado por la tarde, y yo te llevaré encantado. Hoy es martes, así que tienes que tener paciencia. Lo que quiero saber ahora es qué clase de amiga es Netta.

Art pareció un poco confuso.

—¿De las buenas? –preguntó.

Luke se sentía incómodo, y cuando se sentía incómodo se le enrojecía el cuello. Se lo rascó distraídamente.

—Ya. De las buenas. Lo que quiero decir es qué quieres hacer con ella cuando vayas a verla.

Art se irguió, orgulloso.

—Quiero salir con ella.

—Ah —Luke suspiró—. Ahora empezamos a entendernos. ¿Has salido alguna vez con Netta?

—Creo que no. Hablábamos y a veces nos agarrábamos de las manos. Pero Shirl prefería que las chicas estuvieran a un lado de la casa y los chicos al otro, menos cuando comíamos y veíamos la tele.

—Bueno, pues para que lo sepas salir con una chica consiste principalmente en hablar y en agarrarse de la mano. Y también en comer y ver la tele —le informó Luke—. Pero hay algunas cosas de las que quería hablarte, Art. Como has estado tan emocionado pensando en volver a ver Neta, se me han ocurrido un par de cuestiones. Por ejemplo, ¿sabes algo de sexo? —el cuello se le puso aún más rojo.

—Sí —contestó Art, tajante—. Sí, Luke.

—Bueno, qué alivio —Luke dejó escapar el aire que había estado conteniendo—. Menos mal. ¿Quién te ha hablado de sexo?

—Mi madre —respondió Art—. ¿Sexo? —preguntó. Luego hizo un gesto como si marcara un casillero en el aire—. ¡Varón!

Luke bajó la cabeza.

—Vaya, hombre —gruñó. Levantó la cabeza cansinamente. Vio que Aiden llegaba de una de sus excursiones por el campo. Lo saludaron y Luke prosiguió—: Mira, Art, vamos a tener que hablar de un par de cosas antes de que vayas a ver a Netta. Y no sé por dónde empezar.

—¿Ella quiere que vaya a verla? ¿Ellen quiere? ¿Y Netta?

—Sí, Art. Están muy contentas. Ellen me ha dicho que Netta pregunta por ti. Así que va todo bien. Si no fuera por unas cosillas que aún no sé cómo afrontar.

—¿Qué cosillas? No te entiendo, Luke.

Luke le dio unas palmaditas en la rodilla.

—Cada cosa a su tiempo, Art. Cada cosa a su tiempo —entonces oyó un motor parecido al de un autobús urbano y al levantar la vista vio que una reluciente autocaravana se dirigía hacia las cabañas—. Ay, Dios, nunca me he alegrado tanto de

ver a mi madre. Esos son Maureen y George, Art. Han venido a vernos en su caravana nueva. Así te distraerás un rato.
—¿Por qué tengo que distraerme? –preguntó Art.
—Cosas mías –contestó Luke, levantándose. Abrió la puerta de la casa y gritó—: ¡Shelby, nena! ¡No puedes perderte esto!
Rosie llegó corriendo del río, seguida por Franci. Shelby salió al porche y Aiden salió de su cabaña en pantalón de chándal y camiseta, frotándose el pelo y la barba con una toalla.

Los días de paz y tranquilidad en Virgin River se habían acabado oficialmente para Aiden. La casa de su hermano se había convertido en un manicomio.

Luke tenía una casa de tres habitaciones y seis cabañas de una habitación. Art ocupaba una, Aiden tenía otra alquilada, Franci, Rosie y Sean iban a pasar un par de semanas en otra, y tenían otras dos alquiladas turistas. Como Shelby y Luke no ofrecían servicio de restaurante y el verdadero atractivo de aquel lugar era el paisaje, los turistas casi nunca se dejaban ver. Había una pareja de jubilados que había ido a Virgin River a observar pájaros, y un grupo de cuatro universitarias que iba a pasar una semana haciendo senderismo por las montañas.

Con la reunión de los Riordan, pronto reinó un ambiente festivo. Había llegado la hora de preparar el cuarto del bebé de Shelby. Ya tenían una cunita y una pequeña cómoda en su dormitorio para el recién nacido, pero el tío de Shelby, Walt, y su novia, Muriel Saint Claire, querían ayudarles a pintar, empapelar y decorar la habitación del bebé. Y naturalmente Maureen también querría participar. Y Vanessa, la hija de Walt y prima de Shelby, también quería poner su granito de arena, y donde iba Vanessa iban sus dos pequeños.

A los dos días, la cara era un hervidero de gente. En medio de todo aquel ajetreo, Luke se llevó aparte a Aiden.
—Necesito tu ayuda profesional.
—¿Le pasa algo a Shelby? –preguntó Aiden.

—No está bien, a punto de estallar pero bien. Necesito que me ayudes con Art. Está como loco pensando en ir a ver a Netta. Dice que quiere salir con ella. Tuve una charla con él, Aiden. No sabe nada de sexo. Nada. Cero.

Aiden se limitó a sonreír.

—Puede que no necesite saber nada.

—No podemos arriesgarnos. Art no puede dejar a una chica embarazada por simple ignorancia.

—¿Y qué quieres que haga yo?

—No sé. Hablar con él. Llevarlo a Fortuna a ver a su novia y hablar con la cuidadora de la chica, o con quien sea esa tal Ellen con la que vive. Asegurarnos de que está todo controlado.

—Puede que no haya por qué preocuparse –repuso Aiden—. En primer lugar, es muy posible que Art solo esté emocionado por haberse reencontrado con una vieja amiga. Vivió en la misma casa que esa chica mucho tiempo y son amigos. Seguramente no se le ha pasado por la cabeza tener relaciones sexuales con ella, pero aunque se le haya pasado, cabe la posibilidad de que sea estéril. Es bastante común que los hombres con síndrome de Down lo sean. Aunque no siempre son impotentes.

—Ella no tiene síndrome de Down, Aiden –dijo Luke—. ¿Puedes ayudarme? Porque no puedo librarme de él el tiempo suficiente para ir a Fortuna y tener un cara a cara con Ellen. Art no me deja ni a sol ni a sombra. Además, mira a Shelby. No puedo irme muy lejos.

—Lo haré yo –dijo Aiden—. Pero deja de preocuparte por Shelby. Ya tendrás tiempo de sobra para preocuparte cuando se ponga de parto. Días, incluso –sonrió—. No tienes ni un respiro, ¿eh?

—Ni uno. ¡Mi madre ha venido con su novio! Mi amigo Art está enamorado y no tiene ni idea de lo que le está pasando, y depende de mí para que no le pase nada. ¡Y mi mujer está a punto de explotar!

Aiden sonrió.

—Eso requiere una cerveza.

—No te rías, Aiden. ¿Cómo voy a beberme una cerveza cuando mi mujer está así y mi ayudante está a punto de practicar el sexo sin saber lo que hace? ¿Lo has visto últimamente?

—Vaya. Quizá convenga ponerle un tranquilizante a esa cerveza –contestó Aiden.

Era cierto que Art estaba muy nervioso por ver a Netta. Y tal vez incluso estuviera enamorado. Estaba muy emocionado por aquel encuentro, tal vez incluso excitado en un sentido sexual. Pero mientras Aiden y Art hablaban del asunto camino de Fortuna, Aiden llegó a la conclusión de que Netta era una parte importante de su pasado, de su vida, de su experiencia, y que le importaba muchísimo. Les gustaban los mismos programas de televisión; habían trabajado juntos y se habían ayudado, y ambos habían perdido a sus padres y dependían de las autoridades. Netta sabía leer mejor que Art, pero él quería enseñarle a pescar. También quería salir con ella, pero cuando Aiden le explicó que seguramente lo mejor sería que solo fueran buenos amigos y se vieran con frecuencia para ver la tele, pescar y leer, Art aceptó tan rápidamente su propuesta que Aiden tuvo la impresión de que para él eso era salir con una chica.

Cuando llegaron a la casa donde vivía Netta, Aiden se presentó como el doctor Riordan. Pensó que tal vez así Ellen y su marido, Bo, se mostrarían un poco más abiertos, pero no parecieron necesitar ese estímulo. Habían criado a sus tres hijos, eran abuelos y tenían a su cargo a tres mujeres adultas con necesidades especiales. Las tres ayudaban en la panadería, cada una con sus habilidades particulares, que diferían enormemente.

Sirvieron té con hielo en el patio mientras Art y Netta disfrutaban de su reencuentro y huían al jardín de atrás. No tardaron en ir al grano: Netta había estado a punto de ahogarse siendo muy pequeña y había sufrido graves daños cerebrales. Había tardado años en aprender a caminar y a hablar. Era muy cariñosa y tranquila, tenía veintisiete años pero la capacidad mental de una niña de diez, equiparable a la de Art. Aunque los dos podían identificar algunas palabras y la mayoría de las letras, ninguno sabía leer del todo bien.

Mientras Aiden hablaba con Ellen y Bo, Art y Netta estuvieron en el jardín, sentados al borde del arenero de los nietos de la casa. Más que hablar, parecían mirarse embelesados.

—Tu hermano me contó a grandes rasgos cómo se había convertido en el tutor de Art —dijo Ellen—. Netta llegó aquí cuando se cerró la casa tutelada en la que vivían, claro. Fue una época muy difícil para ella. Perdió su casa, su trabajo y sus amigos.

—Art se escapó después de que le pegaran —dijo Aiden—. Luke lo encontré rebuscando en su basura. Tenía un ojo morado.

—Eso es bastante raro —comentó Ellen—. Que se escapara así, quiero decir. Tiene mucha iniciativa. Que se pierdan o se alejen sin darse cuenta, eso no es raro. ¿Está a gusto con Luke?

—Sí, mucho, que nosotros sepamos. Luke estaba soltero cuando se encontró con él, pero ahora está casado y a punto de ser padre por primera vez. Shelby, su mujer, quiere mucho a Art, igual que toda su familia. Pero ninguno de nosotros tiene mucha experiencia con personas con necesidades especiales o con síndrome de Down. A Luke le preocupan algunas cosas muy evidentes. Como, por ejemplo, sobre lo de salir con una chica...

—¿El sexo? —preguntó Ellen—. ¿Es eso lo que le preocupa?

—¿Vosotros creéis que hay motivo de preocupación? —preguntó Aiden.

—Tenemos que unir fuerzas para vigilar lo que ocurra entre ellos —contestó ella—. Si su relación empieza a parecer demasiado seria, habrá que tomar medidas. De momento, bastará con que estemos atentos y hagamos de carabinas. Todas nuestras chicas toman la píldora desde hace tiempo como medida de precaución.

—¿Es que habéis notado algo que lo haga necesario? ¿Algún tipo de actividad sexual?

Ellen sacudió la cabeza.

—No, nada de eso. Los adultos con necesidades especiales pueden mostrar conductas muy sexuales. Algunos tienen una libido muy activa, a veces se masturban, o coquetean, o incluso intentan tocar a otros sin pensar si es apropiado o no. Las mujeres que viven con nosotros no han mostrado conductas sexuales evidentes, pero que tomen anticonceptivos ayuda no solo a controlar su libido, sino también su síndrome premenstrual. Y también tenemos que intentar salvaguardarlas de un embarazo en caso de que alguien se aproveche de ellas. Hacemos todo lo que podemos por mantenerlas a salvo, pero no podemos esconderlas del mundo y lo cierto es que hay mucha gente mala por ahí que se aprovecha de los más débiles.

Aiden no solía encontrarse con cosas de las que no sabía absolutamente nada, pero aquella era una de ellas. Por su formación estaba capacitado para ofrecer métodos anticonceptivos a discapacitadas psíquicas que podían mantener relaciones sexuales, pero en el Ejército nunca se había encontrado en un caso semejante.

—¿Han tenido algún problema de abusos sexuales? —preguntó.

—Que nosotros sepamos, no, ni han mostrado síntomas de ello, pero siempre es un peligro. Dos de las mujeres que viven en casa tienen síndrome de Down y su vulnerabilidad resulta muy visible. Además, son tan confiadas, están siempre tan deseosas de complacer... A menudo son capaces de hacer cualquier cosa que les pidan. Pero ¿Art no es...?

—¿Estéril? Mi hermano no sabe si le han hecho las pruebas alguna vez. Art tampoco parece saberlo. No he visto ninguna conducta sexual en él, y tiene un corazón de oro.

—Si tuviera una libido muy desarrollada, seguramente ya lo habríais notado —dijo Ellen—. Nosotros pertenecemos a un grupo de apoyo para padres y tutores de adultos discapacitados y unos amigos tienen a su cargo a un joven que se masturba muchísimo. A veces cuesta distraerlo. En mi opinión lo que hay entre Netta y Art es una amistad preciosa.

—Puede que, si conseguimos que puedan verse a menudo, sean muy felices.

—Es muy frecuente que dos adultos con alguna discapacidad psíquica se enamoren —le recordó Ellen—. Si se hacen pareja, a menudo acaban viviendo con los padres de alguno de ellos, o juntos en la misma casa tutelada. Puede ser complicado en algunos casos, y sé de gente que se toma muchas molestias para desalentar las relaciones de ese tipo. Pero ¿no tiene todo el mundo derecho a enamorarse y sentir afecto, aunque sea un discapacitado? Yo considero que mi labor consiste principalmente en que Netta esté a salvo y no haga ninguna tontería. Y si lo que dices sobre Art es cierto, está interesada en un chico muy bueno y amable.

—Art es un ángel —repuso Aiden—. Y es muy independiente. Lleva un par de años con Luke y no han tenido ni un solo problema. Le encanta trabajar con Luke, le encanta pescar en el río, nunca se marcha sin decir dónde va. Están muy a gusto juntos.

Después de pasar dos horas charlando, dieron con un plan. Art iría a ver a Netta dos veces por semana, cuando fuera posible. Si Luke podía llamar por anticipado, posiblemente habría veces en que podría dejar a Art en la panadería o en casa de Ellen y Bo para que pasara un rato con Netta mientras él hacía recados. Y si Ellen o Bo podían llevarla a Virgin River, Netta podría pasar unas horas con Art, aprendiendo a pescar en el río. Tendrían ambos un número de teléfono al que llamarse. Sería un buen comienzo. Así estarían más tranquilos; saber que no iban a perder el contacto de nuevo sería un gran alivio para ellos.

La conducta de Art en el camino de vuelta a Virgin River pareció reforzar esa idea. Fue agarrando con fuerza el papel con el número de Netta anotado. Nunca había hablado mucho por teléfono, pero el hecho de tener aquel número en sus manos parecía ser muy reconfortante para él.

Aiden tenía que parar para ocuparse de un asunto y a Art le pareció bien. Enfiló la carretera que llevaba a la cabaña de Erin.

—¿Qué vamos a hacer? —preguntó Art.

—La persona que vive aquí está intentando sembrar un huerto y yo le estoy echando una mano —contestó Aiden—. Solo quiero echarle un vistazo. Y regarlo, quizá.

—De acuerdo, Aiden.

El coche de Erin no estaba aparcado junto a la cabaña, así que Aiden sacó un paquete de seis cervezas de la camioneta y se sentó en el porche a escribir una nota.

Ponlas a enfriar. Toda mi familia está en el pueblo y aquello es un circo. Nos vemos pronto, A.

Luego fue a ver cómo estaba el huerto. Vaya, vaya... Se notaba que Erin había estado cuidándolo. La tierra estaba húmeda y había pocos hierbajos. Aiden fue al cobertizo que había junto a los árboles, sacó su azada y se puso a remover un poco más la tierra. Se agachó para arrancar unas malas hierbas y sacó la manguera para regar. Art, entre tanto, daba vueltas alrededor del huerto.

—No te metas en el bosque, por favor —le gritó Aiden.

—¡No! —respondió Art.

Al final, acabó tumbado en la hamaca, que seguía colgada entre los mismos árboles. Se columpió con brío y Aiden confió en que la hamaca aguantara. Art no era precisamente pequeño.

—¡Hola! —exclamó una voz de mujer—. Pensaba que te habías olvidado de mí —Erin sonrió, con el paquete de cervezas en la mano—. He intentado mantener el huerto con vida.

—Lo has hecho muy bien —contestó Aiden. Pasó por encima de la pequeña valla—. Se me ha ocurrido traerte unas cervezas. Puede que la semana que viene...

—Claro —contestó ella—. La semana que viene —miró más allá de Aiden—. ¿Es un amigo tuyo?

—Sí, es Art. ¿Te dije que mi hermano tiene unas cabañas

junto al río? Art trabaja con él. Hemos salido a hacer unos recados y se me ha ocurrido pasarme por aquí a ver cómo estaba el huerto. ¿Todavía no has huido a la ciudad?

—Todavía no. Pero he descubierto que el principal motivo para trabajar sesenta horas al día es la programación diurna de las cadenas de televisión.

—¿Solo sesenta? —Aiden sonrió—. ¡Qué vaga eres!

Erin le devolvió la sonrisa.

—Supongo que a ti la Armada te hace trabajar de sol a sol, los siete días de la semana.

—Pues sí, pero ¿recuerdas que te dije que mi cuñada Shelby estaba a punto de dar a luz? Se ha reunido casi toda la familia. Y ocupan mucho espacio y mucho tiempo.

—¿Cómo es tu familia? —preguntó ella.

Aiden se encogió de hombros.

—Mi madre, que tiene sesenta y tantos años, ha venido en una autocaravana con su novio, que tiene unos setenta. Lo cual está crispando un poco los ánimos de algunas personas. Uno de mis hermanos vuelve mañana de Irak, de permiso, y va a alojarse en una cabaña con su familia. Mi cuñada, la que está embarazada, tiene un montón de familia por aquí y siempre están disponibles, tú ya me entiendes.

Erin esbozó una sonrisa melancólica.

—La verdad es que suena muy divertido.

—Supongo que sí.

Art se acercó a él.

—Ah, Art, esta es Erin. Erin, Art.

—¿Cómo estás? —preguntó ella, inclinando la cabeza.

—Gracias —respondió él, y los dos se echaron a reír.

—Lo siento, Erin, tengo que llevarme a Art. Nos veremos otro día. El jardín tiene muy buen aspecto.

—Tú también —respondió ella.

Art se animó de pronto.

—Maureen dice que parece... que parece un... un...

—Un ogro —dijo Aiden—. Me puso las manos en la cara

y dijo que parecía un ogro. Peligroso y feroz. Así que supongo que tenías razón desde el principio —se volvió y le pasó a Art la azada—. ¿Te importaría dejar esto en el cobertizo?

—Claro, Aiden —Art se alejó por el jardín.

—Es muy amable —comentó Erin.

—Sí. ¿Qué tal van las cosas por aquí?

—Genial —contestó ella con una sonrisa—. Absolutamente genial.

—Bien. Entonces, ya nos veremos.

—Pondré a enfriar la cerveza.

CAPÍTULO 6

—¿Vas a salir con ella? —preguntó Art mientras iban en el coche, de vuelta a casa de Luke.

—Creo que solo vamos a ser amigos —contestó Aiden, aunque había empezado a tener esperanzas de que hubiera algo más entre ellos. No sabía cuándo ni cómo, pero intentaría averiguarlo después de la siguiente cerveza que se tomaran juntos.

—Luke dice que salir con una chica es hablar y agarrarse de la mano y ver la tele.

Aiden pensó, «No recuerdo que fuera eso lo que hacía Luke cuando salía con una chica».

—A lo mejor salir con una chica también es beber cerveza —comentó Art.

Aiden se rio.

—¿Sabes, Art? A veces no se te escapa una. Oye, ¿podrías hacerme un favor?

—Claro, Aiden. ¿Cuál?

—¿Te importaría no decirle a nadie lo del huerto?

—¿Por qué?

—Bueno... —se quedó pensando un momento—. Verás, al final del verano, cuando haya tomates frescos y algunas verduras del huerto, quizá pueda llevarme algunas. Y podría darles una sorpresa a Luke y Shelby.

—Ah —dijo Art—. Vale, entonces.

Cuando regresaron a las cabañas, Sean acababa de llegar y el ambiente festivo se había redoblado. No solo estaban los Riordan y los Booth; también se habían pasado por allí algunos amigos del pueblo: Jack y el Reverendo con sus mujeres y sus hijos, y otros amigos y vecinos. Luke había sacado la barbacoa de gas grande y dos neveras llenas de refrescos, hielo, agua mineral y cerveza. Walt Booth había llevado vino. Descorchó el blanco y lo puso a enfriar en una de las neveras. Después descorchó el tinto y puso a respirar varias botellas en las mesas de picnic. Hasta los turistas que habían alquilado las cabañas habían sido invitados a unirse a la fiesta.

Tras abrazar a su hermano, Aiden ayudó a Luke a hacer perritos calientes y hamburguesas en la barbacoa. Las mujeres sacaron salsas, patatas fritas y ensalada de patatas y col. El Reverendo había llevado un par de empanadas y Jack había contribuido con un gran tarro de helado.

Sean no se apartaba de Franci. Hacía seis meses que no veía a su mujer y había pasado su primera noche en tierra con Franci y su hija en un hotel de San Francisco. Agarraba constantemente a Franci de la cintura o de los hombros y la estrechaba siempre que podía. Por fin, su madre acudió en su rescate.

—Rosie, ¿te apetece pasar esta noche con la abuela?

—¿Todavía vives en esa autocaravana? —preguntó Rosie con los ojos como platos.

—Sí. Y hay una cama de sobra. Podemos hacer palomitas y ver una película si quieres.

—Pero papá ha dicho que ya no vives en la autocaravana. Que vives en pecado. ¿Dónde está eso?

Se hizo un corto silencio antes de que empezaran a oírse carcajadas. Cuando por fin pudo hablar, Maureen contestó con calma:

—Pregúntale a tu papi, cariño. Es un experto.

Sean se puso colorado como un tomate, pero cuando dejaron de oírse risas miró su reloj y dijo:

—Es hora de llevar a Rosie a casa de la abuela, cariño. Y

luego será mejor que nos vayamos a la cama para que todas estas personas tan simpáticas puedan irse a sus casas.

Cuando se acabó la fiesta, Aiden ayudó a Luke a recoger y después se retiró a su cabaña y encendió su ordenador. Tenía diecisiete e-mails, pero primero abrió el de su amigo Jeff.

No la llamaste, mamón, y no para de llamarme. Por más que le digo que llamándome a mí no vas a cambiar de idea, no para. Hazme un favor, ¿quieres? Llama a Annalee. Dice que es urgente. No quiere contarme por qué, pero ¡no para! Te anoto el número, porque sé que seguramente lo habrás tirado.

Aiden contestó enseguida.

No te dice qué es tan urgente porque entre nosotros no puede haber nada urgente y hablar con ella es como invitar a la peste a entrar en mi vida. Por favor, dile que me he muerto.

En Virgin River todo estaba en calma a pesar de que en casa de los Riordan, cerca del río, hubiera un tumulto. Un par de días después de dar la bienvenida a Sean Riordan, Jack Sheridan estaba detrás de la barra, como de costumbre, cuando entró uno de sus clientes preferidos. Brie, su hermana pequeña, rara vez se pasaba por el pueblo de día. Era abogada, tenía mucho trabajo y solía pasarse el día recorriendo las montañas y los valles o yendo a Eureka a hablar con el fiscal del distrito.

—Vaya, cariño —dijo Jack—. ¿Qué te trae por mi despacho?

Brie se subió a un taburete.

—Confiaba en que pudiéramos hablar.

—La cosa parece grave. ¿Te pongo una copa a juego con esa cara tan seria?

Su hermana no respondió.

—Jack, hay un elefante rosa en el cuarto de estar y es un embarazo usando un vientre de alquiler.

Jack bajó la barbilla y se quedó mirando la barra.

—¿Vamos a hablar de ello o seguimos fingiendo que no está ahí?

Él levantó la cara.

—¿Qué puedo decir?

—Di algo, Jack —respondió Brie—. Porque Mel me ha pedido varias veces que contacte con el médico de Los Ángeles que la atendió cuando estuvo en tratamiento de fertilidad para que me entere de los detalles jurídicos y esté lista para negociar un contrato. Mientras tanto, ella tiene cita dentro de unas semanas para que le extraigan unos cuantos óvulos. ¿Cuál es tu posición al respecto?

Él desvió la mirada, incómodo.

—No quiero hacerlo —dijo por fin.

—¿Por qué? ¿Qué es lo que pasa?

Su hermano volvió a mirar para otro lado. Luego agarró un vaso y un paño de debajo de la barra y se puso a secar el vaso distraídamente. Brie puso una mano sobre las suyas.

—Deja eso y habla conmigo. Soy mayorcita y abogada, entre otras cosas.

—¿Te ha pedido Mel que hables conmigo?

—No. De hecho, hemos hablado hace un rato y, como me ha dicho que tenía cita con un paciente en el hospital de Grace Valley, he pensado que era buen momento para pasarme por aquí. Vamos al grano, Jack. Está claro que Mel y tú no estáis de acuerdo en este tema. Ella me está persiguiendo para que actúe y tú no dices ni mu.

—Estoy preocupado por ella —dijo Jack en voz baja—. Confiaba en que se le pasara.

—No se le está pasando. Al contrario, está cada vez más lanzada. ¿Se puede saber qué pasa?

Jack meneó la cabeza.

—No necesitamos otro bebé. Ya tenemos suficientes problemas para cuidar de los dos que tenemos con nuestros horarios y nuestras obligaciones. Tres podrían desbordarnos, pero en realidad tampoco es eso, Brie. Si a Mel no le hubieran hecho la histerectomía y hubiera venido otro hijo por sorpresa, nos las habríamos arreglado. Pero a Mel se le ha metido en la cabeza tener otro a toda costa. Ni siquiera la histerectomía va a detenerla. Si quiere otro, tendrá otro. Aunque nos cueste treinta mil dólares e implique a una tercera persona a la que ni siquiera conocemos.

—¿Es por el dinero? —preguntó Brie.

—¡Dios mío, no! Le compraría la luna a Brie si pudiera, tú lo sabes. ¿Para qué está el dinero? Nuestra prioridad es nuestra familia. Es la idea en general lo que me molesta. Lo que implica.

—Es una cosa muy corriente, Jack —dijo Brie con calma—. Es una solución estupenda para personas que no pueden tener hijos a la antigua usanza. Y cada vez hay más gente así, por cierto.

—Lo sé —contestó él—. Le pedí al Reverendo que mirara en Internet. Me ha imprimido un montón de cosas. A veces uno de los miembros de la pareja es estéril y se recurre a un donante. Supongo que la gente lo hace para tener hijos biológicos en lugar de adoptarlos. Y por mí no hay problema si la cosa funciona. En nuestro caso, sería un hijo biológico al cien por cien. Sus óvulos y mi esperma se encontrarían en un tubo de ensayo y luego crecerían en el cuerpo de una mujer con la que previamente nos habríamos entrevistado. Una mujer a la que pagaríamos para que hiciera de incubadora.

—Entonces, ¿es eso? ¿Que no conoces a esa mujer y que tendrías que pagarle?

—En parte sí —contestó Jack encogiéndose de hombros—. Me parece muy irregular si quieres que te sea sincero. Porque si Mel y yo nos hubiéramos conocido, nos hubiéramos enamorado y hubiéramos dicho: «Para ser felices, tenemos que tener por lo menos cinco hijos», entonces quizá fuera distinto. Pero no es el caso, Brie. Desde el principio pensamos en usar anticonceptivos. Y Mel ha dicho mil veces que dos hijos eran más que suficientes, que no esperaba tener más. Hace un par de años estuvo a punto de morir de una hemorragia uterina. John hizo todo lo que pudo, pero extirparle el útero le salvó la vida. Y John me dijo que me preparara, que a Mel iba a costarle mucho asumirlo. Pero no. Ella reaccionó llena de energía y dio gracias por tenernos el uno al otro y por tener a nuestros dos hijos. Y ahora, de repente, se empeña en tener otro hijo a pesar de que nunca hemos hablado de ello —apoyó los codos sobre la mesa—. Brie, te ha dicho que vayas redactando un contrato y tiene cita para que le extraigan óvulos, y yo ni siquiera he dicho aún que esté de acuerdo.

—Quizá sea porque sabe que al final dirás que sí si es tan importante para ella.

—Me temo que está intentando hacer retroceder el tiempo —dijo Jack—. Me preocupa que no haya asumido que ya no puede tener más hijos a pesar de tener solo treinta y seis años. Es como si no estuviera a gusto así, como estamos.

—No, Jack...

—¿Sabes cómo me sentí cuando se quedó embarazada a pesar de que suponía que no podía? Me sentí como Atlas, así me sentí. Como un pequeño dios del Olimpo. Verla engordar, aguantar sus antojos, fue como un milagro para mí. Mi mujer me había acogido dentro de su cuerpo y había creado una vida para que la compartiéramos. ¿Eyacular en un vaso y ver crecer a mi hijo en el vientre de una desconocida? —sacudió la cabeza—. No tenemos por qué hacer eso, Brie. No es necesario.

Brie se quedó boquiabierta un momento. Luego dijo:

—¡Caray!

Su hermano limpió distraídamente la barra.

—No es el proceso lo que más me molesta —añadió—. Que conste. Opino que el hecho de que pueda hacerse es un don del cielo. Si cuando conocí a Mel ella ya no hubiera tenido útero y hubiera deseado un hijo hasta el punto de estar dispuesta a recurrir a un vientre de alquiler, lo habría hecho por ella sin dudarlo. Lo sabes, ¿verdad? ¿Que lo habría hecho por ella? Pero tal y como están las cosas no sé si seguirle lo corriente es lo más sensato. No sé a qué viene esto ahora.

—Pues más vale que lo averigües, Jack. Habla con ella.
—No quiere hablar conmigo, Brie. Está esperando a que dé mi brazo a torcer. Cada vez que saco el tema, se limita a pedirme que no me cierre en banda. Quiere que hable con John Stone para aclarar mis dudas.
—Pues habla con John. Pero no dejes que esto enturbie las cosas entre vosotros. Estoy a punto de verme metida en medio de todo esto, y no quiero.

Por puro aburrimiento, Erin decidió hacer unas galletas de chocolate. Pensó que, si las tenía a mano y aparecía Aiden, podía darle algunas para que se las llevara a su amigo Art. También podía congelar un buen montón: Marcie e Ian pensaban pasarse por allí dentro de poco y a Marcie le encantaban las galletas de chocolate.

Junio estaba a punto de acabar, ella llevaba casi un mes en la cabaña y había amontonado todos los libros de autoayuda en un rincón para deshacerse de ellos. En el porche, junto a la tumbona en la que se relajaba entre tanta y tanda de galletas, había un vaso alto de té y un libro de bolsillo de título provocativo en cuya portada aparecían dos piernas de mujer largas y bonitas. Marcie tenía razón en una cosa: aquel libro la había enganchado. No había nada que la sedujera más que la seducción. Se sonrió: tal vez estuviera empezando a relajarse.

Tenía una fuente llena de masa de galletas en la encimera y, cuando sonó el reloj de la cocina, entró a sacar las galletas del horno y a preparar otra tanda. Respiró hondo. Olían de maravilla. Era bastante golosa y, aunque mantenía su apetito a raya, no había nada más delicioso que el olor a galletas recién hechas. Después de meter en el horno una bandeja llena de galletas, corrió al cuarto de baño. ¡Qué maravilla era no tener que salir para ir al váter! Además, era un cuarto de baño espectacular para una cabaña y estaba muy orgullosa de él.

Antes de salir, oyó un ruido y se preguntó si una racha de

viento habría movido algo en la cocina. Notó un olor raro. Casi olía a tuberías. O quizás el viento olía un poco a basura. Pero cuando salió del cuarto de baño vio que no era el viento.

Era un oso.

Un oso muy grande. Y se estaba comiendo sus galletas y su masa, sujetándolas con sus enormes garras.

Soltó un grito, asustada, y el oso levantó la cabeza de la fuente y pareció eructar. Erin se puso a chillar.

Volvió a entrar en el cuarto de baño y cerró la puerta con llave. Luego cruzó corriendo la puerta que comunicaba con su dormitorio y también cerró la puerta. Para asegurarse, empujó el baúl que había a los pies de la cama y lo pegó a la puerta del dormitorio. Luego cerró la puerta que comunicaba el baño con el dormitorio y empujó la cómoda para atrancarla.

Después se sentó a los pies de la cama y dijo:

—Joder.

Ni siquiera se le había ocurrido que pudiera pasar aquello. ¡Un oso! Marcie le había contado que una vez había tenido que encerrarse en el cobertizo porque fuera había un puma. A partir de entonces, su hermana había llevado una sartén de hierro cada vez que salía. Por esa misma razón, Erin siempre tenía una a mano. Pero mientras que Marcie era capaz de atizar un sartenazo en la cabeza a un animal salvaje, ella era más bien de las que chillaban y huían despavoridas.

Se acordó de que tenía unas galletas en el horno. «Esto es genial», se dijo. «Se va a quemar la cabaña y yo con ella. Con un poco de suerte morirá primero el oso. Quizá pueda salir antes de que esto se convierta en un montón de ceniza».

Hizo inventario de memoria. Solo había un teléfono: un inalámbrico que estaba en la cocina. El ordenador estaba en marcha, pero fuera de la habitación. Si hubiera tenido las llaves del coche en el dormitorio, podría haber salido por la ventana y haber corrido al coche, pero las llaves, cómo no, estaban en su sitio: en el gancho, junto a la puerta. Ella era muy limpia y muy ordenada: cada cosa tenía su sitio y todo estaba siempre en su lugar.

Dio un respingo al oír un estrépito. Se levantó y se abalanzó hacia la puerta, dispuesta a gritar al oso. Entonces se dio cuenta de que por un momento le había preocupado más que el oso le destrozara la casa que el hecho de que pudiera comérsela o que se incendiara la cabaña. Se obligó a sentarse. Luego se tumbó en la cama.

—Odio mi vida —dijo en voz alta—. Si salgo de esta, me voy a casa, vuelvo al trabajo y se acabaron los experimentos.

Oyó otro estrépito. Se quedó allí, acongojada, largo rato. Oyó al oso moverse por la casa.

Luego le pareció que alguien llamaba a la ventana del dormitorio. Se sentó y escuchó. Sí, estaban llamando. ¿Llamaría un oso a la ventana? ¿No era más probable que echara la puerta abajo y la devorara? Se acercó despacio a la ventana, sin hacer ruido, y miró por una rendija de la persiana.

Y vio unos ojos verdes y una barba roja.

Subió la persiana y abrió la ventana.

—¡Aiden!

—Hola —dijo él—. Hay un oso en la cocina.

—¡Huye, Aiden! ¡Huye!

—Voy ya entrar, pero tienes que echarme una mano. Ayúdame a quitar la mosquitera para que pueda meter mis cosas y entrar. Quizá tengas que tirar de mí. Esta ventana está bastante alta.

—¿Por qué? —preguntó ella, retrocediendo un poco.

Aiden se encogió de hombros.

—Bueno, en primer lugar porque está saliendo humo de tu cocina. Y porque me apetecía una cerveza.

—¡Hay un oso en la cocina! —exclamó ella, furiosa.

—Sí. Y más vale que lo echemos de ahí.

Quitaron la mosquitera y Aiden lanzó su mochila y su machete por la ventana. Luego saltó, se apoyó en el alféizar, se encaramó y entró de un brinco en la habitación. Erin se apartó. En cuanto Aiden estuvo dentro, ella cerró la ventana y la persiana. Luego cruzó los brazos.

—Estupendo. Ahora estamos los dos encerrados en esta habitación.

—¿Cuánto tiempo lleva ahí? —preguntó Aiden.

—No sé. ¿Media hora? —se oyó otro estruendo y Erin hizo una mueca—. Está claro que ha acabado de comer y se ha puesto a destrozar la casa. Te juro por Dios que, si se hace caca en mi alfombra Aubusson, lo mato con mis propias manos.

Aiden no pudo evitar reírse mientras buscaba algo en su mochila. Sacó lo que parecía ser una bote grande de laca o un pequeño extintor.

—¿Tienes algo que pueda hacer mucho ruido, como una cuchara metálica golpeando una cacerola de aluminio?

—¿Qué?

—A los osos no les gusta el ruido. Esto es repelente. Un poco de ruido y de repelente y suelen salir corriendo. Normalmente.

—¿Normalmente?

—¿Se te ocurre otra idea? Llevo toda la semana pensando en esa cerveza.

—Estoy segura de que tienes formas más fáciles de conseguirla —bufó ella.

—Tienes razón. ¿Quieres que guarde mi repelente, salte por la ventana y te deje aquí? Puedes quedarte en la habitación hasta que pase alguien y huela tu cadáver en descomposición. O puedes buscarme algo que haga mucho ruido.

—¡No tengo nada que haga mucho ruido!

Aiden miró a su alrededor. Posó los ojos en la esquina. Se acercó a un macetero. Subió la persiana, abrió la ventana, tiró la planta fuera y golpeó un poco la maceta contra la pared de la casa para que cayera el exceso de tierra.

—¡Eh! —gritó ella—. ¡Que eso es cobre!

Aiden se acercó a la puerta de la habitación con su arsenal en la mano: la maceta de cobre y la lata de repelente.

—Puede que este cobre te salve el pellejo —apartó el baúl de la puerta—. Escúchame, Erin. No grites. Es un oso negro y no he visto ningún cachorro, así que lo más probable es que huya. Pero no grites o se enfurecerá. Podría sentirse amenazado.

—Ya he gritado —le informó ella—. ¡Y no se fue! Puede que no sepa que es un oso negro.

—Quédate aquí. Y no hagas ruido.

—¿Qué vas a hacer?

—Voy a entrar ahí y voy a ponerme a hacer ruido. Si viene a por mí, le rociaré los ojos con repelente. Y luego me tomaré una cerveza.

—Ay, Dios...

—Eso, reza —abrió la puerta y se asomó al cuarto de estar—. Muy bien —dijo en voz baja.

El oso estaba saliendo de la cabaña por las puertas del porche. Por un lado era preferible dejar que se marchara sin más, pero por otro... ¿recordaría que había encontrado comida allí? Odiaba pensar que Erin pudiera estar dormitando en su hamaca mientras un oso rondaba por su casa. Pero Aiden no sabía mucho de osos. Tendría que preguntar.

Dejó que el oso se alejara. No era muy grande: medía un metro ochenta, más o menos. Tenía que ser macho: en primavera y verano, las hembras iban siempre acompañadas de un cachorro, como mínimo, a no ser que fueran aún muy jóvenes y no se hubieran apareado. Aiden lo siguió lentamente, con cautela. Al salir al porche, lo vio desaparecer entre los árboles. Luego puso la maceta y la lata de repelente en la mesa, recogió el vaso de té y el libro de Erin y cerró las puertas. Miró con curiosidad el libro y levantó una ceja.

A continuación sacó las galletas achicharradas y apagó el horno.

—¿Va todo bien? —preguntó ella desde el dormitorio.

—Sí, salvo porque ha habido algunas bajas entre tus galletas.
—¿Y el oso?
—Su tarea aquí había acabado —contestó Aiden—. Estaba solo y se ha ido.

Erin entró en el cuarto de estar. Miró a su alrededor. La fuente que había usado para mezclar la masa de las galletas estaba en el suelo, hecha pedazos. Había una silla volcada y una bandeja del horno en un rincón. El oso no parecía haber roto nada valioso y se había ido.

—Yo me largo de aquí ahora mismo —masculló Erin.

Aiden se paró a recoger los trozos de la fuente. Los tiró al cubo de la basura, que el oso había vaciado por completo.

—No hace falta —recogió el libro de Erin—. He rescatado tu libro porno —dijo con una sonrisa.

—¡No es porno!

—¿Ah, no? Qué lástima. Tiene muy buena pinta.

—Solo es un... un libro para mujeres... ya sabes...

Aiden sacó un par de cervezas de la nevera, las abrió y le pasó una.

—Me gustaría sentarme en el porche a bebérmela —dijo—. Sobre todo porque he caminado más de quince kilómetros para llegar aquí y sé que no te gusta mi perfume, pero dadas las circunstancias creo que será mejor que nos quedemos dentro. ¿Qué me dices?

—¡Que yo me largo de aquí! —pero aceptó la cerveza y le dio un buen trago.

—No pasa nada, Erin —contestó Aiden con calma—. Se ha ido. Te dejaré el repelente. Por aquí no hay osos grizzlies, y los osos negros suelen huir, a no ser que te encuentres entre una madre y su cachorro. Por lo visto les gustan las galletas de chocolate. Supongo que no guardaste ninguna antes de que llegara Yogui.

—¡No! ¡Y puedes estar seguro de que no voy a hacer más!

Aiden apartó una silla de la mesa de la cocina. Ella apartó otra y se sentó. Aiden se inclinó hacia ella.

—No tienes que irte. Si cierras las puertas, no creo que vaya a entrar ningún oso. Puede que entre un mapache, pero suelen huir si haces un poco de ruido.

—¿Tienes idea de lo que estás diciendo? —preguntó ella.

—Estoy diciendo que no te vayas, Erin. Espera unos días más, a ver qué pasa. Los animales salvajes no te molestarán si tú no les molestas a ellos. Si ves un oso, ponte a dar cucharazos a una cacerola. En serio, no les gustan las personas.

Ella arrugó el ceño.

—No sé. Debería recoger mis cosas y subirme al coche...

—No lo hagas —dijo él—. Podemos divertirnos, tú y yo...

—¡Hace días que no te veo! Voy a...

—Mi familia se ha reunido y tenía que echar una mano. Si te digo la verdad, empiezan a sacarme de quicio. Pero creo que ya está todo más tranquilo. Quédate un par de días más, por lo menos.

Erin se inclinó hacia él.

—¿Por qué? —preguntó muy seria.

Aiden se encogió de hombros.

—Porque eres la chica más guapa que he visto en Virgin River —sonrió—. Te dejaré el repelente, pero tú tendrás que llevarme al pueblo. Hay un oso repleto de chocolate ahí fuera, y no llevo armas —se inclinó hacia ella—. Mira, llévate el teléfono y el repelente al dormitorio y cierra bien las puertas cuando te vayas a la cama esta noche. Pon la cómoda delante de la puerta si quieres. Asegúrate de que no dejas comida ni basura donde el oso pueda olerla o alcanzarla, y a ver si dentro de un par de días estás más tranquila. Además, siempre puedes llamar al departamento del sheriff y decirles que un oso ha entrado en tu casa. Pueden dar la voz de alarma, por si acaso da problemas.

—La lógica me dice que quedarme es correr un riesgo innecesario.

—En serio, no te vayas —insistió Aiden—. Todavía no. De verdad. No te lo diría si pensara que hay verdadero peligro.

Erin se quedó pensando un minuto. Luego sacudió la cabeza y dijo:
—Si me devora un oso, vas a sentirte fatal.
—Yo creo que si te fueras me sentiría fatal.

Luke Riordan siempre había sido madrugador, pero se levantaba aún más temprano ahora que tenía una esposa a punto de dar a luz. Shelby estaba muy incómoda y a veces se levantaba en plena noche y se ponía a buscar un helado o algo que comer para calmar el ardor de estómago que sufría inevitablemente cada vez que se tumbaba.

Luke no se quejaba de la falta de sueño, ni de levantarse temprano. Deseaba que Shelby se encontrara mejor, claro. Tenía la impresión de que su mujer acarreaba una carga demasiado pesada para ser tan menuda, y le preocupaba que tuviera problemas al dar a luz al niño. Por suerte, estaba rodeado de expertos.

—Sí —había dicho Mel—, creo que yo tenía más o menos esa barriga, o más incluso. Es increíble, ¿verdad?

—Sé por lo que estás pasando, amigo mío —le había dicho Jack.

—Se ve que ya le queda poco, ¿eh? —le había dicho Aiden.

Nadie parecía preocupado, así que Luke decidió tomarse las cosas con calma.

Se levantó temprano y dio una vuelta por la zona de las cabañas con una taza de café en la mano. Su madre y George habían pasado un par de noches allí, en la caravana, pero se habían ido a casa de Noah a pasar unos días con la familia de George. Luego tenían una reserva en un camping para caravanas en Fortuna donde dispondrían de agua corriente y electricidad. Mucho más conveniente. Y dado que habían remolcado hasta allí el pequeño coche de su madre, podrían moverse tranquilamente por la zona sin tener que llevar siempre la casa a cuestas.

Sean, Franci y Rosie no se habían levantado aún. Art no era muy madrugador. Aiden no había ido a cenar la noche anterior. Les había dicho que iba a ir a dar una vuelta por la costa y que cenaría algo de camino. No había nada de misterioso en ello. ¿Por qué iba a querer un soltero de treinta y seis años pasar noche tras noche con su hermano y con su cuñada embarazada?

Pero al pasar junto al todoterreno de Aiden, Luke se fijó en que su hermano había tumbado los asientos traseros y en que dentro del coche había dos bicicletas nuevecitas. Miró por la ventanilla y vio que eran bicis de montaña, una de chico y otra de chica. ¡Qué interesante! También había un par de cascos. Y una especie de cesta de esas que se adosaban a las bicicletas. ¿Una cesta de picnic?, se preguntó Luke. Vaya, qué bonito.

Mientras Luke estaba allí parado, con la taza de café en la mano, Aiden abrió la puerta de su cabaña y salió. Luke se llevó un susto. Aiden se había afeitado. Parecía otro. Sin la barba y con el pelo negro bien cortado, nadie habría sospechado que podía crecerle aquella pelambrera roja en la cara.

—Caray —dijo Luke.

—Empezaba a picarme —dijo Aiden.

Luke se limitó a sonreír.

—Eres un embustero. Lo has hecho por una mujer.

—Venga, hombre —dijo Aiden.

—¿Quién es? ¿Has conocido a alguien en la costa?

—No. Es solo que me he cansado de parecer un vagabundo, nada más. Y mamá odiaba mi barba.

Luke se rio de buena gana.

—¡Mentira! —dijo en voz alta—. ¡Tienes una bici de chico y otra de chica en el coche! ¡Y una cesta de picnic!

Aiden se quedó quieto y lo miró con enfado.

—Este campamento no conseguirá las tres estrellas de la guía de hoteles rurales si despiertas a los huéspedes riéndote a carcajadas como un mendrugo —dijo.

—Te habría prestado la Harley para que llevaras a la chica a dar una vuelta de verdad, como un hombre, Aiden —dijo su hermano con una enorme sonrisa—. Solo tenías que pedírmelo.

—Esas vueltas tan viriles de las que hablas acaban con fractura de cráneo y roturas de fémur —respondió el doctor.

—¿Ah, sí? Pues espera a que un camión cargado de troncos intente adelantarte mientras vas montado en una de esas bicicletitas de niña. Desearás que te hubiera prestado la Harley.

—¿Has acabado? —preguntó Aiden.

—Ni siquiera he empezado —contestó Luke, riendo otra vez—. Vamos... ¿Quién es? ¿Qué has encontrado en la costa? ¿Y cuánto tiempo hace? ¿A qué hora piensas volver? Porque aquí hay toque de queda, ¿sabes?

Aiden pasó a su lado, abrió el coche y sacó su cesta nueva. Cerró el coche y volvió a su cabaña.

—No me esperes levantado, cretino —dijo por encima del hombro. Cerró de un portazo.

Luke volvió a reírse, encantado: Aiden tenía una amiguita en alguna parte. ¡Menuda sorpresa! Los hombres de la familia Riordan siempre se habían alegrado de las conquistas de sus hermanos, siempre y cuando no estuvieran mal de la azotea. Y, por desgracia, se habían dado algunos casos memorables.

Luke oyó un ruido y al mirar hacia atrás vio a su mujer salir al porche de la casa precedida por su barriga. Tenía el pelo revuelto y llevaba calzoncillos de Luke con la cinturilla enrollada y una de sus camisetas levantada por encima de la tripa. ¿Cómo podía tener aquella barriga y estar tan sexy al mismo tiempo?, se preguntó Luke. Sacudió la cabeza y se acercó a ella. La rodeó con el brazo y la apretó contra sí. La besó en la frente y su hijo le dio una patada.

—¿Has podido dormir algo? —le preguntó Luke.

—Sí. Estoy bastante bien. Inmensa, pero bien —Shelby miró hacia abajo—. Tengo tobillos.

Luke también bajó la mirada.

—Ya lo veo. Muy bonitos —dio un paso atrás, se acomodó

en una silla y sentó a Shelby en su regazo—.Ven aquí. Siéntate en mis rodillas y, si te portas bien, te dejaré beber un sorbito de mi café.

—Mmm —murmuró ella, agarrando la taza—. ¿Qué era todo ese ruido? Te he oído reírte.

—Aiden se ha buscado una novia de verano —contestó Luke.

—¿Una qué?

—Una novia de verano. Ha conocido a una mujer. Tenía unas bicis en el coche y... —se interrumpió al ver que la puerta de la cabaña se abría y que Aiden salía con la cesta. Se la apoyó en la cadera y saludó a Shelby con la mano. Luego subió a su coche y se marchó.

—¿Qué decías? —preguntó Shelby cuando el coche desapareció.

—Aiden ha pillado cacho —dijo Luke.

Shelby sacudió la cabeza y suspiró.

—¡Qué delicado eres! —comentó mientras le pasaba los dedos por el pelo corto de las sienes—. Recuérdame que no te deje educar a nuestro hijo en cuestión de faldas. De eso me encargo yo. Tú eres un bruto, un grosero y un bocazas.

—¿Qué? ¡Pero si Aiden anda detrás de una mujer! ¿Qué hay de malo en eso? Espero que tenga suerte, nada más. Pero conociendo a Aiden...

—Conociendo a Aiden, ¿qué?

Luke se encogió de hombros.

—Es que... no sé... es un poco blando. ¿Entiendes lo que quiero decir?

Ella se echó a reír.

—Mi querido esposo, tu hermano Aiden está como un tren.

—¿Quién? ¿Aiden?

—Oh, sí. Si no estuviera casada y embarazada de diecisiete meses, yo misma iría tras él.

—¿De Aiden?

—Luke, no tienes ni idea.

—Pero, nena, ¡si llevaba bicis en el coche! Le dije que podía prestarle la Harley, ¡y él prefiere una bici! ¿Eso no es ser un blando?

—Es total y absolutamente irresistible.

Luke se quedó callado un momento.

—No quiero oír nada más.

Shelby se rio de él, lo besó en el cuello y el bebé dio una patada.

—Apuesto a que Aiden no puede hacer esto —dijo Luke, pasando una mano por el gran vientre de su mujer—. Apuesto a que no puede hacer uno así. ¡Este niño va a salir medio criado!

Shelby sacudió la cabeza y gimió:

—Ay, Luke, qué gran consuelo eres para mí. No sé cómo pude resistirme tanto tiempo a tus encantos.

CAPÍTULO 7

Al llegar a la cima de la montaña, Aiden descubrió aliviado que el coche de Erin seguía allí: no se había marchado. Bajó de su todoterreno, se apoyó en la puerta abierta y tocó el claxon. Tuvo que pitar varias veces hasta que ella apareció envuelta en un albornoz. Estaba descalza. Se frotó un pie con los dedos del otro. Tenía el pelo revuelto y Aiden se excitó un poco. Iba sin maquillaje. La había despertado, y estaba muy sexy. Aiden se lo tomó como una buena señal.

—Vaya —dijo—, veo que al final has podido dormir y que no te ha devorado el oso.

Ella lo miró con los ojos entornados.

—¿Aiden? —dijo—. ¿Aiden?

—Me he afeitado y me he cortado el pelo. Nunca se sabe cuándo puede tener uno una entrevista de trabajo.

—Cuando viniste con Art, pensaba decirte que me había impresionado que tuvieras coche. Y de menos de diez años. ¡Guau!

—Vístete. Voy a llevarte a dar una vuelta para que aprendas a divertirte un poco —Aiden llevaba pantalones cortos, zapatillas deportivas sin calcetines, camiseta y una cazadora ligera.

—¿Cómo? ¡Pero si estaba dormida!

—Es hora de levantarse, Erin —dijo él con paciencia—. Ponte unos pantalones cortos y unas deportivas. Llevo protector solar. Tienes la piel muy blanca y hay que impedir que te quemes. Imagino que no tendrás una gorra de béisbol.

—No —contestó irritada.

—Bueno, te he traído un casco, así que no pasa nada. Tengo dos bicicletas y una cesta con comida en el coche.

—¡Pero si no me he duchado! ¡Ni he desayunado!

—Puedo esperar un rato, pero conviene que no perdamos mucho tiempo. Te invito a desayunar. O puedes llevarte uno de esos yogures tuyos y comértelo por el camino.

Erin cruzó los brazos.

—¿Qué te hace pensar que quiero ir a montar en bici?

—Que estás aburrida como una ostra, eso —contestó él, y sonrió—. ¿No fue por eso por lo que te pusiste a hacer galletas para el oso? ¡Vamos! Me he afeitado. ¿Qué más quieres que haga?

—Podías preguntar —repuso ella.

Aiden cerró la puerta del coche y se acercó a ella. Cuando estuvo justo delante dijo:

—No seas tan quisquillosa. No tienes nada mejor que hacer. Ahora, ¿qué te parece si te vistes y nos vamos a la costa? Te enseñaré cómo disfrutar de unas vacaciones. Y luego te traeré a casa y regaré tus tomates —sonrió lascivamente.

Erin se quedó pensando un momento y decidió ignorar aquella insinuación.

—¿Bicis, has dicho? —preguntó.

—Sí. Con cascos y una cesta con el almuerzo.

—Está bien. Pera la próxima vez pregunta con antelación.

Él levantó una ceja.

—¿Debo pedirle a tu secretaria que me reserve un hueco en tu agenda? —la agarró de los brazos, le dio la vuelta y le dio un pequeño azote en el trasero—. ¡Andando! ¡No quiero tener que esperarte todo el día!

Ventajas de ser una abogada de éxito: Erin no recordaba que nadie nunca le hubiera dado una palmada en el trasero para hacerla andar. Nunca. Ni siquiera los pocos hombres con los que había salido más de dos veces. Se sentía dividida: en parte la indignaba que Aiden se tomara esas libertades y en parte estaba encantada.

No se le había escapado que, debajo de aquella ropa de montañés sudoroso y de la barba roja y áspera, había un hombre increíblemente guapo y bienoliente. Tan guapo que casi resultaba impresionante. Tenía los pómulos altos, los ojos de un verde brillante, el pelo muy negro, el mentón firme y las cejas expresivas. Y quizá si se hubiera quitado antes la barba, ella se habría fijado también en que tenía un físico fantástico: hombros anchos y musculosos, vientre plano, un trasero bonito pero viril y unas piernas rectas y fuertes.

Pero había sido un poco arrogante al suponer que, si se exhibía un poco, ella estaría dispuesta a pasar todo el día con él. Naturalmente, la había salvado del oso. Más o menos. Y además tenía razón: no tenía nada mejor que hacer. Aun así se arregló sin prisas, con el esmero de todas las mañanas, aunque sabía que solo iban a ir a montar en bici. Estuvo un poco enfurruñada en el coche, camino de la costa, pero luego, cuando circulaban por una carretera sinuosa que daba a los acantilados, la belleza del paisaje la dejó anonadada.

—Madre mía —musitó.

—Te va a encantar montar en bici y esta noche vas a dormir a pierna suelta. Te lo garantizo.

Aparcó el coche en una mirador y pidió ayuda a Erin para sacar las bicis. Sujetó una cesta abierta al manillar de la suya y puso dentro una manta de cuadros. Luego sujetó la cesta de picnic al asiento y al guardabarros de atrás. Erin dedujo que era su almuerzo. Aiden se colgó una mochila de los hombros. Iba a llevar toda la carga. Luego, puso protector solar en la palma de la mano de Erin y, cuando ella acabó de untarse la crema en brazos y piernas, le encajó el casco en la cabeza.

—Yo iré detrás —dijo—. Así es más seguro.

Echó la mano hacia atrás para darle una palmada en el trasero, pero Erin se apartó. Aiden se echó a reír.

—¿Por dónde? —preguntó ella.

—Por donde tú quieras.

Erin miró a un lado y a otro. Por el sur el terreno parecía más llano. Montó en la bici y empezó a pedalear. Y siguió pedaleando como una loca mientras, tras ella, Aiden avanzaba tranquilamente, silbando.

Como en cualquier otro aspecto de su vida, en cuestión de ejercicio Erin seguía una rutina estricta. Hacía yoga y pesas, y de vez en cuando usaba la cinta andadora y la Stairmaster. Cuarenta y cinco minutos cada mañana. Pero nunca le habían interesado los deportes de resistencia, como el ciclismo o el atletismo, ni había tenido tiempo para practicarlos. A los cinco minutos estaba sudando y le faltaba la respiración mientras que, detrás de ella, seguía sonando aquel silbido infernal. A pesar de todo, decidió seguir adelante y se negó a sentirse mal por no ser más rápida, ni más fuerte. A fin de cuentas, él seguramente se pasaba los días trabajando y luego haciendo deporte, y las noches persiguiendo a mujeres. Ella, en cambio, trabajaba como mínimo doce horas diarias en un despacho o en juzgado. Aguantó, sin embargo, una hora encima de la bicicleta. Luego, le dieron ganas de morirse.

Cuando estaba casi a punto de tirar la toalla, oyó un silbido agudo y Aiden gritó:

—¡Para!

Erin sintió tal alegría que le dieron ganas de besarlo. Él desmontó y empezó a bajar con la bicicleta por la arena compacta de la playa. Erin lo siguió. Aiden se detuvo por fin, sacó un par de bebidas energéticas de su mochila y le dio una.

—¿Qué pasa? —preguntó Erin, un poco jadeante—. ¿Te has cansado? —se dejó caer en la arena con un suspiro que hizo reír a Aiden. Se bebió la mitad del refresco en dos tragos.

Aiden cayó de rodillas.

—Eres un poquito competitiva, ¿no, Erin?

Ella se limpió la boca con el dorso de la mano.

—Posiblemente —luego sonrió—. Está bien, lo reconozco: no estoy muy en forma.

—A mí me parece que estás estupenda.
—Vaya —contestó ella—. Me preguntaba si estabas flirteando conmigo. Porque librarme del oso es una cosa, pero afeitarte... —se rio—. Creo que, si te has afeitado y alabas mi figura, no cabe duda de que estás flirteando. Así que, ¿qué esperas sacar en claro?
—No lo sé —contestó él—. ¿Qué tipo de Derecho ejerces?
—Derecho fiscal y patrimonial —levantó una ceja—. ¿Qué tal tus relaciones con Hacienda?
—Trabajaba en la Armada. No tengo mucho que ocultar. Y soy soltero. Mi madre es la beneficiaria de mi testamento. Y de mi seguro de vida si me muero.
—Dios no lo quiera —dijo Erin.
—¿Por eso eres tan dura y tan competitiva? ¿Por haber estudiado Derecho y dedicarte a la abogacía?
—Creo que lo que me hace dura y competitiva es haber sido una chica en la facultad de Derecho y en esta profesión —dijo ella con una sonrisa—. Además, tenía mucha presión. Mis padres murieron muy jóvenes. Yo soy la mayor y tuve que hacerme cargo de mi hermano y mi hermana.
—La que está embarazada, ¿no?
—Sí. Da a luz a finales de verano. Es muy probable que vayan a hacerle una cesárea. El bebé está mal colocado. Marcie confía en que se dé la vuelta, pero de momento tiene cita el 20 de agosto, un par de semanas antes de salir de cuentas.
—Entonces, ¿te irás para esa fecha?
—Un par de días antes, como mínimo. La verdad es que no estoy muy segura de que pueda convivir con ese oso...
—Dichoso oso —masculló él—. Justo cuando me habías hecho galletas...
—Las galletas eran para Marcie y su marido. Van a venir el próximo fin de semana. Y pensaba darte también algunas para Art.
Aiden le sonrió.

—¿Quieres que pedaleemos un poco más antes de comer?
—De acuerdo —contestó cansinamente, estirando la espalda.
—Esta vez podemos ir más despacio. Prometo que te dejaré ganar.

La segunda hora de pedaleo fue mucho más agradable que la primera. Aiden se quedó rezagado para que no fuera demasiado deprisa. Como no iba inclinada sobre el manillar y pedaleando como una loca, Erin pudo fijarse en el mar, disfrutar de la brisa fresca y del inmenso cielo azul, lleno de nubes algodonosas. Sin saber que, entre tanto, Aiden iba disfrutando de su hermoso trasero y del movimiento de sus largas piernas.

Cuando Aiden silbó para avisarla de que parara, casi se sintió decepcionada. Él bajó por una franja de arena apelmazada, entre un montón de rocas enormes. La costa del Pacífico norte era muy rocosa. Aiden apoyó la bicicleta en su pata de cabra, sacó la manta de la cesta y la desplegó sobre la arena. Sacó la cesta de picnic de la parte de atrás de la bicicleta, la puso sobre la manta y se sentó.

—No es nada del otro mundo —dijo—, pero no sé qué te gusta comer, aparte de galletas de chocolate.

Ella se sentó al otro lado de la cesta.

—En este momento me gusta todo. Me has tenido un par de horas pedaleando encima de una bicicleta —tomó primero una botella de agua mineral y dio un largo trago. Luego descubrió un par de sándwiches, manzanas y bizcochitos de chocolate.

Mientras comían, preguntó a Aiden por su familia y se enteró de que los cinco hermanos eran o habían sido militares. Aiden le contó que era el mediano de la familia y que se había criado en el Medio Oeste.

—Vivíamos en una casita de tres habitaciones: tres hermanos en una habitación y dos en otra. Mi padre era electricista y tenía que hacer todas las horas extras que podía para mantenernos, así que fue mi madre quien se encargó de criarnos y de imponernos disciplina, lo cual se le daba de perlas. La llamábamos la Sargenta. Es una mujer asombrosa. Muy fuerte y, hasta hace poco, muy estrecha de miras.

—¿Hasta hace poco?

—Se ha buscado un novio. Y vive con él en una autocaravana. Piensan recorrer todo el país, ir a visitar a sus amigos y a sus hijos y hacer turismo.

—¡Qué divertido! —comentó Erin antes de dar un mordisco a un sándwich de jamón cocido.

—Sí —contestó él—. Algunos de mis hermanos están un poco molestos. Y no me extraña. Mi madre siempre ha sido muy crítica con nosotros por ser un poco golfos, por salir con un montón de mujeres distintas. Hasta hace un par de meses, todavía nos daba un tirón de orejas si se nos ocurría comentar que nos habíamos acostado con una mujer con la que no estábamos casados, y eso que todos tenemos más de treinta años. Y ahora, a sus sesenta y tres años, mi madre está viviendo con su novio.

—¿Con cuántas mujeres distintas? —preguntó ella con cierta cautela—. Quiero decir que cuando dices que sois un poco golfos...

Aiden dio un bocado a su sándwich.

—No te preocupes, Erin. Yo siempre he sido el más formal de la familia. Hace meses que no salgo con nadie. Bueno, eso no es verdad: he tenido alguna que otra cita. He salido a cenar un par de veces o a tomar copas con alguna amiga, esas cosas. Pero hace bastante tiempo que no me acuesto con nadie. Y siempre tomo precauciones.

Erin se puso muy colorada y bajó la mirada.

—No me refería a...

—Pues deberías, y harías bien en preguntar. Es lo más razonable.

Cuando ella levantó los ojos, dijo:

—¿Ahora es cuando vas a preguntarme por mi historial amoroso?

Aiden se encogió de hombros.

—Solo si te apetece hablar de ello.

—No he salido con muchos hombres —«más bien con ninguno»—. Solo he tenido un par de citas este último año. Y siempre han sido primeras citas.

—¿Tan exigente eres? —preguntó él.

—Sí, creo que sí.

—Y estás muy ocupada —dijo Aiden.

—¿Parece una excusa? Porque la verdad es que hay un montón de gente que depende de mí y eso me lo tomo muy en serio.

—¿Tus hermanos?

—Bueno, mis hermanos ya son adultos y les va muy bien. Pero tengo clientes con problemas fiscales muy serios. Y clientes con relaciones familiares muy delicadas que necesitan asesoramiento para gestionar sus fondos fiduciarios y gestionar su patrimonio. Hay otros abogados y asesores y una legión de procuradores y secretarias para echarme una mano, pero yo soy la socia del bufete que se encarga de esos asuntos. Hacía muchísimo tiempo que no me tomaba unas vacaciones —«más bien nunca»—. Tuve que avisar al bufete con un año de antelación para tomarme estos meses libres.

—¿Por qué no has tenido vacaciones? —preguntó él.

—Bueno, ya sabes. Por la razón de siempre. Estaba muy ocupada. Y tengo muchas responsabilidades.

—¿Y has venido aquí para estar cerca de tu hermana si te necesita?

—Claro —contestó Erin—. Es mi primer sobrino. El primer bebé de la familia. Y Marcie y yo estamos muy unidas. Además, pensé que aquí podría relajarme. No contaba con el oso.

—Con un poco de suerte no volverá a molestarte —dijo Aiden, y se tumbó de espaldas sobre la manta.

—Sí, con un poco de suerte —Erin también se tumbó al otro lado de la cesta de picnic—. Aiden, ¿eras pobre de pequeño?

—Depende de cómo definas el ser pobre. Seguramente sería más acertado decir que teníamos un presupuesto muy ajustado. Pero mi madre sabía cómo sacar partido a cada dólar. Comíamos muchos macarrones con queso. Teníamos un huerto muy grande y mi madre hacía conservas. Y lo que no plantaba lo compraba en mercadillos. Además, era un genio haciendo sopa. Comíamos tanta sopa que ahora ni siquiera me gusta.

Erin se rio suavemente.

—Colin era el único de la familia que siempre estrenaba ropa, porque aunque era el segundo, era más grandote que Luke. A los demás nos compraban vaqueros nuevos cuando los usados se caían a pedazos, pero en nuestra familia todo se aprovechaba al máximo. Para mí era un fastidio, porque soy el tercero. Las cosas duraban lo justo para que me las pusiera yo, pero cuando les tocaba usarlas a Sean o a Patrick, estaban tan estropeadas que tocaba comprar otras nuevas. Creo que por eso nos alistamos todos. No había ninguna esperanza de que pudieran pagarnos la universidad. Aunque...

—¿Aunque qué?

—Tuvimos algunas becas y algunas ayudas. Mis hermanos Sean y Patrick fueron a academias militares, uno a la Fuerza Aérea y otro a la Armada. Yo tuve una beca parcial...

—Y te pusiste a trabajar de técnico en emergencias —concluyó Erin—. ¿Qué es lo más importante que se aprende siendo técnico en emergencias?

Aiden se quedó pensando un momento.

—A descargar y a salir pitando.

Ella se rio y Aiden se puso de lado, mirando hacia ella.

—La verdad es que lo más importante de nuestro trabajo es que los pacientes lleguen a tiempo al hospital. Aunque también aprendí algunas técnicas de emergencia muy útiles. Masaje cardíaco, cómo cortar una hemorragia, esa clase de cosas —sonrió—. O qué hacer con una herida en la cabeza. Pero un técnico en emergencias no suele estar tan bien formado como un auxiliar médico. Depende de dónde trabajes —se tumbó de espaldas—. ¿Y tú? —preguntó.

—Yo no sé cómo cortar una hemorragia —Erin bostezó.
—¿Eras pobre de pequeña?
—No, clase media. Mi padre hasta había ahorrado un poco para pagarnos los estudios. Teníamos... tenemos, quiero decir, una casa de cuatro habitaciones. Cada cual tenía la suya. Sigo viviendo en esa casa. No es nueva, pero la hemos reformado varias veces. Y es una casa muy agradable —bostezó otra vez—. La cocina es bastante grande.

Se quedaron callados un rato.

—Aiden —dijo ella—, ¿tú fuiste al baile de promoción de tu instituto?

—¿Qué? —preguntó él—. ¿Al baile de promoción?

—Sí. ¿Fuiste?

—Eh... El último año, sí. Tenía una novia.

—Apuesto a que tú siempre tenías una novia —dijo ella suavemente, con voz cansina.

Se quedaron callados otra vez y se adormilaron en la playa, uno a cada lado de la manta, con la tripa llena, mientras les daba el sol y el fragor de las olas los envolvía.

Pasado un rato, Aiden la despertó.

—Lo siento, Erin, pero tenemos que volver. No podemos pasarnos toda la tarde aquí, durmiendo la siesta. Si nos quedamos en la playa esta noche, nos congelaremos y además las bicis no tienen luces.

—Mmm —dijo ella, y se incorporó, soñolienta—. Ha sido muy agradable.

Aiden pasó un brazo alrededor de su cintura, la atrajo hacia sí y la besó en la frente.

—Te dije que te gustaría.

En el camino de vuelta, se pararon en un restaurante de Fortuna y cenaron en el patio. Cuando llegaron a la cabaña de Erin eran más de las ocho y se estaba poniendo el sol. Aiden la acompañó hasta la puerta, agarró con su manaza la barbilla de Erin y deslizó el otro brazo alrededor de su cintura.

—Cierra las puertas como te dije y llévate el teléfono y el

repelente a tu habitación. No pasará nada —la atrajo hacia sí y la besó suavemente en los labios. Antes de retirarse, los lamió con delicadeza—. Mmm, qué delicia. Que duermas bien y hasta pronto.
Se volvió para marcharse, pero Erin lo llamó:
—¡Aiden!
Él miró hacia atrás.
—Me lo he pasado muy bien —dijo Erin—. Gracias.
—Repetiremos —contestó Aiden—. Y siempre te dejaré ganar —añadió, y le guiñó un ojo.

Mientras dormía, Erin soñó con un hombre guapo, sensible y divertido que derrochaba testosterona. Notó sus labios sobre los suyos y sus manos en su cintura, atrayéndola hacia sí, y se sintió zozobrar. Era como una fantasía hecha realidad: conocía a un vagabundo peludo y maloliente y, de pronto, como por arte de magia, se convertía en un príncipe. Y no había duda al respecto: estaba interesado en ella. Pero a ella no le pasaban cosas así. A sus treinta y seis años, había ido a tropezarse con el hombre más seductor e interesante que había conocido nunca en el lugar más improbable del planeta.

Acababa de salir el sol cuando oyó el claxon y, al incorporarse en la cama, su cuerpo se rebeló. Volvió a tumbarse. No podía moverse.

Oyó que llamaban a la puerta e intentó darse la vuelta. Le dolía todo. Se quedó allí tumbada, inmóvil. Un momento después Aiden apareció en el dormitorio, junto a su cama.

—Lo que me temía. ¿Agujetas?

—¿Cómo demonios has entrado? —preguntó ella.

—Bueno, la llave estaba debajo del macetero y me parece que la cómoda que has puesto contra la puerta está vacía. Se ha deslizado como si estuviera colocada sobre un cristal. Estoy seguro de que soy mucho más listo que un oso, pero aun así... Entonces, ¿tienes muchas agujetas?

—Muchas, no. Muchísimas —contestó ella—. Fue una irresponsabilidad por tu parte. Tienes formación médica. Deberías saber que no podías llevarme a montar en bici horas y horas sin asegurarte previamente de que estoy en forma. Me arden todos los músculos del cuerpo. Hasta me duele el cuello. ¿Por qué me duele el cuello?

—Porque, cuando te inclinas sobre el manillar como si intentaras a toda costa ganar una carrera, fuerzas los músculos. ¿Quieres que me quite la ropa, me meta ahí y te dé un buen masaje?

—Si me tocas, te mato. Vete. No puedo moverme.

Aiden se sentó en el borde de la cama.

—Saliste disparada en la bici porque eres muy competitiva, eso es lo que te pasa. Voy a dejar un frasco de antiinflamatorios en la encimera. Hazte un favor: calienta los músculos en la ducha y muévete un poco. Lo peor que puedes hacer es pasarte todo el día sentada. Antes de irme te haré café.

—¿Irte? —preguntó ella, incorporándose a medias. Luego se dejó caer sobre la cama con un gruñido.

—He venido a asegurarme de que estabas bien. Hoy tengo que hacer una cosa. Iba a llevarte a hacer una ruta por un bosque de secuoyas, pero quizá sea mejor que haya surgido otra cosa. ¿Qué te parece si vuelvo después? ¿Para cenar?

—No puedes —dijo—. Me da pánico cocinar por si el oso lo huele y vuelve.

—Está bien. Entonces haré algo de compra antes de venir y prepararemos la cena juntos. Será divertido —se levantó—. Muévete un poco o mañana estarás agarrotada. Luego nos vemos.

—Creía que habíamos quedado en que primero ibas a preguntarme —respondió ella.

Aiden le sonrió.

—Deja de decirme lo que tengo que hacer. Voy a anotarte el número de teléfono de mi hermano. Llama si tienes algún problema con el oso. Luke vendrá y le pegará un tiro con mucho gusto. Tómate el antiinflamatorio cada cuatro horas aunque creas que no lo necesitas y estira los músculos suavemente —se inclinó y le dio un beso en la frente—. Mañana nos lo tomaremos con calma —se volvió para marcharse y miró hacia atrás—. Y riega mis tomates —dijo con una sonrisa.

—¿Ahora son tus tomates? Menudo regalo...

—Luego nos vemos.

Aiden se marchó. Erin oyó que se cerraba la puerta y que su coche se alejaba. Aquello se estaba poniendo interesante...

—¿Mañana? —dijo para sí misma—. ¿Ya está haciendo planes para mañana?

Después de marcharse de casa de Erin, Aiden condujo un buen rato: hasta Redding y vuelta. La agencia de recursos humanos que estaba gestionando su búsqueda de empleo quería que comiera con un par de obstetras que tenían consulta allí. Los doctores de Redding iban a expandir su clínica y estaban buscando un nuevo médico.

Al abandonar el Ejército, Aiden no había estado seguro de qué quería hacer ni de dónde quería vivir, lo cual había permitido a la agencia buscar ofertas de trabajo en una zona muy extensa. Aiden creía poder sentirse a gusto tanto en una gran ciudad como en una más pequeña, siempre y cuando estuviera relativamente cerca de Luke y Shelby, los únicos miembros de su familia que tenían casa estable.

Los dos médicos con los que se reunió en Redding, un hombre y una mujer, le causaron muy buena impresión tanto en los profesional como en lo personal. Estaban buscando un colaborador porque su consulta tenía muchos clientes. Además de obstetricia y ginecología, ofertaban un par de subespecialidades difíciles de encontrar: reproducción asistida y perinatología, o sea, control del embarazo de alto riesgo. Ambas disciplinas interesaban a Aiden. Si las cosas salían bien, podían ofrecerle un puesto de asociado y con el tiempo tal vez llegara a convertirse en socio de la clínica.

Sus pensamientos, sin embargo, empezaban a volar en otras direcciones. Se preguntaba qué podría encontrar en Chico. O, si no en Chico, tal vez en Davis, en Sacramento o incluso en San Francisco, en cualquier lugar más cercano a Chico que Redding. Sí, aquella rubia de largas piernas le estaba llegando muy adentro. Pensar en ella hacía que le corriera un dulce calorcillo por la sangre y que notara cierta tensión en la entrepierna.

Otra razón para no tomar una decisión inmediata. Quería ver adónde llevaba su atracción por Erin. Y para eso necesitaba algún tiempo.

Le sorprendió darse cuenta de que sentirse tan optimista respecto a su relación con una mujer era raro en él. Pensaba que había estado abierto a esa posibilidad, pero de pronto era consciente de que seguramente hacía años que no se permitía sentir nada parecido. Había experimentado deseo y atracción, claro, pero aquellas sensaciones nunca habían dado como fruto algo duradero. Ahora se preguntaba si se había debido a que no había conocido a la mujer idónea, o más bien a que le daba miedo confiar en una mujer y no quería mostrarse vulnerable ante ellas. Pero estaba cansado de estar solo, cansado de mantener una distancia prudencial. Y había algo en Erin que le impulsaba a asumir ese riesgo.

Su reticencia se debía sin duda a su mala experiencia con Annalee. Pero, qué demonios, había sido una experiencia atroz. Quería pensar que había sido el intento reciente de su ex de localizarlo lo que lo había empujado a replantearse su extrema cautela con las mujeres, pero lo cierto era que, aunque el nombre de Annalee no hubiera salido a relucir, aquella cautela se había convertido en un hábito para él. Su experiencia con ella, aunque breve y lejana, había sido la época más oscura y grotesca de su vida. Nada le había preparado para el desequilibrio al que lo había empujado Annalee. Desde el día en que se habían conocido, ella no había dejado de mentirle y de manipularle. Incluso había mostrado conductas violentas. Aiden le había dado dinero para que se fuera a Georgia a visitar a su madre y cinco días después la empresa de su tarjeta de crédito lo había llamado para preguntarle si su esposa estaba autorizada a utilizar su tarjeta de crédito para pagar los diez mil dólares que le había costado su semana en un balneario de Acapulco. Lo único sensato que había hecho Aiden había sido no ponerla como titular de sus cuentas bancarias. En el armario de Annalee, aparecía de pronto ropa cara. Aiden, sin embargo, ignoraba de dónde sacaba el dinero su mujer. Se había preguntado si robaba la ropa en las tiendas, pero cada vez que cuestionaba su conducta o sus actos, ella montaba en cólera y destrozaba su apartamento, o bien se derrumbaba y se convertía en una niña vulnerable, patética y necesitada de cariño. Su relación había sido una absurda montaña rusa con algunos momentos de sexo salvaje y voraz. Aiden había llegado a preguntarse si no estaría perdiendo la razón.

Lo que más le había costado asumir era que hubiera periodos en los que Annalee parecía absolutamente normal. Días en los que era un encanto, tierna, complaciente, graciosa... Y Dios mío, ¡qué guapa era! Y no con una belleza corriente, sino espectacular: era rubia natural, tenía el pelo casi blanco, los ojos azules, la piel ligeramente bronceada, los labios rojos y un cuerpo de infarto. Medía solo un metro sesenta, pero tenía la cintura estrecha, las caderas redondeadas, los pechos grandes...

Después de las dos primeras semanas de matrimonio, al mirarla Aiden había visto al diablo. No estaba seguro de si sufría una enfermedad mental o si era la bruja más mezquina y malévola que había sobre la faz de la Tierra. Debería haberse divorciado de ella enseguida, pero había hecho el esfuerzo de intentar entenderla. Luego, un día había vuelto temprano del hospital a propósito y se la había encontrado en la cama con un joven marinero de la base. El chaval se había echado a llorar cuando lo había sacado de la cama y lo había empujado contra la pared. ¡No tenía ni idea de que ella estaba casada! La había conocido en un bar a las diez de la mañana. El marinero había huido despavorido.

Su relación había sido una pesadilla que había durado cuatro meses desde el instante en que se fijó en ella hasta que se dictó la sentencia de divorcio.

Uno de los residentes del hospital se había divorciado en cuestión de días. Aiden le había pedido el nombre de su abogado y había ido a verlo enseguida. Él mismo le había llevado los papeles a Annalee. Después, ella se había esfumado por completo. Aiden había estado convencido de que nunca volvería a saber de ella. Y así había sido, hasta hacía un par de semanas.

Habían pasado ocho años desde su divorcio y en ese tiempo no había conocido a otra mujer que se pareciera ni lo más mínimo a aquella arpía que había pasado fugazmente por su vida. Y no le cabía ninguna duda de que Erin tampoco se parecía a ella. De hecho, tenía la impresión de que era más bien como él. Estaba claro que se había concentrado en sus obligaciones familiares y en su trabajo, igual que él. Había tenido algunas relaciones de pareja, pero ningún compromiso a largo plazo, igual que él. Era seria y cautelosa, y muy inteligente.

La deseaba, de eso tampoco había duda. Y hacía muchísimo tiempo que no conocía a una mujer que provocara en él esas sensaciones.

Mientras regresaba a Virgin River, empezó a planear cómo abordaría a Erin. Compraría algo rico para cenar y la haría hablar sobre por qué había decidido dedicarse al Derecho, y al Derecho fiscal y patrimonial, nada menos. Luego la besaría, la acariciaría sin prisas, dulcemente, largo rato, y se marcharía de mala gana. Volvería al día siguiente para llevarla a dar un paseo por el bosque de secuoyas y de vez en cuando se escondería con ella detrás de un árbol muy ancho y muy alto. Y no tardando mucho se la llevaría a la cama. Sabía que seguramente era una idea absurda, pero estaba convencido de que, después de acostarse con ella, sabría si debía avisar a la agencia de recursos humanos que lanzara la red un poco más cerca de Chico.

Se paró en un supermercado y, ya que tenía cobertura, aprovechó para llamar a Luke.

—Hola —dijo—. Esta noche tengo planes, pero quería saber cómo van las cosas por ahí. ¿Todo bien?

—Sí, bien, aunque preferiría que volvieras a casa. Mamá y George van a venir a cenar y había pensado que podíamos hablar con ellos. Ya sabes, sobre esa locura de recorrer el país en una autocaravana.

—Ah —dijo Aiden—. Se te ha ocurrido que nos unamos contra ellos.

—Es que estoy preocupado. Son un poco mayores para estas cosas.

—Están los dos muy sanos y muy lúcidos. Ni siquiera necesitan gafas. Más vale que no vaya, porque me pondría de su parte. Si mamá se fuera sola por ahí, sería otra cosa.

—¡George tiene setenta años! ¡Más le valdría ir sola! —exclamó Luke.

—¿Significa esto que ya no te preocupa que tu madre esté fornicando como una loca con un hombre en una autocaravana? —preguntó Aiden—. Porque cualquier setentón capaz de eso también sabe leer un mapa y pararse en una señal de stop.

—Muy gracioso —dijo Luke—. Muy bien, vete. Que te diviertas. Déjame a mí todos los asuntos familiares. A mí lo mismo me da.

Aiden se rio para sus adentros. Hacía un par de años (antes de conocer a Shelby y a Art), Luke ni siquiera se habría fijado en dónde dormía su madre. Y ahora le agobiaban las preocupaciones familiares.

—Cuando llegue adonde voy, te llamaré para darte el número. Así podrás llamarme si hay bronca.

—Gracias por nada —contestó Luke, y colgó.

CAPÍTULO 8

Maureen y George habían remolcado el coche de Maureen detrás de la autocaravana para poder moverse sin tener que llevarla a todas partes. Se encontraban muy a gusto en el pequeño camping para caravanas de las afueras de Fortuna. La mayoría de sus vecinos estaban de paso; habían ido a ver las secuoyas, la costa, las montañas y los viñedos. Se habían presentado como George y Maureen y nadie parecía sentir el menor interés por si estaban casados o no. Casi todos, sin embargo, querían que les enseñaran su autocaravana porque era la más moderna y bonita de todas.

Habían establecido una rutina muy agradable. Casi todos los días iban en coche a Virgin River. A George le gustaba ayudar a Noah en la iglesia y en las reformas de su casa, y a Maureen pasar más tiempo con sus nueras, que últimamente le parecían mucho más entretenidas que sus hijos. Solían ir a misa a una iglesia católica los viernes por la tarde y luego a cenar. Los domingos por la mañana les gustaba ir a escuchar el sermón de Noah. George estaba muy orgulloso de él. Y ver a aquel reverendo tan joven y guapo predicando en vaqueros y camisa de cuadros, con su perro tumbado allí cerca, seguía dejando boquiabierta a Maureen.

—Vosotros los protestantes desconocéis la belleza del ritual —le decía riendo a George.

Pero la verdadera magia de su vida se daba siempre dentro de la caravana o en sus alrededores, con George. Cosas que hasta ese momento no había echado en falta la llenaban ahora por completo: cosas sencillas como sentarse en el sofá con sus agujas de hacer punto mientras allí cerca George veía un partido de béisbol y hablaba con el televisor. Le encantaba el béisbol y comentaba cada jugada. Las películas que seleccionaba ella, en cambio, no merecían ningún comentario por su parte... hasta que empezaba a roncar. Maureen no se había dado cuenta de lo mucho que había añorado el ronquido de un hombre.

Estaba sentada en su pequeño patio, con el toldo extendido sobre ella, disfrutando de una fresca brisa matutina, mientras dentro de la caravana George fregaba los platos del desayuno. No recordaba cuánto tiempo hacía que no tenía a alguien con quien turnarse para hacer las faenas de la casa, lo cual la alegraba enormemente. George salió de la caravana con el periódico bajo el brazo y dos tazas de café. Le pasó una taza endulzada con sacarina y una pizca de leche descremada. Luego se sentó en la silla de al lado con su café solo y se puso a leer los titulares.

Aquella era otra cosa que no sabía que añoraba: una persona con la que estar en silencio. Alguien que se sentara a su lado, que le hiciera compañía y que sin embargo no le molestara. Había estado sola doce años, y nunca había pensado que hubiera una alternativa que pudiera suplir aquella necesidad interior. George tomó su mano con un gesto natural y espontáneo, y Maureen recordó otra cosa: que de pronto sentía un dulce afecto, maravillosamente equilibrado entre el bienestar y la pasión.

Había creído que aquellos sentimientos eran cosa del pasado, y era una sorpresa para ella que una mujer de más de sesenta años pudiera disfrutar de aquel aspecto de la vida igual que una chica de veinte. Igual, no: más. De joven, había sido muy cohibida. Todo le daba vergüenza, y le costaba mucho excitarse. Ahora, en cambio, cuando su cuerpo era mucho menos atrayente, se sentía más libre y mucho más segura de sí misma.

Mucho de ello se lo debía a George, que la había ayudado poco a poco a ganar confianza y que la hacía sentirse bella y deseable. Maureen había sido de esas mujeres que se tapaban la cara con la sábana cuando iban al ginecólogo, incluso después de haber dado a luz a cinco hijos. Ahora, a veces se duchaba con George. Se reían de lo ridículos que debían de parecer, con las carnes tan flácidas y el vello púbico canoso y escaso. Y se reían de lo bien que parecían funcionar sus cuerpos envejecidos con un poco de esmero y sin prisas.

Maureen apretó la mano de George.

—He estado pensando, George.

—¡Qué miedo! —contestó él.

—He criticado mucho a mis hijos por evitar enamorarse y comprometerse, por no sentar la cabeza. No sé cuántas veces les habré preguntado qué habíamos hecho su padre y yo para que les repeliera tanto el matrimonio y la familia. Hasta hace poco no me he dado cuenta de que quizás estaban mimetizando mi comportamiento. Creía que no me interesaba en absoluto tener pareja. O, mejor dicho, que ningún hombre podía interesarse por mí. No tenía ni idea de que lo que en realidad estaba haciendo era evitar cualquier posibilidad de que así fuera. Exactamente lo mismo que han hecho mis hijos hasta hace poco. Por otros motivos, quizá. Pero el resultado era el mismo.

—¿Por otros motivos?

—Siempre he pensado que algunos de ellos, Luke y Aiden, por ejemplo, huían de las relaciones serias porque habían pasado por matrimonios catastróficos. En cuanto a mí... Simplemente, no quería complicarme la vida. Evitaba cualquier situación en la que pudiera conocer a un hombre. En serio, George, no tenía ni idea de que lo estaba evitando de ese modo. Y era muy crítica con las mujeres que buscaban amor. Pensaba sinceramente que se comportaban como viejas estúpidas.

George se inclinó y besó su mejilla.

—A este viejo estúpido lo has hecho muy feliz.

—¿Sabes qué pienso últimamente? Pienso en qué habría pasado si Patrick y yo hubiéramos llegado a esta edad juntos. Patrick murió cuando el último de mis hijos acababa de marcharse de casa. ¿Y sabes de qué más me he dado cuenta? De que nuestro matrimonio era fuerte y de que entre nosotros había mucho amor, pero de que todo se reducía al trabajo. Trabajamos tanto para sacar a nuestros hijos adelante... No es solo que no tuviéramos mucho tiempo libre. Es que casi no hablábamos.

—A mí me han dicho que hablo demasiado —comentó George.

—¡Bah! Eso es casi lo mejor de nuestra relación.

Él sonrió.

—Me alegro de que hayas dicho «casi».

—Eres muy insistente —dijo ella con una sonrisa—. Si no, no habría ido a comer contigo, ni mucho menos me habría mudado a tu caravana. Hace un año, me habría jugado la cabeza a que jamás haría una cosa así.

—Esta noche hemos quedado para cenar con tus hijos —le recordó George—. Luke está muy callado. Se le nota que algo le ronda la cabeza. Van a echarnos un sermón. ¿Quieres adivinar sobre qué?

—¿Sobre vivir en pecado? —preguntó ella con un guiño.

—¿Tú crees?

—Es lo que me merezco. Les habría hecho la vida imposible si alguno de ellos me hubiera informado de que iba a convivir con una mujer sin pasar por la vicaría. George, ¿por qué no dejé de meterme en sus vidas hace años? No me extraña que no fueran a verme más de tres días seguidos.

—Tranquila, cariño. Si hubieran querido vivir con una chica sin casarse, estoy seguro de que lo habrían hecho, aunque ella hubiera tenido que mudarse de casa cuando tú fueras a visitarles. Y Sean vivió con Francine y con Rosie durante semanas cuando se enteró de que Rosie era hija suya, a pesar de que no estaban casados.

—Sí. Y yo les di muchísimo la tabarra durante un tiempo, aunque Sean me dijo que fuera haciéndome a la idea —esbozó una sonrisa—. Me sentí muy orgullosa de él por mantenerse tan firme. Las madres no deberían decirles cómo tienen que vivir a sus hijos de treinta años.

—Ahí lo tienes. Pero, si quieres facilitarles las cosas, siempre podemos casarnos.

—Sí, creo que deberíamos. Pero vamos a esperar un año. Es lo más sensato. Asegurarnos de que estamos bien juntos. Los dos somos demasiado mayores para arriesgarnos tontamente. Además, creo que Dios está demasiado atareado con otros asuntos para ocuparse de esta menudencia.

George la besó en la mejilla.

—Como quieras. Pero te aseguro que no tengo un alter ego gruñón y fastidioso.

Maureen le puso una mano en la mejilla.

—No, la que lo tiene soy yo. Un alter ego mandón e intransigente.

—Últimamente se está portando muy bien —contestó George con ternura.

Mucho más tarde, ese día, fueron a casa de Luke y pasaron un rato muy agradable cenando con Luke, Shelby, Sean, Franci, Rosie y Art. Después de la cena, con el café y la tarta, Luke sacó el tema que le preocupaba.

—Bueno, mamá, George... Nos preocupa un poco ese plan vuestro de viajar por el mundo en una autocaravana...

George y Maureen se miraron, sorprendidos.

—Te preocupa a ti, Luke —dijo Shelby—. En esto no todos estamos de acuerdo.

—Yo estoy un poco preocupado —dijo Sean.

—Yo no —añadió Franci.

De pronto, George y Maureen rompieron a reír. Cuando por fin se calmaron, Luke preguntó:

—¿Qué os hace tanta gracia?

George sacó un pañuelo de su bolsillo y se limpió los ojos.

—Bueno —dijo—, es que parecéis un jurado reunido para deliberar.

—Mira, lo digo con todo el respeto, pero tú tienes setenta años y ese cacharro que tenéis es enorme —dijo Luke, muy serio.

—Sí, lo es —dijo George—. Pero di clases para aprender a conducirlo. No es un vehículo en el que te subes sin más y lo aparcas en paralelo, ¿sabes? Además, yo quería una casa rodante. Tu madre y yo... en fin, nos gustan las comodidades. Y creo que nos hemos ganado disfrutar un poco de la vida.

—Yo también voy a hacer un cursillo para aprender a manejar la caravana, por si acaso George está indispuesto alguna vez —dijo Maureen. Luego se echó a reír.

—¿Se puede saber de qué te ríes? —preguntó Luke, irritado.

—Bueno, es que pensábamos que ibais a echarnos un sermón por no habernos casado y estar viviendo juntos —dijo su madre.

—Nadie en esta mesa tendría la ca... —Shelby se interrumpió y se aclaró la garganta—. Nadie debería echaros sermones por nada —dijo—. Y menos un hombre que ha estado más de veinte años pilotando Blackhawks y montando en moto.

—Shelby, si no te importa... —dijo Luke.

—Sí me importa —contestó ella, frotándose el vientre hinchado—. Me alegro mucho por Maureen y George y sus planes me parecen maravillosos. ¡Se lo van a pasar en grande! Y no hay por qué preocuparse. Si alguno de ellos estuviera mal de salud, podríamos hablarlo, pero...

—Conduciré despacio y tendré mucho cuidado al girar —dijo George. Luego sonrió. Saltaba a la vista que no se estaba tomando aquello muy en serio.

Luke bebió un sorbo de café y se inclinó hacia ellos.

—Sois peores que un par de adolescentes. Me preocupa que os pase algo. No quiero tener que preocuparme porque os caigáis por un precipicio en ese cacharro enorme o acabéis en el fondo del gran cañón porque vuestros reflejos están un poco oxidados y os abristeis demasiado al tomar una curva.

Maureen ladeó la cabeza y le sonrió.

—Bueno, Luke, pues si no quieres preocuparte, no te preocupes. George y yo somos muy prudentes y lo planeamos todo con antelación.

—Mamá... —dijo Sean.

Franci se levantó.

—Basta. Tú pilotas aviones que van a mil por hora y acabas de volver de Irak. No eres quién para decir a los demás lo que tienen que hacer. A mi modo de ver, si tú y yo decidimos pasar nuestra jubilación en una autocaravana, ojalá sea tan bonita como la suya. Ahora, se acabó la reunión. ¿Quién quiere un licor con el café?

Aiden hizo lo que había planeado: llevó una lubina, champiñones, arroz pilaf, judías verdes y tarta de queso a la cabaña de Erin para cenar y cocinó con ella. El oso no apareció. Aiden descubrió que Erin había estudiado primero contabilidad y que luego se había especializado en Derecho Fiscal.

—Siempre había sido buena estudiante y pensé que sería una buena salida. En cuanto empecé a estudiar Derecho, pensé que iba a ser demasiado para mí, pero no, al final lo conseguí. ¿Tú a qué querías dedicarte? —le preguntó ella.

—A salvar al mundo —contestó Aiden, encogiéndose de hombros. Pensó que tal vez aquel era buen momento para explicarle que no era quien ella creía que era—. Cuando estaba estudiando empecé a trabajar en una ambulancia a media jornada, y un día vi dar a luz a una mujer. Fue la cosa más increíble que había visto nunca, así que... —sonó el reloj de la cocina y se levantó de un salto para sacar el pescado.

Durante la cena, hablaron de las personas más importantes de sus vidas: para Erin, eran su hermano, su hermana y su cuñado. Le contó cómo había encontrado Marcie a Ian Buchanan en aquella misma cabaña, antes de que fuera habitable, al menos en su opinión, y cómo se habían enamorado y se habían casado. Cuando le dijo que Drew había estudiado Medicina, Aiden pensó que era el momento de decírselo, pero sonó el teléfono y Erin corrió a contestar. Solo tardó un momento en colgar. Luego le dijo con una gran sonrisa:

—¿Recuerdas que te dije que Marcie y su marido van a venir el próximo puente, el Cuatro de Julio? ¿Te apetecería conocerlos?

—Claro que sí —contestó él—. ¿Cómo es que no te has casado? —le preguntó Aiden—. Y no me digas que no has salido con nadie, porque cualquier hombre que tenga sangre en las venas desearía salir contigo.

Ella intentó desviar la cuestión.

—He salido con algunos hombres, aunque no con muchos. Pero ¿y tú? Estoy segura de que has salido con un montón de chicas.

Aiden se sorprendió.

—¿Por qué crees eso?

—Porque eres guapo, muy seguro de ti mismo y, lo reconozco, se te dan bien las mujeres. Yo soy muy exigente, y tú consigues que haga todo lo que quieres.

Aiden se rio. Estuvo a punto de decirle que, con su oficio, no le quedaba más remedio que entenderse bien con las mujeres.

—¡Nada más lejos de la verdad! Si te soy sincero, en el Ejército se trabaja mucho y las únicas mujeres a las que conocía eran personal hospitalario. Nos los pasábamos bien, pero no convenía pasarse de la raya, así que solo éramos amigos. Tú te habrás encontrado con situaciones parecidas con tus colegas, con abogados a los que conozcas en el trabajo. El caso es que no he tenido ninguna relación duradera desde mi muy breve e infeliz matrimonio.

—Háblame de eso —dijo ella, apoyando la barbilla en la mano.

Aiden le contó la historia de su matrimonio omitiendo las partes más dramáticas. Algunas cosas que le habían pasado con Annalee eran difíciles de creer. Había sido un perfecto idiota y no estaba orgulloso de ello.

Esa noche, antes de marcharse de muy mala gana, hizo buen uso de los labios de Erin. La estrechó con fuerza para que se diera cuenta de que estaba completamente excitado. Y le encantaba: hacía mucho tiempo que no se sentía así, y era fantástico. Se pasó toda la noche pensando en Erin en su cabaña junto al río, y soñó con ella.

Al día siguiente fueron a dar un paseo por un bosque de secuoyas, aunque la pobre Erin todavía tenía agujetas. Hablaron de sus familias, tomados de la mano. Aiden se enteró de que Erin había remodelado la cabaña vía e-mail.

—Había hecho reformas en casa de mi padre estos últimos años, así que sabía lo que quería. Y el constructor, que es de aquí, no me puso ningún reparo.

Aiden se descubrió contándole cómo habían conocido a sus esposas sus hermanos Luke y Sean; le habló de su madre viuda, que no había salido con nadie en doce años, y de George, y de cómo Art había acabado viviendo en casa de Luke y se había reencontrado con su amiga Netta. Y entre historia e historia, se abrazaron y se besaron, con besos profundos y apasionados que duraron largo rato.

—Me encanta besarte —le dijo él.

—Esto no es besarse, creo yo —contestó ella—. Es enrollarse. Hacía muchísimo tiempo que no lo hacía.

Aiden la apretó contra una de aquellas secuoyas majestuosas y apartó de su oreja un mechón de su pelo rubio rojizo.

—Debería contarte una cosa. Sobre mí, sobre cómo me gano la vida.

—Eso no importa —contestó ella sacudiendo la cabeza.

—Tiene que importar, Erin. ¿No te preocupa un poco liarte con un marinero al que solo hace un par de semanas que conoces?

—¿Por una cuestión tan insignificante como el sueldo? —ella sacudió la cabeza otra vez.

—¿Y si no fuera lo que aparento? ¿Y si hubiera algo más? —preguntó él.

Erin sonrió.

—¡Qué suerte la mía! Lo que quiero saber es esto, Aiden. Yo tengo un buen sueldo. ¿Vas detrás de él?

—No, no es eso lo que me interesa de ti —contestó él en tono seductor.

—¿Es probable que vayas a utilizarme? ¿Que me maltrates? Si hubiera algo entre nosotros, ¿me engañarías?

—No, nunca. Y va a haber algo entre nosotros.

—¿Quieres saber qué es lo que más me gusta de ti? Que no te da miedo mostrarte tal y como eres. Cuando te conocí, estoy segura de que estuve muy grosera. Hice comentarios sobre tu aspecto, sobre tu olor... —se rio—. Dios mío, pero es que apestabas. Mi cuñado Ian dice que, hasta que me conoció mejor, pensó que era una estirada. No lo soy. Pero sé que soy muy crítica. También fui muy dura con él.

—Y muy terca —añadió Aiden con una sonrisa.

—Sí, eso también. La verdad es que siempre me ha dado miedo ser yo misma. Siempre estoy intentando dar la talla.

—Eso es absurdo —respondió Aiden—. Eres perfecta.

—Empecé a valerme sola desde muy pequeña, Aiden. Mi modo de aguantar la presión era ser perfecta. O quizá mejor que perfecta. Después, cuando empecé a trabajar... Mis clientes tienen muchísimo dinero y Hacienda los vigila de cerca. Por eso acuden a mí.

—Es comprensible.

—Te pido disculpas si te ofendí cuando nos conocimos...

Aiden sonrió.

—Y yo te pido disculpas por el golpe en la cabeza.

—Ahuyentaste al oso. Eso salda la deuda. ¿Podemos irnos a casa?

—¿No te están gustando las secuoyas?

—Me encantan las secuoyas. Pero tengo hambre y se aproxima un fin de semana muy ajetreado. Voy a tener visita y quiero que vengas a conocerles.

—En el pueblo hacen una fiesta para celebrar el Cuatro de

Julio —dijo Aiden—. Es el lunes, en el bar de Jack. Bueno, detrás del bar. El Reverendo encenderá la barbacoa y toda mi familia estará allí. ¿Vendrás con tu hermana y su marido?

—¿No necesitamos invitación? Porque nadie me ha dicho nada...

Aiden sacudió la cabeza.

—Todo el mundo está invitado. Creo que tu hermana y tu cuñado conocen a mucha gente del pueblo. Seguramente se lo pasarán bien.

—El caso es —dijo Erin— que este fin de semana va a haber un montón de gente. Mañana por la noche llega Marcie. Y antes de que empiece el jaleo quiero pasar un rato a solas contigo.

Aiden se quedó callado un momento. Sus ojos brillaron intensamente.

—¿Estás preparada, Erin? —preguntó, muy serio—. ¿Para estar a solas conmigo?

—Hemos estado a solas muchas veces —contestó ella en voz baja.

—Esta vez va a ser distinto.

Erin se inclinó hacia él y le ofreció los labios. Cerró los ojos y susurró:

—De acuerdo...

De camino a Virgin River, Aiden solo pudo pensar en Erin, en su boca deliciosa, en el dulce olor de su pelo y su piel. Mientras charlaban sobre lo que podían hacer para cenar, se imaginó el tacto sedoso de su piel y deseó con ansia que pasara la primera vez para que pudiera haber muchas, muchas más. Pararon en una tienda de Fortuna para comprar pollo asado, lechuga, patatas paja y una botella de vino. Y mientras iban en el coche y seguían charlando (sobre la fiesta que iba a haber en el pueblo, sobre sus familias y lo inoportunas que les parecían de pronto sus visitas), Aiden solo pudo pensar en las distintas posturas y formas de hacer el amor que le apetecía practicar con Erin. Entre tanto intentaba recordar que a las mujeres no les gustaba que les metieran prisa.

Pero cuando llegaron a la cabaña, metió rápidamente la compra en la nevera, la agarró de la muñeca y dijo:
—Vamos.

Erin se rio mientras la llevaba a rastras al dormitorio. Cuando llegaron junto a la cama, Aiden la apretó contra sí para que notara lo excitado que estaba. La besó con ansia y ella gimió, y su gemido pareció salirle de tan hondo que Aiden sintió un deseo irrefrenable de hundirse en ella.

—¡Dios mío! —dijo—. Dios...

—¿Cuánto tiempo hace, Aiden? —preguntó ella suavemente.

—Ni siquiera me acuerdo. Pero no te preocupes. Estás en buenas manos.

—No estoy preocupada —respondió Erin.

Aiden empezó a quitarle la ropa mientras la besaba. Apoyó una mano en la parte de atrás de su cabeza y metió los dedos entre su pelo sedoso mientras devoraba su boca. Cayó con ella sobre la cama y tiró de su camiseta. Erin lo ayudó. Se quitaron las zapatillas. Después, sus pantalones y sus camisetas salieron volando, y empezaron a retorcerse, abrazados, en ropa interior. Fue Erin quien primero deslizó la mano bajo la cinturilla de sus calzoncillos y empezó a acariciarlo. Aiden gimió, sorprendido y encantado. Aquello siempre era buena señal. Al oír que ella dejaba escapar un gritito de admiración, se convenció de que el tamaño de su miembro le había parecido el adecuado.

Luchó con su sujetador: no era de los fáciles. Se abrochaba por detrás, así que tuvo que hacer que Erin se diera un poco la vuelta. Le costó, pero al final consiguió desabrocharlo. Erin tuvo que apartarse de él para bajarse las hombreras, y Aiden dejó escapar un gemido de desilusión al notar que se apartaba. Después gruñó de placer cuando volvió a asir su miembro. Lo siguiente, las bragas. ¿Dónde estaban las bragas? Bajó las manos por el vientre y las caderas de Erin.

—¿Dónde están tus bragas? —preguntó, jadeante.

—Creo que iban con los pantalones —susurró ella.

Aiden se rio contra su boca.

—Muy ingenioso. ¿Lo he hecho yo? Porque es muy ingenioso.

—No recuerdo si me has quitado tú los pantalones o me los he quitado yo.

—Mejor —contestó él—. A mí me gusta trabajar en equipo —se detuvo un momento para mirarla.

Estaba desnuda y a la luz del atardecer su piel se veía dorada. Aiden sonrió.

—Erin —dijo, admirado—. Eres preciosa. Maravillosa. Estás como un tren —acercó la boca a uno de sus pezones, lo lamió suavemente antes de chuparlo y casi la hizo gritar de placer.

Deslizó la mano entre sus piernas y la tocó con cuidado. Estaba húmeda. Qué maravilla... La acarició un poco más y Erin comenzó a frotarse contra su mano, apretándose y gimiendo. A Aiden le encantaban los ruidos que hacía. Mientras, Erin siguió acariciando su miembro.

—Vale, nena —susurró él—. Para un minuto —le apartó la mano—. No te adelantes. Necesito un preservativo.

—Sí —dijo ella—. Sí, por favor.

Se apartó de ella, recogió sus pantalones cortos del suelo y sacó el preservativo que llevaba en el bolsillo. Se quitó los calzoncillos, se puso el preservativo y se colocó sobre ella, arrodillado entre sus piernas. Luego se inclinó y la besó con ansia, amorosamente.

—¿Preparada? —preguntó contra su boca.

Ella asintió con un gesto.

Aiden acarició un par de veces más su clítoris, la sintió retorcerse, oyó sus murmullos y sus jadeos y luego la penetró.

—Ahhhhh —gimió—. ¡Dios mío, Erin!

Y empezó a moverse. Agarró su precioso trasero y la penetró

con fuerza, lentamente. Luego más suavemente, pero deprisa. Acercó los labios a su pezón y lo chupó mientras seguía moviéndose. Deslizó la mano entre sus cuerpos y masajeó su clítoris sin dejar de penetrarla. Devoró su boca y la invadió con su lengua. Lamió su oreja y su cuello. Luego se retiró, se agachó y lamió su sexo. Sintió que ella le clavaba las uñas en los hombros. Al cabo de un rato, volvió a chupar sus pezones y a besarla en la boca. La penetró de nuevo, intentando mantener un ritmo lento y constante. Por fin dijo:

—¿Quieres decirme qué es lo que te gusta, cariño?

Ella se encogió de hombros. Aiden se quedó parado y se incorporó un poco para mirarla a los ojos. Le dio un besito tierno.

—¿Vas a correrte para mí, nena?

—Sigue —dijo ella en voz baja—. Estoy bien.

Aiden se sintió sonreír.

—¿Te cuesta un poco llegar?

—No pasa nada. Sigue. En serio, no me importa...

Aiden le apartó el pelo de la cara.

—¿Te cuesta tener orgasmos?

Ella sacudió la cabeza.

—¿No los tienes sola?

—Eso no cuenta —contestó ella apartando la mirada.

Aiden se rio con ternura.

—Todos cuentan. No tengo prisa, cariño. Siento que te lo haya parecido. Dime lo que te gusta. Dime lo que te hace disfrutar.

Ella se encogió de hombros.

—No lo sé... exactamente.

—Bueno... Los tienes sola. Dime qué te excita. O enséñamelo. Entre los dos lo conseguiremos.

—No pasa nada. Puedes...

—Erin, nena, claro que no pasa nada. No estoy aburrido. Vamos a intentarlo juntos. Dímelo. Enséñamelo.

Ella soltó una mano y levantó dos dedos. Y se sonrojó. Aquella abogada tan sofisticada, se había puesto colorada al decirle a su amante qué la hacía gozar.

—¿Por fuera? —preguntó él.
Erin asintió con la cabeza.
—Cariño, eso es fácil —volvió a apartarle el pelo—. Creo que estás preocupada. Pero hazme caso, tenemos mucho tiempo. No quería meterte prisa. Tú disfruta. Y si no te toco en el sitio justo, muéveme los dedos. Ponte al mando. Todo vale —deslizó de nuevo la mano entre sus cuerpos y comenzó a acariciar su clítoris, suavemente al principio; luego, más deprisa y con más fuerza.

La besó, la chupó, la acarició rítmicamente. Nunca se había visto en una situación así y de pronto odió a todos los hombres del mundo por haber hecho que aquella mujer tan deseable pensara que tenía un problema solo porque ellos tenían mucha prisa. Siguió acariciándola, se tomó un descanso para lamerla, la chupó y la acarició. Estuvieron así largo rato y Aiden se aseguró de que tardaban todo lo necesario. Cuando notaba que estaba perdiendo a Erin o que se acercaba al orgasmo, cambiaba de rutina y se apartaba un rato, temiendo perder su erección. Besó sus pechos, su cuello, su sexo. Intentó imaginar lo que le habían dicho sus amantes anteriores, las cosas que la habrían hecho sentirse culpable por no alcanzar el orgasmo con ellos. Le habrían dicho que se relajara, o que se dejara llevar. O «lo siento».

Mientras se movía rítmicamente dentro de ella, con los dedos en su clítoris, susurró:

—¿Alguna vez has conducido un coche con marchas manuales?

—¿Qué?

—Ya me has oído. ¿Alguna vez has manejado una palanca de marchas?

—Eh, sí...

—Ya sabes lo difícil que parece cuando estás aprendiendo, intentar encontrar el punto en el que encaja, el sitio exacto para que la palanca no se salga, para que no se cale el motor. Pero una vez lo encuentras, ya lo encuentras siempre. Mueve mi mano, nena. Vamos a ver si conseguimos meter la marcha...

—Ahhhhh —exclamó Erin, empujando su mano un poco más abajo. Comenzó a frotarse contra él—. Ahhhh.

Aiden siguió acariciándola mientras la penetraba.

—Eso es... —continuó moviéndose.

—Más —susurró ella—. Más fuerte.

—Eso me parecía —susurró él. Se hundió en ella, apretando los dientes para aguantar.

—Ahhhh —gritó Erin—. ¡Dios! ¡Dios!

—¿Sí? —dijo él—. ¿Sí?

Siguió una serie de gruñidos guturales, gemidos y grititos, y Aiden notó que se tensaba a su alrededor, notó que perdía el control, sintió que clavaba las uñas en su trasero y pensó que nunca había experimentado nada tan delicioso. Era tan placentero que estalló y perdió la cabeza mientras ella perdía la suya.

Besó sus ojos, sus mejillas, su cuello, sus pechos, otra vez sus ojos.

—¿Estás bien? —preguntó.

—Ay, Dios —dijo ella, desfallecida.

Toda la tensión de su cuerpo parecía haberse disipado de pronto. Luego se echó a reír. Sus ojos verdes brillaron.

—Y bien, señorita Foley, ¿qué ha hecho en sus vacaciones de verano?

Aiden siguió abrazándola un rato. Se rio por lo bajo, orgulloso de su éxito. Luego se disculpó para ir al baño y de paso recogió sus pantalones del suelo. Cuando oyó que se abría la puerta de la cabaña, Erin se incorporó en la cama como un rayo y se quedó boquiabierta. ¿Iba a dejarla? Oyó que la puerta del todoterreno se abría y se cerraba y pensó: «Dios mío, ¿de verdad va a dejarme?».

Luego se cerró la puerta de la cabaña y Aiden volvió, sonriendo. Llevaba en la mano una caja de preservativos. Erin se dejó caer contra las almohadas con un suspiro de alivio.

—¿Qué pasa? —preguntó él mientras volvía a quitarse los pantalones.

Erin se quedó mirando el techo.

—Pensaba que ibas a marcharte.

—¿Sin camisa ni zapatos? —preguntó, y dejó la caja de preservativos sobre la mesilla de noche. Se tumbó a su lado y la abrazó—. Será mejor que hablemos de esto. ¿De verdad te ha dejado alguien plantada postcoitum porque no alcanzaste el orgasmo con suficiente rapidez?

Erin se retiró lo justo para mirarlo.

—Está bien, sé que ahora los técnicos en emergencias pueden ser cultísimos, pero ¿de veras emplean términos como «postcoitum»?

—Creo que no. Pero yo no soy técnico en emergencias. Soy ginecólogo. Licenciado en Medicina y con mucha experiencia. Intenté decírtelo antes.

—¿No deberías habérmelo dicho hace un par de semanas? ¿Cuando nos tomamos la primera cerveza, por ejemplo?

—Puede ser —Aiden se encogió de hombros—. Si me hubieras preguntado directamente por mi profesión o mis estudios o sobre qué tipo de empleo estaba buscando, no te habría engañado, pero me gustaba gustarte cuando creías que era un vagabundo —sonrió—. Ahora ¿te importa que hablemos de ese otro asunto?

Erin respiró hondo.

—La verdad es que nunca me han dejado plantada después de hacer el amor por no... tener un orgasmo. Pero sí me ha pasado que no ha vuelto a haber otra cita —se encogió de hombros y apartó la mirada—. Imagino que es demasiada molestia.

—No, nada de eso —contestó él, estrechándola entre sus brazos—. No es un problema tan grave como crees. Se puede solucionar. Fácilmente, casi con toda probabilidad.

Ella levantó una ceja.

—¿Ah, sí?

—¿Has hablado con tu médico al respecto?

—No. Por lo menos, antes de hoy —sonrió tímidamente.

—Lo primero que quiere saber un médico, si la paciente puede hablar de ello, es si ha sufrido abusos sexuales en la niñez.

—¡No! —exclamó ella.

—Tienes suerte —dijo Aiden—. Es horroroso, pero sucede muy a menudo. Lo siguiente es si puedes alcanzar el orgasmo por tus propios medios.

—Creo que ya he contestado a esa pregunta, señor asesor.

Aiden se rio.

—La asesora eres tú, yo soy médico. Dios mío, una abogada y un médico en la cama, intentando esclarecer orgasmos. ¡Vaya lío!

—Yo pensaba acostarme con un técnico en emergencias, así que a mí no me culpes. ¿Seguro que eres ginecólogo? Porque creo que ya han usado esa excusa para intentar ligar conmigo...

—Pues sí, soy de los que llevan bata blanca —contestó él—. ¿Estás enfadada?

—Enfadada, no. La verdad es que suele ser al contrario.

—¿Al contrario? —preguntó él, extrañado.

—Sí, que el hombre con el que estoy me dice que es ginecólogo cuando en realidad es técnico en emergencias. O más bien me dice que es abogado cuando en realidad necesita un abogado —sonrió—. Si tienes algún otro secreto importante, ¿te importaría decírmelo ahora?

—No, eso es todo. Tengo muy poco que esconder. Volviendo a lo que nos ocupa —dijo Aiden—, entonces, básicamente, ¿sabes cómo hacerlo, pero nunca has estado con un hombre que estuviera dispuesto a invertir el tiempo suficiente?

Erin suspiró.

—Según tengo entendido, los hombres disponen de un tiempo limitado...

Él esbozó una sonrisilla traviesa.

—Bueno, cariño, si quieres que tu pareja disfrute, merece la pena hacer algún sacrificio. Como esperar hasta que ella esté lista. Como concentrarte en ella un rato y no dejar que te toque si estás demasiado excitado. Es lo que te decía: en cuanto descubres cómo funciona, puede hacerse —sonrió de nuevo—. Una y otra vez.

Los ojos de Erin se iluminaron.

—¿Vamos a hacerlo otra vez?

—Y otra, y otra, y otra...

—¿Vamos a comer? —preguntó ella.

—En algún momento —contestó Aiden—. Hay algunas cosas que creo que deberíamos probar. Cosas divertidas. Y un poco locas. Antes de que el dichoso puente del Cuatro de Julio nos impida fornicar como locos.

—Uf. ¿Crees que estaría muy mal por mi parte llamar a Marcie y pedirle que venga en otro momento? ¿El año que viene, por ejemplo? ¿Y tú? ¿Tienes muchísimas ganas de estar con tu familia? Porque creo que están empezando a aguarme la fiesta...

—Shhh —dijo él, y volvió a apoderarse de su boca.

CAPÍTULO 9

Si algo no se esperaba Erin cuando había visto salir de entre los árboles a un maníaco barbudo con un cuchillo de un metro de largo era que acabaría pasando con él una tarde y una larga noche del más puro placer carnal que había experimentado nunca. Aiden quería experimentar, probar distintas posturas con ella para ver cómo disfrutaba más. Y ella se deshizo de placer al descubrir que, colocándose encima de él y controlando sus movimientos y la posición de sus manos y sus dedos, el gozo era aún mayor. Le encantaba la risa honda y traviesa de Aiden cada vez que hacía uno de aquellos descubrimientos.

Naturalmente, había cosas que a él le gustaban más que a ella. Hacer el amor de pie, en la ducha, por ejemplo. A Erin le daba un poco de miedo. Estaba toda resbaladiza y le preocupaba que Aiden la dejara caer, así que no fue igual de satisfactorio para los dos. A Aiden, en cambio, se le pintó una sonrisa en la cara.

—Eso ha sido muy egoísta —le reprochó Erin.

—Es que soy un cerdo egoísta —contestó él, y se puso de rodillas en la ducha—. Vamos a ver si igualamos el marcador —se puso una pierna de Erin sobre su hombro, ella se apoyó contra la pared de la ducha y, mientras le metía los dedos rítmicamente, Aiden cubrió su clítoris con la boca.

Erin sofocó un grito; luego gimió y, por último, estuvo a punto de derrumbarse encima de él.

—Empatados —dijo con voz ronca. Y luego añadió—: Estoy muerta de hambre.

Aiden soltó una risa maliciosa.

—Porque son casi las diez de la noche y llevo horas haciéndote gozar.

—Parece que ya sabes cómo manejar la palanca de cambios —comentó ella, desfallecida.

—No he fallado ni una —contestó él. Cerró la ducha y envolvió a Erin en una toalla—. Voy a darte de comer. Necesitas reponer fuerzas.

Calentó el pollo asado y las patatas en el horno mientras Erin preparaba una ensalada.

—¿Puedo preguntarte algo personal? —dijo ella sin apartar la mirada de la ensalada—. Bueno, creo que es personal.

—Dispara —contestó él.

—¿Cómo es ser ginecólogo? Quiero decir ser hombre y ginecólogo.

Aiden sonrió y, poniéndole un dedo en la barbilla, hizo que lo mirara.

—Pregúntame lo que de verdad quieres preguntarme.

—Un hombre que se pasa todo el día viendo el objeto de deseo viril por antonomasia...

—Eso no es verdad —contestó él—. Mi objeto de deseo está aquí —le dio un besito—. Lo demás son exámenes médicos. Y lo que me preocupa en esos momentos es el aparato reproductor femenino. Que es increíble, por cierto. Sencillo y al mismo tiempo muy complejo. Y aunque las revisiones de rutina pueden ser un poco aburridas, no hay nada comparable a ayudar a nacer a un ser humano.

—Entonces, ¿no es...?

Aiden se rio.

—Mis hermanos me lo preguntan siempre, pero normalmente después de haber bebido un poco de alcohol. No, los médicos nos excitamos tan poco con la anatomía de nuestras pacientes como las médicas y las enfermeras cuando atienden a pacientes varones. Tú, en cambio —añadió, pasando una mano por su espalda cubierta con la toalla y deslizándola debajo para acariciar su trasero—, me pones a cien. Hay que darse prisa en cenar.

—¿Cuánto tiempo piensas quedarte?

—Hasta que me eches a patadas.

—¿Vas a pasar la noche conmigo?

Aiden se encogió de hombros.

—A no ser que te incomode compartir la cama conmigo. Tú decides. Pero si dices que sí, no pienso marcharme hasta mañana —le dio otro beso—. Hasta mañana a mediodía.

—¿Seguro que tu familia no te estará buscando?

—Le dejé a Luke tu número por si Shelby se pone de parto. Y espero que me dé un respiro y que me deje pasar una noche a solas contigo antes de que llegue tu familia a pasar el fin de semana —se puso serio—. Pero si prefieres pasar la noche sola, no pasa nada, Erin. Solo tienes que decírmelo.

Ella sacudió la cabeza. Quería que se quedara.

—¿Alguna vez te has enamorado? —preguntó—. ¿O quizá debería preguntarte cuántas veces te has enamorado?

Aiden negó con la cabeza.

—De joven sufrí algún caso de lujuria aguda que confundí con amor.

—¿Ni siquiera te enamoraste de tu mujer?

—De mi mujer, menos aún.

—¡Pero te casaste con ella!

Él respiró hondo.

—Y me avergüenzo de ello. El caso fue que me bajé de un barco después de una larguísima sequía y que me dejé seducir por una administrativa del servicio médico de la Armada. Ella tenía mucha más experiencia sexual que yo y reconozco, aunque me avergüence, que entré en trance. En el Ejército no puede uno andar tirándose a sus subordinadas, y me enfrentaba a un problema serio, así que nos casamos y a ella dejó el Ejército, que era justamente lo que quería. Me tendió una trampa desde el principio. Para ella, yo solo era un modo de poder escapar del Ejército llevándose un poco de dinero en el bolsillo. Tres meses después, nos divorciamos. Fue una experiencia horrible.

—¿Para ella también?

—No creo. Creo que consiguió justo lo que buscaba. Y creo que lo que pasó explica en gran medida por qué después me ha costado tanto establecer una relación de confianza con una mujer. Bueno... ¿Y tú? ¿Te has enamorado alguna vez?

Ella sacudió la cabeza.

—Nunca. Ni siquiera de joven. Hubo un par de hombres con los que salí más de una dos veces, pero no pasó gran cosa. Seguimos siendo amigos —se rio—. Bueno, amigos, no. Son clientes.

Aiden sonrió de oreja a oreja.

—Eso es algo que a mí no me pasa —dijo—. Mis exnovias nunca quieren ser mis pacientes.

Sonó el reloj de la cocina y Aiden sacó el pollo y las patatas del horno. Erin acabó de mezclar la ensalada y la aliñó. Él trinchó el pollo. Ella sacó los platos. Tuvo que ajustarse la toalla alrededor del cuerpo un par de veces.

—¿De verdad vamos a cenar desnudos y envueltos en toallas?

—¿Quieres que pasemos de las toallas? —preguntó Aiden con una sonrisa.

—Nunca había hecho una cosa así —reconoció Erin—. Ni de lejos. De hecho, nunca había hecho la mayoría de las cosas que hemos hecho hoy.

Aiden retiró una silla para que se sentara.

—¿Puedes decirme una cosa?

—Lo intentaré —contestó ella.

—El primer día... Te pillé llorando. No lo niegues. Estabas llorando. ¿Por qué?

Ella se rio, incómoda.

—Es una tontería.

—Ponme a prueba.

—Bueno... Me sentía un poco sola. Pensaba que haber venido a pasar todo el verano aquí, sola, era la cosa más absurda que había hecho nunca. Hice algo que no suelo permitirme hacer: regodearme en mi miseria. Empecé a enumerar todos los fracasos de mi existencia, incluido el hecho de que nunca fui a un baile de promoción.

—Me preguntaste si yo había ido —recordó él—. ¿Qué os pasa a las chicas con los bailes de promoción?

—Que nunca los superamos —repuso ella sacudiendo la cabeza—. Decimos que son una idiotez, que no sirven para nada, pero si nadie nos invita a ir, o si nos dejan plantadas o la cosa acaba en desastre, la vergüenza puede durarnos toda la vida. No he vuelto a hacerlo, por cierto. Lo he superado por completo —levantó una ceja—. Lo de la soledad. Y lo del baile de promoción.

Aiden cortó un trozo de pechuga de pollo y lo puso en su plato.

—Come. Voy a llevarte otra vez a la cama y a enseñarte algo mucho más divertido que el baile de promoción.

A Aiden le costó conciliar el sueño tumbado junto al hermoso cuerpo desnudo de Erin. Pero no le importó no pegar ojo. De hecho, al día siguiente se sintió capaz de correr veinte kilómetros. Cuando la luz del sol inundó por fin el dormitorio, comenzó a frotar la nariz contra el cuello de Erin.

—Creo que acabo de pasar la mejor noche de mi vida —le susurró.

—Mmmm... Yo también. Y estoy completamente agotada —contestó ella.

Aiden pensó que seguramente también tenía agujetas.

—Te preparé el desayuno encantado —dijo—. Y me encantaría volver a revolcarme contigo por las sábanas, pero apuesto a que has tenido más que suficiente. Y necesitas dormir antes de que llegue tu familia.

—Espero gustarte mucho —dijo ella, bostezando—. Porque, si no, esto se acabará. Y a mí me gusta.

Aiden se rio.

—Me gustas un montón —confesó.

—Menos mal —se acurrucó a su lado.

—¿Tienes hambre, cariño?

—No, tengo sueño, Aiden —dio un gran bostezo—. Estoy muy, muy contenta, pero cansada. Necesito una siestecita antes de que lleguen las visitas.

Aiden la besó en la mejilla.

—Voy a preparar café y me marcho. Nos veremos este fin de semana, con familia por todas partes. Pero quiero que nos veamos en cuanto estés sola —se volvió para guardar lo que quedaba de su caja de preservativos en el cajón de la mejilla de noche y ¿qué fue lo que encontró?—. Vaya —dijo, sacando un vibrador—. ¡Juguetes! ¡No sabía que teníamos juguetes!

Ella bostezó otra vez.

—¿No te lo he dicho? Ya te dije que no salgo con muchos hombres...

Aiden dejó el aparato.

—Me encantan las mujeres modernas. Jugaremos con él en otra ocasión —se acercó a ella y la besó en la boca—. Gracias, cariño. Me lo he pasado en grande.

Había empezado a levantarse cuando ella dijo:

—Aiden...

Él se volvió.

—¿Qué es esto? ¿Un ligue de verano?

Aiden le dio otro beso.

—Como mínimo.

—Hmm —murmuró ella con una sonrisa, cerrando los ojos.

Aiden tenía mucho apetito, pero no quería trastear por la cocina buscando comida porque Erin necesitaba descansar. Él, en cambio, se sentía capaz de ponerse a levantar pesas y de comerse un buey entero. Preparó la cafetera para que Erin solo tuviera que pulsar el interruptor y se marchó.

No sabía qué tenía de comer en casa y, como hacía un par de días que no pisaba por allí y eran las diez de la mañana, al pasar por el pueblo decidió parar a desayunar en el bar de Jack. Cuando entró, el local estaba casi desierto. Mel estaba sentada en un taburete y Jack detrás de la barra. Parecían estar tomando un café juntos. Al verlo, a Mel se le iluminaron los ojos.

—¡Hola, doctor! Cuánto tiempo sin verte. ¿Qué tal va todo?

—Genial —contestó mientras se sentaba a su lado, y preguntó a Jack—: ¿Hay alguna posibilidad de que el Reverendo todavía me prepare un desayuno?

—¿A ti? No veo por qué no. ¿Quieres café?

—Por favor —contestó Aiden—. ¿Qué tal los pequeños Sheridan?

—Creciendo, creciendo sin parar —respondió Mel—. Si conseguimos que David deje de hacer pis en el jardín, haremos una fiesta.

Jack se apoyó en la barra.

—Díselo, Aiden. Dile que a los hombres les encanta descubrir que pueden mear en cualquier parte. Las mujeres lo odian. Odian la complejidad de sus vidas, siempre sentándose para hacer pis. Soy consciente de que ellas lo tienen mucho más difícil. Además, nosotros solo tenemos que sacudir nuestra colita. Ellas tienen que limpiarse. A veces la vida es muy injusta, ¿verdad?

Aiden no pudo evitar reírse.

—Si creéis que voy a meterme en esta discusión, es que estáis locos.

—Muy bien, pórtate como un gallina —contestó Jack mientras le servía el café—. Yo voy a ir a decirle al Reverendo que prepare otra tortilla.

—Te lo agradecería mucho.

Mel se volvió hacia él.

—¿Sigues haciendo esas caminatas por el monte? —preguntó.

—Más o menos. Y otras cosas. Disfrutar de mi tiempo libre,

sobre todo, aunque he tenido una especie de entrevista con un par de obstetras que tienen consulta en Redding. Una clínica estupenda, pero no acaba de convencerme dónde está la ciudad.

—¿Dónde te gustaría trabajar?

Aiden se encogió de hombros.

—No estoy seguro —contestó, y se llevó la taza de café a los labios. Tomó un sorbo y dejó la taza en la barra—. Quizá más al sur.

—¿En una ciudad más grande? ¿En San Francisco, quizá? John Stone, el médico de Grace Valley, trabajó en una consulta de obstetricia en Sausalito. Era una clínica con mucho éxito, muy conocida y, según él, muy desquiciante. Tal vez deberías hablar con él. Quizás así puedas evitar ese tipo de clínicas.

—Buena idea.

—En serio, ¿al sur de aquí? ¿Dónde, por ejemplo?

Aiden se quedó pensando un momento. Luego se sintió sonreír.

—La verdad es que no lo sé, pero acabo de empezar a salir con una mujer de Chico...

—¿Con Erin? —preguntó Mel inmediatamente, sorprendida—. ¿Con Erin Foley?

—¿La conoces?

—¡Claro! —contestó—. Me encanta Erin. Es increíble, ¿verdad? ¿Cómo la has conocido? Porque vive en la montaña y casi nunca baja al pueblo.

—Estaba haciendo senderismo —contestó Aiden— y me encontré por casualidad con su cabaña —decidió omitir el incidente del golpe en la cabeza, aunque imaginaba que en Virgin River ya era de dominio público.

Jack salió de la cocina y dijo:

—Has tenido suerte. El cocinero no ha puesto ninguna pega. Te está haciendo una tortilla y un par de salchichas.

—¡Jack, Aiden está saliendo con Erin Foley! —dijo Mel con entusiasmo—. ¿A que es una noticia estupenda?

—Supongo que sí —Jack se encogió de hombros—. Las mujeres os emocionáis más con estas cosas que los hombres. Pero una cosa te digo: muchos tíos, incluido yo, vienen aquí pensando que van a tener una vida tranquila y apacible, pescar un poco, hacer senderismo, en tu caso... Pero si por casualidad te topas con una mujer, estás perdido, amigo mío. La tranquilidad salta por la ventana.

—Jack... —lo regañó Mel, riendo.

—Es la verdad, nena. Lo he visto docenas de veces, empezando por mí mismo. No pensaba casarme ni tener hijos hasta que este bombón se presentó en el pueblo y caí con todo el equipo.

—Pero apuesto a que te resististe como un tigre, ¿verdad? —dijo Aiden antes de beber un sorbo de café.

—No me resistí ni pizca, amigo mío. La que se resistió fue ella, pero al final la acorralé —se inclinó hacia su mujer y le dio un besito—. El Reverendo te traerá el desayuno, doctor. Yo tengo que ir a Eureka a comprar provisiones. El lunes tenemos una gran fiesta.

—Eso he oído.

—Vendrás, ¿no?

—Yo y todos los Riordan y los Booth en un radio de cien kilómetros a la redonda.

Jack esbozó una enorme sonrisa.

—Eso quería oír —y, mirando a su mujer, añadió—: Volveré dentro de unas tres horas, cariño. ¿Podrás arreglarte sin que me lleve a Davie?

—La niñera va a quedarse todo el día. Quiero ponerme al día con el papeleo de la clínica. Luego me iré a casa temprano. Si no pasa nada, claro.

—Perfecto —dijo Jack—. Hasta luego, doctor —se marchó. Aiden miró a Mel.

—Bueno... Hace un par de semanas que conozco a Erin. ¿Desde cuándo la conoces tú?

—La conocí hace un par de años, pero no había vuelto a

verla hasta este verano. Conozco a su hermana Marcie. Marcie vino a Virgin River en busca del sargento de su difunto marido. El mejor amigo de su marido, y el hombre que había sido su superior en Irak. Bueno, la verdad es que Ian no era solo su sargento y su amigo, sino también quien le salvó la vida. Pero por desgracia Bobby, el marido de Marcie, estaba muy malherido. Había sufrido lesiones cerebrales muy graves. Vivió un par de años en una residencia hasta que murió. Tuvo una muerte dulce y tranquila. Ian, por su parte, se encerró en esa cabaña y se comunicaba con los demás casi tan poco como el marido de Marcie. ¿Conoces a Marcie?

—No, todavía no —contestó Aiden.

—Pues es una fiera. Estaba decidida a encontrar a Ian para asegurarse de que estaba bien, que no tenía síndrome de estrés postraumático ni nada por el estilo. Ian había arriesgado su vida para salvar a Bobby y había resultado herido. Después, había desaparecido, así que Marcie se sentía en la obligación de averiguar qué había sido de él. Pero Erin estaba muy preocupada. Vino a llevarse a Marcie a casa —Mel se rio y meneó la cabeza—. Pero Marcie no quiso irse y Erin se puso fuera de sí. Estaba acostumbrada a ser la que mandaba en la familia, a ser la figura paternal...

—Imagino que las cosas salieron bien —comentó Aiden—. Porque Marcie es la que va a tener el niño, ¿no?

—Sí. No la he visto desde antes de Navidad. A Ian y a ella les gusta venir a ver encender el árbol del pueblo.

—Tengo entendido que están a punto de venir de visita. Puede que se pasen por aquí.

—Eso espero —dijo Mel—. Ella es una joven asombrosa, y tan decidida... No puedo ni imaginarme lo que habrá sido educarla.

El Reverendo salió de la cocina con un plato humeante y lo puso delante de Aiden.

—Buenos días, doctor —dijo. Sacó unos cubiertos envueltos en una servilleta de debajo de la barra—. ¿Así te vale?

—Está perfecto. Te lo agradezco mucho —luego le dijo a Mel—: Erin me ha dicho que sus padres han muerto, así que supongo que nunca lo sabrás.

—En todo caso tendría que preguntárselo a ella. Fue Erin quien crio a sus hermanos.

Aiden se quedó con el tenedor a medio camino de la boca.

—Me había dicho que tenía muchas responsabilidades...

—Pues se quedó corta. Su madre murió cuando ella tenía once años. Marcie tenía cuatro y su hermano pequeño, Drew, tenía unos dos años. Estaba todavía en pañales. Según tengo entendido, su padre estaba un poco ido. Por la depresión y todo eso. Cuando no estaba ensimismado en su dolor, estaba trabajando y Erin tenía que ocuparse de la casa y de los niños. Volvía a casa corriendo del colegio y luego del instituto para cuidar de sus hermanos, limpiar la casa, hacer la colada, preparar la cena y meter a los niños en la cama. Luego, cuando sus hermanos eran adolescentes y Erin acababa de empezar a estudiar Derecho, murió su padre. Creo que el pequeño tenía trece años. La verdad es que ha ejercido de madre desde que tenía once años.

«El baile de promoción», pensó Aiden.

—¿Once años? —preguntó. Comió un poco de tortilla, aunque de pronto parecía haberse quedado sin apetito.

—Increíble, ¿eh? Y después de criar a sus hermanos hasta que fueron mayores de edad, no pudo relajarse y dedicarse a su vida. Drew fue a la universidad a estudiar Medicina, y Marcie dice que sin Erin jamás lo habría conseguido. Y en cuanto a Marcie... Tenía un marido inválido y, según me ha contado, Erin consiguió que el cuerpo de Marines le concediera la máxima pensión para cuidar de él. Y no se limitó a eso: también estuvo en la residencia junto con la familia de Bobby y Marcie, echando una mano. Sé que no tiene pinta de enfermera, pero se implicó como el que más en el cuidado de Bobby.

Aiden probó otro bocado, aunque apenas pudo tragar. ¿Once años? ¿Una estudiante de Derecho que además tenía que cuidar de dos adolescentes? ¿Una abogada de éxito que había ayudado a cuidar de un marine inválido en una residencia?

—Da la impresión de que ha tenido que esforzarse mucho toda su vida.

—Si te digo la verdad, creo que se ha perdido gran parte de la infancia —dijo Mel. Se bajó de un salto del taburete para colocarse detrás de la barra. Agarró la cafetera y volvió a llenarle la taza—. Marcie y su marido se fueron de casa de los padres de Erin el verano pasado. Drew se fue a Los Ángeles a trabajar como ortopedista residente en un hospital. Creo que Erin no había tenido vida propia hasta ahora —sonrió—. No sabes cuánto me alegra que estéis juntos. Un buen hombre para que le haga compañía... Es perfecto. Bueno, no me digas nada que haga que me sonroje, pero ¿cómo pasáis el tiempo?

Aiden le sonrió.

—Pues, veamos... Un día eché a un oso de su cocina.

—¡Venga ya!

—En serio. Creo que por eso llegó a la conclusión de que como hombre estaba capacitado para otras actividades. Erin estaba haciendo galletas, dejó las puertas del porche abiertas y se fue al cuarto de baño, y Yogui aprovechó para hacerle una visita. En algún lugar hay un oso con la panza llena de galletas de chocolate y masa de galletas. Luego la llevé a dar un paseo en bici por la costa y estuve a punto de matarla de cansancio. Por lo visto, hace como mucho un cuarto de hora de ejercicio al día. Así que después cenamos juntos, y aunque estaba cansada consiguió levantar el tenedor. Después hicimos un poco de turismo, estuvimos conociéndonos el uno al otro... ya sabes...

—Ha pasado mucho tiempo, pero creo que me acuerdo. Jack me llevó a ver ballenas.

—Supongo que, como vamos a estar todos en el pueblo para el Cuatro de Julio, conoceremos los dos a nuestras respectivas familias —dijo Aiden—. Estoy deseando conocer a Marcie y a Ian, pero no sé si estoy preparado para presentarle a Erin a mi familia.

—¿Y eso por qué? —preguntó Mel, sorprendida—. ¡Tienes una familia maravillosa!

—Tú conoces a mis hermanos. ¿Se callan alguna vez?

—Ay, ya entiendo. Van a burlarse de ti.

—Sí, sin parar —dijo.

Mel le dio unas palmaditas en el brazo.

—Ya eres mayorcito, lo superarás. Y si te sirve de consuelo, yo no me burlaré de ti. Y si Jack se burla, le daré un pisotón.

—Eres muy amable, Mel —dijo Aiden.

Ella miró su reloj.

—Voy a tener que dejarte. Quiero acabar con el papeleo para irme a casa temprano. Si necesitas algo, el Reverendo está en la cocina. Solo tienes que asomar la cabeza.

—Claro. Gracias.

—Buena suerte buscando trabajo, Aiden. Me encantaría que te quedaras por aquí, pero entiendo que necesites una ciudad más grande.

—Mel, ¿tú crees que Erin piensa todavía a veces en las cosas que se perdió? Ya sabes, cosas que los demás damos por sentadas. Como los partidos de fútbol y los bailes, los deportes y otras actividades extraescolares. O el baile de promoción. Cosas así.

—Seguramente. Ha pasado veinticinco años completamente entregada a Marcie y Drew. No le habrá quedado mucho tiempo libre. Y sé que nunca se ha ido de casa de sus padres. La mayoría de los jóvenes se marcha a estudiar a otra ciudad y vive en apartamentos horrorosos con compañeros de piso igualmente horrorosos. Pero Erin nunca se fue de casa porque tenía que cuidar de sus hermanos.

Aiden se quedó callado un momento. Luego dijo:

—¡Qué mujer tan extraordinaria!

—¿Verdad que sí? Estoy muy contenta de que os hayáis conocido —se dirigió enérgicamente hacia la puerta—. Nos vemos el lunes en la barbacoa, Aiden.

—Hasta el lunes —contestó él.

Pero estaba pensando: «¿Corría a casa después de clase para

cuidar de sus hermanos y ocuparse de la casa, y ha estado así veinticinco años?». Él había sido más bien pobre de pequeño, pero nunca se había perdido nada. Había ido al baile de promoción, y le había parecido una pérdida de tiempo y de dinero. Había tardado varios años en darse cuenta de que las chicas no lo veían del mismo modo. Estaba claro que para Erin era todavía un asunto doloroso, y eso escapaba por completo a su experiencia.

Llevó su plato a la cocina y lo puso sobre la encimera.

—¿Qué te debo, Reverendo?

El Reverendo miró el plato y frunció el ceño.

—¿Le pasaba algo a la tortilla?

—No, estaba perfecta —dijo Aiden, y se frotó el estómago con la mano—. Anoche comí pescado y estaba un poco pasado, ¿sabes? No he querido tentar a la suerte.

—Pues yo no puedo cobrártelo si tú no puedes comértelo.

Aiden se rio.

—Me maravilla que consigáis ganaros la vida. Imagina que me lo he comido. ¿Cuánto es?

—Ocho dólares —dijo el Reverendo.

—¿Y el café? —preguntó Aiden sacando su cartera.

—Ocho con veinticinco.

Aiden puso un billete de diez sobre la encimera. Añadió un dólar. Luego añadió otro y empujó el dinero hacia el Reverendo. No había vivido en ningún sitio donde pudiera tomarse un desayuno enorme como aquel por ocho dólares. Tal vez en una cantina de la Armada, pero a veces la comida que servían era incomible. La del Reverendo, en cambio, estaba buenísima.

—Gracias —le dijo.

El cocinero recogió el dinero.

—Así es como nos ganamos la vida, amigo mío.

CAPÍTULO 10

Jack tenía que comprar provisiones para el bar y para el picnic del Cuatro de Julio. Había convencido al Reverendo para que ellos pusieran las costillas y la cerveza, y el cocinero se había puesto a hojear sus recetas de costillas a la barbacoa.

Pero Jack tenía también otra misión. Tenía una cita con el doctor John Stone.

Jack respetaba mucho a John. Aunque había sido el propio Jack quien había ayudado a su mujer a dar a luz, John había sido un gran apoyo. Y lo que era más importante: había salvado la vida a Mel cuando ella había sufrido una hemorragia posparto. Naturalmente, Mel había perdido el útero, pero John había intentado salvarlo, consciente de que para Mel sería una pérdida muy dura de asumir. Pero su vida, su vida... ¿Qué más había que decir? Jack no podía vivir sin ella.

Llevaba solo diez minutos en la sala de espera cuando salió John y le estrechó la mano.

—Jack, ¿qué tal te va, hombre?

—Bien, bien —contestó Jack—. Cuánto tiempo. ¿Vas a venir a la barbacoa del Cuatro de Julio?

—No sé, Jack. He oído que va a haber fuegos artificiales...

Jack se rio.

—No seas tonto, no vamos a lanzar un montón de chispas

encima de la madera seca en plena época de incendios. Podrías venir por la compañía...

—Me lo pensaré. Ven, vamos al despacho. La doctora Hudson se ha ido temprano. Su hijo ha mordido a no sé quién en el patio.

—Vaya —dijo Jack—. ¿Qué se hace cuando les da por morder?

—Hay muchas teorías, ninguna de ellas demostrada —dijo John—. Pero da igual lo que te digan: no devuelvas el mordisco. Creo que, si lo haces, tienes garantizada una visita del Servicio de Protección al Menor.

Entraron en el pequeño despacho y mientras John iba a sentarse detrás de la mesa Jack se acomodó en la silla de enfrente.

—Nosotros estamos a salvo —dijo Jack—. Los Servicios Sociales todavía nos tienen en lista de espera por el recién nacido que dejaron en la puerta de la clínica hará unos cuatro años.

Se rieron los dos.

—Bueno —dijo Jack—, ya sabes por qué he venido, ¿no? Para hablar de lo natural y lo rutinario que es para ti todo ese asunto de las madres de alquiler...

—Era —contestó John—. Por aquí no nos dedicamos mucho a esas cosas. Una de nuestras pacientes tuvo un hijo para su hermana y nos ocupamos de los cuidados prenatales y del parto. Pero la clínica en la que trabajaba en Sausalito tenía una consulta de reproducción asistida muy solicitada. Podíamos hacer de todo, excepto crear vida en tubos de ensayo. Extraíamos óvulos, recogíamos y congelábamos esperma, inseminábamos, implantábamos óvulos fertilizados... Los pacientes, o los padres, mejor dicho, y la madre de alquiler tenían sus propios abogados para negociar los términos del acuerdo, y nosotros teníamos un asesor legal, pero sí, era un procedimiento bastante corriente.

—Una buena solución para mujeres que no pueden tener hijos propios, supongo —dijo Jack.

—Sí, desde luego —contestó Jack—. En el valle no tenemos

muchas pacientes que busquen ayuda en ese aspecto. Es caro, para empezar. El seguro no lo cubre. Pero, Jack, si se tiene todo lo necesario, los óvulos y el esperma, lo único que se necesita es un vientre. Piénsalo. Parejas que hace veinte años no podían tener hijos biológicos, ahora los tienen por poco más de lo que cuesta una adopción.

—Así que ¿en tu clínica era una cosa normal y corriente? —preguntó Jack con una sonrisa—. Cuéntame cómo funciona.

Jack se recostó en su silla.

—Bueno —dijo—, nosotros teníamos instalaciones propias. Podíamos extraer los óvulos de una paciente y mandarlos a un laboratorio muy sofisticado para que los congelaran y los guardaran. Les mandábamos el esperma del padre...

—¿Se lo mandabais?

John se rio.

—Lo recogíamos y lo mandábamos. Teníamos un cuarto de baño muy bonito e íntimo, con mucho material de lectura. El personal lo llamaba el «masturbatorio».

Jack rompió a reír.

—¡Será una broma!

—No.

—¿Y si alguno quería pasarse allí todo el día...?

—Éramos muy respetuosos con la intimidad de nuestros clientes —dijo John, riendo—. Porque quién sabía cuánto podía costarle a uno ambientarse, o si intentaba batir su propio récord. El tubito con el esperma se enviaba inmediatamente al laboratorio para juntarlo con los óvulos. La madre o, si la madre no podía tener hijos, la madre de alquiler, iba a la clínica y o bien la inseminábamos o bien le implantábamos el embrión. Teníamos una tasa de éxitos muy alta.

—¿Y cuántas madres de alquiler se dedicaban a eso para comprarse una casa nueva o un barco?

—Eso no era de mi incumbencia. Quedaba entre la madre de alquiler y los padres, y los abogados se encargaban de que todo fuera conforme a la normativa, que es muy estricta.

Puedo recomendaros algunas clínicas excelentes no muy lejos de...

Jack se inclinó hacia delante y apoyó los codos en las rodillas. Juntó las manos y bajó la cabeza. El pequeño despacho quedó en silencio. Por fin, miró a John.

—Esto no tiene sentido —dijo con calma—. No tiene sentido, John.

John se inclinó hacia él.

—¿Qué estás haciendo aquí? Dijiste que querías hablar de ello. Mel me dio a entender...

—Lo sé. Mel te dio a entender que yo estaba de acuerdo con esto y que quería informarme de los detalles. Escucha, John... Las cosas no son así. Le dije a Mel que no me gustaba la idea. Que no necesitábamos tener más hijos. Le dije que, si quería adoptar un niño que no pudiera tener familia, quizá podría convencerme, pero... —sacudió la cabeza.

—¿Qué es lo que te molesta? Porque es una alternativa razonable para una mujer que no puede dar a luz físicamente a sus propios hijos.

—Lo que me molesta es que mi mujer esté tan emocionada pensando en tener otro hijo cuando ni siquiera puede tenerlo. No se puso así cuando se quedó embarazada de los niños. Es muy extraño, John, y estoy preocupado por ella. Habíamos encajado bien lo que ocurrió con la histerectomía. Fue una desilusión, pero lo asumimos —Jack se frotó la nuca con la mano—. No sé qué está pasando, John. Haría cualquier cosa que me pidiera Mel si fuera muy importante para ella; sobre todo, si no hubiéramos podido tener hijos por nuestros propios medios. Habría llenado el tubito de ensayo en el masturbatorio. Seguramente no habría querido ver a otra mujer dando a luz a mi hijo, pero por Mel habría transigido con ello. Pero esto no nos hace ninguna falta. Aquí pasa algo raro, John. Y no sé qué es.

John estaba recostado en su silla. Tomó un bolígrafo y se puso a juguetear con él, con el ceño fruncido. Por fin preguntó:

—¿Le ha costado aceptar su histerectomía?

—¿En qué sentido?
John se encogió de hombros.
—¿Llora? ¿Se enfurece? ¿Se queja de que se siente vacía por dentro? ¿Sufre inhibición sexual? ¿Algo así?
Jack sacudió la cabeza.
—No, en absoluto. Lo superó como si tal cosa. No la había oído hablar de ello hasta que una tarde entró en el bar y anunció que íbamos a tener otro hijo. Y que íbamos a tenerlo por el innovador procedimiento de pagarle treinta mil dólares a una desconocida. Fue como si de pronto adoptara una nueva personalidad. No es ella. En absoluto.
—Ay, madre —dijo John, agachando la cabeza—. Lo siento, Jack. Creo que yo también me he dejado llevar, igual que Mel. Intenta comprenderlo. Para mí es muy satisfactorio poder ofrecer esa alternativa a mis pacientes.
—¿Crees que estoy sacando las cosas de quicio? ¿Crees que soy un cobarde incapaz de hacer lo que es necesario? Porque no creo ser esa clase de marido. Hay algo en todo esto que me da mala espina. Quiero que Mel sea feliz, pero quiero que sea feliz de manera normal.
—¿Y crees que no es así?
Jack sacudió la cabeza.
—Está obsesionada con este asunto. Ya le ha pedido a Brie que se informe de la normativa y que se haga cargo de la negociación y del contrato. Para mí es un rompecabezas, y todavía estoy intentando encontrar las piezas que faltan...
—¿Las piezas que faltan? —preguntó John.
—Ya sabes... Si hubiéramos hablado de tener más hijos antes de la histerectomía, podría entenderlo. Pero siempre he pensado que Mel tenía suficiente con dos hijos. Es matrona, tiene mucho trabajo y a veces nos resulta muy complicado ocuparnos de los niños. O... quizá, si me lo hubiera propuesto y hubiera querido que habláramos de ello, que nos lo pensáramos, pero tampoco fue así. Ya había tomado una decisión cuando me lo contó. ¿Qué es lo que me estoy perdiendo?

—Lo que siente ella —dijo John.

—Siente que quiere tener un bebé enseguida, aunque sea de lo más inoportuno. Y quiere que sea nuestro.

—Puede que sus planes de tener un bebé mediante una madre de alquiler estén encubriendo un sentimiento de vacío —sugirió John.

—Eso fue lo que le dije a Brie: que Mel parece empeñada en salirse con la suya, en tener un bebé aunque no pueda tenerlo de manera natural. ¿Sabías que Mel y su primer marido tenían un montón de embriones congelados en Los Ángeles? Intentaron la fecundación in vitro, pero en el útero de Mel. No dejo de preguntarme si se debe a que Mel trabaja en este campo y para ella es un asunto corriente. ¿O es que intenta superar la histerectomía demostrando que no va a impedirle tener tantos hijos como quiera? En como si se negara a asumir ciertas cosas —sacudió la cabeza—. No es solo que no me haya enfrentado a esto nunca en mi vida. Es que no tengo ni idea de cómo afrontarlo.

—Tienes que ser sincero con ella, Jack. Tienes que decirle que no quieres.

Jack se recostó en su silla y estiró una de sus largas piernas.

—Ese es el problema. Se lo he dicho. Varias veces. Y no me escucha. Me da unas palmaditas en la mano como si fuera una abuelita paciente hablando con su nieto y me dice que no me cierre en banda y que hable contigo.

—Bueno, pues ya está —dijo Jack, levantándose—. Ya has hablado conmigo.

Jack también se levantó.

—Pero sigo cerrado en banda —dijo—. ¿Y ahora qué?

—Ahora tienes que hablar con tu mujer y decirle la verdad: que no vas a hacerlo porque no crees que sea necesario. Pon las cartas sobre la mesa. Explícaselo todo con claridad. Asegúrate de que de verdad quiere tener otro hijo, y de que no se trata más bien de que ha perdido un órgano y es estéril. Tienes que decírselo, Jack. No eres un simple espectador. Habla con ella sinceramente. Puede que esté intentando ocultarse algo a sí misma. Tal vez esté huyendo de la angustia que suelen padecer las mujeres que han sufrido una histerectomía estando todavía en edad fértil.

—Ay, Dios —comentó Jack—. He pasado por cosas muy serias con Mel. Ya sabes lo de su primer marido. No me apetecer pasar por algo así otra vez. Tal vez sería más fácil pasarme por el masturbatorio...

—Algunas mujeres —dijo Jack, interrumpiéndolo— pasan por una transición muy difícil cuando se enfrentan al final de sus años fértiles. Es lo que sienten algunas mujeres menopáusicas cuando dejan de tener el periodo. Cuando tienen que usar lubricantes y se enfrentan al final de su juventud y a todo lo que lleva aparejado como mujeres, sienten que en parte pierden su feminidad. Se sienten fracasadas, como si se hubieran quedado en la cuneta. A una de mis pacientes le sugerí un buen lubricante y me dijo que su marido era reacio a usarlos, que si no era natural no le interesaba... Creía que a ella no le apetecía si no lubricaba como cuando tenía veinte años. Le dije que lo mandara a hablar conmigo. Que era normal que una mujer de cincuenta y ocho años lubricara menos que una de veintiocho. A veces sienten que la vejez se les viene encima. Se sienten como abuelas cuando son demasiado jóvenes para sentirse así. Una paciente se echó a llorar en mi consulta y me dijo: «¡Soy demasiado joven para ser tan vieja!». Les preocupa que se les estén escapando la feminidad y la juventud. Es lo que sienten, aunque sea ilógico —se encogió de hombros—. A veces solo son las hormonas y tenemos que hacer algún ajuste. En ocasiones les receto un antidepresivo durante una temporada.

—Si se siente así, es que en algo estoy fallando...

John se rio.

—No puedes controlarlo todo, Jack. Solo tienes que mirar a tu alrededor: en un hombre, las arrugas y las canas se consideran atractivas, les hacen parecer más poderosos y más experimentados, mientras que en el caso de las mujeres solo se consideran síntomas de vejez. No es así, pero para algunas mujeres puede suponer una auténtica batalla emocional.

—Eso no es propio de Mel —dijo Jack—. Ella es tan prudente...

—Si ya le has dicho que no te gusta la idea y aun así ha pedido cita para que le extraigan óvulos... ¿Te parece muy prudente?

—Dios mío —dijo Jack, fijando la mirada en el suelo.

—A veces viene bien ver a un psicólogo. Y a veces solo hace falta el refuerzo de un marido cariñoso, que le haga comprender que seguirá queriéndola por más que cambie su cuerpo. Mira, avísame si necesitas ayuda. Pero, por el bien de Mel, afróntalo. Llega al fondo de esta cuestión.

Jack se quedó callado un momento. Respiró hondo. Tendió la mano a John y dijo:

—Gracias. No me has ayudado nada.

John se rio.

—Siento no haberte puesto las cosas más fáciles.

—Más lo siento yo.

—Buena suerte. Pero, en serio, si esto no funciona, llámame. Estoy dispuesto a embarcarme en esto con vosotros, pero me gustaría estar seguro de a qué atenernos, por su bien. A mí también me importa mucho Mel.

—Eso puede que sí ayude. Te lo agradezco.

Aiden se sentía un poco melancólico cuando llegó a casa de Luke. Vio que Luke, Shelby y Art estaban sentados en el porche de la casa. Su hermano lo saludó con la mano. Aiden se acercó.

—¿Qué tal estás? –preguntó a Shelby.

—Lista para dar a luz –contestó ella con una sonrisa.

—¿Y tú qué tal? –preguntó a Luke.

—Yo no estoy listo –contestó su hermano.

Aiden se rio y miró a Art.

—Buenos días, Art. ¿Qué tal estás esta mañana?
Art dio un sorbo a su refresco y dijo:
—Quiero casarme con Netta.
Luke se puso pálido de repente y dejó escapar un gemido. Shelby solo se pasó una mano por el vientre.
—No, Art –dijo–. Ahora no puedes casarte. Necesitamos que nos ayudes aquí, sobre todo ahora que va a nacer el bebé. Además, es muy duro estar casado con alguien que vive en Fortuna si no puedes conducir.
—Ah –dijo. Luego se volvió hacia Luke—. ¿Puedo conducir?
—¡No! –exclamó Luke, alarmado.
—Nosotros te llevaremos a donde necesites, Art –dijo Shelby con más calma—. No te preocupes por eso.
—De acuerdo –contestó—. ¿Me llevaréis a casa de Netta?
—Claro que sí –dijo ella con una sonrisa—. Te llevaría encantada. De hecho, voy a llamar a Ellen para preguntarle si Netta puede venir a la fiesta del Cuatro de Julio. ¿Qué te parece?
Art sonrió.
—Sería estupendo.
—Pues eso está hecho –dijo Shelby—. Será divertido conocerla.
Aiden se rio y se sentó en los escalones del porche.
—Art, ¿por qué no vas a ver si pican los peces?
—Estoy en mi hora de descanso –dijo el chico.
Art era muy cuidadoso con las normas y la rutina cotidiana. Le gustaba seguir instrucciones. Sobre todo, las de Luke.
—No pasa nada –dijo Luke—. Ve si te apetece.
—Me apetece –contestó Art con una sonrisa. Se levantó, se alejó y se detuvo un momento delante de su cabaña para recoger su caña y su sedal.
Cuando no pudo oírles, Aiden dijo:
—Intenta no preocuparte demasiado, Luke. Creo que Art está muy contento por haber vuelto a ver a Netta. Ellen pro-

puso que los vigilemos entre todos para ver cómo va tomando forma su relación y asegurarnos de que no haya problemas. Pero también me dijo que nada en la conducta de Netta indica que tenga una libido activa. Puede que eso de casarse se lo haya sugerido Netta. Han hablado por teléfono, ¿verdad?
—Luke asintió.
—Tuve que marcarle los números para que la llamara. No parece que hablen mucho, pero les gusta estar al teléfono.
—Pues no te preocupes. Quizá deberías ir de vez en cuando a las reuniones del grupo de apoyo del que forma parte Ellen. Seguro que allí puedes conseguir un montón de información valiosa. Cosas que la gente no suele saber. Cosas que yo no sabía, y eso que creía estar más o menos enterado de estas cuestiones.
—¿Como qué? –preguntó su hermano.
—Bueno... Por ejemplo, ya te dije que Netta toma la píldora como medida de precaución, pero no porque pueda quedarse embarazada accidentalmente de un novio como Art. Para empezar, la píldora ayuda a controlar su síndrome premenstrual. Y la protege de un posible embarazo resultando de abusos sexuales o violación. Hay por ahí gente sin escrúpulos que se aprovecha de mujeres vulnerables como Netta y sus compañeras de casa.
—¡Dios! –exclamó Luke, levantándose bruscamente—. ¡Será una broma!
—Lo mismo pensé yo, aunque no me levanté, ni grité. Pero eso me hizo pensar. Es una realidad muy turbia y muy trágica. Netta está deseando complacer a los demás. ¿Qué haría si una pandilla de chicos de instituto le dijera que se reuniera con ellos después de clase? Y es ilegal esterilizar a una discapacitada psíquica. Conseguir que abortara sería una pesadilla en términos legales y sería imposible sin su consentimiento, que es posible que ella no diera. Y permitir que dé a luz al hijo de un violador podría ser un trauma todavía mayor. Sus cuidadores están tomando las únicas precauciones que pueden para pro-

tegerla de los peligros del mundo. Y estoy seguro de que hay muchísimas más cosas que aprender.

Luke se había puesto colorado.

—Aiden, si alguna vez me topo cara a cara con un hombre capaz de abusar sexualmente de una discapacitada mental, no sé si podría refrenarme y no...

Aiden también se levantó.

—Te entiendo perfectamente. Mira, has hecho un gran trabajo con Art y él está muy contento, eso salta a la vista –dijo—. Pero creo que tanto a ti como a Shelby os vendría bien conocer a Ellen y a Bo y quizá, cuando tengáis tiempo, uniros a ese grupo de apoyo.

—Sí –dijo Luke—. Sí.

—Intenta no preocuparte demasiado, Luke. Art no va a casarse con Netta. Y es una suerte que tenga una amiga.

—Puede que haya estado un poco tenso últimamente, con mamá por aquí, Art empeñado en casarse y Shelby a punto de dar a luz...

—¿Tú crees? –preguntó su mujer con una sonrisa—. Llamaré a Ellen para ofrecerme a ir a recoger a Netta para la barbacoa, si a ella le apetece venir. Será divertido.

—Debería ir yo, nena –dijo Luke—. Tú estás demasiado embarazada.

—¿Para conducir? –preguntaron Aiden y Shelby al mismo tiempo.

Aiden se fue a su cabaña, riendo. Encendió su portátil, entró en su cuenta de correo y encontró un mensaje de alguien a quien no conocía. Lo abrió y leyó:

Aiden, tengo que hablar contigo. Es urgente. Más que urgente. Es sobre nuestro divorcio. Llámame enseguida. Este es mi número de móvil. Annalee.

Se sentó y escribió: *No. Déjame en paz. Haz como si estuviera muerto.*

A los cinco minutos oyó un pitido que lo avisaba de que había recibido un nuevo correo. *Me encantaría, pero eso no servirá de nada. ¡Llámame enseguida!*

A pesar de lo poco que había dormido y de que deseaba pasar el resto de su vida en la cama con Aiden, Erin estaba encantada de ver a Marcie. Su hermana estaba absolutamente preciosa: tan redonda como era posible estar y más feliz de lo que Erin la había visto nunca. Tenía las mejillas sonrosadas, los ojos brillantes y la risa siempre a punto. Ian estaba rebosante de orgullo y siempre atento a las necesidades de su esposa. Ellos, que habían pasado por tantas cosas, habían encontrado en su matrimonio la paz y la felicidad, y para Erin era una gran satisfacción haberlos ayudado a llegar hasta allí.

No se dio cuenta de que, a ojos de Marcie e Ian, estaba distinta. Se la veía más calmada y más satisfecha, y mucho más relajada que de costumbre. Era algo que podía sentir, pero ignoraba que se le notara en la cara, en los gestos, en el brillo de los ojos y en la sonrisa de íntima felicidad. Después de darles un abrazo, les sirvió unos batidos de fruta con hielo y sugirió que se sentaran en el porche a ver la puesta de sol. Ian y Marcie salieron primero; Erin los siguió con una sopera de aluminio y un cucharón que dejó tranquilamente junto a su tumbona.

—Eh, Erin... ¿Para qué es eso? —preguntó Ian.

—Ah, es por el oso.

Ian y Marcie cruzaron una mirada. Luego volvieron a mirar a Erin.

—¿Qué oso?

—Os conté lo del oso —dijo ella—. Ya sabéis, el que entró en casa.

—Creo que se te ha olvidado mencionarlo.

Erin intentó recordar. La verdad era que, aunque había hablado con ellos todos los días, había procurado omitir todo lo que tuviera que ver con Aiden. Así pues, no les había contado muchas cosas. Pero iba a presentárselo, así que más valía que les pusiera al corriente cuanto antes.

—Bueno, ¿os acordáis del vagabundo por el que me di el golpe en la cabeza? –comenzó a decir.

Cuando acabó de contarles la historia, omitiendo los detalles más sabrosos, los dos la miraron con los ojos como platos y la boca abierta.

—¿Qué pasa? –preguntó Erin.

—Te has enamorado –dijo su hermana en voz baja.

—No digas tonterías –contestó Erin con un ademán—. Solo he salido de excursión con un hombre y le he permitido el privilegio de echar a un oso de mi cocina. Siento lo de las galletas, por cierto. Sé cuánto te gustan, pero me daba miedo hacer más.

—Te has enamorado de un vagabundo que ha resultado ser médico y estás completamente distinta –insistió Marcie—. Estás relajada y feliz, Erin.

—¡Qué va! Es solo que tú estás embarazada y enseguida te pones sentimental.

—¿Cuándo vamos a conocerlo? –preguntó Ian.

—Bueno... Vosotros vais a estar aquí todo el puente y él tiene un montón de familiares en casa de su hermano, pero creo que nos veremos todos el lunes, en la barbacoa del Cuatro de Julio en el bar de Jack. Intentad no avergonzarme dándole demasiada importancia a esto, ¿de acuerdo?

—De acuerdo –contestó Marcie con una sonrisa de oreja a oreja.

Aiden había disfrutado de una paz absoluta desde su divorcio, hacía ocho años. No había podido encontrar a una mujer con la que sentar la cabeza, pero había sido un enorme alivio no haber tenido que vérselas nunca más con aquella chiflada de Annalee. Pero, al parecer, sus días de tranquilidad se habían acabado, y al estilo de Annalee. Jamás debería haber respondido a su e-mail.

Al primero, siguieron literalmente cientos de mensajes.

¡Llámame inmediatamente! ¡Tengo que hablar contigo! No sabes lo urgente que es. Y no voy a decirte nada hasta que hable contigo y oiga tu voz.

Aiden sabía que Annalee estaba cortando y pegando los mensajes, o que quizás había programado su ordenador para que los enviara cada cinco segundos, pero eso no disminuyó la angustia que amenazaba con desbordarlo. La sola idea de que Annalee se acercara a él hacía que le dieran ganas de salir corriendo a toda pastilla.

Las únicas dos personas que podían entender su pánico eran sus hermanos Sean y Luke, los únicos que habían conocido a Annalee en carne y hueso. Había sido el propio Aiden quien los había llamado. Les había dicho algo así como:

—Me metí en un lío, tuve que casarme con una desequilibrada hace un par de meses y ahora estoy en trámites de divorcio, y no se lo he dicho a mamá.

Luke, que también había pasado por un matrimonio y un divorcio traumáticos más o menos a la misma edad, había pedido unos días de permiso y había ido a San Diego para cerciorarse de que su hermano se encontraba bien. Pero Aiden no se encontraba bien en absoluto, y Luke había llamado a Sean.

Por más que Aiden había intentado que lo dejara en paz, Annalee había seguido acosándolo. Después de conocerla en persona, Luke había dicho:

—¡Ostras, Aiden! ¿Es humana?

Su hermano se había dado cuenta de lo guapa y astuta que era Annalee y apenas podía creer que fuera una persona real. Había sido Sean quien había dicho:

—Págale para que se vaya. Si le das dinero, te dejará en paz.

Hasta se habían ofrecido a juntar sus ahorros para financiar la marcha de Annalee, pero Aiden no había necesitado ayuda económica. Había estado dos años en un barco, y había ahorrado casi todo su sueldo.

Los demás miembros de la familia se habían enterado después, cuando todo había acabado ya. Sabían también cuánto le había costado librarse de ella. Después de que todo se solucionara, su fugaz matrimonio se había convertido en una broma entre sus hermanos: Aiden, decían, se había bajado del portaaviones con una erección monumental y la primera mujer dispuesta con la que se había topado había resultado ser una psicópata con extraordinarias habilidades en la cama. Ja, ja.

Ahora no era tan divertido.

Aiden apagó su ordenador. Annalee podía inundar de mensajes su cuenta de correo. Peor para ella. Él, por su parte, se limitaría a abrir otra. Sabía por experiencia que la más leve reacción podía poner en el disparadero a alguien tan diabólico como Annalee. Otras veces, en el pasado, se las había ingeniado para obtener información sobre su familia y él que Aiden no tenía ninguna intención de darle. Se mantendría en sus trece: ¡había terminado con ella!

El sábado fue de compras a Eureka. No encontró lo que estaba buscando en las tiendas de ropa que visitó, así que acabó en una tienda de ropa de segunda mano, donde compró un vestido de gasa verde esmeralda sin hombreras. Estaba usado, claro, pero no tenía más opciones. No estaba del todo seguro de la talla de Erin, pero le pareció que le serviría. Respecto al color de sus ojos no había duda: era verde irlandés, igual que el de los suyos. Compró también unas sandalias de tacón alto plateadas. Tenía un plan y eso le hizo sonreír y olvidarse de Annalee.

Esa noche los Riordan celebraron una gran cena familiar en casa de Luke y el domingo fueron todos a casa del general Booth para reunirse con la familia de Shelby. Estaban todos, incluidos Tom Booth, de permiso tras pasar dos años en West Point. y Brenda, que estaba estudiando en Nueva York, no muy lejos de la academia de Tom. Solo iban a pasar un par de semanas en Virgin River, mientras Tom estuviera de permiso. Después, Tom se marcharía a hacer un curso de entrenamiento aéreo. En la academia militar no había vacaciones de verano, como en la universidad. Los militares en activo estaban siempre de maniobras o en misión.

Y luego, el lunes, llegó el Cuatro de Julio. Nadie de la familia pareció notar lo ansioso que estaba Aiden por llegar al picnic, ni que fue el primero en irse al pueblo. A mediodía ya estaba allí, buscando a Erin. Tenía una cerveza en la mano y le pareció que pasaba una eternidad hasta que la vio aparecer con Marcie e Ian. Aunque intentó aparentar tranquilidad, no pudo disimular el brillo de sus ojos. Y vio con satisfacción que los de ella brillaban igual. De pie en el porche del bar, los vio acercarse por la calle. Le dieron ganas de correr hacia ella, de levantarla en volandas, girar con ella y llevársela a algún sitio donde pudieran estar solos. Pero no podía ser. Sabía que, de momento, tendrían que conformarse con mirarse a los ojos.

La saludó antes de hacer nada más. Se acercó a ella con paso comedido, la agarró de las manos y la besó en la mejilla. Ella le presentó a su hermana y a su cuñado, Aiden hizo algún comentario sobre la barriga de Marcie, estrechó enérgicamente la mano de Ian y le dio la enhorabuena. Y les dio a entender con la mirada que estaba deseando quedarse a solas con Erin.

El día estuvo lleno de presentaciones y reencuentros. Nadie de la familia Riordan sabía quién era Erin, así que para Luke y Sean fue muy emocionante. Maureen se acercó a hurtadillas a su hijo y le dijo:

—Dios mío, es encantadora, Aiden. Es increíble que la hayas conocido aquí.

Aiden vio que Marcie abrazaba a Jack y a Mel como si fueran viejos amigos. Oyó de pasada que Ian explicaba que estaba en el último curso de la facultad. Si todo salía conforme a lo previsto, en otoño empezaría a trabajar como profesor de música en su antiguo instituto. Dirigiría el musical del instituto. De adolescente, contó Marcie, orgullosa, había sido la estrella de la función. A eso de las cuatro, Ian Buchanan cantó el himno nacional a capella y la belleza de su voz casi hizo caer de rodillas a Aiden.

En algún momento, después de comer, Ian le pasó una cerveza y dijo:

—Bueno, entonces ¿Erin y tú...?

—Eso espero.

—Erin es asombrosa.

—No podría estar más de acuerdo –respondió Aiden.

—Nosotros se lo debemos todo. Gracias a ella estamos todos bien: Marcie, Drew, yo, absolutamente todos.

—¿Y eso por qué? –preguntó Aiden.

—Se ha pasado la vida ocupándose de todo desde el día en que murió su madre, hace muchos años. Estoy segura de que necesitaba un montón de cosas, pero ella pensaba primero en los demás. En algún momento le tuve rencor por dar órdenes a Marcie y decirle lo que tenía que hacer, pero en cuanto me di cuenta de que era todo por amor y entrega, lo superé. Quiero que Erin tenga todo lo que siempre ha querido.

Aiden le sonrió.

—Háblame del bebé que vais a tener.

Ian se animó enseguida.

—Va a llamarse Heath Bradley Buchanan y nacerá el veinte de agosto. El parto está programado. Está colocado de nalgas. Si no se da la vuelta, nacerá por cesárea. No nos importa con tal de que esté bien.

—¡Qué suerte tienes! –dijo Aiden.

—¿Tú tienes hijos, doctor? –preguntó Ian.

Aiden sacudió la cabeza. Se le pasó por la cabeza decir que acababa de encontrar a la mujer adecuada para tenerlos, pero respondió:

—Sigo soltero.

—Qué coincidencia —dijo Ian—. Erin también.
—Lo sé —Aiden se rio—. Y me encanta.

Shelby encontró una silla vacía en el porche del bar y se apoderó de ella. Por fin había logrado librarse de Luke, que se había pegado a ella como una lapa esas dos últimas semanas. Lo había convencido de que se tomara una cerveza con sus hermanos y sus amigos y la dejara relajarse un rato a la sombra. Con un vaso de agua con hielo, estuvo meciéndose en una de las mecedoras del porche y pronto se dio cuenta de que tenía el mejor asiento de la platea.

Desde donde estaba sentada, veía a Art y a Netta en la mesa de picnic más alejada de la multitud. Estaban sentados el uno frente al otro, comiendo hamburguesas y ensalada de patata, aparentemente felices, aunque daba la impresión de que apenas hablaban. Era como si se conformaran con estar juntos, y Shelby se descubrió pensando: «Si eso no es amor verdadero, no sé qué es».

Leslie, la hija de catorce años de Brenda Carpenter, había reunido en corro a un grupo de niños pequeños. Se habían dado la mano y estaban jugando a algo. Shelby tomó nota de que debía procurar conocer un poco mejor a Leslie. Las mamás del pueblo le habían aconsejado que intentara buscara como niñera a una chica que no hubiera descubierto aún a los chicos y no tuviera permiso de sus padres para salir por ahí. Las chicas de entre catorce y dieciséis años eran perfectas. Leslie estaba controlando a los hijos de los Sheridan, a los de los Haggerty, a Rosie Riordan y a Christopher Middleton, y tenía en brazos a uno de los gemelos de Abby Michaels. Las mamás habían ocupado una mesa de picnic no muy lejos de allí y estaban disfrutando de un momento de paz sin que los niños se les subieran encima.

Aiden se acercó sin hacer ruido a Erin Foley, le puso las manos en los hombros y, cuando ella volvió la cabeza y le sonrió, él la llevó detrás de la iglesia, donde nadie podría verlos. Shelby se sonrió. Aiden estaba intentando actuar con naturalidad delante de sus hermanos, pero ¿a quién pretendía engañar?

Oyó que Mel gritaba desde el jardín de atrás:

—¡Jack!

Y Jack se apartó de la barbacoa, de la que se estaba ocupando junto con el Reverendo y el joven Rick Sudder, y vio que el pequeño Davie había abandonado el corro para ir a hacer pis a un árbol. Jack se acercó a su hijo pequeño y, poniendo los brazos en jarras, lo miró con gesto severo. Davie se volvió, se subió los pantalones y sonrió a su papá, que sacudió la cabeza, lleno de frustración o de desilusión, o quizá de orgullo. Jack se agachó para regañarlo meneando un dedo.

Tom Booth estaba sentado en el suelo, apoyado contra un árbol, con Brenda sentada entre sus largas piernas, recostada contra él. Cerca de allí, Liz, la prometida de Ricky, se había sentado en el suelo con las piernas cruzadas y estaba charlando con ellos. El general y Muriel estaban compartiendo una mesa de picnic con Maureen, George, Ellie y Noah. Por todas partes correteaban perros y niños. La gente se había sentado en sillas de jardín, en el suelo, en las mesas, o se había reunido en pequeños grupos para bromear, reír y ponerse al día de los últimos chismorreos. El Reverendo y Rick seguían poniendo comida en las mesas. Había varias neveras llenas de hielo con cerveza, vino, refrescos, agua y zumos. El bote de los donativos se estaba llenando: el bar de Jack nunca cobraba por la comida y la bebida que se consumían en las fiestas que organizaba para el pueblo, pero agradecía las propinas.

Shelby sintió que el bebé se movía. Sus movimientos eran ahora tan fuertes que casi le hacía daño. Echó la cabeza hacia atrás, cerró los ojos y siguió meciéndose. Tal vez hasta se adormiló unos segundos. Cuando abrió los ojos, Mel estaba delante de ella, apoyada en la barandilla del porche, con los brazos cruzados.

—Descansa mientras puedas –le dijo—. Dentro de poco

tendrás que un pequeñajo haciendo pis en un árbol en la barbacoa del pueblo.

—Ya lo he visto —dijo Shelby, riendo.

—Es culpa de Jack —dijo Mel—. Más vale que vigiles de cerca de Luke.

—En eso tengo suerte —repuso Shelby—. Luke es muy cuidadoso con esas cosas. No deja que Art se baje los calzoncillos alrededor de las cabañas de los huéspedes.

—Hablando de Art, parece que hay novedades.

—Sí, Netta. Luke y Art se encontraron con ella cuando estaban comprando. Resulta que vivieron juntos en la misma casa tutelada y que se consideran novios. Netta es un sol. Aunque creo que esto ha hecho que a Luke le salgan unas cuantas canas nuevas...

—¿Ah, sí? —Mel levantó una ceja—. ¿Y eso por qué?

—Luke se porta muy bien con Art, pero creo que a veces no le entiende. Le entró el pánico. Pensó que iban a acostarse o algo así, que Netta se quedaría embarazada y se vendría a vivir con nosotros. Míralos. ¿No es precioso? Salta a la vista que se quieren mucho, pero no van a liarse como temía Luke cuando se enteró de que Art tenía una novia —Shelby se rio y añadió—: Deberías haber visto la cara que puso cuando Art preguntó si debía casarse. Pensé que iba a darle un infarto.

—¿Qué dijo?

—Se atragantó y se puso pálido. Le dije a Art que no hacía falta que se casara porque, como no sabía conducir, sería muy duro para él estar casado con una chica que vive en Fortuna, y con eso la cuestión quedó zanjada. Por ahora, al menos. Sospecho que Art no tiene muy claro qué es el matrimonio. Y que es totalmente feliz con nosotros.

—Será muy emocionante para él cuando nazca el bebé.

—Art, el hermano mayor —dijo Shelby—. No se lo digas a Luke, pero tengo contracciones. No muy fuertes, pero puede que esté empezando a calentar motores.

—Bien —dijo Mel—. Puede que se cumpla tu deseo y el

bebé nazca antes de que Sean y Franci se marchen. Es muy posible. La última vez que te vimos, todo indicaba que sería así.
—Créeme, si pudiera adelantar un poco el parto, no sería por Franci y Sean.
—Estás un poco incómoda, ¿eh? –dijo Mel.
Shelby asintió. Luego se le nublaron los ojos y una lágrima rodó por su mejilla.
—Sé que soy tonta y que me estoy poniendo sentimental, y que además es completamente imposible, pero me encantaría que mi madre estuviera aquí.
Mel alargó el brazo y acarició su pelo, apartándolo de su mejilla.
—Lo sé, cariño, pero tengo la sensación de que está mirándote. Y familia no te falta, desde luego.
—Dímelo a mí. A algunos no me importaría perderlos de vista un rato –Shelby sorbió por la nariz.
—¿Te están sacando de quicio? –preguntó Mel.
—No me malinterpretes: son todos fantásticos. Los setecientos.
Mel se rio.
—Llanto de embarazada –comentó Shelby mientras se limpiaba la mejilla—. Siempre llegan sin previo aviso.
Mel volvió a reír.
—Sí, me acuerdo –dijo—. ¿Cómo va a llamarse el pequeñín?
—Brett Lucas Riordan –contestó Shelby. Luego hizo una mueca y dijo—. Ay –y un gran bulto apareció en el lado izquierdo de su vientre—. ¿Crees que sabe que la salida no está por ahí?
—Mi niña, tú necesitas parir –dijo Mel sacudiendo la cabeza.
—Y pronto –contestó Shelby—. Ya no puedo más.

El día estaba tocando a su fin y el sol empezaba a ponerse cuando alguien se acercó a Mel por detrás y le tapó los ojos con las manos. Mel se giró instintivamente y se encontró con una sonriente Darla Prentiss.

—¡Hola! –dijo Darla.

—¡Pensaba que no podíais venir!

—Teníamos reunión familiar en casa de mi hermana –dijo Darla—. Pero aun así queríamos pasarnos por aquí para saludar. Las cosas van un poco mejor, Mel. Quería darte las gracias por lo amable y lo comprensiva que fuiste conmigo.

—Bueno, no hice nada que no hiciera una amiga. ¿Has pedido ayuda?

—Sí. Fuimos a ver a un psicólogo que nos recomendaron en la clínica de reproducción asistida y luego pasamos un rato con el pastor Noah Kincaid. Una buena amiga mía va a su iglesia y me dijo que era un consejero maravilloso. Nos ha ayudado mucho. Quizá probemos a ir a su iglesia alguna vez.

Mel sonrió.

—Queremos mucho a Noah. Tengo entendido que fue psicólogo antes de ingresar en el seminario. Tiene mucha experiencia. Es una suerte contar con él. Me alegro muchísimo de que estés mejor –sacudió la cabeza—. No sabes cuánto me apena que Phil y tú no hayáis tenido mejor suerte, y lo mucho que siento lo que os ha pasado.

—El tiempo lo cura todo –dijo Darla.

—¿Dónde está Phil? –preguntó Mel, mirando alrededor.

—Allí –Darle señaló con el dedo—. Seguramente contando mentiras a Jack, al Reverendo y a todo el que quiera escucharlo.

Mel vio a Phil junto a un grupo de hombres entre los que estaban Noah y Luke. Tenía una cerveza en la mano y estaba hablando y riendo.

—¿Está bien? –preguntó.

—Sé que lo ha pasado tan mal como yo –dijo Darla—. Pero es tan maravilloso... Se ha esforzado muchísimo para que me encontrara mejor. No sé si puedes entenderlo, pero creo que lo que llevo peor es que Phil no vaya a ser padre. Sería el mejor padre del mundo. Es fuerte, paciente y amable y tiene más amor dentro que cualquier hombre que yo haya conocido. Soy muy afortunada por estar casada con él.

Mel sonrió y le dio un abrazo.

—Bueno, él también tiene mucha suerte.

—Gracias por ayudarnos, Mel. Has sido un consuelo para nosotros.

Mel sentía pocas veces el impulso de rezar, pero en ese momento se dijo para sus adentros: «Dios mío, ¿por qué no les das un respiro? ¡Lo necesitan!».

CAPÍTULO 11

Lo primero que iba a decirle Erin a Aiden era que unos cuantos besos dados a escondidas detrás de un árbol o de la iglesia durante la barbacoa del Cuatro de Julio no eran suficientes, ni de lejos. Ian y Marcie se quedaron a pasar la noche del lunes y se fueron el martes por la mañana, a primera hora. Si se hubieran ido después de la fiesta, Erin habría pedido a Aiden que fuera a dormir con ella. Pero era verano, la gente se tomaba días de vacaciones y alargaba los fines de semana festivos.

Se había alegrado muchísimo de ver a su hermana y a su cuñado. Pero también se alegró de que se marcharan y la dejaran sola para poder volver con su amante.

En cuanto se marcharon, se preguntó por qué no había formulado un plan con Aiden, por qué no le había preguntado cuándo podían verse. Quería llamarlo, pero algo se lo impedía. Tal vez se hubiera atrevido si no hubiera tenido que llamar a casa de Luke para dejarle un mensaje.

La mañana se le hizo eterna hasta que, a mediodía, la llamó él.

—¿Te has asomado ya fuera?

—¿Por qué? –preguntó ella–. ¿Y por qué no estás aquí?

—Mira fuera –dijo él, riendo–. Y por una vez en tu vida, ¡sigue las instrucciones!

Y colgó. Así, sin más.

Erin abrió la puerta y se encontró una gran caja blanca en el umbral. La llevó dentro y la abrió. Encima de un montón de gasa verde había una nota. *Ponte guapa para mí y espérame a las siete. Iré a recogerte. A.*

Sacó el vestido de la caja y dio un respingo. Dios santo, era horrendo. Todos aquellos vaporosos volantes verde esmeralda... Ella jamás se habría comprado un vestido así. Medía un metro sesenta y era delgada. Lo suyo eran los vestiditos negros. Se esforzaba por ir siempre sencilla y elegante, y aquello era demasiado ampuloso y cursi para ella. ¿Intuía Aiden que no había llevado ningún vestido de cóctel a la cabaña? ¿Iba a llevarla a algún restaurante supuestamente elegante que conocía y no quería que fuera en pantalones pirata y chanclas?

Al examinar el vestido, se dio cuenta de que ¡no era nuevo! ¡Puaj! Llevaba etiquetas de una tintorería, pero santo Dios, ¡era un vestido de segunda mano! Y para colmo iba acompañado de un par de sandalias plateadas.

Arrugó el ceño, confusa. ¿Se ofendería mucho Aiden si iba corriendo a Eureka a buscar algo más acorde con su gusto? ¿Algo que le pareciera apropiado? Ni siquiera recordaba una época de su vida en la que hubiera podido comprarse un vestido así. Se parecía sospechosamente a un vestido de dama de honor, o de baile de promoción, pero ni siquiera cuando tenía diecisiete años se...

Un vestido de baile de promoción.

Se echó a reír. ¡No podía ser! ¿Verdad?

Se había quejado de haberse perdido el baile de su instituto, y ¿qué aparecía en su puerta sino un vestido de baile de promoción?

Tal vez fuera un ingenuo y prematuro por su parte, pero confiaba en Aiden. Absolutamente. Una mujer de su edad y con su experiencia no dejaba su cuerpo en manos de un hombre si no creía en él firmemente. Así que se encogió de hombros y llevó el vestido de segunda mano al dormitorio.

Todavía recordaba las cosas que había oído contar, llena de envidia, a las chicas en clase de gimnasia acerca del largo día de preparativos (ir a la peluquería, hacerse la manicura y la pedicura...) y de las fotografías que se tomaban en las casas de ellas y luego en las de los padres de los chicos. Cosas que ella nunca había vivido. Ahora tampoco iba a vivirlas, claro, aunque por un instante se le pasó por la cabeza ir a Fortuna o a Eureka y buscar una peluquería donde pudieran hacerle uno de esos peinados tan anticuados, llenos de rizos y tirabuzones.

Pero se puso a cuidar su huerto (con la sopera y el cucharón cerca), se duchó, se pintó las uñas de los pies y de las manos de rosa pálido y dejó pasar el tiempo. Estaba deseando que llegaran las siete.

Cuando era probó el vestido, vio que le quedaba un poco grande, lo cual era un fastidio porque no tenía hombreras: un movimiento en falso y acabaría en sus tobillos. Tuvo que ceñírselo con imperdibles. Y como lógicamente no había llevado sujetadores sin hombreras a las montañas, los pechos parecían un poco caídos, pero Aiden tendría que aguantarse. A fin de cuentas, la había visto desnuda y sabía que cualquier chica de treinta y seis años tenía el pecho un poquitín caído.

Se cardó el pelo, se lo recogió hacia arriba y se rizó las puntas con la plancha rizadora. ¡Cielo santo, parecía de los pies a la cabeza una mujer de treinta y seis años disfrazada de jovencita de instituto! Por fin oyó que llamaban a la puerta.

La abrió con una sonrisa y allí estaba él: llevaba esmoquin y sostenía una caja de plástico con flores.

—¡Dios mío! ¡He acertado! –exclamó Erin, riendo—. ¡Vamos a jugar al baile de promoción!

Aiden entró y deslizó la mano libre por su cintura para atraerla hacia sí. Susurró contra sus labios:

—Cuando acabe contigo, no habrá nada que eches de menos.

Ella se retiró ligeramente.

—¿Y piensas acabar conmigo muy pronto?

Él sacudió la cabeza.

—Voy a tardar muchísimo, cariño. Muchísimo —le entregó una guirnalda para la muñeca.

Ella abrió la caja y suspiró. Era una orquídea. Cuando ella iba al instituto, los chicos que regalaban una orquídea a sus parejas eran los que de verdad estaban interesados en ellas. Erin se puso la guirnalda en la muñeca y dijo:

—Es muy divertido, pero no estoy segura de que quiera que me vean en público vestida así. Todo el mundo pensará que nos hemos vestido para una fiesta de disfraces.

—Bueno, si no recuerdo mal, primero se va a cenar y luego al baile. ¿No?

—Supongo que sí —contestó ella.

Aiden metió la mano dentro de su chaqueta y sacó cuatro discos, todos ellos de finales de los años ochenta y principios de los noventa. Wilson Phillips, Billy Joel, Michael Bolton, Mariah Carey...

—Solo he traído las lentas. Tenemos reserva en el bar de Jack. Vendremos aquí a bailar.

—Oh, Aiden. Eres un cielo.

—Y vamos a hacer cosas por las que antes nos habrían castigado. Cuando estemos bailando, voy a meterte mano por todas partes: voy a besarte el cuello, a tocarte los pechos, a suplicarte...

—Seguro que no tienes que suplicarme mucho.

Él besó su cuello.

—Naturalmente, tenemos que hacerlo en el asiento trasero del coche.

—Puede que ahí ponga mi límite —le dijo ella.

—Apuesto a que puedo convencerte —contestó él, riendo—. Vamos —y le tendió el brazo para acompañarla fuera.

Erin no había ido muchas veces al bar de Jack, así que no se dio cuenta enseguida de que esa noche de martes estaba algo distinto. Para empezar, estaba iluminado por la luz de las velas. Junto a la ventana había una mesa puesta para dos con vajilla de porcelana fina y mantel blanco. Eran solo las siete y media, pero el restaurante estaba vacío. Jack estaba en su sitio de siempre, detrás de la barra, pero llevaba una camisa blanca. Erin tardó un rato en darse cuenta de que aquel era un decorado muy especial. De hecho, Aiden estaba ya apartando una silla para que se sentara cuando de pronto preguntó:

—¿Has alquilado todo el bar?

—Más o menos –contestó él—. Jack me dijo que seguramente hoy no vendría casi nadie y me hizo un buen precio.

Jack se acercó a la mesa con un paño limpio colgado del brazo.

—Si tenéis algún documento de identidad, chicos, puedo serviros una copa. Si no...

Aiden le sonrió.

—Venga, enróllate, colega.

Jack se rio y preguntó:

—¿Una botella de vino?

—Raymond Merlot reserva del 2004 –contestó Aiden.

—Con mucho gusto –respondió Jack.

Erin se inclinó hacia Aiden y susurró:

—¿Qué vino es ese?

—El mejor que probarás nunca –dijo él en voz baja—. He comprado una botella y se la he dado a Jack. Es un vino muy apreciado.

—¿Jack no lo sirve en el bar?

—Lo dudo. No creo que haya mucha demanda por aquí. Te va a encantar.

Jack demostró que no era un camarero de pueblo completamente ignorante. Llevó la botella, la abrió y se le presentó a Aiden con el corcho. Luego sirvió un dedo en una copa y se la pasó para que lo oliera, lo catara y le diera su aprobación. Sirvió vino para los dos y dejó la botella.

—Dentro de un momento os traigo la sopa y las ensaladas —dijo—. Que disfrutéis del vino.
—Pruébalo —dijo Aiden.
Erin probó un sorbo y dejó que sus ojos se cerraran suavemente. Sonrió y asintió con la cabeza. Aiden tomó su mano por encima de la mesa.
—Sé que no va a ser como debería haber sido, Erin. Pero puede ser divertido.
Ella le apretó la mano.
—Cuando tenía dieciséis años, elegí un vestido para el baile de promoción. Estaba decidida a ir, pero me engañaba a mí misma. No tenía ninguna oportunidad de que algún chico me invitara. No salía con nadie, ni siquiera tenía un amigo que me acompañara al instituto, y la noche del baile mi padre me pilló llorando. Al año siguiente, la noche en que se celebraba el baile, llamó a una canguro y me llevó a cenar fuera. Cenar con mi padre, eso fue lo que hice la noche del baile de promoción. Esto es mucho mejor.
—Solo va a haber un parecido entre la cena con tu padre y esta noche —dijo él.
—¿Ah, sí? ¿Cuál?
—Que te irás a la cama temprano —Aiden le guiñó un ojo.
Jack les llevó unos cuencos con sopa de almejas. Luego les llevó las ensaladas y les preguntó cómo querían la carne. Poco después, les llevó unos filetes con salsa, patatas asadas y verduras variadas, seguidos por la mejor tarta de queso que Erin había probado en su vida.
—Sé que me pillaste lloriqueando por no haber ido al baile —dijo Erin—. Pero creo que no podría soportar que te compadecieras de mí. No soy una especie de Cenicienta. Tuve mucha responsabilidad, pero fui una niña feliz. Era un poco torpe y sosa vistiendo, pero...
—Ya no lo eres —dijo él—. Eres tan sexy y vistes tan bien que serías la envidia de cualquier modelo.
—Lo de la moda llegó mucho después, cuando empecé a

trabajar en el bufete. Me fijé en que las abogadas con más éxito eran las que se vestían como si el éxito fuera una cosa natural en ellas. Siempre he sido muy observadora. Para esas cosas, al menos.

—Nunca me he compadecido de ti, Erin. Creo que nunca he conocido a una mujer más admirable que tú.

Ella se quedó callada un momento. Luego dijo suavemente:

—Creo que nunca nadie se ha empeñado tanto en hacerme feliz.

—¿En serio? Pues esto acaba de empezar.

—¿Sabes una cosa? Antes de conocerte a ti, nunca me habían gustado las sorpresas.

—Lo sé —contestó él—. Te gusta tenerlo todo bajo control. Acábate la cena, Erin. Tenemos que ir a bailar.

—Una pregunta —dijo ella—. Cuando compraste este vestido, ¿sabías que...?

—¿Que era usado?

—Eh, sí. ¿Y que no era en absoluto de mi estilo?

—Sí —contestó Aiden—. En julio no hay muchos vestidos de baile en las tiendas. Pero era del color de tus ojos y pensé que era muy típico de un baile de promoción. Cuando me viste con el esmoquin, ¿pensaste que seguramente era la primera y la última vez que ibas a verme con él?

—¿No eres de esmoquin?

—Cariño, cuando me quité el uniforme de la Armada, sentí relajarse dentro de mi cuerpo nervios que ni siquiera sabía que tenía.

—Es una pena, porque estás guapísimo cuando te arreglas —Erin sonrió.

—Vámonos —dijo él con una mirada impaciente.

De vuelta en la cabaña, Aiden puso música, la tomó en sus brazos y estuvieron bailando un rato. La estrechó con fuerza, posó los labios en su cuello y dijo:

—Lo siento, nena. Esto no va a durar mucho. Quiero quitarte ese vestido.

—A mí tampoco me apetece mucho bailar –repuso ella—. Y creo que estaré mejor sin el vestido que con él.

—Ah, me encanta tu estilo –Aiden la levantó en brazos y la llevó a la habitación. Antes de cruzar el umbral, se detuvo—. Tengo que decirte una cosa. Seguramente nos conocemos desde hace muy poco tiempo para decirte esto, pero no me importa. Llevo mucho tiempo buscando, Erin. De todos los Riordan, yo era el único que de verdad quería casarse. Mis hermanos huían de las mujeres, evitaban comprometerse, y yo estaba buscando a la mujer adecuada. A una mujer con la que pudiera sentirme tan a gusto como ella conmigo. Con la que pudiera tener una relación duradera. Que quisiera las mismas cosas que yo. Alguien a quien respetar y con quien madurar.

—Vaya. No es muy común oír esas cosas la noche del baile de promoción.

—Erin, ya no quiero buscar más. Estoy enamorado de ti –concluyó Aiden, y se apoderó de su boca.

Como estaba acostumbrado a despertarse en cuanto oía el teléfono, no se preocupó por llamar a Luke ni a nadie más. Durmió a pierna suelta junto a Erin, sintiendo a su lado su cuerpo suave y desnudo. Cuando se dio la vuelta y se despertó, vio que el reloj de la mesilla de noche marcaba las diez de la mañana y no pudo evitar sonreír. No recordaba la última vez que había dormido hasta tan tarde, a no ser que hubiera pasado toda la noche en pie, en el paritorio o en una operación quirúrgica. En el suelo, junto al esmoquin, había un montón de gasa verde. Miró a Erin y vio que volvía la cabeza y abría los ojos.

Ella le sonrió.

—¿Qué te ha parecido, comparado con tu último baile de promoción?

—En mi último baile no me acosté con nadie.

—¿Ni siquiera en el asiento trasero del coche de tu padre?

—Ni siquiera.

—Me alegro de haberte convencido para que no lo hiciéramos ahí –dijo ella—. ¿Tenemos que levantarnos?

—Lamento decirlo, pero sí. Yo, por lo menos. Tengo que devolver el esmoquin. ¿Quieres que te prepare el desayuno?

—Claro que sí. Lo que encuentres por ahí. Compré comida bien cargada de colesterol porque venía Ian a pasar el fin de semana. Puede que queden huevos y salchichas.

—Veré qué encuentro –contestó él.

—Yo voy a darme una ducha.

Le gustaba aquello, despertarse con ella. Se puso los calzoncillos y empezó a trastear en la cocina. Cuando salió Erin en albornoz, secándose el pelo con una toalla, había preparado café y tostadas y los huevos estaban casi hechos. Desde el momento en que ella bebió su primer sorbo de café y el instante en que le puso delante el desayuno, debió de besarla veinte veces o más.

—Voy a ir a casa a cambiarme y a devolver el esmoquin, y de paso a ver qué tal está mi familia. Luego traeré la cena. Esta noche, toca cena informal –dijo con una sonrisa—. No tienes que ponerte el vestido de baile. ¿Qué te parece?

—Perfecto.

Fregaron juntos los platos del desayuno y Aiden la besó diez o quince veces más antes de marcharse. Salvo cuando naciera el bebé de Luke, pensaba pasar cada segundo de su tiempo con Erin. A ella le quedaban otras seis semanas de vacaciones hasta que Marcie diera a luz, y durante ese tiempo podían hablar de su futuro y de sus respectivas carreras. Él se pondría a buscar trabajo en serio. En lugar de en una clínica, podía trabajar en un hospital en Chico o de sus alrededores.

¿Estaba presionando demasiado a Erin? Se lo preguntaría. Era perfectamente comprensible que quisiera tener un poco más de tiempo para conocerlo mejor. De hecho, aunque él le había confesado que siempre había estado buscando a una mujer con la que compartir su vida, ella no había dicho lo mismo.

Al llegar a las cabañas de Luke, notó enseguida que pasaba algo raro. Había demasiados coches, para empezar. Y demasiada gente en el porche de Luke. Aparcó delante de su cabaña y, vestido con los pantalones y la camisa del esmoquin, con las mangas enrolladas, el cuello abierto y la chaqueta colgada del hombro, se dirigió a casa de Luke. ¿Se había perdido alguna celebración familiar?, se preguntó. Su madre y George estaban allí, y también Franci y Sean. Si no hubiera visto a Shelby, habría pensado que se había puesto de parto. Cuando se volvieron todos para mirarlo, se dio cuenta de que tenían mala cara.

Entonces la vio. Annalee. Estaba apoyada en la barandilla del porche, detrás de Luke. Se incorporó y pasó junto a Luke. Había adoptado aquella expresión de jovencita vulnerable tan falsa en ella. Llevaba un vestido de color negro sin mangas, ceñido pero elegante, y sandalias negras, y se había recogido hacia atrás el pelo rubio claro con un prendedor. Sus ojos azules y luminosos estaban fijos en él. ¿Algún miembro de su familia se había tragado aquel cuento? ¡Estaba fingiendo! Aiden se acordó de aquella misma mirada de niña pequeña cuando la había fijado en él por primera vez. ¡Pobrecita Annalee! En menos de cinco segundos, podía convertirse en una mujer lasciva y ardiente. O en una arpía.

Ella se acercó a los escalones del porche mientras Aiden se acercaba.

—Aiden —dijo con voz susurrante.

—Si no eres un espejismo, me pego un tiro.

—No contestabas a mis llamadas, a mis mensajes ni a mis e-mails —dijo ella.

¡Ah, ahí estaban las lágrimas! Dios, qué buena actriz era. ¡Podía llorar a su antojo!

—Sí contesté. Te dije que llevábamos ocho años divorciados y que no teníamos nada de que hablar. ¡Deja de llorar, maldita sea! ¡Inundaste mi buzón de correo con cientos de mensajes amenazantes! Me da miedo encender el ordenador. ¡Lo habrás colapsado!

—Aiden, por favor –dijo ella con dulzura, patéticamente—. No eran amenazantes. Solo te pedía que me llamaras. Y mi intención era enviarte solo uno o dos, y únicamente porque necesitaba hablar contigo.

—¡No! ¡Estamos divorciados! ¡Tú no tienes nada que hacer aquí!

—¡Pero es que no es verdad! ¡Por eso estaba intentando localizarte! El divorcio... No sé qué pasó, pero no fue legal. ¡Seguimos estando casados!

Aiden se quedó boquiabierto y sintió como si le clavaran un cuchillo en las entrañas. Annalee aún era capaz de pillarlo completamente desprevenido. De darle un susto de muerte. Miró a Sean y a Luke y vio que, por suerte, no se lo habían tragado. «¿En la vida de todo el mundo hay una persona capaz de desequilibrarte por completo de esta manera?», se preguntó.

—Eso es ridículo –dijo.

—No, es la verdad. El abogado al que contratamos... Se ha esfumado. Ha desaparecido del mapa. No forma parte del colegio de abogados de California, nunca presentó nuestros papeles de divorcio. Lo he comprobado: lo único que figura en el registro civil es nuestro matrimonio, no el divorcio.

Aiden sintió de pronto deseos de suicidarse. No podía estar casado con aquella... con aquella...

—Muy bien, entonces buscaré otro abogado y esta vez haremos las cosas como es debido.

—Pero espera –dijo ella, avanzando hacia él—. ¿No podemos hablarlo, al menos?

—No, Annalee, no hay nada de que hablar. Y no hacía falta que vinieras aquí para esto. Podías haberle dicho a Jeff que me lo dijera o haberme mandado un e-mail explicándomelo. Pero estás aquí. Y eso solo puede significar una cosa: que quieres algo. ¿Por qué no vas al grano y me dices qué quieres ahora?

—Una oportunidad –dijo ella con una vocecilla—. Solo una oportunidad.

Aiden se quedó atónito otra vez. Luego echó la cabeza hacia atrás y rompió a reír.

—¿Una oportunidad?

—Me gustaría que solucionáramos las cosas. Solo tenía veintiún años y...

—¿Has traído los diez mil dólares que me exigiste para firmar los papeles de divorcio? –preguntó él. Luego miró a su madre por el rabillo del ojo. Ay, Dios. Maureen no tenía buena cara.

—Era una cría, Aiden, tenía problemas. Hice una estupidez y me he arrepentido todos los días desde entonces. Cuando me enteré de que el divorcio no se había tramitado, de que seguíamos casados, pensé que era una especie de mensaje. Un regalo de Dios. Una oportunidad para que...

Aiden se metió las manos en los bolsillos y la miró con el ceño fruncido.

—Dios no tiene nada que ver con esto, Annalee. Me estafaste. Me utilizaste, me tendiste una trampa, me engañaste, estuviste a punto de costarme mi carrera como médico, y en cuanto te firmé el cheque te largaste. Ni siquiera quiero saber qué ha pasado, cómo se han torcido tus planes para que ahora estés aquí, pero...

—Aiden –dijo Maureen enérgicamente—, hijo.

—Mamá, no deberías estar oyendo esto. Fue un desastre y no me enorgullezco de lo que pasó, pero te juro que la víctima fui yo. Fui yo quien... –de pronto se detuvo.

Sí, a su modo de ver él era la víctima. Pero también había sido en aquel momento un hombre de veintiocho años, un médico. Debería haber sido mucho más prudente. Había lanzado la prudencia por la borda, se había vuelto loco por aquella muñequita y había estado dispuesto a infringir las normas del Ejército. Unas normas absurdas: cualquier militar debería poder salir con quien le apeteciera, independiente de su rango. Pero no era así, y él se había dejado atrapar. No podía demostrarlo, sin embargo.

—Tenía veintiún años –repitió ella—. Creía que te quería. Cometimos errores, pero creo que nos merecemos...

—¡No! –contestó él—. ¡Hemos acabado! Yo me encargo del divorcio. Ya puedes marcharte.

—Aiden –repitió Maureen—. Siéntate a hablar con la chica. No tienes por qué hablar con ella a solas. Puede acompañarte uno de tus hermanos, o George. Pero tienes que...

De pronto, Shelby dejó escapar un fuerte y largo gemido. Se dobló sobre sí misma, sujetándose el vientre, gruñó y respiró hondo. Luke se arrodilló a su lado al instante y le pasó una mano por la espalda. Shelby tardó un rato en levantar la cabeza. Tenía los ojos llorosos.

—Lo siento. Aunque estaba deseando ponerme de parto, odio marcharme sin saber cómo se resuelve esto. Pero... tenemos que irnos al hospital.

—De acuerdo, nena –dijo Luke mientras la ayudaba a incorporarse—. ¿Desde cuándo tienes contracciones?

—Desde que llegó esa... como se llame. Llama a Mel y dile que nos vemos allí. Y ve a buscar mi bolsa, ¿quieres?

Luke fue corriendo a cumplir sus instrucciones.

—Sean, necesitamos que te ocupes de Art. Aiden, si no puedes venir, lo entendemos.

—Claro que voy. Annalee, quiero que te vayas de aquí. Déjame tu número de teléfono. Ya te llamaré. Voy a aclarar este asunto, pero tienes que marcharte. No vas a quedarte en casa de mi familia mientras yo no esté aquí.

Annalee bajó la mirada y bajó los escalones del porche arrastrando los pies, como una niñita rechazada. Aiden se fijó en la expresión angustiada de su madre y vio que George la rodeaba con el brazo y la reconfortaba.

Annalee se acercó a su coche, abrió la puerta del copiloto y sacó un elegante bolsito de mano. Lo abrió, sacó una tarjeta de visita y se la dio a Aiden. Él se quedó mirándola un segundo. *Annalee Riordan, estilista.* Debajo había un número de móvil.

Aquello era una prueba más de que era una embustera y

una manipuladora. Su sentencia de divorcio exigía que volviera a usar su apellido de soltera, Kovacevic. ¿Por qué, entonces, seguía usando el apellido Riordan? ¿Desde cuándo sabía que no se había tramitado el divorcio? ¿Y había tenido algo que ver con ese asunto?

—En estas montañas no hay cobertura, Annalee —explicó con la mayor calma de que fue capaz—. Mi cuñada está de parto y voy a ir al hospital a acompañarles. En Fortuna hay moteles estupendos. Ve allí. Si te acercas por Virgin River, pediré una orden de alejamiento. Te llamaré cuando tenga tiempo de hablar contigo.

Ella sacudió la cabeza y sus ojos azules se llenaron de lágrimas.

—¿Por qué eres tan cruel? –preguntó—. Esto no es culpa mía. Nada de esto es culpa mía.

—Se suponía que tenías que estar usando tu apellido de soltera –respondió él—. No Riordan. Intentas otra vez jugar conmigo, Annalee. Más vale que te vayas. Lo digo en serio.

—Oh, Aiden... –bajó la barbilla y se echó a llorar, tapándose la cara con las manos temblorosas.

Aiden se quedó delante de ella con las manos en los bolsillos. Cuando ella levantó la cara, le dijo:

—Ahórrate el numerito. No me lo trago. Ahora sal de aquí.

Oyó que su madre ahogaba un grito de indignación. Annalee levantó la barbilla y dijo:

—Muy bien, Aiden. Me voy. Encárgate del divorcio, por favor. Tienes mi número de teléfono y mi dirección si hay algún problema.

—Muy bien. Ahora, vete –vio que se giraba airadamente, que montaba en su Lexus último modelo y que salía marcha atrás de la finca de Luke hasta que pudo dar media vuelta.

—Creo que nunca te he oído hablarle así a nadie –dijo Maureen, asombrada—. Y menos a una mujer. A una mujer que estaba llorando.

—No es cualquier mujer –respondió él sin mirar a su madre—. Sean, me voy al hospital. Luke quiere que esté allí.

No puedo hacer nada, pero supongo que quiere tener a alguien que le ayude a entender lo que está pasando. Si quieres venir conmigo, te llevo, mamá. O puede llevarte George si no soportas mi compañía.

—No creo que a George le apetezca pasarse horas en un hospital esperando a que nazca el bebé, y yo no quiero perdérmelo. Además, quiero hablar contigo.

Aiden sacudió un poco la cabeza.

—Me parece que no voy a poder satisfacer tu curiosidad, pero haré lo que pueda –se volvió hacia su hermano—. Sean, por favor, cuida de que Annalee no se acerque por aquí. Es peligrosa. No sé qué estará tramando.

—Aiden –comenzó a decir Maureen—, no es más que una pobre criatura que...

—No dejaré que se acerque –contestó Sean.

—Recuerda que es una mentirosa compulsiva. Sus embustes son tan alucinantes que creo que ella misma se los cree. Ni siquiera sé dónde se crio. Aquí no, eso seguro. Puede que en Rusia, o en Bosnia, quizá. Seguramente en un lugar muy problemático. Esas mentiras, esas estratagemas... Es algo que debió de aprender de niña, para sobrevivir. Es patológico. Y le sale automáticamente. No te lo digo para justificarla, sino para que estés en guardia. Es muy convincente.

Sintió que su madre le ponía una mano en el hombro.

—¿A qué mentiras te refieres, Aiden? –le preguntó—. ¿Crees que estaba mintiendo cuando ha dicho que quería otra oportunidad?

Aiden la miró fijamente, con expresión de enfado.

—Desde luego que sí. Esa mujer es capaz de mentir sobre cualquier cosa, mamá –dijo, intentando mantener la calma—. Lo ha hecho otras veces.

Annalee ya tenía una habitación de hotel, aunque no en Fortuna. De momento se alojaba en Garberville, pero no con el nombre de Annalee Riordan. Y no estaba sola, pero eso Aiden no tenía por qué saberlo. Estaba con Mujo, su novio.

Estuvo un rato conduciendo por el campo; luego, por fin, entró en el pueblecito de Virgin River. Sentada en el coche, se retocó el maquillaje y se atusó el pelo antes de entrar en el pequeño bar del pueblo. No le quedó otro remedio: solo podía entrar en el bar, en la iglesia o en la clínica. Como no vio la camioneta de Luke aparcada frente a la clínica, dedujo que habían llevado a Shelby a otro sitio para que tuviera el bebé.

El bebé... Ojalá ella hubiera tenido un bebé con Aiden. Había sido un grave error de cálculo por su parte no haberse quedado embarazada. Habría sido una garantía mucho más a largo plazo. Pero en el momento de casarse ella era tan joven que la sola idea de tener que cargar con un crío le había producido claustrofobia. Lo cierto era que todavía le repelía: no le gustaban mucho los niños. Pero podría haberle dejado el crío a Aiden y haber vuelto de cuando en cuando amenazando con quitarle la custodia. Sonrió al pensarlo. Un acuerdo así sería casi como una renta vitalicia.

Entró en el bar, compuso su mejor sonrisa y se sentó en un taburete, delante de unos de los camareros más guapos que había visto en toda su vida.

—Hola —dijo alegremente.

—Hola. Supongo que se ha perdido.

—No —contestó ella, riendo y sacudiendo la cabeza—. Nada de eso. Pero he llegado en el peor momento. He venido a ver a mi familia y, justo cuando he llegado, la mujer de mi primo se ha puesto de parto, han tenido que irse corriendo al hospital y toda la familia se ha ido detrás. Si te digo la verdad, me apetecía acompañarles, pero a ella casi no la conozco, y no me ha parecido buena idea entrometerme.

El barman levantó una ceja.

—¿Shelby, por casualidad?

—¡Exacto! —exclamó ella, fingiéndose sorprendida—. Dios mío, ¡debes de conocer a todo el mundo!

—Pues sí –contestó él—. Y a veces parece que todas las mujeres están embarazadas, aunque no es así, claro. Sabía que Shelby podía dar a luz en cualquier momento, y han llamado a mi mujer para que atienda un parto.
—¿Estás casado con Mel, la doctora?
—Matrona –puntualizó él. Le tendió la mano—. Jack Sheridan –dijo.
Ella le dio su manita. Jack Sheridan tenía la mano áspera y encallecida. A Annalee le encantó.
—Annalee –dijo—. Annalee Riordan –qué lástima que aquel tipo no fuera más que un camarero de un bar de pueblo. Estaba buenísimo. Le gustaban los hombres grandes y fuertes. Pero tenía que pensar en el futuro y no iba a liarse con un palurdo sin un centavo en el bolsillo. Bueno, se dijo. Quizá para una tarde, sí. Claro que de momento tenía un pez más grande que pescar.
—Encantada de conocerte –dijo.
—¿Te pongo algo? –preguntó él—. ¿Te apetece desayunar? ¿Almorzar? ¿Una bebida bien fría?
—Bueno, veamos –miró su reloj—. Llevo conduciendo desde las cinco de la mañana, más o menos. ¿Crees que es demasiado pronto para un *bloody mary*?
—Marchando –dijo él, y se alejó para prepararle la copa. Cuando la puso delante de ella añadió—: ¿De dónde vienes?
—Acabo de llegar de San Francisco –contestó Annalee—. Estaba allí por trabajo y ya que estaba por esta zona y casi toda la familia parecía haberse reunido aquí, se me ha ocurrido venir a hacerles una visita. La verdad es que vivo en Nueva York –metió la mano en el fino bolsito que llevaba y sacó una tarjeta muy elegante que puso en la barra, delante de él—. Hay un diseñador de San Francisco al que quería visitar para ver su nueva colección. Tengo clientes muy importantes en Nueva York a los que seguramente les interesará.
Jack miró la tarjeta.
—¿No hay un montón de estilistas en Nueva York?

—Pues sí —contestó ella con una amplia sonrisa—. Ese es el problema: que en Nueva York todo el mundo ve las mismas cosas. Y mis clientes cuentan conmigo para que busque cosas nuevas.

Jack se metió la tarjeta en el bolsillo.

—Imagino que se nota, pero no sé nada de moda. Mi mujer sí, antes de establecerse aquí conmigo le encantaba la moda. Creo que cuando vivía en Los Ángeles se gastaba todo el dinero en este diseñador o en aquel...

—Lo mismo me pasa a mí —ella bebió un sorbo de su copa—. Oye... ¿con quién está saliendo Aiden? No hemos tenido mucho tiempo para hablar. Como te decía, en cuanto he llegado se han montado en los coches y se han ido al hospital.

—Con Erin —contestó Jack—. Con Erin Foley. Una chica estupenda. Está pasando el verano aquí.

—¿Aquí, en el pueblo? —preguntó ella mientras se bebía la copa a sorbitos.

—No. Tiene una cabaña a unos quince kilómetros del pueblo, en la sierra. Con unas vistas que quitan el hipo.

—Por aquí todas las vistas son preciosas —comentó ella—. No puedo creer que nunca haya venido por esta parte del país. Es alucinante. Fantástica.

Jack bajó la barbilla y la miró por debajo de sus cejas pobladas.

—Pues espero que hayas traído ropa más práctica si quieres ver algo más. No creo que vayas a pasarlo muy bien paseando por el monte con esa ropa de domingo.

Ella se irguió y una expresión de regocijo cruzó su cara.

—¿Ropa de domingo? ¡Me encanta! Tienes razón, claro. Voy vestida como para una reunión de trabajo, pero he metido unos vaqueros en la maleta. Solo quería, ya sabes, causar una buena impresión a la familia.

—Pareces muy joven para ser una mujer de negocios tan elegante —contestó él.

—Lo soy. Tengo veinticinco años. Pero acabé antes de

tiempo el bachillerato y salí de la universidad a los veinte años. Me pasaba la vida estudiando, dibujando y diseñando, así que no tenía mucho tiempo para dedicarlo a la familia. No los veía desde hacía... no sé cuánto —se rio alegremente—.Y al parecer hoy tampoco voy a poder verlos mucho.

—Seguro que mañana estarán en casa. O pasado, al menos —contestó Jack.

—Bueno, háblame de este pueblo. Dime cómo acabaste trabajando en este bar —Annalee apoyó un codo en la barra—. ¿Llevas aquí toda la vida?

Annalee sabía cómo hacer hablar a un hombre. Dominaba a la perfección su sonrisa y sabía qué preguntas hacerles para que le contaran su vida. Jack había sido militar y había llegado a Virgin River atraído por los pasatiempos al aire libre que ofrecía: le gustaba pescar, cazar, hacer senderismo, acampar... Había construido el bar para tener algo que hacer cuando no estaba disfrutando de la naturaleza. Luego la matrona había llegado al pueblo y él se había casado por primera vez a los cuarenta años. Tenían un par de críos.

Annalee tuvo la impresión de que debía de ser muy bueno en la cama y de que haría cualquier cosa por proteger a la mujer en la que estuviera interesado. Era muy tentador, ahora que sabía que era el dueño del bar y no un simple camarero. Pero eso podía dar al traste con el resto de sus planes, los suyos y los de Mujo, de modo que se comportó con todo el candor de que fue capaz.

Comió un poco, dejó el *bloody mary* después de haberse bebido solo un tercio y se marchó.

Llegó a Garberville, donde estaban alojados Mujo y ella. Mujo estaba tumbado en la cama, viendo las noticias.

—¿Y bien? —preguntó sin mirarla.

—No ha venido solo Aiden a visitar a su hermano. Está la dichosa familia al completo.

—Genial —masculló él.

—No, en serio, es genial —dijo ella mientras se sentaba al

borde de la cama—. Aiden se puso hecho una fiera al verme, pero su madre se indignó al ver cómo me trataba. Le va a costar mucho intentar mantenerme alejada de su familia. Y de su novia.

Mujo se incorporó.

—¿Su novia?

Annalee sonrió.

—Tengo la sensación de que mi esposo va a necesitar el divorcio urgentemente. Y yo soy especialista en facilitar los trámites. Sé muy bien cómo cooperar.

Mujo no parecía muy satisfecho. Arrugó el ceño.

—Normalmente no mezclamos a otra gente. Complica mucho las cosas. Es mucho más seguro que esto quede entre tú y él, como habíamos planeado.

—Confía en mí –dijo ella.

Mujo tocó suavemente su mano y entrelazó sus dedos con los de ella. Luego le dobló el meñique hasta que ella gritó.

—No lo fastidies. Nos estamos quedando sin fondos.

—¡Para! –gimió ella, y apartó la mano—. Relájate. Sé bueno.

Utilizó su teléfono de prepago para conseguir el número de Erin Foley y marcó. Con voz muy profesional dijo:

—La llamo del servicio de correos. Tenemos un paquete para entregar a Erin Foley, pero la dirección del sobre está borrada. ¿Puede darme las señas y algunas indicaciones para llegar, por favor?

—Claro –contestó Erin.

—Esto es la pesadilla de cualquier hombre –le dijo Aiden a su madre mientras iban en el coche hacia el hospital—. Que su madre se entere de los momentos más vergonzosos de su vida. ¿Es lo que ocurre cuando te mueres y vas al infierno?

—Más vale que me lo expliques, porque en este momento no tengo más remedio que pensar que una joven encantadora con la que estuviste casado está desesperada y necesita alguien en quien apoyarse.

—Mamá, se está comportando exactamente como cuando la conocí. Voy a contarte algo que preferiría que no supieras, así que prepárate. La conocí en el hospital en el que trabajé como oficial médico, antes de especializarme. Era como la has visto hoy: encantadora, jovencísima y preciosa. Un sueño hecho realidad. No sé si me enamoré de ella, pero eso da igual. Yo era su superior en el mando. Mi jefe se enteró, y es muy curioso que se enterara, porque hacía menos de una semana que estábamos juntos. Ella juró que no había dicho nada, y yo no había sido, claro está. Para que no me acusaran de confraternizar con subordinados y correr el riesgo de perder mi plaza de residente, mi jefe me sugirió que me casara con ella y que ella aceptara abandonar el Ejército. Y eso fue lo que hicimos.

—Imagino que te atraía mucho físicamente —comentó su madre.

Aiden no se sonrojó. Estaba demasiado enfadado para sonrojarse.

—Sí, mucho —contestó—. Pero no llevábamos ni una semana casados cuando empezó a comportarse de manera extraña. Tenía bruscos cambios de humor, y la muchachita dulce y encantadora se convertía en una lunática que gritaba y lanzaba cosas —soltó una risa desganada—. Intenté que la viera un médico, pero no quiso ni oír hablar del asunto. No tiene ningún trastorno mental, mamá. Sabe perfectamente lo que hace. No puedo demostrarlo, pero estoy convencido de que me tendió una trampa. Un médico joven que acababa de bajarse de un barco y que hacía mucho, mucho tiempo que no tenía compañía femenina...

—Pero en la Armada hay montones de mujeres —comentó Maureen ingenuamente.

—Mamá, no podía liarme con mujeres que servían en el mismo barco que yo. Éramos compañeros de trabajo.

—Claro, claro —dijo ella tranquilamente.

—Annalee contaba unas historias increíbles. Había sido

de todo, desde espía de la resistencia en Bosnia a una adolescente sin techo en Los Ángeles. Una vez hasta dijo que tenía cáncer. Todavía no sé qué es verdad y qué es mentira. No estaría aquí si no estuviera tramando algo. Necesito quitármela de encima.

—Pero, Aiden, ¿cómo puedes estar tan seguro?

—Pregunta a Luke —dijo él—. Lo llamé, le conté lo que había pasado y fue enseguida a verme. Fui a buscarlo al aeropuerto y lo llevé a mi apartamento. Annalee no estaba en casa cuando llegamos, así que cuando la oí llegar le dije que entrara en el cuarto de invitados, que no hiciera ruido y que prestara atención a lo que oía. Le pregunté a Annalee por una factura enorme que me habían cargado en la tarjeta de crédito y empezó a gritar y a tirar cosas. Luke lo vio. Él sabe de qué estoy hablando. La llevó a un hotel, le dio algún dinero para que fuera tirando y llamó a Sean —lanzó una mirada a Maureen mientras conducía—. Luke y Sean me ayudaron a pasar lo peor. Mamá, se negó a firmar los papeles del divorcio si no le daba un montón de dinero. Tuve que darle diez mil dólares para que se fuera.

Maureen dejó escapar un gruñido. Para ella, diez mil dólares eran una fortuna.

—Y ahora me dice que no estamos divorciados. Si es verdad, me ocuparé de ello enseguida. Pero lo importante es que no hay que creerla, no hay que dejarse convencer por sus mentiras, por sus estratagemas. No sé qué pretende, pero seguro que hay dinero de por medio. Dinero, mamá. La verdad es que no sé adónde sería capaz de llegar. Es una embustera y una manipuladora.

Maureen se quedó callada un momento.

—Nunca me lo habías contado. Sé que tus hermanos gastaban bromas sobre la loca de tu mujer. Pero tú te reías.

—Sí, nos reíamos todos después de que desapareciera de escena. ¿Qué quieres que haga? Fui un idiota, caí como un tonto. Pero pensaba que esto se había terminado.

—Aiden —dijo su madre—, si de verdad no estáis divorciados, ¿qué puedes hacer?
—Buscarme un buen abogado —repuso él.

Cuando Aiden y Maureen llegaron al hospital, Mel ya estaba allí. Shelby estaba estupendamente, pero solo tenía cuatro centímetros de dilatación. Tardaría al menos un par de horas en dar a luz. Aiden entró a verla un momento y luego dijo que tenía que marcharse a hacer un par de cosas.
Devolvió el esmoquin y llamó a Erin.
—Creo que vamos a tener que dejar lo de esta noche. Cuando llegué a casa de Luke, Shelby se puso de parto. Acabo de devolver el esmoquin y voy a volver al hospital de Grace Valley a esperar a que nazca el bebé con mi madre. Lo siento.
—Me alegro por Shelby, pero no por nosotros —contestó ella.
—Sí.
—¿Estás bien?
—Sí. Es que odio perderme esta noche contigo. Pero Luke quiere que esté en el hospital. Está muy nervioso.
—Pero ¿va todo bien?
—Sí, sí. No creo que haya ningún problema en el parto...
—Aiden, te noto un poco raro.
Iba a decírselo, pero no en ese momento. No así.
—Será la desilusión, seguramente.
—Bueno, tómatelo con calma. Y, por favor, llámame a la hora que sea cuando nazca el bebé. ¿De acuerdo?
—Sí —prometió él—. ¿Erin...?
—¿Hmm?
—Erin, yo... Oye, gracias por lo de anoche. Fue muy... muy especial.
Ella se quedó callada un momento.
—Sí. Contigo siempre es especial. Pero algo...
—Tengo que dejarte. Te llamaré cuando sepa algo. ¿Qué te parece?

—Sí, por favor –contestó ella—. Y sea lo que sea lo que te preocupa, intenta tranquilizarte, ¿quieres? Tú eres el que se lo toma todo con calma. La que se ofusca soy yo.

Aiden se rio suavemente.

—No nos ofusquemos. Seguramente no hablaremos hasta mañana. Los primeros partos siempre son largos.

—Espero que todo vaya bien. Da recuerdos a Shelby de mi parte.

CAPÍTULO 12

Brett Lucas nació a las tres de la madrugada, con tres kilos cien gramos. Cuando lo pusieron sobre el pecho de su madre, Shelby lo rodeó al instante con sus brazos a pesar de que estaba cubierto de moco y sangre, y besó su cabecita una y otra vez. Luke los besó a ambos mientras la enfermera intentaba secar al recién nacido.

Luke fue vagamente consciente de que su madre estaba por allí, de que Aiden tomaba fotografías, de que Mel hablaba del cordón umbilical, de la placenta y de que había que dar un par de puntos, pero todo aquello parecía estar ocurriendo muy lejos de la pequeña esfera que compartía con su mujer y su hijo. Pasó un brazo bajo los hombros de Shelby para apretarla contra sí y susurró:

—Eres la mujer más increíble que he conocido nunca y no sé por qué me quieres tanto.

—Recuerdo cuando pensaba que nunca me harías caso –dijo ella, cansada—. Sabía que eras perfecto para mí –añadió con un susurro—. Lo supe desde el momento en que te vi.

—Y yo sé que no te merezco. Gracias, nena. Gracias por mi hijo.

—Tiene el pelo muy negro –dijo Shelby.

Luke se rio suavemente. Si los hermanos Riordan se ponían en fila, podía distinguirse algún parecido entre ellos, pero a primera vista parecían muy distintos. Luke tenía el pelo castaño tirando a rubio y los ojos marrones; Colin lo tenía castaño oscuro y Aiden negro, con los ojos muy verdes. El típico pelo negro irlandés, decía siempre su madre. Sean, en cambio, era rubio oscuro, y Patrick pelirrojo oscuro.

—Negro como el del tío Aiden. Si no supiera cuánto me quieres, tendría mis dudas.

—Voy a tener que preguntarle a Franci cómo se las arregló para tener una niña con un Riordan —dijo Shelby.

—Nena, no tienes que volver a pasar por esto si no quieres —dijo Luke.

—Ya hablaremos de eso otro día...

La enfermera les pidió que le dejaran un momento al niño.

—Acompáñeme, papá —dijo—. Vamos a limpiarlo un poco, a ponerle un pañal, a pesarlo y enseguida podrá traerlo otra vez.

Luke dio otro beso a Shelby.

—Ahora mismo vuelvo, nena.

Mel se acercó a Shelby, ya sin guantes ni bata quirúrgica.

—Cameron Michaels vendrá a echar un vistazo al bebé a primera hora de la mañana, pero a simple vista parece un niño sano y fuerte, Shelby. Has hecho muy buen trabajo.

—Es perfecto, ¿verdad?

—A mí me lo parece. ¿Luke va a quedarse a pasar el resto de la noche contigo?

—Seguro que sí.

—Imagino que hay un montón de gente que querrá ver al niño enseguida, así que intenta descansar un poco —dijo Mel. Luego bostezó—. En cuanto hayamos limpiado aquí, me voy a casa, a ver si puedo dormir un poco antes de que se despierten los míos.

El pequeño Brett fue pasando de unos brazos a otros. Se hicieron fotografías con su abuela, con su tío, con su matrona y sobre todo con sus padres. Pasó una hora antes de que la habitación quedara por fin en silencio. Había un sillón reclinable que Luke podía usar para dormir, pero estaba tan excitado que no podía pegar ojo. Acercó el sillón a la cama y se quedó allí sentado, mirando alternativamente a su esposa y a su hijo dormido.

Y pensó que su vida era más que perfecta.

En el coche, mientras Aiden llevaba a su madre al camping de caravanas, Maureen fue muy callada.

—Debes de estar agotada –dijo Aiden.

—Agotada pero feliz, y preocupada por ti, Aiden. ¿Qué vas a hacer?

Él suspiró.

—Primero voy a ver qué puedo averiguar sobre ese falso divorcio. Tengo los papeles. Después voy a explicarle a Erin que voy a estar ocupado unos días intentando asegurarme de que estoy divorciado. Si lo que dice Annalee es verdad, supongo que tendré que buscarme otro abogado –miró a su madre—. Annalee es capaz de mentir sobre cualquier cosa, pero suele mentir sobre cosas que no pueden demostrarse, y esto puede comprobarse. Tiene razón, tanto el matrimonio como el divorcio tienen que figurar en el registro civil. No me explico cómo ha podido pasar esto. Para mí es un misterio.

Había sido una noche muy larga esperando a que naciera el bebé y pensando en las complicaciones que tenía que afrontar de pronto.

—Lo siento, mamá. Siento todo esto. Siento haberme casado a toda prisa y siento haberme divorciado así. Debe de parecerte muy extraño. A veces hasta yo tengo la sensación de que le pasó a otra persona. Lo siento.

Ella le apretó la mano.

—Aiden, eres uno de los hombres más honestos y bondadosos que conozco. Sé que hubieras preferido que esto no ocurriera. Siento que hayas pasado por ello.

«La culpa es solo mía», pensó él. Pero dijo:

—Gracias, mamá.

Aiden esperó a que su madre entrara en la caravana. George salió a recibirla en la puerta, en bata y zapatillas. En ese momento, Aiden se alegró enormemente de que su madre tuviera pareja.

Regresó a casa de Luke y fue primero a su cabaña. Sacó la caja metálica en la que guardaba los papeles importantes: su partida de nacimiento, su licencia de matrimonio, los papeles de su divorcio y sus contratos con el Ejército. Con un ligero temblor nervioso, se dio cuenta de que la caja no estaba cerrada con llave. No se le había ocurrido cerrarla, sobre todo en un sitio como Virgin River. La llevó a su todoterreno, cerró la puerta del coche y fue a casa de Luke a llamar por teléfono. Llamó a Erin, a pesar de que eran más de las cuatro de la mañana. En lugar de decir «hola», ella preguntó:

—¿Ya ha nacido el bebé?

—Sí, ya está aquí. Sano y con tres kilos de peso. Shelby y Luke están muy contentos.

—Ah, menos mal. Has tardado tanto en llamar que estaba preocupada por ella. ¿Ha sido un parto largo?

—No demasiado. Erin, ¿puedo pasarme por tu casa? Sé que todavía ni siquiera es de día, pero...

—Sí, ven –dijo ella–. Necesito que me abraces.

Aiden sintió que su pecho se llenaba de orgullo al oírle decir aquello, y confió en que Erin siguiera sintiendo lo mismo después de que le contara lo que había ocurrido.

—Enseguida voy –dijo.

Cuando salió de casa de Luke y bajó los escalones del porche, vio que algo se movía entre las cabañas. La luna estaba muy alta y brillaba con fuerza, y Sean salió de entre dos cabañas con uno de los rifles de Luke colgado del hombro.

—¿Qué haces rondando por ahí a estas horas? –preguntó Aiden.

—Hace un par de horas oí algo aquí fuera –dijo su hermano–. Puede que fuera algún animal. Me levanté pensando que a lo mejor ya habías vuelto del hospital –se encogió de hombros y dijo—: No vi nada, pero pensé que no vendría mal estar alerta.

Aiden se rio.

—¿A quién ibas a disparar con ese chisme?

—A cualquiera que no tuviera por qué estar aquí a estas horas de la noche. Creo que habría que pensar en poner cerradura a las cabañas. ¿Cómo está la nueva familia?

—Muy bien. El niño ha pesado tres kilos y está sano. A Luke se le han saltado las lágrimas. Creo que nunca lo había visto de rodillas dando las gracias a una mujer. He llevado a mamá a su caravana. Creo que George la estaba esperando levantado. Sean –dijo, y se quedó callado un momento—, ¿has pensado que podías encontrarte con una rubita terrorífica aquí fuera?

—Eso esperaba –contestó su hermano—. Si dijera que la había confundido con un ciervo, me creerían, ¿no? –lanzó una sonrisa a Aiden.

—Hay que tener cuidado –dijo Aiden—. No quiero que a nadie de mi familia le pase nada por culpa de esa mujer. No merece la pena. ¿Quieres que me quede montando guardia para que descanses un rato?

—Dormí un poco antes de oír esos ruidos. Estoy bien. ¿Y tú? ¿Quieres irte a la cama?

—Sí, pero no aquí. Voy a ir a casa de Erin. Pero cabe la posibilidad de que en cuanto le cuente lo que ha pasado me mande de vuelta aquí.

—Ve, anda –dijo Sean—. Erin parece muy razonable. Y si necesitas que alguien refrende tu historia...

—Gracias. Luego nos vemos.

Cuando llegó a casa de Erin eran casi las cinco de la madrugada. Al salir del todoterreno contempló algo asombroso. El sol estaba saliendo por el este, entre un resplandor rosado, y la luna se estaba poniendo por el oeste. Que el sol y la luna estuvieran al mismo tiempo en el cielo siempre le había parecido mágico. Su luz parecía reunirse sobre el camino que llevaba a la cabaña de Erin.

La puerta de la cabaña se abrió y ella apareció en camisón.

—He oído el coche –explicó.

—Ven aquí, cariño. Mira. El sol está empezando a salir por allí, por ese lado del camino. Y por el otro lado la luna se está despidiendo.

Erin se acercó a él y Aiden le pasó un brazo por los hombros.

—Mi padre decía siempre que iba a hacer mal tiempo cuando el sol se levantaba así de rojo.

—En cambio también se dice: noche de cielo rojo, gozo de marinero –dijo él.

—¿Conoces ese dicho? –preguntó ella.

—He vivido ocho años en San Diego. No tenía barco, pero a veces salía a navegar con unos amigos. A fin de cuentas, éramos marinos.

Erin se volvió para mirarlo.

—¿No lo echas de menos?

Él sacudió la cabeza.

—Mi vida aquí ha sido perfecta. Pero supongo que todo lo bueno se acaba. Tengo que contarte una cosa, y no es una buena noticia. Pensaba que todo era perfecto: no solo estaba completamente relajado por primera vez en muchos años, sino que me había enamorado de la mujer ideal. Y...

Ella le dio un momento para que acabara. Luego dijo:

—¿Y?

Aiden la estrechó entre sus brazos.

—Ayer por la mañana, cuando llegué a casa de Luke después de salir de aquí, me encontré a mi familia reunida. Y en medio estaba Annalee, mi exmujer. Había ido a decirme que nuestro divorcio no figura en los registros públicos y que por tanto no fue legal.

Erin lo miró con sorpresa.

—¿Me estás tomando el pelo?

—Ojalá. No lo entiendo. Por lo visto el abogado no lo tramitó. Pero, Erin, nos separamos hace ocho años, después de un matrimonio muy breve y muy conflictivo. Si está en lo cierto, esto no es más que un tecnicismo que voy a resolver enseguida. Es una complicación y lo siento. Tengo que solucionarlo inmediatamente. Pero esta vez voy a tener que buscarme un buen abogado. Es evidente que el último no merecía lo que le pagué.

—¿Quieres que te ayude?

—Lo que quiero es que mires los papeles que me dio el abogado. Me dijo que el divorcio estaba tramitado y que no necesitaba nada más. ¿Sabes algo sobre divorcios?

Ella se encogió de hombros.

—Un poco –dijo–. De vez en cuando pasan por mi mesa cuando estoy tramitando un fondo fiduciario, un testamento o planificando una gestión patrimonial. Eso por no hablar de los impuestos.

—Sé que no es normal pedirle algo así a la mujer a la que quieres –dijo él.

—No nos preocupemos por eso ahora. Ven, vamos dentro.

—Voy a por mis cosas –dijo Aiden. Sacó del coche la caja metálica—. Mi cofre de guerra –dijo—. Los papeles importantes de los que no me gusta separarme. Mi partida de nacimiento y esas cosas.

Entraron y Erin le quitó la caja de las manos y la puso sobre la mesa de la cocina.

—¿Cómo está ella ocho años después? –preguntó—. ¿Quiere que os divorciéis de verdad para poder seguir con su vida? ¿Para volver a casarse o algo así?

—Lo que quiera no importa. Yo solo tengo una cosa que ofrecerle, y es un divorcio legal y bien documentado –estrechó a Erin entre sus brazos—. Quiero zanjar este asunto lo antes posible.

—Aiden, ¿estuviste enamorado de ella?

Él negó con la cabeza.

—Cariño, me resulta imposible explicarte lo que pasó. Era más joven, acababa de pasar mucho tiempo en un barco y me lié con una desconocida a la que debería haber evitado a toda costa. Ni que decir tiene que nos dimos cuenta del error y acordamos poner fin a nuestro matrimonio inmediatamente, antes de que las cosas fueran a peor.

Ella sonrió con paciencia.

—A mí tampoco me conoces –señaló.

—Sí, te conozco. Conozco a tu familia, sé a qué te dedicas, que no se te da muy bien montar en bici y cómo te comportas si un oso entra en tu cocina –la apretó con fuerza.

—Se me da muy bien montar en bici –replicó ella, pero se inclinó hacia él, ofreciéndole sus labios—. No parece una base muy sólida en la que fundamentar una opinión.

—Es algo que se me escapa de las manos, cariño. No puedo evitarlo. Nunca había sentido esto por una mujer. Haría cualquier cosa por hacerte mía. Cualquier cosa.

Erin se apoyó en él.

—Todavía no es de día y has pasado toda la noche en pie. Quizá sea mejor hablar de esto después de dormir un poco.

—¿Dormir? –preguntó él, casi besándola—. Lo que quiero es hacerte el amor.

Erin sintió que su corazón se aceleraba de pronto.

—Siempre he sido muy práctica –dijo—, pero desde que te conozco he cambiado. Parezco otra. Debería esperar hasta que aclares ese asunto con tu exmujer, pero no puedo. No puedo y no me importa.

Lo tomó de la mano y lo condujo a la habitación.

Aiden la desnudó lentamente y se quitó la ropa. Erin se tumbó bajo él dócilmente. Aiden la besó despacio, con ardor apasionado, y comenzó a desvelar todos los secretos de su cuerpo, secretos que habían descubierto juntos hacía muy poco tiempo. La envolvió en un dulce placer y cada vez que la acariciaba con los dedos o la lengua ella se estremecía de expectación. Nunca le había pasado nada parecido con un hombre, y había estado convencido de que nunca le pasaría. Entre ellos había algo que liberaba dentro de ella las sensaciones más asombrosas, y se sentía incapaz de actuar con prudencia. Ahora que había encontrado aquel placer, no se imaginaba viviendo sin él.

—Así —dijo él con voz baja y ronca—. Muévete así, solo un poco. Suave. Despacio. Tómate tu tiempo... —se movió dentro de ella, llenándola, y luego dijo—: Avísame cuando estés tan cerca que tengas ganas de gritar.

—Dios —musitó ella, y al sentir que sus ojos se llenaban de lágrimas de anhelo, lo abrazó con todas sus fuerzas—. Por favor, Aiden —susurró—. Ya, ya, ya...

—Aguanta un poco más...

—Ya —susurró ella—. Ya, por favor...

Oyó que él dejaba escapar un gruñido al retirarse un poco. Luego Aiden dijo:

—Córrete ya para mí, nena —y se hundió en ella con fuerza, bruscamente. Una y otra vez, hasta que Erin gritó, sollozó su nombre, se deshizo de placer—. Así —dijo Aiden—. Así. Pierde el control. Así... —y se unió a ella, dejándose ir en una ráfaga tan poderosa que acabó temblando.

Estuvo abrazándola mucho tiempo, sosteniéndose sobre ella para no aplastarla con su peso. Sus labios se encontraron en una serie de besos tiernos y cortos mientras se calmaban.

—Creo que he olvidado una cosa —susurró él.

—Yo también me he dado cuenta, pero era ya demasiado tarde —respondió ella.

—No tomas la píldora, ¿verdad?

—¿Por qué iba a tomarla? No me acostaba con nadie.

—No pasa nada, cariño. De todos modos teníamos que hablar de ello. De estar juntos, de vivir juntos, tal vez de tener hijos juntos.

—Pensaba que ya era tarde para eso —dijo ella—. Tengo treinta y seis años...

—Yo también. Y todavía tienes mucho tiempo.

Ella se rio con desgana.

—La verdad es que es la proposición de matrimonio menos apasionada que he oído nunca. Y también la única.

¿No podemos dejarlo para mañana? ¿Para mediodía, por ejemplo?

—Siempre y cuando me digas una cosa —respondió Aiden—. Dime si te importo la mitad de lo que tú me importas a mí.

Erin tocó su mejilla con la palma de la mano.

—Seguramente el doble —susurró—. Te quiero. Es una locura, pero me he enamorado de ti.

Aiden dejó escapar el aliento que había estado conteniendo.

—Entonces podemos enfrentarnos a cualquier cosa.

Unas horas después, Aiden se despertó solo en la cama, oliendo a café. Se incorporó, encontró sus calzoncillos en el suelo y se los puso. Se pasó una mano por el pelo y siguió el olor a café. Encontró a Erin sentada en el sofá de piel del cuarto de estar, con una taza de café en una bandeja, sobre el diván, y un montón de papeles en la mano. Levantó la vista al entrar él. Parecía preocupada.

—Aiden, ¿cómo es posible que no te dieras cuenta de que esto no era una sentencia de divorcio? —preguntó.

Él se frotó la nuca con la mano.

—No sé. El abogado dijo que no necesitaba nada más, que estaba todo zanjado, ella se marchó y yo trabajaba de residente en el hospital ciento veinte horas a la semana... Dormía poco y... —gruñó—. No se me ocurrió preguntar a otro abogado si el primero había cumplido con su deber. Además, cobraron el talón...

—¿El talón? —preguntó ella—. ¿El que le diste al abogado?

—No, a ella. Para marcharse exigió un buen pellizco.

—Aquí no se dice nada de un acuerdo —dijo Erin—. Dios mío, ¿quién te llevó el divorcio?

—Un idiota, obviamente —contestó él, molesto—. Erin, esa mujer estaba loca, ¿de acuerdo? Le di dinero para que se marchara. Era lo mejor que podía hacer en ese momento. Y ahora tengo que resolver este lío.

—No te enfades —contestó ella, levantándose—. No hay ningún lío que resolver, Aiden. Tienes que empezar desde el principio.

—¿Qué?

—Esto es una petición de divorcio de hace ocho años. No se dice nada de un acuerdo, de modo que no hay constancia de ningún pago...

—¡Tengo el recibo del maldito talón!

—Por favor –dijo ella con calma—. Soy consciente de que tienes el recibo, guardado en un sobre de plástico en tu caja fuerte. Un talón extendido a nombre de Annalee no sé qué y depositado en la cuenta de otra persona. Pero me temo que eso no va a servirte de gran cosa. A no ser que quiera volver a casarse y esté dispuesta a colaborar, creo que vas a tener que...

—No es eso lo que quiere –respondió él, y se acaloró a su pesar—. Y esa mujer no es de fiar. Tienes que entenderlo.

Erin tragó saliva.

—Entonces, ¿qué quiere?

Aiden se removió, incómodo, con los labios fruncidos.

—Dijo que quería que nos reconciliáramos. Pero eso es innegociable. Acabé con ella hace ocho años y no tengo nada más que decir –dio un paso hacia ella—. Erin, pregúntale a Luke por ella. La vio en acción cuando estaba desquiciada. Fue él quien la sacó de mi apartamento, la llevó a un hotel y le dio algo de dinero para que me dejara en paz mientras me buscaba un abogado. Puede que yo tardara algún tiempo en darme cuenta de que estaba completamente loca y era peligrosa, pero Luke lo notó en menos de media hora.

Erin dejó caer los papeles sobre sus rodillas, llena de frustración.

—¿Por qué te casaste con ella si estaba tan loca?

—Ya te lo he dicho. ¡Fue un error!

—Otra vez estás alzando la voz –señaló ella con calma.

—Fue un error –respondió él, más tranquilo—. Estaba desesperado, necesitaba un poco de compañía femenina, la conocí en el club de oficiales, bebí demasiado y acabé en la cama con ella. Hasta después no me enteré de que trabajaba en el mismo hospital que yo. Ese tipo de relaciones no está permitido. La confraternización se considera un delito en el Ejército. Suele haber un juicio militar que acaba en despido deshonroso, y yo había invertido años en el Ejército y estaba a punto de entrar a trabajar como médico residente. Tuve que casarme con ella para que todo pareciera decente. Legal.

Erin estaba atónita.

—¿Después de acostarte con ella una sola vez, estando ligeramente achispado? –preguntó, asombrada.

Aiden no pudo responder enseguida porque sabía lo que parecía, cómo sonaba todo aquello. De hecho, estaba convencido de que Annalee lo había tenido todo en cuenta cuando lo había elegido a él, cuando lo había perseguido y lo había vuelto loco sirviéndose del sexo y... Dejó escapar un gemido.

—Fue más de una vez, aunque no muchas más. Y antes de que pudiera escapar de ella, se corrió la voz y de pronto parecía que todo el mundo sabía lo nuestro. Mi jefe me dio dos opciones: o me imputaban por acoso sexual y confraternización y me despedían deshonrosamente, lo cual habría sido horrible si hubiera querido trabajar como ginecólogo civil, o me casaba con ella como si lo nuestro fuera amor verdadero. Se me vino el mundo encima.

—¿Y tu familia? ¿Lo saben? –preguntó ella.

—Más o menos –dijo Aiden—. Mis hermanos, sí. Luke y Sean se implicaron en el asunto. Colin y Paddy solo se enteraron de oídas. Y no es algo que puedas explicarle con detalle a tu madre viuda.

—Ay, Dios –Erin sacudió la cabeza—. Ojalá hubiera sabido esto antes de olvidarnos de ese preservativo –masculló.

Aiden se dio cuenta de que se había precipitado. El mundo pareció derrumbarse otra vez a su alrededor. Unas horas antes, nada importaba, salvo estar juntos, quizá para siempre. Ahora, en cambio, Erin comenzaba a arrepentirse de que no hubieran utilizado un preservativo, de aquel pequeño desliz que tal vez les hiciera padres.

La agarró de los brazos, asustado y desesperado.

—Escúchame, Erin. Esa mujer está loca, es una mentirosa y seguramente solo quiere más dinero para dejarme en paz. Seguramente descubrir que no había sentencia de divorcio ha sido la mejor noticia que le han dado en años. Así puede volver a exprimirme. ¡Te quiero, Erin! Esa mujer, Annalee, no es más que una estafadora. Voy a arreglar todo esto. Te juro por Dios que voy a...

—Aiden, Aiden –dijo ella con calma—, por favor, me estás haciendo daño.

Él la soltó de inmediato.

—Dios, perdona –dijo, retrocediendo. Cruzó la habitación y se volvió para mirarla—. Mírame. Aquí estoy, en calzoncillos, intentando convencerte de que la loca es ella, de que no habría metido la pata de esta manera si no fuera porque esa mujer es una estafadora consumada. Pero no soy tan tonto como parezco, Erin. Tienes que otorgarme el beneficio de la duda.

Ella respiró hondo. Dejó los papeles sobre el diván y tomó su taza de café.

—En el bufete hay un abogado llamado Ronald Preston. Cumple escrupulosamente la ley, pero consigue unos acuerdos extremadamente ventajosos para sus clientes. Ya ves, voy a otorgarte el beneficio de la duda. No querría que Ron se ocupara de mi divorcio a menos que estuviera casada con el hombre más avaricioso y detestable sobre la faz de la Tierra. Ron vive en Chico, pero tiene clientes por todo el país. Y un montón de ayudantes, secretarias e investigadores.

Después de un momento de silencio, Aiden dijo:

—Gracias.

—De nada, si estás siendo totalmente sincero conmigo. Si no me estás diciendo toda la verdad, no podré seguir contigo.

—Te lo juro, Erin. Es la verdad. Sobre todo, lo de que te quiero.

Erin no quería obsesionarse pensando en cómo iba a afrontar Aiden aquella complicación, pero tampoco podía olvidarse del asunto. Después de que le diera el nombre de Ron Preston, su número de teléfono e indicaciones para llegar a su bufete en Chico, Aiden le había dicho que la llamaría y que temía tener que invertir en aquel embrollo un tiempo que habría preferido pasar con ella. Erin le había dicho que merecía la pena hacerlo. Estaba segura de que lo que sentía por él no podía cambiar, pero prefería que aclarara su vida personal antes de que su relación siguiera adelante.

La cuestión era si podría olvidarse de él, en caso de que las cosas se torcieran. Nunca antes le habían roto el corazón. Había sufrido desengaños, claro. Parecía inevitable que fuera de otro modo. Pero, en resumidas cuentas, habían sido de poca importancia. Uno de los hombres con los que había salido le había dado a entender que no eran compatibles, que no había verdadera química. Ella había estado de acuerdo, pero había lamentado que no se dieran más tiempo para asegurarse de que así era. Había habido otro cuya exnovia había vuelto a hacer acto de aparición en cuanto ellos habían empezado a salir. Y otro más que le había reprochado que, entre su trabajo y sus responsabilidades familiares, nunca estuviera disponible para él.

Pero todo aquello no habían sido más que simples resquemores. Decepciones de poca importancia. Además, ella siempre había sido consciente de que, en el fondo, aquellos hombres no le habían interesado. No habían hecho arder su sangre, ni que le temblaran las piernas, ni que perdiera el control.

Luego había aparecido Aiden. Él le había enseñado a disfrutar, a gozar de una verdadera relación de pareja entre dos personas que parecían perfectamente compatibles. Después le había enseñado a ansiar la intimidad física, algo de lo que había prescindido hasta entonces. Pasar ahora sin ello, prescindir de Aiden, sería durísimo. Lo echaba muchísimo de menos y solo había pasado un día.

Él había llamado dos veces. Se había reunido en Chico con Ron, que le había pedido un adelanto muy cuantioso para hacerse cargo del trabajo. De vuelta en Virgin River, su familia había vuelto a reunirse para dar la bienvenida a casa al bebé de Luke y Shelby.

—Mañana –le había dicho Aiden—. Mañana iré a verte pase lo que pase.

Un par de días y ya lo añoraba con todas sus fuerzas. Nunca se había sentido tan vulnerable. No había pasado ni una semana desde el Cuatro de Julio y ya estaba sufriendo por él. Aiden le había llegado muy adentro y...

Oyó un coche y le dio un vuelco el corazón. Se dio cuenta de que, si era Aiden, ni siquiera se pararía a preguntarle si había resuelto algo. Seguramente se arrojaría en sus brazos y se lo comería a besos.

Pero no era Aiden. Era una joven en un coche muy elegante, un Lexus azul claro muy caro. Debía de costar cien mil dólares. La mujer, muy joven, guapa y bajita pero con unas curvas envidiables, salió del coche y cerró la puerta.

Erin se quedó en la puerta de la cabaña. La mujer sonrió al acercarse.

—Tú debes de ser Erin –dijo casi con timidez.

—Sí –contestó ella, y empezó a sentir un nudo en el estómago.

—Espero que me perdones por venir así –dijo—. Nunca pensé que haría esto. Me llamo Annalee Riordan y he venido a pedirte que me devuelvas a mi marido.

El nudo que notaba en el estómago se convirtió en un fuerte calambre. Estuvo a punto de doblarse por el dolor. Tuvo que hacer un esfuerzo para contestar:

—Yo no tengo a tu marido.

—¿No eres la mujer que está con Aiden? –preguntó ella, sorprendida—. Ah, perdona. Pensarás que soy idiota. Creía que eras tú. Te pido disculpas. Me voy –dio media vuelta.

—¿A qué has venido? ¿Qué crees que puedo hacer por ti?

Annalee se volvió y sacudió su hermoso cabello rubio, echándoselo sobre el hombro.

—Así que eres tú –dijo, desanimada—. Bueno, la verdad es

que ni siquiera estoy segura. Decirle que ya no te interesa, quizá. O que le dé otra oportunidad a su mujer. Porque Aiden y yo hemos cometido muchos errores, y yo me responsabilizo al menos de la mitad de ellos, pero ¿no deberíamos intentar solucionar las cosas ya que ha habido un error con los trámites y no estamos divorciados? Para mí, fue como una señal del cielo. Puede que ahora que somos mayores, que tenemos las cosas más claras, podamos...

Erin cruzó los brazos.

—No me tomes por tonta, por favor. Estuvisteis casados tres meses antes de firmar la solicitud de divorcio.

—Tres años —replicó Annalee con calma.

—Los documentos están fechados —señaló Erin sin perder la calma.

—Claro que están fechados. Y también lo están los siguientes, y los siguientes, y los siguientes... Pasamos por eso más de una vez. La primera fue poco después de casarnos, seguramente a los tres meses. Seguro que han sido esos documentos los que te ha enseñado. De hecho, estuvimos separados un tiempo. Varios meses. Pero siempre había algo... No sé qué era... Siempre acabábamos volviendo.

Erin se estremeció. ¿Sería química? ¿Esa atracción irresistible que ella sentía por Aiden?

—¿Cuánto tiempo hace que no vivís juntos?

—Mucho —reconoció ella—. Cuatro o cinco años, creo.

—Hubo un cheque —dijo Erin—. También fechado.

—¿Por diez mil dólares? Sí, por eso nos separamos la primera vez. Por el aborto. Tuvimos una pelea horrible. Al final él fue muy generoso, dado que no quería tener un hijo conmigo. Me fui a casa, vi a un médico muy bueno, pasé un tiempo reflexionando —bajó la mirada—. Seguramente no debí volver con él. No siempre... no siempre era fácil de tratar, pero yo tampoco. Él decía que yo lo provocaba, y ahora que lo pienso puede que tuviera razón. Era tan joven cuando nos casamos... Joven y no muy lista.

Parecía muy joven ahora, pensó Erin, sintiendo todo el peso de sus treinta y seis años.

—¿Cuántos años tenías?

—Dieciocho.

Erin sospechaba que la estaba engañando, pero no sabía exactamente cómo.

—Parece que te van muy bien las cosas para ser tan joven – comentó, señalando el coche con la cabeza.

—Sí, gracias –contestó Annalee con una sonrisa—. El coche es alquilado. En mi profesión es importante aparentar que te va muy bien cuando vas a reunirte con un cliente. Soy estilista. Iba a reunirme con un diseñador de San Francisco y el coche forma parte de mis gastos de trabajo. Solo hace un par de años que me dedico a esto, y de momento me va muy bien.

Erin frunció el ceño.

—¿Y sin embargo todo este tiempo has estado añorando a tu marido?

Annalee sacudió la cabeza.

—No. No, nada de eso. La verdad es que pasé mucho tiempo preguntándome cómo podríamos haber hecho las cosas mejor. Lamentaba nuestros errores, claro. Imagino que le pasa a todo el mundo cuando se divorcia. Pero seguí con mi vida. Cuando descubrí que algo había ido mal con los trámites, pensé que... –sacudió la cabeza como si no fuera necesario mencionarlo—. Bueno, te dejo en paz.

—¿Cómo descubriste el error? –preguntó Erin.

Annalee levantó la barbilla.

—Un hombre con el que llevaba saliendo un par de años me pidió que me casara con él. Le dije que estaba divorciada, claro, como habría hecho cualquiera. Fue él quien lo descubrió.

—¿Y vais a casaros? –preguntó Erin.

—Lo dudo. No le ha hecho ninguna gracia que vuelva a ver a Aiden. Pero tenía que venir a contarle lo que había ocurrido. No podía permitir que cometiera el mismo error que había estado a punto de cometer yo. ¿Y si hubiera vuelto a casarse y su boda no hubiera sido legal?

—Todo esto parece un disparate.

—Sí, imagino que eso es lo que parece. Lo siento mucho, de veras. Supongo que estoy un poco loca por pensar siquiera que pueda darme otra oportunidad. Pero quiero que sepas una cosa: puede que fuera muy joven y muy inexperta, pero lo quería. Aunque nuestra relación estuviera llena de problemas, todavía...

—Tengo entendido que conoces a sus hermanos —comentó Erin.

Annalee soltó una risa repentina.

—Sí. Solo a Sean y a Luke. A Colin y a Patrick no, aunque no me cuesta imaginármelos. Nuestro apartamento estaba lleno de fotos, claro. Los hermanos Riordan matarían unos por otros. Están muy unidos. Ten cuidado. No les hagas enfadar —se rio sin ganas—. Dios mío, ¿qué estoy haciendo? Sé que me estoy poniendo en ridículo. Otra vez.

—Espera un segundo. Tendrás que volver a firmar los documentos...

—Aiden puede llamarme. Sabe cómo localizarme si quiere. Lo hace de vez en cuando.

—¿Qué quieres decir?

—Hace unos años que no vivimos juntos, pero nos mantenemos en contacto.

—¿Ah, sí?

Annalee hizo un mohín y sacudió la cabeza.

—¿Te ha dicho que no nos hemos visto en ocho años? ¿En serio? Bueno, no me sorprende. Mi marido es muy despistado. Viví en San Diego hasta hace un par de años, cuando por fin intenté cortar por lo sano y empezar de cero. Ten mucho cuidado, por favor. Aiden es capaz de hacer que una crea cualquier cosa. Lo sé por experiencia. Es peligroso hacerle reproches, pelearse con él. Tiene muy mal genio.

—¿Aiden? –preguntó Erin, atónita.

—Hace poco que os conocéis, ¿verdad, Erin? –puso una expresión triste—. Ten mucho cuidado con él. Casi siempre es un ángel, el ángel más sexy del mundo, pero cuando se enfada no se controla. Y se enfada con facilidad.

La saludó con la mano y montó en su coche. Salió marcha atrás, dio media vuelta y se alejó lentamente por el camino.

Erin sintió un escalofrío, aunque no sabía a qué obedecía. ¿A aquella belleza que aseguraba que solo quería otra oportunidad de volver con su marido? ¿O a Aiden, a quien tal vez no conocía tan bien como creía? Aiden, que hacía un par de días la había agarrado bruscamente cuando se había enfadado.

Prefería pensar que aquella joven estaba mintiendo. El problema era que no tenía modo de descubrir quién decía la verdad.

En el ejercicio del Derecho tributario y patrimonial, la gente era capaz de contar las mentiras más horrendas con todo el candor de un tierno bebé. Había dinero en juego, a veces cantidades enormes. Y en Derecho no servía con señalar con el dedo o jurar encima de un montón de biblias: todo tenía que estar probado y documentado.

¿Cómo demostrabas que tu novio no estaba llamando a su exmujer? ¿Que no se veían de vez en cuando? ¿A quién había que creer, cuando sus historias eran tan distintas?

Erin llamó a Ron Preston.

—¿Te dijo Aiden Riordan, tu nuevo cliente, quién lo mandaba?

—Sí. Gracias, por cierto, Erin.

—¿Te contó por casualidad de qué nos conocemos?

—¿No os conocisteis en el sitio de vacaciones donde tienes la cabaña? –contestó él con una pregunta.

—Ajá. Sí, así es. Nos conocimos, nos hicimos amigos, empezamos a salir y ahora resulta que su exmujer aparece diciendo que no es su exmujer. Él dice que se separaron después de tres meses de matrimonio y que no habían vuelto a verse en ocho años. Ella afirma que estuvieron juntos tres años, que rellenaron los papeles de divorcio más de una vez y que se han mantenido en contacto.

—Erin, no puedo hablar de este asunto contigo...

—Lo sé, Ron. El problema es que no tengo modo de comprobar ninguna de las dos historias y no quiero que... —no pudo acabar. ¿No quería que la utilizaran? ¿Que la manipularan? ¿Que le mintieran?

—Lo entiendo perfectamente –dijo Ron—. Este es un asunto personal, así que voy a decirte algo que ya sabes. Cuando tengo un cliente cuya versión de los hechos difiere notablemente de la de la parte contraria, le escucho atentamente, verifico los hechos y hago todo lo que puedo por representar a mi cliente, pero no le creo necesariamente. Eso no significa que esté mintiendo. Significa que hay afirmaciones que son sencillamente imposibles de clarificar. Se trata de una cuestión de procedimiento, Erin. Que gane el mejor.

—¿Y si resulto ser una víctima colateral del procedimiento? –preguntó ella con sorna.

—No hay ninguna ley que diga que tienes que creerte todo lo que oyes. Tranquilízate. Y no bajes la guardia.

Ella suspiró profundamente.

—Gracias –dijo—. En serio, gracias. Necesitaba oírlo. Lo odio, pero necesitaba oírlo.

—Sospecho que esto se resolverá muy pronto. Pero protege tus flancos. Y tu retaguardia.

—Eso es una grosería, Ron.

—Hazlo de todos modos –contestó él—. Tengo que dejarte. Allá donde mire se derrumba un matrimonio.

Erin colgó. Por eso odiaba a Ron: porque era frío y siempre iba a la yugular. Y por eso también lo respetaba, aunque fuera a regañadientes: porque él jamás se implicaba personalmente. Ella, en cambio, allí estaba: sufriendo por un hombre al que temía creer.

CAPÍTULO 13

Mel Sheridan tuvo una semana muy ajetreada. El miércoles, cuando Shelby Riordan dio a luz, se pasó casi toda la noche en pie, y cada vez le costaba más trabajo recuperar el ritmo normal después de una noche entera de trabajo. En gran medida se debía a que tenía dos niños pequeños, uno de los cuales, al menos, debería haber aprendido ya a hacer pis y caca en el orinal. Emma temía dos años y David tres, y su niñera, una chica adolescente, solía tener más éxito que ella en ese aspecto cuando se quedaba con los niños.

Pero estaba muy ocupada, claro. Siempre había estado muy ocupada. Al día siguiente de que naciera el bebé de Shelby y Luke, intentó quedarse en la cama hasta tarde, pero no pudo. Fue a la clínica a ver a algunas pacientes. Llamaron de un rancho para avisar de que el dueño tenía fuertes dolores en el pecho, y Cameron y ella fueron a atenderle de urgencia. Lo trasladaron al hospital y Mel regresó tarde a casa. Le hacía mucha falta dormir, pero Emma no se encontraba bien. Jack y ella se pasaron la noche en pie, cambiando pijamas, pañales y sábanas.

—No sé qué demonios es esto —comentó Jack—, pero espero que no se extienda a toda la familia.

Las cosas no se calmaron hasta que llegó el fin de semana y Mel pudo encargarse de algunas cosas que tenía pendientes.

Ordenó la casa, llamó a Leslie Carpenter para que se quedara con los niños mientras ella iba a visitar a Shelby y a su bebé, y luego se dio un largo baño y durmió una larga siesta con los niños.

Pero necesitaba pasar un rato a solas con su marido.

Dio de comer a los niños, los acostó temprano y Jack se escapó del bar y llevó la cena. Como los niños estaban dormidos, Mel puso mantel y velas. Cuando Jack sirvió los platos y se sentaron juntos, con la casa ordenada y en silencio, Mel exclamó:

—Dios, ¡vaya semanita!

—Sí. ¿Estás bien? Porque Emma ha estado mal, pero parece que los demás nos hemos librado.

—Sí, estoy bien —dijo ella—. Y David también. Pensé que no había riesgo en ir a casa de los Riordan porque habían pasado cuarenta y ocho horas y no tenía síntomas de ninguna clase.

—¿Y los Riordan están bien?

—Están como locos con el pequeño Brett. Pero el bebé todavía no ha descubierto su vocecilla. En cualquier momento les hará saber que de verdad ha llegado.

Jack se rio. Los recién nacidos solían ser muy silenciosos. Los primeros días se limitaban a comer y a dormir. Y luego, ¡zas!, te hacían saber que formaban parte de la familia y que tenían necesidades.

—Cuando estaba atendiendo el parto, se me ocurrió una idea. A lo mejor a nuestra madre de alquiler no le importa que la atienda yo en el parto.

Jack bajó la cabeza. Dejó el tenedor.

—¿Qué ocurre? —preguntó Mel.

Él levantó la mirada.

—En primer lugar, ocurre que no quiero estropear la primera cena que podemos tomar juntos desde hace casi una semana...

—¿Y en segundo lugar?

—Que no quiero tener un hijo con una madre de alquiler

–ya estaba. Ya lo había dicho. Confiaba en que Mel le hiciera caso por fin.

Pero ella cortó un trozo del delicioso asado del Reverendo y se lo llevó a la boca tranquilamente. Masticó. Y tragó.

—Sé que muchos hombres son reacios, por eso quería que hablaras con John Stone. Él está muy familiarizado con el procedimiento. Es muy rutinario.

—A mí no me lo parece –contestó él—. Y no quiero hacerlo.

—Por amor de Dios, Jack. Habla con John sobre...

—Ya he hablado con John –dijo su marido—. Tuvimos una larga conversación. Le conté lo que sentía al respecto y no fue de gran ayuda, aunque me aconsejó que te dijera las cosas claramente y que fuera al grano. No voy a hacerlo. No quiero que una mujer a la que no conozco tenga un bebé por nosotros. No, dadas las circunstancias.

Mel puso cara de sorpresa al principio. Después su expresión pareció suavizarse, como si le entendiera.

—Te aseguro que para cuando el bebé esté a punto de nacer la conoceremos muy bien.

Jack negó con la cabeza.

—¿Quieres escucharme de una vez? Estoy loco de contento de que hayamos tenido a nuestros dos hijos, aunque haya sido por accidente. Los niños y tú sois mi vida. Mi vida entera. Antes de conocerte, había asumido que no iba a tener hijos. No me gustaba la idea de estar solo el resto de mis días, pero lo había aceptado. Luego llegaste tú y lo pusiste todo patas arriba. Si hubieras sido estéril cuando te conocí y me hubieras dicho que necesitabas tener un hijo propio, un hijo con nuestros genes que haga pis en un árbol en medio de una barbacoa pública, habría aceptado que recurriéramos a una madre de alquiler. Lo haría, Mel, si fuera la única manera.

—No sé si te acuerdas, Jack, pero es la única manera.

—La única manera de tener otro hijo. Pero ya tenemos dos. Y a mí me basta con dos.

—¡Pues a mí no! –contestó ella enérgicamente.

—¿Por qué no? –preguntó Jack—. ¿Porque tuvieron que extirparte el útero en una operación de emergencia? Nunca hemos hablado de tener un montón de hijos. Con el primero estabas asustadísima, y con el segundo te quejaste de que era demasiado pronto.

—Las embarazadas somos muy inestables –contestó ella desviando la mirada.

—Tampoco hemos hablado mucho de la histerectomía. No sé –dijo Jack—. Creo que lo que está pasando es otra cosa y que no estás siendo del todo sincera conmigo, lo cual no es propio de ti, Melinda. Estás intentando empujarme a algo que no quiero hacer. Y no creo que desees tanto tener otro hijo. Creo que lo que quieres es recuperar tu útero.

Ella se quedó mirándolo, estupefacta.

—Eso es absolutamente ridículo –dijo—. Si hubiera necesitado hablar de ello, lo habría hecho.

—Pero teníamos un bebé recién nacido, hubo un incendio forestal, luego murió tu jefe, Rick estaba en Irak, volvió discapacitado y tuvo que acostumbrarse a su nueva situación. No son distracciones pequeñas. Esta es la primera vez que hablamos seriamente de ello en los dos últimos años, Mel. Si necesitas decir algo...

Ella golpeó con fuerza la mesa con su tenedor.

—¿Te has vuelto loco? ¿Es que no me has escuchado?

—No, no me he vuelto loco y sí, te he escuchado. Mel, que otra mujer tenga un bebé por nosotros sería penoso, difícil, caro y posiblemente muy problemático. Entiendo que en determinadas circunstancias merezca la pena pasar por todo eso. Pero nosotros no estamos en esas circunstancias.

—¡Yo sí! ¡Yo estoy en esas circunstancias!

Jack la miró fijamente. Estaba furiosa. Era muy luchadora y, cuando algo se le metía en la cabeza, no había quien la hiciera cambiar de idea. Jack se limitó a mirarla hasta que sintió que se había tranquilizado un poco.

—Nena, aquí está pasando otra cosa. Cuéntamelo, por favor.

—¡Ya te lo he contado! ¡Y esperaba que no te cerraras en banda y que te informaras un poco mejor! Dios mío —dijo, levantándose—, ¿cuándo te he pedido algo?

Se alejó de la mesa y Jack respondió a su espalda:

—Todos los días. Y todas las noches.

Mel se volvió y clavó la mirada en él.

—Estamos juntos en esto, Mel. Y a veces no es fácil. Yo cuido de los niños cuando tú estás viendo a tus pacientes o tienes que salir a una urgencia. Cocino y me los llevo a hacer recados y atiendo el bar, y hago el inventario con los niños en las mochilas o en el parque de juegos. Tú te los llevas a trabajar y te encargas de la casa y yo estoy en el bar casi de la mañana a la noche. Los dos tenemos una jornada muy larga. Nos las arreglamos, pero no es fácil. Yo hago tanto como tú, y aun así estás cansada.

—Yo no me he quejado. Y tú tampoco, hasta ahora. Si quieres, puedo buscar a alguien para que limpie la casa y se encargue de los niños. Tengo algún dinero ahorrado.

—No, creo que estamos bien así. Disfruto cuando estoy con los niños. Si tuviéramos otro, nos las arreglaríamos y seríamos felices así. Pero no voy a llegar a esos extremos porque quieras tener otro hijo.

A Mel se le saltaron las lágrimas.

—¿Aunque sea lo que más deseo? ¿Aunque no piense en otra cosa, de día y de noche?

Jack se levantó de la mesa, se acercó y se detuvo frente a ella.

—Eso es lo más raro de todo esto. Que surgió de repente. No empezaste a hablar de ello después de que naciera Emma. Cuando te pregunté si te preocupaba la histerectomía, le quitaste importancia. Dijiste que estabas bien. No te quejaste ni una sola vez, ni lloraste por no poder tener más hijos. Dijiste que eras muy afortunada por haber tenido dos hijos. Y ahora, de repente, estás desesperada por tener otro. No es propio de ti. Y estoy preocupado.

—No hay nada de qué preocuparse –insistió ella—. ¡Solo hay que hacerlo!

Jack sacudió la cabeza.

—Creo que eres tú quien debería hablar con John –dijo suavemente.

Mel se quedó mirándolo un momento, boquiabierta. Luego dijo:

—¡Aah! –dio media vuelta y salió hecha una furia, camino del dormitorio.

—¡Mel! ¡No has cenado!

—¡Se me ha quitado el apetito! –dobló la esquina y desapareció.

—¡Todavía no hemos hablado de ello! –añadió él—. ¡Tenemos que hablar de tu útero, no del de otra mujer!

Ella volvió a asomar la cabeza.

—No hay nada de qué hablar –afirmó, y volvió a escapar.

Jack se quedó mirando la puerta del dormitorio.

—Exacto –dijo.

Erin pensó en regresar precipitadamente a Chico para no tener que volver a ver a Aiden. Sabía que era muy fuerte, pero en aquel caso temía derrumbarse. Cuando pensaba en todas las desgracias a las que había sobrevivido (la muerte de su madre, la de su padre, las heridas de guerra de Bobby, el primer marido de Marcie), le parecía asombroso no haberse hundido. Seguro que podía superar aquello sin derrumbarse por completo.

Pero estaba muy enamorada de él, y a pesar de su pragmatismo había confiado, en el fondo, en que Aiden fuera su hombre ideal.

Al final, decidió salir al huerto y se puso a arrancar malas hierbas mientras regaba la tierra recién removida con sus lágrimas.

Luego oyó el todoterreno subiendo por el camino y supo enseguida que no era el bonito Lexus azul de aquella mujer.

Se incorporó con las rodillas manchadas de barro y las uñas llenas de tierra. Tenía allí cerca la sopera y el cucharón, y se preguntó fugazmente si le servirían para ahuyentar a Aiden.

La puerta delantera de la cabaña estaba cerrada con llave y él rodeó la casa hasta la parte de atrás. Se detuvo en el borde del huerto y dijo:

—He visto al abogado. En el peor de los casos el divorcio tardará un par de meses en resolverse, si ella se niega a cooperar y no responde al teléfono. No es necesario que esté de acuerdo con el divorcio.

—¿Si se niega a cooperar y no responde al teléfono? –preguntó Erin.

—Cuando se presentó en casa de Luke, me dio una tarjeta con un número de teléfono, pero el número no existe. Y en la tarjeta no figura ningún otro nombre, ni una dirección. Ha desaparecido, me temo. Como es típico de ella.

—¿La has llamado?

Aiden sacudió la cabeza.

—¿Para qué iba a intentarlo siquiera? No quiero saber nada de ella. Y Preston me ha aconsejado que no intente contactar con ella. Ha sido él quien la ha llamado. Es hora de que hablen nuestros abogados, si es que tiene uno.

Erin dio un paso hacia él y preguntó con voz trémula:

—Ha estado aquí, Aiden.

Él se puso rojo al instante.

—¿Aquí? –dijo alzando la voz—. ¿Cómo demonios sabes quién eres y dónde vives?

—Por favor, no me grites –contestó ella—. No tengo ni idea de cómo lo ha averiguado.

—¡Dios! –gritó él—. Después de esto, ¿te das cuenta de qué clase de persona es?

Erin sacudió la cabeza.

—Es solo una cría –dijo—. Una cría muy guapa. Con solo mirarla me sentí vieja.

—No te hagas eso. Tú eres perfecta. Annalee se sirvió de su

físico para engañarme. Esa mezcla de atractivo sexual e inocencia juvenil... Pero es todo mentira. Deberías ver cómo cambia cuando se pone a tirar cosas por la habitación.

—Solo tenía dieciocho años cuando te conoció. ¿Cómo iba a...?

—Veintiuno –respondió él—. Vi su permiso de conducir, por amor de Dios. ¡Me casé con ella!

—Dios mío –dijo Erin débilmente, pasándose una mano por el pelo—. Esto está empezando a asustarme.

—¿Cómo crees que me metí en este lío? –preguntó él—. Sé que fui un idiota, pero no lo fui en todos los aspectos. Me engañaron.

—¿Y en qué aspectos sí lo fuiste? –preguntó ella.

—Ya te lo dije –contestó Aiden con impaciencia—. Era joven, tenía ganas de estar con una mujer, ligué con una chica en un bar... Y aunque ahora puedas creer lo contrario, no tenía costumbre de hacer esas cosas. Mira, tenemos que resolver esto, Erin. No pienso permitir que esa mujer nos destroce la vida. Tenemos que superar esta situación.

—Tengo que preguntarte algunas cosas. Quiero que contestes con calma. Si vuelves a perder los nervios, empezaré a preguntarme qué estás ocultando.

Aiden sacudió la cabeza, frustrado.

—Sé que tienes razón, pero intenta entenderme... Esa mujer es una mentirosa patológica y me ha costado muy cara en el pasado. Cuando se presentó en casa de Luke, mi madre se indignó por cómo le había hablado. Nunca me había oído hablar así a otra persona, y menos a una mujer.

—¿Es cierto que estuvisteis juntos tres años y no tres meses? –preguntó Erin.

Comprendió por la mirada de estupor de Aiden que no se esperaba aquella pregunta, o que era una actor excelente, mucho mejor incluso de lo que le había dicho Annalee.

—¿Habéis estado en contacto todo este tiempo?

Él no parecía capaz de cerrar la boca.

—¿Le diste ese cheque para que abortara?

—¿Para que abortara? –preguntó, perplejo—. No, Erin. ¡No a todo!

—¿Va a decirme ella que todo lo que tú digas es mentira? ¿Y vas a decirme tú que todo lo que me diga ella es mentira?

Aiden no respondió. Ni siquiera sacudió la cabeza. La miró fijamente. Erin comprendió que estaba harto de suplicar que le creyeran.

—Contéstame a una pregunta, Aiden, por favor. Cuando te descubriste casado con esa joven tan atractiva, ¿intentaste que funcionara? ¿Confiaste en que pudierais seguir juntos? Dime la verdad, por favor.

—¿A pesar de que la odiaba? ¿A pesar de que me había tendido una trampa? ¿A pesar de que cada día que pasaba con ella era un infierno? ¿De que me maltrataba, me robaba, me engañaba, me era infiel y se acostaba con otros hombres en mi cama? ¿De verdad quieres que te conteste? Porque no creo que la respuesta vaya a dejarme en muy buen lugar. No creo que vayas a respetarme por ello. La verdad es que sí, lo intenté. Pero no lo intenté tres años, sino tres meses. Fueron solo tres meses porque, cuando llamé a mis hermanos y les dije lo que estaba ocurriendo, Luke vino enseguida. Y luego llegó Sean. Vieron de inmediato lo que estaba ocurriendo y no permitieron que las cosas siguieran así. Pero sí, si hubiera podido transformarla en mi esposa, lo habría hecho. No porque la quisiera, sino porque había hecho un juramento. Porque a los hombres de mi familia les cuesta mucho comprometerse, pero cuando lo hacen... Pregunta a Sean. Pregunta a Luke, si no te basta con mi palabra.

Erin sintió que esbozaba una sonrisa. Muy leve.

—Ella dio a entender que tus hermanos mentirían para respaldarte.

—Seguramente fue lo único cierto que te dijo –reconoció él—. Es probable que fueran capaces de mentir por mí en casi todas las circunstancias. De mentir por mí, de matar por mí y de arriesgar sus vidas por mí. Y yo por ellos. Lo que no te dijo, porque no lo sabe, es que yo jamás me pondría en una situación que exija algo así. Ni ellos tampoco. Nosotros solemos reconocer nuestros errores y apechugar con ellos.

—Aiden –dijo Erin—, esto es horrible.

—Lo sé –dijo él en voz tan baja que ella apenas le oyó.

—¿Puedes demostrarme de algún modo que ella miente y que me estás diciendo la verdad?

—No lo sé –contestó Aiden. Luego pareció ocurrírsele algo—. ¿Te dijo que quería que nos reconciliáramos?

—Sí, algo así.

—Dijo lo mismo delante de mi familia –arrugó el ceño y sacudió la cabeza—. No sé cómo encaja eso en sus planes. Supongo que querrá más dinero a cambio de firmar los documentos, igual que la última vez...

—Bueno, eso es fácil. No le pagues –dijo Erin.

—Quiero que se marche –afirmó él.

—Si lo que dices es cierto, seguramente cuenta con eso. Ron te ha dicho la verdad: no necesitas su consentimiento para divorciarte de ella. Tal vez el divorcio tarde un poco más si ella no coopera, pero Ron sabe ocuparse de esas cosas. No te preocupes.

—¿Y nosotros? –preguntó él—. ¿Podemos olvidarnos de este asunto?

«¿Nosotros?», pensó ella. Deseaba tanto a Aiden... Quería que todo lo que decía fuera cierto. Quería que aquel verano loco en las montañas continuara, que lo suyo durara para siempre. Pero tenía que proteger sus flancos. Y su corazón.

—Necesito una cosa de ti.

—Lo que sea.

—Necesito que des permiso a Ron Preston para que me dé cualquier información que descubra sobre tu caso: sobre tu abogado anterior, sobre Annalee, sobre todo lo que hay en disputa. Sé que habrá puesto a trabajar a sus investigadores, y no puede hablar sobre un cliente a menos que el cliente dé su permiso. Ni siquiera aunque yo sea socia del bufete.

—Hecho —dijo él.
—Y no puedo volver a acostarme contigo hasta que esto se aclare.
—No te fías de mí —dijo él, dolido.
—¿Recuerdas cómo te sentiste cuando te diste cuenta de que te habían utilizado, de que te habían manipulado y engañado? No quiero sentirme así. Lo que quiero es que Ron obtenga resultados, que aclare los hechos y me demuestre que no me he equivocado contigo. Es lo único que pido. Y no es mucho.
—Como quieras —dijo él. Luego añadió con un brillo en la mirada—: No vas a poder mantenerlo, pero mientras me digas que no, te haré caso y obedeceré —irguió la espalda y respiró hondo, metiéndose las manos en los bolsillos—. De un modo u otro arreglaremos esto. No hay ninguna otra cosa en mi pasado que pueda estropear lo nuestro. Va a ser horrible no dormir contigo, no abrazarte, no amarte. Pero si es lo que necesitas, puedo hacerlo. Y cuando esto acabe —afirmó—, no dejaré que te escapes.
—No quiero descubrir que me has estado mintiendo —dijo ella.
—No vas a descubrirlo —Aiden sacudió la cabeza—. ¿Cuánto tiempo has pasado con ella? ¿Una hora?
—Diez minutos, como máximo.
—¿Y conmigo?
¡Días! ¡Días y noches!
—No fuiste del todo sincero —le recordó ella.
—¡Vamos! ¡Estábamos jugando! No intentaba manipularte. ¿En qué me beneficiaba convencerte de que era un vagabundo? —se acercó a ella con cautela—. Además, hay otra cosa. Mis hermanos serían capaz de mentir por mí, pero mi madre no. Ella no mentiría ni por el papa. No sabe mucho sobre las circunstancias de mi matrimonio. No se lo dije hasta después, y hasta hace un par de días no le conté los detalles más escabrosos, pero mi madre me conoce. Puedes preguntarle a ella, Erin.

Ella ladeó la cabeza y sus ojos se iluminaron. Sonrió. ¡Era cierto! Apenas conocía a Maureen, pero sabía que Aiden tenía razón en eso.

—Puede que lo haga.

—Solo quiero que vuelvas a confiar en mí.

Erin podría haberse dejado seducir por él, y lo sabía. Se había vuelto absolutamente vulnerable a las caricias de aquel hombre. Aiden era el hombre perfecto: tierno y dulce, fuerte y poderoso, generoso y a veces exigente. Desde que había logrado que su libido despertara, era el único capaz de hacer que se olvidara completamente de todo. Podía haber hecho que ella perdiera el control con la más leve caricia, con el roce más suave de sus labios. Una parte de ella deseaba que lo intentara. Y era indudable que él también lo sabía.

Pero no lo hizo. Se inclinó, apoyó una rodilla en tierra y arrancó unas malas hierbas. Luego se acercó a otro rincón del huerto y arrancó algunas más. Agarró la azada y empezó a remover la tierra. Erin estuvo mirándolo unos instantes. Luego se inclinó y retomó su tarea al otro lado del huerto.

—Aquí hay algunos brotes —dijo él sin mirarla—. Dentro de un mes tendrás tomates. Verdes, por lo menos.

«Dentro de un mes, ¿habré recuperado mi vida amorosa?», deseó preguntarle Erin. «Dentro de un mes, ¿se habrá solucionado todo?».

Estuvieron largo rato trabajando en silencio. De vez en cuando, Aiden hacía algún comentario, como:

—A lo mejor dentro de un par de semanas puedes arrancar alguna zanahoria.

O bien:

—Tendrás que pasarte por aquí en otoño. Los melones y las calabazas salen tarde, pero no querrás perdértelos.

Por fin se puso en cuclillas y dijo:

—Erin, ¿por qué no te duchas mientras yo acabo aquí y te llevo a casa de Luke a ver al bebé?

—Me apetece mucho ver al bebé, pero ¿crees que conviene

que pasemos tiempo juntos? ¿No deberíamos evitarnos hasta que se resuelva este embrollo?

Aiden sacudió la cabeza y sonrió.

—No. Sé que estás desilusionada y tal vez un poco preocupada por lo que pueda pasar, pero creo que tú sabes que conmigo no corres ningún peligro. No voy a intentar sabotearte. Quiero que sientas que controlas la situación —arrugó el ceño y desvió la mirada un momento.

—¿Qué ocurre? —preguntó ella.

Aiden la miró meneando la cabeza.

—No entiendo cómo sabía quién eras y dónde vivías. No hablé con ella. Le dije que no quería que no pisara por la casa de mi hermano. Y nadie de mi familia le habría dicho nada sin preguntarme primero. No me lo explico.

—No me dijo cómo lo sabía —repuso Erin—. Y yo no le pregunté.

—Ya nos enteraremos —dijo Aiden—. Vamos, cariño. Dúchate y te llevo. No hay nada como un recién nacido para olvidarse de las preocupaciones.

Aiden Riordan abrió la puerta de la casa de Luke, hizo entrar a Erin y anunció:

—¡Ha venido Erin! Estoy fuera, con Luke y Art.

Erin encontró a Shelby sentada en el sofá, doblando ropa de bebé limpia y ordenándola en montoncitos. Al ver a Erin, sonrió, radiante.

—¡Vaya! ¡Hola! ¡Qué sorpresa tan agradable!

Maureen Riordan estaba en la cocina, sacando galletas de una bandeja de horno. Rosie se había subido a una silla y estaba jugando con un trozo de masa como si fuera arcilla. Tenía harina por todas partes: en las manos, en la cara y en la ropa. La casa olía deliciosamente a dulces recién hechos.

Maureen sonrió.

—Hola, Erin –dijo—. ¿Cómo estás?

—Bien, gracias —contestó ella. Le dio una bolsa de regalo a Shelby—. Una cosita para el bebé.

—Brett está durmiendo —dijo Rosie—. ¡Por fin!

—¿Es muy revoltoso? —le preguntó Erin.

La niña sacudió la cabeza enérgicamente, haciendo saltar sus rizos rojos.

—¡No, pero grita un montón! —respondió.

Shelby se rio y dejó a un lado la ropa limpia.

—Bueno, es un chico, ¿qué esperabas? —agarró la bolsa de regalo—. No tenías por qué molestarte.

—No es nada, en serio. Estaba comprando y me distraje mirando cosas de bebé. Mi hermana sale de cuentas el mes que viene y compré un montón de cosas para su pequeñín. Perdí el control —dijo ella—. Tengo una caja enorme para llevármela a Chico cuando nazca el bebé.

—¿Y cuándo será eso? —preguntó Shelby.

—La tercera semana de agosto.

—Debes de estar muy emocionada —Shelby sacó de la bolsa un par de peleles para un bebé de seis meses y unos patucos minúsculos—. ¡Qué bonito, Erin! ¡Gracias! —se oyó un ruidito en la habitación de al lado y Shelby ladeó la cabeza—. Creo que me reclaman. Voy a cambiarlo y enseguida lo traigo.

—Rosie y yo vamos a ir a dar un paseo hasta el río, ya que he sacado las galletas del horno —dijo Maureen—. Dentro de un rato nos vemos —añadió.

Shelby volvió un par de minutos después con su bebé en brazos, envuelto en una mantita. Tenía la cara luminosa y sonrosada, se retorcía en sus brazos y gimoteaba, pero Shelby dijo:

—Ten, acúnalo un ratito hasta que le dé de comer.

—Eh... Yo no... Es tan pequeñín... ¿Estás segura?

—Agárralo así —Shelby le puso al bebé en brazos—. Pégatelo al pecho y muévete un poco. O hazle carantoñas. Les encanta estar pegados a un cuerpo caliente y moverse al mismo tiempo —sonrió—. Tienes que practicar. Vas a ser tía.

Erin se sintió torpe al principio, pero enseguida le encantó sentir al bebé en sus brazos, pegado a su pecho. Le encantó su olor a bebé, su sonrisilla y sus puñitos, que intentaba meterse en la boca. Preguntó a Shelby por el parto, se interesó por cómo comía y dormía el bebé, y por cómo se habían tomado su llegada Luke y Art. Pasados unos minutos, el niño comenzó a retorcerse y a llorar con fuerza y Shelby le tendió los brazos.

—Dámelo —dijo—. Voy a darle el pecho.

Erin hizo amago de levantarse.

—Salgo un momento...

—No seas tonta, quédate. Además, quiero que hablemos —apoyó al bebé sobre su regazo mientras se preparaba y, cuando el pequeño empezó a mamar, volvió a mirar a Erin—. Espero que no te moleste, Erin, pero quería decirte una cosa sobre ese asunto de la exmujer de Aiden.

—¿La conoces?

—No la había visto nunca hasta que se presentó aquí —respondió sacudiendo la cabeza—. Luke me había hablado de ella de pasada hace mucho tiempo, pero la verdad es que no me esperaba que fuera así. Luke me la había descrito como una muñequita preciosa con personalidad múltiple. La mujer a la que vi me pareció guapa, pero muy... apocada. Pensé que parecía demasiado tímida para ser una de esas empresarias de éxito que pueden permitirse un coche tan lujoso. Claro que quizá no me fijé bien. Estaba de parto y no se lo había dicho a nadie. Quería ver qué iba a pasar.

—¿Y qué pasó?

—No mucho. Yo no pude aguantar más, Aiden le dijo que se pondría en contacto con ella para zanjar el asunto del divorcio y le exigió que se marchara. Hace bastante tiempo que conozco a Aiden, y te aseguro que nunca lo había visto tan enfadado. Hasta Maureen dijo que nunca lo había visto actuar así. Se puso muy firme. Ella empezó a llorar y a suplicarle y él la miró a los ojos y le dijo que no se lo tragaba —meneó la cabeza—. Debe de ser muy mala persona si Aiden se ha portado así con ella. De todos los Riordan, Aiden es el más tierno. Creo que Luke es el que tiene peor genio. Pero hasta él es muy considerado con las mujeres. Si no, fíjate en cómo tratan todos a su madre.

Pasado un momento, Erin dijo:

—Bueno, ocho años es mucho tiempo. Puede que ella haya cambiado.

—Si ha cambiado, imagino que no habrá problema para que se divorcien enseguida. Si ha cambiado, cooperará y no pondrá ninguna pega. Sobre todo teniendo en cuenta que Aiden le ha dejado claro que eso es lo que quiere.

Erin pensó en lo que le había contado Aiden. Un número de teléfono que no existía. No parecía que Annalee estuviera dispuesta a arreglar las cosas sin causar problemas.

—Fue a verme –dijo–. A mí también me pareció inofensiva. Muy guapa y muy inocente. Me pidió que le devolviera a su marido.

Shelby ahogó una exclamación de sorpresa.

—¿Qué le dijiste?

—Que no era mío. Pero la historia que me contó hacía quedar a Aiden como un mentiroso y un maltratador. Me dijo que habían estado juntos mucho tiempo y que se habían mantenido en contacto desde entonces.

Shelby sacudió la cabeza con firmeza.

—Bueno, dado que ni su madre ni sus hermanos viven con él en San Diego, solo Aiden sabe la verdad al respecto, pero ¿un maltratador? Imposible. Aiden fue el responsable de que Luke y yo superáramos una época muy difícil. Habíamos roto. Luke estaba convencido de que yo era demasiado joven para él y de que, si nos comprometíamos, me arrepentiría al poco tiempo. Yo me fui a Maui a lamerme las heridas y Aiden, al que no conocía, voló a las islas para hablar conmigo, para explicarme por qué Luke era tan precavido. Porque tenía miedo de que le hiciera daño. Quiero mucho a Aiden. Es un gran apoyo para toda la familia –hizo una leve mueca–. Es la primera vez que me pregunto si él tiene alguien en quien apoyarse.

Erin sonrió a pesar de sí misma.

—Se apoya mucho en sus hermanos, y por lo que sé ellos siempre responden.

—Supongo que tienes razón. Están muy unidos —Shelby se echó a reír—. Lo más gracioso es que siempre se respaldan, pero luego siempre están discutiendo por tonterías. Como una pandilla de niños pequeños.

—¿Sabes qué es lo que no entendemos Aiden y yo? Aiden dice que no habló con su... con Annalee. ¿Cómo sabía quién era yo? ¿Y dónde encontrarme?

—Es muy raro. Aquí nadie le dijo dónde estaba Aiden, solo que no estaba en casa.

—Me pone los pelos de punta —comentó Erin.

—Bueno, Erin... Llegó a casa a las tantas de la mañana vestido con un esmoquin. Supongo que era lógico pensar que había pasado la noche con una mujer, no en el bar con unos amigos.

—Supongo que sí —dijo Erin—. Pero aun así... ¿Cómo sabía quién era yo?

—Tuvo que encontrar el modo de averiguarlo —dijo Shelby—. Pero aquí nadie habló de ti —apoyó al bebé sobre su hombro y le dio unas palmaditas en la espalda—. Espero que esto acabe pronto para que Aiden y tú podáis seguir disfrutando del verano.

—Yo también —contestó Erin—. Marcie da a luz el veinte de agosto. Yo me iré un poco antes, así que tenemos un mes por delante. Pero tengo la sensación de que no va a ser tan sencillo.

No fue una visita corta. Erin se quedó a cenar en casa de Luke y Shelby. Abrieron la mesa del comedor y toda la familia se dispuso a comer el banquete que habían preparado Maureen y Luke. Se sentaron los diez en torno a la gran mesa cuadrada y estuvieron riendo, gastando bromas y disfrutando de la cena veraniega a base de costillas, judías verdes y ensalada de col y patata. Erin no quedó al margen de las bromas. Le tomaron un poco el pelo por haber hecho la remodelación por e-mail y haberse empeñado en tener una cabaña perfecta y nuevecita antes de pensar siquiera en pasar las vacaciones allí. ¡Y a Erin le gustó! Nunca antes se había sentido tan a gusto con un grupo de personas, como no fuera con sus hermanos.

No tardó en llegar a la conclusión de que o bien Aiden era el mejor mentiroso del universo y tenía por cómplices a todos los miembros de su familia, o bien era un tipo de fiar respecto al que tanta gente no podía equivocarse. En el fondo, sabía que era esto último.

Más tarde, cuando él la llevó a casa, Erin le hizo pasar.

—¿Estás completamente segura? —preguntó Aiden—. Porque no quiero pasar si tienes alguna duda. Prefiero esperar a que estés convencida de que te estoy diciendo la verdad. Esperaré hasta que pueda demostrártelo.

—Aiden, esa mujer me dejó muy desconcertada —dijo ella—. Tienes que entenderlo.

—Quiero que me creas —repuso él.

—Tienes una familia maravillosa, aunque no paren de bromear. No creo que estén mintiendo para ofrecerte una tapadera.

—¿Y eso te ha convencido? ¿No yo, sino ellos?

—No es solo por tu familia, sino por cómo tratas a tu madre. Tengo una compañera en la oficina que tiene más de sesenta años. Y siempre dice: «Escoge marido por cómo trate a su madre, y escoge mujer por cómo la trate su padre».

—¡Qué interesante! —contestó él, pensativo.

—El caso es que he perdido muchas cosas a lo largo de mi vida. No creas que me estoy quejando. Estoy muy orgullosa de mi vida, pero he perdido muchas cosas. A mi madre, a mi madre, y luego a mis niños, que han crecido y han volado del nido. Y también me han afectado más de lo que me había dado cuenta otras cosas más sutiles que me he perdido: mi infancia, mi adolescencia, esos años en la facultad en la que mis compañeros de clase hacían amigos y establecían vínculos mientras yo me iba a casa corriendo para ver cómo iba todo, para llevar a Drew al fútbol, a Marcie al ensayo del equipo de animadoras, para hacer los deberes con ellos... Y en todos esos años, hasta este verano... –se pasó las manos por los brazos–. Nunca me he enamorado. Hasta ahora –sacudió la cabeza–. No quiero tener que prescindir de esto –parpadeó para controlar las lágrimas–. Pero si me he equivocado contigo, va a dolerme mucho.

—No te defraudaré, Erin –pasó el nudillo de su dedo índice por su mandíbula y luego bajo su barbilla y le levantó ligeramente la cara para mirarla a los ojos–. ¿Sabes qué me gustaría decirte ahora miso? Me gustaría prometerte que nunca más tendrás que sufrir, ni que afrontar la muerte de tus seres queridos, ni que pasar penalidades –meneó la cabeza ligeramente–. Tú sabes que eso nadie puede prometerlo. Pero aun así puedo prometerte un par de cosas. Si eres mi esposa, nunca más tendrás que afrontar las dificultades sola. Aunque me ocurra algo, tu familia y la mía estarán ahí para apoyarte. Los Riordan pueden ser muy burlones y discutidores, pero nunca fallan.

—¿Tu esposa?

—Claro, mi esposa. Cuando consiga arreglar este embrollo y cuando estés preparada –sonrió suavemente–. Pero primero tienes que decir que sí, claro.

—Sí, claro que sí –contestó ella con un susurro.

Aiden la besó, con un beso que empezó siendo suave y tierno y poco a poco fue haciéndose ardiente y húmedo. Erin acabó jadeando. Él sonrió y luego se echó a reír.

—Has dicho que... que podías prometerme un par de cosas...

Aiden sonrió y le dio un beso muy corto.

—Es casi seguro que nuestros hijos tendrán los ojos verdes.

Aiden sintió que el colchón se hundía, sintió un olor a café recién hecho y al abrir un ojo vio al amor de su vida tendiéndole una taza de café. Sonrió perezosamente y preguntó:

—¿Seguro que es hora de levantarse? Porque estoy rendido.

—Claro que estás rendido –contestó ella—. Porque eres un maníaco sexual. Yo también estoy bastante cansada. Así que dígame, doctor... ¿Llegará un momento en que podremos acostarnos juntos y dormir un poco? Porque a este paso vamos a morir muy jóvenes.

Aiden se rio, se incorporó y agarró la taza de café. Bebió un sorbo.

—Mi padre solía decir que si pones una alubia en un tarro por cada vez que practicas el sexo con tu pareja durante el primer año de relación y luego sacas una por cada vez que lo practicas después del primer año, jamás consigues vaciar el tarro.

Erin bebió un sorbo de su café.

—Bueno, no sé si eso es bueno o es malo.

—¿Por qué te has levantado tan temprano?

—No es tan temprano, Aiden. Son las ocho. Y me he levantado porque tengo muchas cosas en la cabeza. Como por ejemplo... Dentro de un par de días, Franci y Sean se van a vivir a Alabama. ¿Podemos invitarles a cenar aquí? ¿Puedes invitar a toda la familia y ayudarme a cocinar? ¿Te parece bien que vengan también Luke y Shelby con el bebé? ¿Han pasado suficientes días desde que nació?

—Sí –contestó él con una sonrisa—. Sí a todo. Pero puedes invitarlos tú misma esta mañana, cuando vuelva a casa de Luke, si me acompañas. ¿Qué más?

—Tengo que volver a Chico antes de que nazca el niño de Marcie. ¿Qué vamos a hacer? ¿Dónde vas a estar tú?

Él tomó un sorbo de café, pensativo.

—Supongo que estaré donde tú quieras que esté.

—¿En Chico?

Aiden se encogió de hombros.

—¿Te parecería precipitado que le dijera a la agencia de re-

cursos humanos que me busque ofertas de trabajo en la zona de Chico?
Ella dejó escapar un suspiro de alivio.
—¿Lo harías? Porque mi familia está allí. Excepto Drew. Pero él también se ha criado allí. Volverá en cuanto acabe la especialidad.
Aiden dejó la taza en la mesilla de noche y le tendió los brazos.
—Eso son detalles, cariño. Detalles fáciles de resolver, y tenemos tiempo de sobra.
—Pero ¿y si no te gusta Chico? —preguntó ella con la frente fruncida.
—¿Tú vas a estar allí? Porque si tú estás, seguro que me gusta.
—Eso dices ahora, pero...
Aiden sacudió la cabeza, le quitó la taza de café de la mano, la dejó junto a la suya y dijo:
—Erin, eso no va a ser problema. Llevo años buscando a la mujer ideal para casarme con ella y eres tú. ¿Me oyes? Eres tú. Has vivido toda tu vida en esa ciudad, has hecho tu carrera allí. ¿Te parezco tonto? ¿Crees que me arriesgaría a perderte por una tontería como esa? ¿Por dónde vamos a vivir?
—Pero ¿y si no hay ninguna clínica en la que puedas trabajar?
—Dios mío, estás viendo problemas donde no los hay. Si no hay ninguna clínica en Chico, habrá alguna cerca. Y si no hay una cerca, construiremos una.
—¿En serio?
—En serio. Todo va a salir bien. Tenemos un millón de motivos para hacer que esto funcione.
—Por lo menos, un tarro lleno —contestó ella con una sonrisa.
—Vamos a darnos una ducha y a desayunar en el bar de Jack de camino a casa de Luke —propuso él—. Podemos hablar por el camino, mientras desayunamos y el resto del día si quieres. Pero primero, a la ducha —tocó su nariz—. Y durante la ducha no se habla.

—¿Vamos a poner otra alubia en el tarro?

—No me sorprendería.

Una hora y media después, entraron en el bar de Jack tomados de la mano. En lugar de sentarse en la barra, como de costumbre, Aiden la llevó a una mesa porque Erin tenía ganas de seguir hablando. Le interrogó por su visión del matrimonio y quiso saber si era católico practicante, porque ella se había alejado de la religión hacía mucho tiempo. Le preguntó cómo quería casarse. Reconoció que, de joven, había soñado con vestirse de novia, pero había asistido a tantas bodas aparatosas y llenas de tensión que ya no le interesaba. ¿Y dónde creía que debían vivir? Porque ella había vivido siempre en la misma casa y no estaba segura de que marcharse de ella fuera a ser un alivio o un cambio demasiado difícil de asumir. El único tema que no salió a relucir fue el más urgente: Annalee. Erin sabía que, en cuanto la maquinaria legal se ponía a funcionar en un asunto como aquel, había poco que hacer, aparte de esperar.

Entre tanta conversación, pidieron café y un par de tortillas, que Jack les llevó a los pocos minutos.

—Aquí tenéis. Oye, Aiden, ¿por fin pudiste hablar con tu prima? ¿Se quedó mucho tiempo?

Aiden lo miró, desconcertado.

—¿Qué prima?

—Esa rubia, Anna no sé qué. Dijo que acababa de llegar a casa de Luke cuando os fuisteis todos al hospital.

Aiden se apartó de la mesa.

—Mierda —sacudió la cabeza—. ¿Ha vuelto desde ese día?

Jack negó con un gesto.

—No, que yo sepa. ¿Pasa algo?

—No es mi prima, Jack. Es mi exmujer. Apareció sin previo aviso, dispuesta a causar problemas. Nos separamos hace ocho años, y resulta que los papeles del divorcio no se tramitaron como debían, vamos a tener que presentarlos otra vez y ella no está cooperando precisamente. Hasta se presentó en casa de Erin cuando no estaba yo. No sé cómo se...

—Mierda —dijo Jack—. Fui yo. Me lo tragué todo. Cuando me dijo que por lo menos quería conocer a tu novia, le dije cómo se llamaba. Dios mío, Erin, lo siento mucho.

Pero Erin tenía los ojos como platos.

—Ya sé cómo me encontró. Me alteró tanto su visita, las cosas que me dijo, que lo había olvidado por completo. Hace unos días me llamó una mujer diciendo que era del servicio de correos, que tenían que entregarme un paquete y que necesitaban indicaciones para llegar a la cabaña —tragó saliva—. Pero nadie me ha llevado ningún paquete.

CAPÍTULO 14

Aiden y Erin salieron del bar de Jack y fueron a casa de Luke, donde contaron a Luke y Shelby y a Sean y Franci lo que acababan de descubrir sobre la «prima» Annalee.

Evidentemente, Annalee era muy lista, pero su objetivo seguía sin estar claro.

—Sé que no quiere volver conmigo, diga lo que diga —comentó Aiden—. Estoy casi seguro de que se trata de dinero. Hace ocho años, todo se resolvió con dinero. Aunque es un verdadero misterio cómo piensa sacármelo ahora.

Aiden les explicó que no había podido extraer ninguna información de la tarjeta de visita en la que Annalee figuraba como estilista.

—No lleva el nombre de ninguna empresa, y el número de móvil que aparece no existe. No logro entender qué es lo que está tramando.

—Puede que Annalee cuente con ello —sugirió Sean—. Con que te canses de vigilarte constantemente las espaldas y de dormir con un ojo abierto y le pagues otros diez mil dólares para que se largue.

—Sé de alguien que puede ayudarnos —dijo Erin—. Llama a Ron Preston y cuéntale lo que hemos averiguado. Créeme, se ha ocupado de algunos divorcios muy sonados. Y la gente es capaz de cosas increíbles.

Aiden tenía pensado de todos modos ponerse en contacto con el abogado después de hablar con sus hermanos. Solo quería que su familia estuviera al corriente y alerta.

Ron Preston le recomendó que solicitaran una orden de alejamiento temporal basándose en el hecho de que Annalee había acosado a Erin. Pero era imposible entregar la orden de alejamiento si se desconocía el paradero del acosador.

—Avisaremos al departamento del sheriff local y a los departamentos de policía de todas las ciudades en los que haya más de dos agentes para que sepan que la orden de alejamiento entrará en vigor en cuanto localicemos a esa mujer. Entre tanto, mantén los ojos y los oídos bien abiertos, documenta todo lo que te parezca sospechoso y mantente en contacto. Tendrás noticias mías.

Aiden se aseguró de que, además del número de la cabaña de Erin, Ron tuviera también el de la casa de Luke.

—En casa de Luke casi siempre hay alguien para contestar al teléfono.

Si algo tenía de bueno todo aquello era que había disipado definitivamente las dudas de Erin respecto a quién estaba mintiendo. Una vez eliminada esa preocupación, fue ella quien anunció al clan Riordan:

—Cuando todo esto se resuelva y Aiden esté libre de complicaciones legales, pensamos casarnos. No sabemos cuándo ni cómo, pero vamos a hacerlo.

Los Riordan se pusieron locos de contento y el alborozo sirvió para alejar durante un rato sus preocupaciones. Empezaron a hacer planes para disfrutar de los últimos dos días que iban a pasar con Sean, Franci y Rosie antes de que se marcharan. Erin se había sentido muy a gusto con ellos antes de que anunciaran que iban a casarse, pero a partir de ese momento empezaron a tratarla como a un miembro más de la familia. Se sintió abrazada por ellos, protegida y querida.

—Me sabe muy mal que vayáis a marcharos cuando hace tan poco tiempo que nos conocemos –le dijo a Franci—. Me encantaría que os quedarais un poco más.

—No te preocupes, habrá muchas otras oportunidades. Como hay tantos militares en la familia, estamos a acostumbrados a viajar en vacaciones y en las fiestas para estar juntos. Propongo que hagamos planes con tiempo para que reúna toda la familia. Virgin River está precioso en Navidad, y sé que podemos convencer a Luke y a Shelby de que nos reserven las cabañas.

—Me gusta la idea —dijo Erin.

«Y si conseguimos salir de este lío, me va a encantar esta familia», pensó.

Luke y Sean consiguió meter un par de mesas de picnic en la trasera de la camioneta de Luke y llevarlas a la cabaña de Erin para celebrar una gran cena familiar. Aiden compró una barbacoa nueva de gas que podía guardarse en el cobertizo cuando no estuvieran en la cabaña, pero que estaba seguro de que usarían mucho durante los años siguientes. Cuando por la tarde se encapotó el cielo, los hombres sacaron las tumbonas del porche, las llevaron al cobertizo y colocaron en su lugar las dos mesas. Aiden asó salmón bajo una sombrilla y toda la familia comió fuera, en el porche, mientras caía la lluvia de verano.

La noche siguiente se reunieron en casa de Luke. Cenaron un bufé sencillo porque Sean y Franci estaban intentando cargar el coche y Maureen quería pasar con Rosie hasta el último segundo. También estuvieron la madre de Franci, que había ido desde Eureka, Walt Booth y Muriel.

A la mañana siguiente, cuando el todoterreno de Sean estuvo cargado del todo, se reunieron de nuevo para la despedida. Los hermanos se estrecharon las manos antes de abrazarse; Erin y Shelby estrecharon con fuerza a Franci.

Rosie solo lloró por Art. Él se puso de rodillas para darle un abrazo y le dijo que se portara bien en el coche. La niña se abrazó a él, llorando.

—¿Vendrás a visitarme? –le preguntó.

Art miró a Luke.

—¿Podré ir a visitar a Rosie? –le preguntó.

—Seguramente. Y Rosie vendrá a verte a ti. Seguro que vendrán de visita.

—Iré a visitarte, Rosie –le dijo Art a la niña—. Sé buena en el coche.

—Te quiero –le dijo ella—. ¡Te quiero!

—Eso es porque somos buenos amigos –respondió Art—. Gracias –la apretó entre sus brazos un momento. Luego añadió—: ¡No vayas a pescar sin Sean!

Cuando por fin se levantó, Sean se acercó a él con la mano tendida.

—Voy a echarte de menos, Art. Cuida bien del pequeñín.

—De acuerdo, Sean –dijo él, asintiendo con la cabeza.

A Luke no se le daba muy bien expresar sus emociones. Se acercó a la puerta del conductor del todoterreno y la abrió para que subiera su hermano.

—No alarguemos esto más. Todas las mujeres están llorando. Y no puedo soportarlo.

Sean se rio y le dio un último y breve abrazo.

—Cuídate, hermano. Tendré el móvil encendido todo el viaje. Os mantendremos informados.

—Conduce como una ancianita, es lo único que te pido. ¡Ahora, en marcha!

Maureen Riordan se había despedido de sus hijos muchas veces. A veces, incluso, había tenido que decirles adiós cuando se iban a la guerra. Siempre era un poco duro, aunque ya eran adultos que habían escogido su trabajo y su forma de vida. Pero esta vez, al besar y abrazar a Rosie sabiendo que tardarían bastante tiempo en volver a verse, la melancolía que le produjo la despedida fue aún mayor.

Sin embargo, también pudo apoyarse en George mientras

Sean y su familia montaban en el coche y se alejaban lentamente. Él la rodeó con el brazo y la apretó con fuerza para reconfortarla. Y eso era algo que Maureen no había tenido en muchísimo tiempo: una pareja que ayudara a disipar el dolor de la despedida. Esta vez, al retomar su vida después de decir adiós a sus hijos, tendría amor, ternura, un amigo inmejorable y hasta aventuras que correr con él cuando emprendieran su viaje.

Se sorbió las lágrimas y dijo:

—Bueno, ya se han ido. Voy a hacer más tortitas, si alguien quiere. Y hay café recién hecho.

Entre las muchas despedidas que había tenido que afrontar con el paso de los años, aquella fue la más fácil y la más dulce, porque tenía a George a su lado. Y porque tenía sitios a los que ir, gente a la que ver, nuevas experiencias que vivir.

George fue el único que notó que no estaba ni triste, ni feliz, sino serena. Que se sentía cómoda y apaciblemente dichosa. La rodeó con el brazo, frotó la nariz contra su cuello y dijo:

—Hoy estás especialmente bella, cariño.

—Así me siento. Gracias a ti, sobre todo.

Después de que se marcharan Sean, Rosie y Franci, Art estuvo diciéndole a Luke cada veinte minutos:

—Hoy es martes.

Luke contestaba:

—Lo sé, pero todavía no es la una, Art. Nos iremos a la una.

—Lo sé, Luke –respondía Art. Y luego se quedaba mirando su reloj un momento.

El reloj le había ayudado en varios aspectos: con él se sentía más seguro y además siempre volvía puntualmente del río o de hacer sus tareas. Solo sabía leer la hora que marcaba la manecilla corta, y de vez en cuando confundía las manecillas y pensaba que eran las dos cuando eran las doce y diez, pero no le pasaba muy a menudo. Luke se había equivocado al comprarle un reloj con manecillas, en vez de uno digital, pero aun así se las estaban arreglando bastante bien.

Los martes y los sábados por la tarde Luke lo llevaba a Fortuna a pasar un par de horas con Netta. No parecían hablar mucho durante aquellas visitas. Luke entraba en la casa con Art, saludaba a Ellen y Bo, y a las otras dos mujeres que vivían allí, y cuando comprobaba que todo iba bien le preguntaba a Ellen si le importaba que saliera a hacer un recado o dos.

—Nada de eso —contestaba siempre Ellen—. Art es un cielo. Ven a buscarlo dentro de dos horas.

Luke volvía siempre con un poco de antelación y esperaba a que Art estuviera dispuesto a irse. Cuando se marchaban, Ellen siempre le decía a Art:

—El próximo día nos vemos a las dos. No antes.

—Es martes —repitió Art por enésima vez.

—Avísame cuando sea la una, Art.

Cuando casi era la una, Luke fue a dar un beso a Shelby.

—Me voy a Fortuna, nena. ¿Necesitas algo?

—Lo que te apetezca para cenar —respondió ella—. Y si pasas por algún supermercado, compra pañales y toallitas.

—¿Y si no voy a comprar? ¿Podremos aguantar con los pañales que hay?

Shelby se rio.

—Sí. Pero ¿qué vas a hacer si no vas a comprar? ¿Quedarte a esperar en casa de Ellen?

—No, creo que voy a hablar con Ellen y Bo sobre esa idea que tiene Art de casarse con Netta. Me está volviendo loco.

—Sí, hazlo —dijo Shelby—. ¿No te vas un poco pronto?

—Ya está sentado en la camioneta, Shelby —dijo Luke, un poco cansado—. Cuando invité a Art a vivir aquí, no sabía dónde me estaba metiendo.

Shelby se limitó a reírse.

Cuando iban de visita a Fortuna, solían salir de Virgin River poco después de la una y comer en el McDonald's del pueblo.

A Art le gustaba comer allí casi tanto como pescar, ir de compras o visitar a Netta. Durante el trayecto hasta Fortuna no paró de repetir:

—Netta quiere que nos casemos.

—No es buena idea, amigo mío –dijo Luke—. Creo que sois demasiado jóvenes para casaros.

—Pero Netta quiere ser la novia...

Cuando acabaron de comer y de poner gasolina eran casi las dos y pudieron dirigirse a casa de Netta. Art, como siempre, miró el reloj justo antes de salir de la camioneta y exclamó:

—¡Son las dos!

Ellen abrió la puerta, les saludó y les hizo pasar. Art se quedó parado en la entrada hasta que Ellen le dijo dónde estaba Netta.

—Está en el jardín de atrás, Art. Creo que estaba regando las flores con la manguera. Ve a buscarla.

Art se fue sonriendo.

—¿Hoy vas de compras, Luke? –le preguntó Ellen.

—La verdad es que quería hablar contigo de un par de cosas –contestó Luke—. Si tienes un rato.

—Claro. ¿Te apetece un té o un refresco?

—¿Tienes Coca Cola?

—Enseguida te traigo una. Vamos al cuarto de estar a sentarnos. Seguro que Art y Netta estarán estupendamente, y las chicas están viendo una de sus películas favoritas.

Se sirvió un vaso de té con hielo, dio a Luke un vaso con hielo y una lata de refresco y lo condujo al cuarto de estar.

—¿Qué tal el bebé? –preguntó al sentarse en su sillón favorito.

—De maravilla, siempre y cuando te guste que te hagan pis y caca encima y que te vomiten, y no pegar ojo por las noches –sonrió y se sentó frente a ella—. La verdad es que me encanta. Es todo un campeón.

Ellen se rio.

—¿Qué tal Art con él?

—Tiene mucho cuidado. No le hace mucho caso, a no ser que crea que le pasa algo. Si llora mucho, por ejemplo. Creo que tiene un oído muy sensible. El ruido lo altera mucho. Si el bebé se pone a llorar, Art nos lo hace notar aunque estemos allí mismo, intentando calmarlo. Shelby puede tenerlo en brazos y estar canturreándole y paseándolo para que se calme, y aun así Art dice: «El bebé está llorando, Shelby».

—Seguramente es el desorden lo que le molesta –dijo Ellen con una sonrisa—. Es lo único a lo que puede agarrarse. La rutina es lo que le da más seguridad. Además de tu mujer y tú, claro. ¿No lo has notado?

Luke se echó hacia atrás en el sofá.

—Pues si la rutina es lo que le da seguridad, ¿por qué empieza a decirme a primera hora del día que hoy es martes o es sábado? ¿Y por qué me lo repite cincuenta veces aunque le diga que ya lo sé?

—Seguramente porque le da miedo olvidarlo. O que tú lo olvides. Es muy importante para él.

—Hmm. Pero a veces se va a pescar aunque no esté previsto.

—Bueno, seguro que para él hay algo que también convierte eso en una rutina. Puede que se vaya a pescar después de acabar sus tareas, o de desayunar, o algo así. Cada persona es distinta, pero casi todos los discapacitados mentales se sienten mejor si siguen en casi todo costumbres fijas. Por ejemplo, nuestras chicas saben que después de ducharse hay que secarse, ponerse primero el sujetador y luego las bragas, secarse el pelo, ponerse la ropa y luego los zapatos. Pero a una le extirparon el apéndice y nosotros nos empeñamos en que se quedara en pijama y se pasara el día tumbada en el sofá si no podía quedarse en la cama, y no hubo manera. Pensé que íbamos a tener una bronca. Al final nos conformamos con que se pusiera ropa de estar en casa, un chándal, y no parábamos de repetirle que no se levantara. Se lo repetíamos tanto que yo ya lo decía hasta en sueños.

—¿En serio? –preguntó Luke—. ¿Así de sencillo?

Ellen se rio.

—¿Sencillo? Bueno, no tanto. A veces esas cosas pueden sacarme de quicio.

Luke se inclinó hacia delante, con los codos en las rodillas.

—Ellen, hay una cosa que me tiene muy preocupado. Art no para de hablar de casarse. Estoy de acuerdo contigo: ¿quiénes somos nosotros para negarles el amor y el afecto, al margen de su capacidad intelectual? Pero Art y Netta, casados... —sacudió la cabeza—. No creo que sea buena idea. Alguien tendría que ocuparse de ellos de por vida. Art nunca va a ser completamente independiente. Se las apaña muy bien, hasta vive en su propia cabaña, la tiene limpia como un espejo y puede prepararse una comida sencilla, pero...

Ellen arrugó el ceño.

—¿Estás seguro, Luke? Netta no ha dicho nada de casarse.

—Pues te aseguro que Art no habla de otra cosa.

—Ven, vamos a preguntárselo —dijo ella, levantándose.

—¿Así, sin más? ¿A Art?

—Quizá no obtengamos una respuesta, pero podemos preguntar. Deja aquí el refresco. Enseguida volvemos —lo condujo al jardín trasero.

Netta estaba todavía regando las flores y Art estaba a su lado, con las manos en los bolsillos, tan contento.

Ellen dijo:

—Art, quiero hacerte una pregunta. ¿Habéis estado hablando de casaros?

—No sé conducir —contestó él encogiéndose de hombros.

—Yo quiero ser la novia —respondió Netta enseguida, sin mirar a nadie.

—Lo sé —dijo Ellen, riendo—. Lo sé, lo sé. Pero ¿quieres casarte?

Netta la miró y arrugó el ceño, confusa.

—Netta, ¿quieres vivir aquí y trabajar en la panadería? Netta dijo que sí.

—¿Y tú, Art? ¿Quieres vivir con Luke y Shelby?

Art pareció asustado por un instante. Miró a Luke con expresión suplicante.

—Tengo mi propia casa, Luke. Te ayudo.

—Desde luego que sí. Vives con nosotros, nos ayudas y pescas en el río. Pescas un montón de peces, y te lo agradecemos.

Art se relajó visiblemente.

—Yo quiero ser la novia –insistió Netta mientras seguía regando las flores con la manguera—. Quiero estar en la boda.

—Haces un trabajo estupendo en la panadería, Netta. Gracias por regar las plantas. Tu programa favorito, ese sobre bodas, lo ponen el jueves en la tele. ¿Os apetece merendar algo?

Los dos miraron a Ellen y asintieron con la cabeza.

—Hay manzanas en el cesto de la mesa del patio. Id a buscarlas.

—¡Prefiero pizza! –exclamó Netta—. ¡Pizza o patatas fritas!

—Entre comidas, solo fruta –respondió Ellen—. El viernes por la noche tomaremos pizza –luego se volvió y entró en la casa mientras Luke seguía allí, atónito.

Cuando Luke volvió a entrar en el cuarto de estar, Ellen ya estaba sentada en su sillón.

—Vaya, me has dejado patidifuso ahí fuera –dijo.

—Bah, no tiene importancia. Fuiste tú quien me dijo que Art era siempre muy literal.

—Pero le dijiste a Aiden que algunos adultos con necesidades especiales se enamoran y se casan...

—Sí. Son individuos como todos los demás, en todos los sentidos. Pero no creo que Art y Netta quieran casarse. Netta está realmente obsesionada con ese programa de la tele sobre bodas. Quiere celebrar una boda. Quiere ser la novia, ponerse un vestido blanco, tener una fiesta. No tiene una noción realista de lo que viene después. Sabe más o menos lo que es el matrimonio. Sabe que la gente del programa se casa, sabe que Bo y yo estamos casados, pero en realidad no sabe qué implica eso. Pensé que se pondría muy contenta si le compraba un vestido de novia de segunda mano para jugar con él, pero no quería quitárselo, así que tuve que deshacerme de él –puso los ojos en blanco y soltó un suspiro—. En qué momento, Dios mío. Estuvo furiosa conmigo varios días. Y enfadada varias semanas.

—Yo debería saber estas cosas –comentó Luke—. Debería saberlas, por Art.

—Mira, yo estudié esto en la universidad. Bo y yo cuidamos de discapacitados porque queremos hacerlo. Solo tres adultos con necesidades especiales y solo mujeres. Tú haces un gran trabajo con Art, pero si te importa su calidad de vida no te vendría mal involucrarte un poco en un grupo de apoyo para padres y tutores. Aprenderías mucho y podrías compartir tus experiencias –hizo una pausa y sonrió—. Te enterarías de problemas comparados con los cuales los tuyos son pan comido. Aunque parece que Art está perfectamente, tal vez en algún momento surja un problema y necesites contar con gente, con personas que puedan ayudarte si necesitas consejo.

—Personas como tú.

—Yo voy al grupo de apoyo todos los jueves por la tarde. Nos reunimos en un centro municipal y vienen todas mis chicas. Es una reunión muy relajada y agradable y hay algunas actividades para ellos mientras los demás charlamos. Es muy informal. Pero necesitamos ese contacto. Lo llamamos «la hora feliz» —dijo con una sonrisa—. Hay grupos pequeños en todas partes. Algunos se reúnen por las noches, y otros para desayunar o para comer. En mi grupo somos siete personas. Elegí ese grupo porque a esa hora Bo puede ocuparse de la panadería y yo me puedo escapar un rato. Cuando vuestro bebé sea un poco más grande, quizá Shelby y tú podríais pasaros con Art. Seguro que Art se divertiría.

—Lo haremos –dijo—. Sé que no tengo mucha experiencia. Art tiene tan buen carácter que nunca pensé que podía necesitarla.

—Me alegro mucho de que hables de estas cosas. Lo estás haciendo genial, Luke. Art tiene mucha suerte.

—Gracias –contestó él. Pero para sus adentros estaba pensando que era Art quien lo había cambiado a él, y no estaba seguro de a quién dar las gracias por ello—. Creo que quien tiene suerte soy yo. Por fortuna, Art no necesitaba un experto.

—Bueno, yo creo que quizá te estés infravalorando. Venid a alguna reunión cuando el bebé sea un poco mayor.
—Lo haremos.

Había pasado una semana entera desde que Mel Sheridan se había levantado de la mesa, furiosa con su marido. Esa noche no había cenado, ni se había acurrucado junto a Jack para dormir. Desde ese día le había dedicado una cortesía distante, completamente impropia de ella. Estaba enfadada, y no podía olvidarse de aquel asunto, aunque pareciera una cabezota. A su modo de ver, Jack no tenía justificación. Una semana después, seguía castigándolo con su frialdad y lo sabía, pero pese a todo creía que no había llegado al punto de convertirse en una auténtica bruja.

Lo que había hecho había sido evitar el asunto del bebé y de la madre de alquiler. Iba al bar a ver a Jack, pero con menos frecuencia que antes. Cuando se sentaba en el taburete de siempre para hablar con él, su conversación era siempre superficial. Daba de cenar a los niños y los acostaba por las noches, se preparaba algo rápido para comer (una sopa de lata, o un sándwich de huevo), y dejaba que Jack cenara solo en el bar. No se acurrucaba a su lado, ni habían vuelto a hacer el amor. Aquel paréntesis en su rica y satisfactoria vida sexual estaba siendo muy duro para los dos. Pero ella sería la última en reconocerlo.

Sabía perfectamente lo que estaba haciendo y se odiaba por ello, pero lo hacía de todos modos. No sabía qué pasaría primero, si a ella se le pasaría el enfado, o si Jack daría su brazo a torcer.

—Todavía no te has reconciliado con Jack, ¿verdad? –le preguntó Cameron Michaels cuando se encontraron en la cocina de la clínica a la hora del café.

—¿Cómo lo sabes? –preguntó Mel.

Cameron se rio.

—Se te nota que estás enfadada.

Ella sirvió café para los dos.

—¿Has hablado con Jack sobre esto?

Él aceptó la taza.

—Mel, no voy a meterme en esto bajo ninguna circunstancia. ¿No te lo dejé claro ya? Tú eres mi socia, él es mi amigo y esto tiene que quedar entre vosotros dos. Y punto.

—Pero ¿tú qué opinas? —insistió ella.

Cameron sacudió la cabeza.

—No, no pienso entrar en eso. Lo que decidáis Jack y tú será lo mejor para vuestra familia y yo me alegraré por ello.

—Pero ¿tú lo harías si Abby quisiera?

Él se quedó mirándola.

—Creo que tienes que ir al otorrino. No voy a tomar partido en este asunto. Es demasiado personal.

—Eres un gallina —le reprochó ella.

—Tienes razón.

—¿Y si te lo preguntara Jack?

—Le diría lo mismo que a ti.

—Es muy difícil llegar a una conclusión cuando nadie quiere darme su opinión.

Cameron arrugó la frente.

—¿A una conclusión sobre qué?

—Sobre si estoy loca o no —Mel se encogió de hombros.

—Bueno, sobre eso sí tengo una opinión formada —contestó él—. No estás loca. ¿Qué te parece?

—¿Podrías decírselo a Jack, por favor?

—No —contestó él con firmeza—. Además, él ya lo sabe.

—Yo no estoy tan segura. Cree que todo esto es porque no he asumido la pérdida de mi útero.

—¿En serio? —preguntó Cameron—. Pero de eso hace bastante tiempo, ¿no? ¿Un par de años?

—Exacto —dijo ella en tono casi triunfante—. ¡Un montón de tiempo!

—Estoy un poco perdido. ¿Cómo va a ser eso?

—¡Es que no puede ser eso! Pero Jack cree que pasaron muchísimas cosas de golpe y que no tuve ocasión de asumir lo que me había ocurrido. La operación, el incendio forestal, el regreso de Rick de Irak, todos los ajustes que hubo que hacer porque estaba herido... Ya sabes. Pero estoy segura de que no es eso —ladeó la cabeza y escuchó—. Ha llegado mi próxima paciente —dejó su taza de café—. Gracias por decir que no estoy loca.

Él sonrió débilmente e inclinó la cabeza. Pero cuando ella salió de la cocina, dijo en voz baja:

—Vaya, qué interesante.

Mel salió al vestíbulo a recibir a su nueva paciente. Solo sabía de ella su nombre, Marley Thurston, su edad, dieciocho, y que aquel era su primer embarazo. La acompañaba un joven que apoyaba solícitamente la mano sobre su espalda.

—Tú debes de ser Marley Thurston —dijo Mel al tenderle la mano—. Mel Sheridan. ¿Cómo estás?

—Bien —contestó la joven, estrechándole la mano—. Encantada de conocerla. Este es mi novio, Jake Conroy.

—¿Qué tal? ¿Podríais rellenar un formulario antes del examen?

—Claro, pero antes de nada, ¿podemos hablar un momento sobre el embarazo? ¿Sobre unas cosas?

—Claro. Acompañadme. El despacho está libre. Vamos a sentarnos allí —los condujo al despacho. Una vez sentados, dijo—. Tengo la impresión de que estáis algo preocupados. ¿Por algún motivo en concreto?

Se miraron. Luego el joven bajó la cabeza y dejó que Marley contestara:

—El embarazo no estaba previsto. Mi amiga Liz Anderson me dijo que usted podía ayudarnos —se encogió de hombros—. Por eso hemos venido desde Eureka a verla.

Liz y Mel se conocían desde hacía mucho tiempo. Liz y Rick estaban prometidos. Se casarían pronto. Mel cruzó las manos encima de la mesa.

—Eso depende de qué tipo de ayuda necesitéis. Si no puedo prestaros ayuda, quizá sí pueda deciros dónde encontrarla.

—El caso es... –se le quebró la voz y los ojos se le llenaron de lágrimas. No pareció capaz de continuar.

—No fue... Fue un accidente –añadió el joven—. Culpa mía. Culpa mía por completo.

—Tranquilos –dijo Mel—. Esas cosas pasan. ¿Estás segura de que estás embarazada? Todavía no te hemos hecho el análisis.

Marley asintió.

—De tres meses. De casi tres meses, creo. Señora Sheridan, hemos decidido que no podemos ser padres en este momento. Acabamos de terminar el primer curso en la universidad y no sabe usted lo difícil que es. No los estudios. Los dos somos buenos estudiantes. Pero trabajar, estudiar e intentar pagar las facturas. Los dos hemos tenido que pedir préstamos para pagarnos los estudios. Y vamos a tener que pedir muchos más antes de que... –miró a su novio en busca de ayuda.

—Llevamos juntos desde el instituto y queremos casarnos, de veras. Hemos intentado encontrar una solución... –Jack se aclaró la garganta—. Nuestras familias no están... No tienen estudios, ni dinero para ayudarnos. Marley dice que, si es lo que yo quiero, ella puede dejar los estudios y podríamos vivir con sus padres, dormir en la habitación de ella, pero...

—Pero tampoco sería bueno para el bebé. Ni para nosotros, ni para el bebé, ni para nuestras familias. Dios –dijo ella, golpeándose la rodilla con el puño—. La hemos fastidiado de veras.

Mel respiró hondo. No le gustaba adónde iba a parar aquello. Pero antes de explicarles que no practicaba abortos, preguntó:

—¿Cómo creéis que puedo ayudaros?

—Bueno –dijo Marley—, estábamos pensando en darlo en adopción. Pero no queremos una adopción normal. Nos estábamos preguntando si sería posible dar a nuestro bebé en adopción sabiendo dónde está y con quién. Seguramente sería injusto involucrarse en su vida, eso lo entendemos. Pero si pudiéramos conocer primero a los padres, tal vez incluso escogerlos...

—Y que nos mandaran fotos –dijo Jake—. Y más adelante, si el niño o la niña quiere conocernos o conocer a sus hermanos, si los tiene... Bueno, estaríamos abiertos a ello porque no queremos abandonarlo. Quiero decir que haríamos casi cualquier cosa...

—Pero hemos decidido que también tenemos que pensar en él. Los dos tuvimos una infancia muy pobre, y créame... Si el bebé puede crecer con una buena familia y tener su propio cuarto y hacer deporte y actividades extraescolares, y que lo ayuden un poco para estudiar en la universidad... Ya sabe, unos padres que lo quieran y lo protejan. Es lo que queremos para nuestros hijos –agarró la mano de Jake—. Si la adopción no puede ser así, hemos decidido ya que no lo daremos. No podríamos soportar no saber si está bien. No podemos dejarlo en manos de una agencia de adopciones y lavarnos las manos para siempre.

—¿Puede hacerse algo? –preguntó Jake—. ¿Hay algún modo de solucionarlo?

Mel sonrió con calma, pero por dentro su corazón aleteaba a mil por hora.

—Sí, chicos. Sí. Suele llamarse «adopción abierta». Un abogado se encarga de los pormenores legales, podéis reuniros con los posibles padres adoptivos, conocerlos un poco y...

Se miraron con preocupación.

—¿Un abogado? –dijo Jake—. Nosotros no tenemos dinero. Bueno, podemos pagar la consulta médica, pero...

Mel sacudió la cabeza.

—Los gastos suelen correr por cuenta de los padres adoptivos. Pero es importante que tengáis en cuenta que vosotros también tendríais a comprometeros a ciertas cosas. Tendríais que comprometeros a cuidar la salud de la madre y del bebé durante el embarazo. Nada de alcohol, tabaco o drogas, revisiones prenatales regulares y, una vez formalizado el contrato con los adoptantes, no podríais cambiar de idea y que ellos asumieran los gastos, que son considerables. Tenéis que estar muy convencidos. Si creéis que lo estáis, puedo ayudaros.

—Bueno, yo quiero que el bebé esté sano y no bebo, ni fumo, ni nada de eso —contestó Marley, muy seria—. Solo quiero que tenga una buena familia y un hogar estable. ¿Cómo puedo asegurarme de eso?

—Además de conocer a los posibles padres adoptivos, vuestro abogado tendría que hacer averiguaciones sobre ellos, cerciorarse de que no tienen problemas de salud graves, de que no han estado en la cárcel ni han sido denunciados por maltrato, abusos o impago de deudas. Ese tipo de cosas.

—¿Cree que habrá alguien con esas características que quiera a nuestro bebé? —preguntó Marley.

—Tesoro, la mayoría de los padres adoptivos esperan mucho tiempo para tener un bebé. No hay muchos jóvenes que sean capaces de tomar una decisión tan dura como esta.

—¿Y habrá alguna pareja dispuesta a aceptar esos términos? ¿Que queramos seguir teniendo noticias del niño o la niña después?

—Tenéis que hablar con vuestro abogado y hacer planes para hablar solo con posibles adoptantes que acepten esos términos —Mel sonrió—. Son condiciones razonables y bastantes comunes. Naturalmente, tenéis que entender que una adopción abierta no es lo mismo que una custodia compartida. Tendríais que renunciar a la patria potestad, dejar que los padres adoptivos críen y eduquen al bebé a su manera y por sus propios medios. Eso podría significar no visitar nunca a vuestro hijo, aunque os mantengan informados de qué tal está.

Jake se echó un poco hacia delante.

—¿Sería muy descabellado ir a verlo jugar al fútbol, por ejemplo, si tuviera un partido? ¿O...?

—¿O ir a verla actuar en una función de baile, si hiciera ballet?

—Siempre y cuando no os inmiscuyáis indebidamente en la

vida de la familia adoptiva. Puede que a los padres no les preocupe que vayáis a un partido o una función de baile, pero para el niño o la niña, dependiendo de su edad y de lo que sepa sobre sus padres biológicos, tal vez sea problemático encontrarse con vosotros allá donde vaya. Seguro que no os cuesta imaginároslo: una extraña pareja va a todos los partidos de la liguilla infantil, hace siempre fotos del mismo niño de diez años, lo anima desde las gradas... O bien el niño se da cuenta de que hay algo raro, o bien os detienen como potenciales secuestradores. ¿Entendéis? Tenéis mucho tiempo para pensar en cosas así y decidir si de verdad os sentís cómodos con la idea.

—Hemos hablado mucho de esto –dijo Marley—. No queremos molestar al niño o la niña. Queremos que sea feliz. Y luego, cuando tenga dieciocho años o así, si quiere conocernos, si a sus padres no les importa demasiado, tal vez podríamos... ya sabe... tener alguna presencia en su vida. ¿Le parece una locura?

«Dios mío», pensó Mel. «¿Qué padres adoptivos discutirían con unos chicos tan considerados y prudentes como estos?».

—No, no me parece una locura en absoluto. Pero antes de adelantarnos a los acontecimientos, vamos a hacer el examen físico y a abrir la historia. Ah, y si os interesa, mi cuñada es abogada. Podríais consultarle el asunto gratuitamente y luego decidir si queréis que se ocupe del proceso de adopción. Si todo sale bien, yo podría ayudaros a encontrar unos padres adoptivos que acepten vuestros términos.

Marley dejó escapar un suspiro de alivio. Luego se apoyó en Jake, agotada. El chico la abrazó y dijo:

—Todo va a arreglarse, nena. Todo va a arreglarse.

Mel se acercó a la barra a la hora mágica en la que casi nunca había nadie en el bar. Sonrió al entrar, se subió a su taburete de siempre y se inclinó hacia Jack.

—Hola, nena –dijo él, inclinándose para darle un beso.

—Me gustaría declarar una tregua –dijo ella—. Te pediré perdón si tú también me lo pides.

Él levantó una ceja.

—¿Significa eso que si no te pido perdón tú no me lo pedirás a mí?

Ella se rio.

—Está bien, siento no haber sido muy comprensiva con tus sentimientos respecto al asunto de la madre de alquiler. Si no puedes asumirlo, no puedes. Y no hay nada más que decir. Ya lo he aceptado.

—No estoy seguro de por qué tengo que pedirte disculpas –dijo Jack—. Sugiéreme algo.

—¿Qué tal por ser tan cabezota? –propuso ella.

—Eso sería un poco como si la sartén le dijera al cazo «quita de ahí, que me manchas» —contestó Jack—. Pero reconozco que soy bastante terco. En cualquier caso, te quiero. Haría cualquier cosa por ti, siempre y cuando esté convencido de que no es un error. Y creo que tú lo sabes.

—Lo sé. ¿Puedo tomarme un refresco?

—Claro.

—¿Y ahora podemos hablar de adoptar?

Jack se quedó un poco parado. Puso el refresco delante de ella.

—¿Por qué?

—Dijiste que estarías dispuesto a considerar esa opción.

—No fue eso exactamente lo que dije –puntualizó él—. Dije que, si hubiera un niño que de otro modo no pudiera tener una familia que lo quisiera y cuidara de él, estaría dispuesto a considerarlo. No es lo mismo.

—Según lo veo yo, la adopción es eso exactamente. Somos buenos padres, Jack. Tenemos el futuro asegurado. Podemos dar a un niño algunas cosas que tal vez sus padres biológicos no puedan darle. Y, como ya te he dicho, me gustaría tener otro hijo. Así que...

—¿Qué tendríamos que hacer exactamente? –preguntó Jack mientras se servía un café.

—No mucho. Rellenaría los impresos de adopción destacando nuestros valores y lo que podemos ofrecerle al niño. Harían las averiguaciones de rigor sobre nosotros para cerciorarse de que no somos delincuentes o maltratadores, ni estamos en la ruina o tenemos graves problemas de salud que puedan dificultarnos el ejercicio de la paternidad o acortar drásticamente nuestra esperanza de vida. Esas cosas.

—¿Habría que pagar?

—Claro que habría que pagar. Lo normal es pagar los gastos médicos y jurídicos de la madre, además de los nuestros, claro. A veces la madre se lleva también una bonificación. Una pequeña cantidad para ayudarla a salir adelante.

—Pero ¿no es como comprar un niño? –preguntó Jack.

—Eso sería ilegal –respondió Mel–. El proceso de adopción está muy controlado. Naturalmente, Brie sería nuestra abogada. Y ya sabes lo estricta que es.

—He oído decir que la adopción puede ser muy dura. Que la gente espera siglos para conseguir un niño. ¿Estás pensando en un niño un poco mayor? ¿O de otra raza, quizá?

—Estoy abierta a esa posibilidad, pero la verdad es que confiaba en que pudiera ser un recién nacido. Es lo que me pide el corazón. Un recién nacido más. Bueno... ¿Estarías dispuesto a hacerlo?

—Con una sola condición: que visitemos a un psicólogo antes de adoptar.

—¿Antes de que rellene la solicitud de adopción o antes de firmar los papeles definitivos?

—Prefiero que sea cuanto antes, pero no me importa que inicies los trámites.

—¿Y por qué exactamente quieres que vayamos a un psicólogo? No será otra vez por lo de mi útero, ¿verdad?

Jack sacudió la cabeza.

—No. He decidido mantenerme al margen de eso. No me gusta que te comportes conmigo como si fueras un témpano de hielo.

—Ya he dicho que lo sentía... Bueno, entonces, ¿para qué vamos a ir al psicólogo?

—Para asegurarnos de que seremos buenos padres adoptivos —respondió Jack.

—Me parece razonable.

—Y para que me aclare por qué me miente mi mujer.

—¿Qué?

—Nunca me habías mentido, hasta ahora. Últimamente están pasando cosas muy raras entre nosotros, pero nunca me habías mentido. No te has dado por vencida y has renunciado a tu deseo de contratar a una madre de alquiler y recurrir a la adopción. Lo que ocurre es que ya tienes tus miras puestas en un niño.

—¿Qué te hace pensar que...?

Jack esbozó una sonrisa y levantó una ceja.

—Por favor, eres matrona... Ahora, ¿por qué no me dices la verdad? ¿Qué está pasando? Creía que podíamos confiar el uno en el otro. Contárnoslo todo. ¿Qué ha cambiado?

Mel suspiró.

—Bueno, últimamente has estado intratable —dijo.

Jack le tocó la nariz.

—Creo que esta es la primera vez desde que nos conocimos que no te sales con la tuya conmigo. Está usted muy consentida, señora Sheridan.

—De acuerdo, yo reconozco que estoy muy consentida si tú reconoces que estás intratable...

—Le dijo otra vez la sartén al cazo...

—Tengo una paciente nueva —explicó Mel—. Una joven encantadora. Su novio y ella son buenos amigos de Rick y Liz. La verdad es que fueron ellos quienes los mandaron a verme. Me han pedido ayuda para poner en marcha una adopción. Quieren ceder la patria potestad de su bebé para que tenga un buen hogar y unos padres que lo quieran, pero a cambio los padres adoptivos tienen que estar dispuestos a proporcionarles fotografías del niño y de mantenerlos informados de su evolución. Comprenden que no pueden entrometerse en su vida, al menos hasta que su hijo alcance la madurez, sepa que es adoptado y decida si quiere conocer o no a sus padres biológicos.

—¿Ya saben que es niño?

Mel sacudió la cabeza.

—No, estoy hablando de un caso hipotético. Puede que sea una niña.

—¿Y por qué quieren hacer eso?

—Por razones muy sensatas: llevan juntos desde el instituto, pero acaban de terminar su primer curso en la universidad y económicamente está siendo muy duro. Saben que, si intentan criar al niño, pasarán penalidades los tres. Quieren casarse con el tiempo y tener hijos, pero también quieren que su hijo tenga una vida mejor de la que ellos podrían darle ahora. Ha sido una decisión muy difícil y muy valiente.

—¿Y les has dicho que quieres quedarte con el bebé?

—No. Y aunque la verdad es que me encantaría, primero les recomendaría que se entrevistaran con varias posibles parejas adoptantes.

—Ajá. Pero se te ocurren al menos cien motivos por los que nosotros saldríamos vencedores, ¿verdad?

—Bueno, estoy de acuerdo en que somos unos candidatos muy apetecibles y...

—Y venimos recomendados personalmente por sus amigos, tenemos hijos pequeños propios, una situación económica y un hogar estables, estamos sanos, tú eres enfermera y trabajas con un pediatra, no somos delincuentes ni maltratadores, tenemos a todo el pueblo para respaldarnos... ¿Es necesario que continúe?

—¿Hay más? –preguntó ella.

—Seguro que sí.

—¿Vas a acompañarme en esto? –preguntó ella con un destello en la mirada que Jack conocía muy bien.

—Sí –dijo él—. Pero primero vamos a sentarnos a hablar

con un psicólogo y a asegurarnos de que podemos ser buenos padres adoptivos. Creo que es importante. Si el psicólogo está de acuerdo, por mí puedes empezar los trámites cuando quieras.

Mel sonrió, feliz.

—Gracias, Jack. Te prometo que no lo lamentarás.

CAPÍTULO 15

Aiden y Erin pasaron un par de días muy ajetreados después de la marcha de Sean y Franci. Aiden se puso en contacto con la agencia que se encargaba de su búsqueda de empleo para decirles que le interesaba establecerse en la zona de Chico, y Erin y él fueron a San Francisco a comprar ropa para sus posibles entrevistas de trabajo. Había pasado tanto tiempo en el Ejército que solo tenía un traje de paisano, y estaba un poco anticuado. Pero al final Erin también se compró un par de cosas para ella.

—¿Por qué no empezamos a hacer el ajuar? —sugirió Aiden—. Podríamos elegir un par de camisones extremadamente sexys.

Pero empezaron por comprar un anillo. Aiden tenía pensado encargar uno hecho expresamente para ella, pero al pasar por Tiffany's Erin vio una sortija que la dejó boquiabierta, y a Aiden le bastó con eso.

Erin estaba deseando contárselo a su hermana, con la que hablaba al menos una vez al día. La llamó desde San Francisco. Marcie dio un grito de alegría y preguntó:

—¿Cuándo voy a ver el anillo?

—Espera, voy a hacerle una foto con el móvil. Te la mando y vuelvo a llamarte.

Un par de minutos después, volvieron a hablar.

—¡Dios mío! —exclamó Marcie—. ¡Quiero verlo personalmente! Pesa como dos kilos, ¿no? ¿Tengo que esperar hasta que vengas a casa? Porque el médico me ha dicho que no conviene que haga viajes largos en coche.

—Aiden confía en tener pronto alguna entrevista en la zona de Chico. Si surge algo, iré con él. Pero ¿te das cuenta de lo poco que falta para que vaya? Volveré antes de que des a luz, ¡y para eso solo quedan un par de semanas! ¿Cómo te sientes?

—Enorme, pero bien. Estoy preparada.

—Ya queda muy poco, Marcie. Ten paciencia —dijo Erin.

Después de pasar un par de noches en San Francisco, regresaron a Virgin River. Fueron a casa de Luke para asegurarse de que estaban todos bien y de que Sean y su familia habían llegado sanos y salvos a Montgomery. Después, pasaron la noche en la cabaña, en la que cada vez había más cosas de Aiden, incluido su ordenador portátil. Prácticamente se había mudado allí.

—La verdad es que no imaginaba que la vida pudiera ser así de perfecta —comentó ella—. Si tenemos una casa y un buen trabajo en Chico y esta cabaña en la montaña para escaparnos de vez en cuando, ¿qué más podemos desear?

—¿Además de mi divorcio? ¿Qué te parece un niño o dos? —respondió él.

—¿Y si no puedo tener hijos?

—¿Y si no puedo yo? —repuso él—. La verdad es que seguramente podemos los dos. ¿Tú estás dispuesta?

—¿Estás seguro de que no soy demasiado mayor? —preguntó Erin.

—¿A los treinta y seis años? Atendí a una parturienta de cuarenta y dos años justo antes de dejar el Ejército. Era su primer parto. No eres demasiado mayor para tener un hijo, eso está claro. ¿Te parece que es un poco tarde para comprometerte a invertir veinte años o más ocupándote de un hijo?

—Es solo que pensaba que era una de esas cosas que ya no iban a pasarme, que nunca sucedería. Sé que tú tienes muchas ganas...

—Sí, las tengo. Pero la paternidad es un deporte que se juega en equipo, de eso no hay duda. Y los dos tenemos que estar de acuerdo, Erin. Si tú no quieres, no voy a forzarte.

—¿Y eso no te haría cambiar de idea respecto a casarte conmigo?

—En este momento, nada podría hacerme cambiar de idea respecto a eso. Pero ¿qué te parece si llegamos a un acuerdo ahora mismo? Las cosas en las que convenga que haya unanimidad de criterio, o estamos los dos de acuerdo en que las queremos, o no las hacemos.

—¿Qué otras cosas se te ocurren, aparte de tener hijos? –preguntó ella.

—No sé. Mudarse a otro lugar –respondió Aiden—. Compras importantes. Gastos de vacaciones. Esterilización –se encogió de hombros y añadió—: Adopción.

Erin se acercó y se sentó sobre sus rodillas.

—Me gustaría tener un hijo biológico con mi marido, pero me preocupa que mis óvulos estén envejecidos o algo así. Y respecto a eso tengo convicciones muy firmes.

—¿Cuáles, por ejemplo?

—Que lo que te toca, te ha tocado. Si decides intentar ser madre, lo que te toca, te ha tocado. No abortaría porque mi hijo no fuera perfecto.

—En eso estamos de acuerdo. ¿Ves qué fácil es? Por cierto, ¿se te ha retrasado el periodo?

Ella se rio.

—Todavía no me toca. Y en eso no nos pusimos de acuerdo previamente.

—La verdad es que había pensado que fueras ver al médico del pueblo o a la matrona para que te recetaran algún anticonceptivo de urgencia, pero con tanta locura nos distrajimos y... No te preocupes, cariño. Ocurra lo que ocurra, todo irá bien –sonrió.

Esa noche se quedó dormida en brazos de Aiden, pensando que nunca había esperado que su vida pudiera ser tan plácida, tan sensata, tan razonable.

Pero la despertaron unos golpes en la puerta.

Aiden se giró con un gruñido, se sentó al borde de la cama y recogió sus calzoncillos del suelo.

—Busca una bata, nena. Voy a ver qué mosca le ha picado a quien sea a... —echó un vistazo al reloj— a las cinco de la mañana.

Erin entró en el cuarto de baño, donde estaba colgado su albornoz, pero antes de que pudiera ponérselo del todo y atárselo, oyó otro golpe y un gruñido de Aiden. Después, oyó gritar a un hombre:

—Aiden Riordan, queda detenido por agresión. Voy a leerle sus derechos...

Cuando llegó al cuarto de estar, atándose todavía el albornoz, había tres ayudantes del sheriff junto a la puerta. El más corpulento había empujado a Aiden contra la pared y le estaba esposando las manos a la espalda.

—¡Santo Dios! —exclamó Erin—. ¡Eh, oiga! ¿Y su orden de detención?

Uno de los ayudantes le entregó una hoja de papel doblada. Erin la desdobló y la leyó.

—¿Agresión? ¿A quién se supone que he agredido? —preguntó Aiden mientras el ayudante del sheriff le ponía las esposas.

—A su esposa, Annalee Riordan, como dice la orden —le informó el ayudante—. Tiene derecho a permanecer en silencio —prosiguió, recitándole sus derechos.

—¿Cuándo ha sido eso? —preguntó Aiden.

—Anoche —dijo Erin después de leer la orden—. Pero él ha estado aquí, conmigo, toda la noche. Y no había nadie más en casa. Esa mujer no ha estado aquí. Y nosotros no hemos salido.

—Erin, llama a Ron Preston —dijo Aiden—. Seguramente voy a necesitar un abogado que sea de por aquí. Tranquilo, agente. Hace más de una semana que no veo a esa mujer. ¿Ha dicho que le he pegado?

—Eso cuenta.

—Necesito mis pantalones, agente. Y mis zapatos –dijo Aiden—. Vamos, estoy en calzoncillos.

—Así nos aseguramos de que no va armado –respondió el ayudante del sheriff.

—¡Ni siquiera tengo un arma! –respondió Aiden con vehemencia, girándose.

—¡Quieto!

Erin se acercó con la orden de detención en la mano y las mejillas encendidas de furia.

—Cálmese. Deje que le traiga algo de ropa y trátelo bien. No se está resistiendo y va a acompañarles voluntariamente, así que téngalo en cuenta al conducirlo al coche. Soy abogada en ejercicio y he estado con él las últimas setenta y dos horas, la mayor parte de ese tiempo en San Francisco.

—¿En todo momento? –preguntó otro ayudante.

—Salvo cuando se estaba probando ropa o cuando se levantaba de la mesa de un restaurante para ir al aseo de caballeros. Esto es absurdo –dijo Erin—. Esa mujer está causando un montón de problemas porque el doctor Riordan quiere divorciarse de ella. Llevan ocho años separados y el doctor Riordan está intentando acelerar el divorcio para que podamos casarnos.

—¿El doctor Riordan? –preguntó uno de los agentes.

—Sí –respondió Aiden, mirando hacia atrás—. ¿Están seguros de que ha sido agredida?

—Sí, desde luego. Le habían dado una paliza.

—¿Se encuentra bien? –preguntó Aiden—. ¿Fue muy seria la paliza?

—Ha sido atendida en el hospital y le han dado el alta –respondió el agente, y añadió con sorna—: ¿Hay alguna paliza que no sea seria?

—Tranquilícense, caballeros, y guárdense sus insinuaciones –dijo Erin con firmeza, autoritariamente, a pesar de que estaba en albornoz—. Evidentemente, mi prometido no sabe nada de esto. Aiden no se ha separado de mí más de tres minutos en los últimos tres días. Va a acompañarles sin presentar resistencia, pero ustedes van a tener que quitarle las esposas y dejar que se ponga la ropa.

—Muy bien —el ayudante tiró de las esposas y Aiden hizo una mueca de dolor—. ¿Va a portarse bien?

—Voy a ir con ustedes —contestó con voz ronca—. Pero vamos a hacer las cosas razonablemente, ¿de acuerdo?

Erin entró en el dormitorio y sacó una camisa, unos pantalones y unos zapatos.

—Voy a llamar a Ron y a ponerme en contacto con el fiscal del distrito. Esto es una broma muy pesada. Dentro de una hora estarás fuera.

—Puede que no, señora —dijo uno de los agentes—. Dentro de una hora, no habremos acabado de ficharle.

—Quizá convenga que utilicen la cabeza y se lo piensen dos veces antes de ficharlo. ¿Hay pruebas de alguna clase? Porque esa mujer está como una cabra y el doctor Riordan no le ha hecho ningún daño. Tengan mucho cuidado con este asunto. Y si este médico se lesiona las manos estando bajo su custodia, el condado va a estar pagando muchísimo tiempo.

—Gracias por el consejo —respondió con aspereza uno de los ayudantes—. Sabemos lo que hacemos.

—Más les vale —contestó Erin—. Porque yo nunca olvido una cara.

En cuanto los ayudantes del sheriff se llevaron a Aiden, Erin hizo un par de llamadas y se marchó a toda prisa al departamento del sheriff. Una abogada local que resultó ser hermana de Jack Sheridan se reunió con ellos allí. Brie Valenzuela se entrevistó con Aiden y con Erin y después fue a hablar con el fiscal del distrito, al que conocía bien. Convinieron en que no había ningún fundamento para la denuncia, aparte del testimonio de la mujer. Aiden no solo tenía una coartada a toda prueba, sino que la denunciante parecía haberse esfumado por completo. No había víctima. Y sin víctima, no había delito. Pero fue un día muy largo hasta que Aiden fue puesto en libertad sin cargos.

Estaban los dos agotados cuando regresaron a la cabaña de Erin. Aiden no estaba solo cansado, estaba desmoralizado. Se dejó caer en el sofá.

—Vamos a solucionar esto –le dijo Erin—. Voy a prepararte una copa. Tengo whisky y coñac…

—Paso –dijo él, haciendo una mueca.

Erin miró dentro de la nevera.

—También hay dos cervezas y un dedo o dos de Merlot. Un Merlot buenísimo, pero nos lo bebimos casi todo.

—Dame una cerveza –contestó él.

Erin sacó dos, las abrió y le llevó una. Se sentó junto a él con la otra cerveza, se recostó en el sofá y apoyó los pies en el diván. Bebió un largo trago de cerveza y dejó escapar un suspiro de cansancio.

Aiden posó la mano en su rodilla.

—Quizá deberías irte a casa, nena. Yo debería irme a casa de Luke y tú a Chico.

—De eso nada –contestó ella—. A no ser que vengas conmigo. En primer lugar, necesitas una coartada y yo voy a asegurarme de que tengas una para cada segundo del día, y en segundo lugar no quiero estar lejos de ti. Si crees que tienes que irte a casa de Luke por alguna razón, iré contigo.

Aiden sacudió la cabeza.

—Quiero que te mantengas al margen de esto. Odio que te hayas visto implicada.

—Habrías salido peor parado si no me hubiera implicado.

—Me aseguraré de tener siempre alguien alrededor. Luke o cualquier otra persona.

—Yo estaré contigo –respondió ella—. No me extraña que en este momento estés desanimado, después de cómo te ha tratado ese ayudante del sheriff. Pero en cuanto te recuperes un poco, quiero que salgas a pelear como un loco. Aiden, esa mujer intenta hundirte. No sé por qué ni cómo se propone hacerlo, pero quiere hundirte —se recogió el pelo con la mano encima de la cabeza—. Dios mío, ¿cómo se habrá hecho esas lesiones para que pareciera que le habías dado una paliza? ¿Se arrojó por las escaleras?

—No tengo ni idea. Ni sé por qué lo ha hecho.

Sonó el teléfono. Erin fue a contestar. Luego dijo:

—¡Ah, Marcie, cariño! Iba a llamarte ahora mismo —lanzó una mirada de preocupación a Aiden—. No, no, claro que no pasa nada. ¿Me has dejado mensajes? Perdona, cielo. Acabamos de entrar por la puerta y no he mirado el buzón de voz. Hemos estado fuera todo el día. En la costa. ¿No te dije que íbamos a ir a la costa? Lo siento, tesoro, pero por favor no te preocupes. Soy yo quien tiene que preocuparse por ti, no al contrario —se rio suavemente—. Pero, cariño, ya no estoy aquí sola. Tengo a Aiden y casi nunca nos separamos. Sí, puedes relajarte. Vamos a dormir aquí y estamos agotados, hemos tenido un día muy agitado. Claro, mañana te llamo. Yo también te quiero. Adiós.

Regresó al sofá y se dejó caer junto a Aiden.

—No le has dicho nada —dijo él.

Erin bebió un sorbo de cerveza.

—Sabe que estuviste casado. Se lo dije el fin de semana del Cuatro de Julio.

—Pero no sabe nada de este embrollo.

—Está a punto de dar a luz y su bebé no puede nacer normalmente. No quiero que se lleve un disgusto. Si se pone de parto ahora, le harán una cesárea de urgencia. No quiero que se preocupe lo más mínimo.

—En ese caso quizá lo más lógico sería decirle la verdad. Y asegurarle que lo tenemos todo controlado.

—Le he dicho la verdad. No hay por qué preocuparse y casi nunca nos separamos. Se contaré todo después de que nazca el bebé. Y estoy segura de que querrá que le cuente hasta el último detalle, por sórdido que sea. Marcie siempre era la que no cerraba los ojos en toda la sala cuando íbamos al cine a ver una película de terror y había una masacre.

Aiden se volvió hacia ella y levantó las cejas inquisitivamente.

—Me convenció para que fuera a ver con ella *La matanza de Texas*. Y no se perdió nada. Yo casi me escondí debajo de la butaca. No le da miedo nada. Es mucho más valiente de lo que he sido yo nunca. Pero es una suerte, porque gracias a eso ha superado cosas terribles. Admiro mucho a mi hermana, pero no quiero que ahora mismo se altere por este asunto con Annalee. Quiero que mi sobrino nazca con el tamaño adecuado y que Marcie tenga un buen parto.

Aiden se quedó pensando.

—Tal y como lo dices, suena muy lógico.

—Porque ella es muy temeraria y yo muy prudente —se volvió hacia él—. Te quiero. Estoy contigo en esto. Confía en mí. Deja que me quede a tu lado.

Aiden le puso la mano en la nuca y metió los dedos entre su pelo.

—Claro que confío en ti. Pero no quiero que tengas que pasar por esto.

—Es demasiado tarde para eso. Esa mujer me ha puesto tan furiosa que más vale que se ande con ojo.

Cinco días después de la detención de Aiden, sonó el teléfono en la cabaña de Erin. Contestó ella y Annalee dijo:

—Pásame con Aiden.

—Vaya, buenos días, Annalee —dijo Erin—. ¿Va todo bien?

—Pásame con Aiden. Rápido.

Aiden estaba sentado a la mesa con su portátil abierto y una taza de café a su lado. Al tenderle el teléfono, Erin dijo:

—Adivina quién ha vuelto a dar señales de vida.

Aiden agarró el teléfono de inmediato.

—Más te vale tener una buena excusa —dijo con aspereza. Escuchó un buen rato. Luego, por fin, dijo—: Naturalmente, eres consciente de que la extorsión es un delito —escuchó otra vez un buen rato—. ¿Quieres el teléfono de mi abogado para que puedas hacerle esa oferta? —escuchó otra vez—. Muy bien. Le haré llegar tu propuesta a mi abogado. Y Annalee... Te conviene buscarte uno muy, muy bueno —colgó.

Erin se quedó esperando.

—Propone que le dé cien mil dólares sin que medie ningún acuerdo escrito. Si lo hago, firmará todo enseguida. Si no, piensa llevarme a los tribunales y demandarme por abandono del hogar, malos tratos, agresión, crueldad psicológica, privación de libertad... —se rio de repente—. ¿Privación de libertad? ¡Dios mío, si estoy deseando perderla de vista!

Erin dio un paso hacia él.

—Aiden, no puede probar ninguna de esas cosas.

—Pero hay una denuncia. No puede probar nada, claro. Pero sí puede, tal y como me ha dicho, hacer circular rumores, incluso recurrir a la prensa. Puede armar tanto jaleo que ninguna clínica que se precie me dará la oportunidad de trabajar como ginecólogo. Cuando le he dicho que el chantaje es un delito, ha respondido que confiaba en que estuviera grabando la conversación. Luego me ha dicho que tome una decisión esta semana o que volverá a denunciarme por agresión. Y que seguramente la policía se cansará de que mi novia la abogada mienta por mí.

—¡Aiden! ¡No puede salirse con la suya!

—Sí puede —contestó él—. No podrá probar nada, claro, pero puede ponerme las cosas muy difíciles si hace correr la voz de que soy un maltratador. Puede arruinar mi carrera. Creo que, aunque fuera a la cárcel, podría arreglárselas para generar un montón de sospechas sobre mí —de pronto se rio—. ¿No te resulta familiar todo esto? Salvo el precio. El precio se ha disparado.

Mel estaba en recepción, con un montón de resultados de análisis a un lado y un montón de historias al otro. Cameron se había sentado detrás de la mesa, frente al ordenador. Estaban intentando prescindir de los papeles introduciendo todas las historias de sus pacientes en el disco duro. Mel había encontrado un programa perfecto para ellos, pero aun así era un trabajo ingente.

—En cuanto tengamos un poco de dinero extra, vamos a contratar a una administrativa, aunque sea a media jornada. Me paso la mitad del tiempo rellenando papeles.

Cameron respondió con un gruñido. Él tenía tanto papeleo como ella.

El negocio estaba empezando a despegar, no había duda. Pasaban consulta dos días a la semana y los dos podían ganarse la vida con la clínica, aunque fuera modestamente.

Se abrió la puerta y Darla Prentiss asomó la cabeza.

—¡Hola, Mel! ¿Tienes un minuto?

—¡Claro que sí! ¿Cómo estás?

—Estupendamente.

Darla hizo un gesto mirando hacia fuera y Mel oyó apagarse el motor de una camioneta y cerrarse una puerta. Luego apareció Phil Prentiss. Se quitó la gorra al entrar. Tenía los vaqueros, la camisa de cuadros y las botas muy gastados y un poco sucios: había estado trabajando. Darla, en cambio, se había puesto de punta en blanco: llevaba sus mejores pantalones de pinzas y una camisa blanca almidonada. Agarraba contra su pecho, como si quisiera protegerlo, un sobre marrón bastante grande.

—Mel —dijo Phil con una sonrisa—. Doctor —añadió mirando a Cameron.

Cameron se levantó para estrecharle la mano.

—Tenéis buen aspecto —comentó.

—Usted también, doctor. Mel... ¿podemos hablar contigo un segundo? Queríamos pedirte un favor —dijo Phil.

—Por aquí —dijo Mel, dirigiéndose al despacho—. Ya sabéis que por vosotros haría cualquier cosa.

Phil y Darla se rieron.

—Eso es justamente lo que esperamos.

Cuando estuvieron sentados en el despacho, Mel no pudo evitar sonreír al ver la mirada cómplice y las sonrisas que se dedicaban los dos jóvenes. Cruzó las manos sobre la mesa.

—Contadme de qué os reís, por favor —dijo.

Darla le pasó el sobre.

—Hemos pasado página, Mel. Es nuestra solicitud de adopción. Todavía confiamos en que Dios nos bendiga con un hijo, pero creo que no va a ser uno que hayamos hecho nosotros.

Mel agarró el sobre, perpleja. Se había quedado sin habla.

—Estuvimos hablando —agregó Phil—. Es evidente que Dios tiene otros planes para nosotros. Debe de hacer falta una pareja como nosotros para sacar a alguien de algún apuro, o no nos encontraríamos en esta situación. La verdad es que, si hubiéramos tenido hijos propios, seguramente no habríamos pensado en adoptar.

—¿Vais a dejar de intentarlo? —preguntó Mel con cautela.

Darla asintió.

—Sí. Hemos pensado que, ya que tenemos que gastar dinero, preferimos gastarlo en un abogado —se volvió y sonrió a su marido—. Y en empezar a ahorrar para la universidad de nuestro hijo. Imagino que tiene que haber pequeños por ahí que nos necesiten —se rio un poco—. Seguro que hay niños que buscan un lugar para crecer con leche recién ordeñada, un gran huerto y un pajar desde el que saltar.

—Pero ¿y si vuelves a quedarte embarazada? —preguntó Mel.

—Hemos decidido olvidarnos de eso —afirmó Phil, sacudiendo la cabeza—. En primer lugar, es muy poco probable. No parece que podamos. Y en segundo lugar, los embarazos que hemos tenido han sido muy traumáticos. No queremos complicarnos la vida más con ese asunto.

—Siento parecer una quejica. No tengo muchas cosas de las que quejarme. Pero no queremos tener que superar otro aborto. Además, Phil y yo siempre hemos tenido fe en que las cosas se arreglarán de un modo u otro.

—No eres ninguna quejica —dijo Mel cariñosamente—. Coma pareja, siempre habéis tenido una actitud excelente.

—Somos muy afortunados en otros aspectos —comentó Phil—. La granja va bien, la tierra se porta bien con nosotros y nos conocimos siendo bastante jóvenes. No puedo hablar por Darla, pero no hay un solo día que no me despierte y dé gracias a Dios por que sea mi mujer. Es la mejor esposa que pueda tenerse.

Darla se puso un poco colorada.

—Sabes por qué lo dice, ¿verdad? Porque, si se pone muy cariñoso y romántico, a veces le hago dos postres.

Phil se rio.

—No es lo único que hace si me pongo cariñoso y romántico, pero eso no te lo voy a contar.

—¡Phil! —lo reprendió ella. Luego miró a Mel, muy seria—. Mel, ¿podrías echar un vistazo a los documentos, por favor? ¿Decirnos si hemos incluido todo lo necesario o si falta algo?

—Claro —contestó Mel, casi aturdida—. Claro, veamos —abrió el sobre y sacó los papeles. Había varios currículums idénticos, fotocopiados—. ¿Cómo sabíais qué había que incluir?

—Lo miramos en Internet. Tengo intención de crear una página propia para que podamos colgar todas estas cosas. Así la próxima vez que alguien busque una pareja de padres adoptivos... —se encogió de hombros—. Ahí estaremos nosotros, listos para que nos encuentren.

Mel echó un vistazo a los papeles. Estaba todo. Datos personales, desde la edad al credo religioso, pasando por informes de salud, y una descripción de su vida doméstica: una granja lechera de gran tamaño, una casa de cinco habitaciones reformada, ingresos por encima de la media, ahorros e inversiones, sin antecedentes penales, largo arraigo en el pueblo y multitud de trabajos de servicio a la comunidad. Eran ideales, pero eso Mel lo sabía desde el instante en que los había conocido. Habían gastado una fortuna intentando tener un hijo propio.

—¿Os sentís cómodos con la decisión? —preguntó Mel.

—Sí, Mel. Tenemos una vida estupenda y un matrimonio feliz. Nos hemos esforzado mucho por hacer que las cosas fueran como queríamos, cuando tal vez ese no sea el plan. ¿Y sabes qué? Si tampoco estamos destinados a adoptar, acabará por aparecer algún niño. Nosotros hemos hecho el papeleo, pero vamos a dejar esto en manos de Dios. Si a Él le parece oportuno echarnos una mano en esto, nos enviará al niño al que estamos destinados a criar.

«¿Si Dios lo ve oportuno?», pensó Mel, enfadada. «Dios no ha sido de gran ayuda de momento». Pero disimuló su enfado y dijo:

—Bien, ¿y hasta qué punto sois flexibles? Aquí no dice cómo queréis que sea vuestro hijo. Eso también suele incluirse en la solicitud. La mayoría de las parejas tienen una idea definida: como un varón de menos de seis meses, blanco, y esa clase de cosas.

Se miraron y se rieron otra vez.

—Eso sería poner condiciones, en lugar de estar abiertos a lo que venga.

—Bueno, entonces podría ser un niño de seis años mestizo. O un niño con alguna discapacidad —dijo ella.

—Si hubiéramos tenido un hijo biológico, de lo único que podríamos haber estado seguros habría sido de su raza. ¿Crees que si nuestro hijo hubiera nacido con una discapacidad lo habríamos devuelto? —Darla se rio y sacudió la cabeza—. Te seré sincera, Mel. He soñado muchas veces con abrazar a un bebé, con ver cómo le salen los dientes a nuestro hijo, o cómo aprende a andar o a hablar, o cómo va creciendo. Pero pensándolo bien, lo único que le falta a nuestra vida, que es casi perfecta, es la risa de un niño o de varios. Y creo que eso pueden hacerlo los niños de todas las edades, formas, tamaños y colores.

—Quiero que penséis una cosa. Muchas jóvenes que deciden dar a su bebé en adopción quieren mantener algún tipo de contacto con él. Quieren que se les informe regularmente de cómo está, quieren ver fotografías, etcétera. Y puede que incluso habiéndolo dado en adopción y habiendo cedido su patria potestad, quieran pasarse alguna vez por un partido de la liga de fútbol infantil para ver jugar a su hijo –dijo Mel, confiando en asustarlos.

Phil y Darla se miraron, un poco desconcertados, y Mel pensó: «¡Ajá! ¡Hasta ahí no quieren llegar!».

—Pero ¿no es lo más lógico? –preguntó Darla—. Tengo que reconocer que, si yo me viera obligada a entregar a mi hijo para que lo eduque otra persona, me sentiría mucho más tranquila si supiera que mi hijo está creciendo sano y feliz.

—Esas cosas pueden ser terriblemente complicadas, ¿sabes? –dijo Mel—. Que la madre biológica esté fiscalizándote todo el tiempo, que tal vez incluso se inmiscuya en tu vida si no le gusta cómo estás haciendo las cosas...

Phil se rio.

—¿Más complicado que aguantar al gruñón de mi padre, que vigila la granja como si no se hubiera jubilado hace veinte años y que todos los días amenaza con quitárnosla a mi hermano y a mí? –se rio otra vez, y Darla lo imitó—. Mel, cuando tienes un gran rebaño y tratas de ganarte la vida con la Madre Naturaleza, conviene que des por descontado que habrá complicaciones. No hay nadie más caprichoso que la Madre Naturaleza –miró a su mujer—. ¿No lo hemos comprobado cuando hemos intentado tener familia?

Mel volvió a guardar los documentos en el sobre.

—Bueno, creo que está todo, a no ser que cambiéis de idea y decidáis ser más concretos respecto al tipo de hijo que buscáis. O... a no ser que decidáis intentar otra vez tener un hijo biológico. La última vez tu embarazo duró bastante: dieciocho semanas.

Darla sacudió la cabeza.

—Me temo que no estoy preparada para pasar por eso otra vez. No solo es muy doloroso, sino que además acabo sintiéndome una fracasada. Sé que una tontería, pero...

—Conozco esa sensación –dijo Mel—. Pero ¿qué os parecería recurrir a una madre de alquiler? ¿Habéis hablado de ello?

—Sí. Parece una opción muy razonable para parejas como nosotros. Pero yo tengo treinta y cinco años y Phil treinta y ocho. No queremos seguir probando. Como te decía, con ese dinero se puede abrir una cuenta para la universidad. Y no hay muchos niños ricos dados en adopción. Si adoptamos uno, será un pequeñín al que alguien no podrá mantener. Pero nosotros sí. Lo tenemos todo. Todo, menos hijos.

Phil se recostó en su silla.

—Yo necesito tener un hijo para darle la tabarra como mi padre me la da a mí. Estoy deseando dejarle la granja y aparecer por allí todos los días para decirle lo que está haciendo mal –bromeó.

—Vamos, Phil –dijo Darla—. Tu padre intenta ayudar. No lo hace con mala intención.

—¿Y si...? ¿Y si nunca se presenta un bebé, o un niño pequeño? –preguntó Mel.

—Bueno –dijo Phil—, si es así, supongo que nos moriremos con un montón de cariño sobrante en el corazón –rodeó los hombros de su mujer con el brazo—. Hay cosas peores.

—En fin, buena suerte –dijo Mel al devolverles el sobre.

—¿Te importa guardarlo, Mel? Tú atiendes a todas las embarazadas de Virgin River. Vamos a llevar otro sobre igual a una agencia de adopción de Eureka y otro a la clínica de obstetricia más grande del condado. Pero quizás aparezca alguien de por aquí, justo de donde vivimos. Si te encuentras con alguien que nos necesite, ¿te importaría avisarnos? ¿Darle quizá nuestra documentación?

—Claro –contestó ella—. Claro, lo haré.

Y entonces recordó que aquello sucedía así tantas veces que era casi imposible pensar que fuera una coincidencia. La primera vez había sido hacía años, en Los Ángeles, cuando una joven había llegado al hospital llorando y diciendo que no tenía valor para abortar, pero que tampoco estaba en situación de criar a un hijo:

el padre no la quería ni se había ofrecido a ayudarla, sus padres estaban furiosos, etcétera, etcétera. Dos horas después, una mujer de treinta y tantos años a la que habían practicado una histerectomía había llevado una solicitud de adopción y preguntado si conocían a alguien que estuviera buscando a unos padres adoptivos a los que entregar a su bebé. Habían llegado ambas con tan poco tiempo de diferencia que casi se habían cruzado en la puerta. Mel las había puesto en contacto y había sentido una intensa satisfacción por haberles facilitado las cosas a ambas.

En aquel momento, no se sentía así. Se levantó y les tendió la mano.

—Os avisaré si me entero de algo.

Darla le dio la mano primero. Luego se la dio Phil.

—Gracias, Mel, eres un tesoro. Sabemos que seguramente pasará bastante tiempo. Tendremos paciencia. Pero dártelo a ti... Es lo más parecido a encargárselo a un ángel.

«¡Ja!», pensó Mel. «¡Si vosotros supierais...!».

—Bueno, no me atribuyáis méritos que no merezco –dijo con una sonrisa—. Ahora mismo no conozco a nadie.

Los acompañó a la puerta, les dijo adiós y regresó al despacho. Todavía conservaba el control de aquel asunto: en cuanto Marley y Jake la eligieran como madre adoptiva, todo iría como la seda. Se entrevistarían con Brie enseguida. Ella sería la matrona de Marley, y tal vez incluso atendiera el parto, si Marley estaba dispuesta. En el peor de los casos, podía enviarles a ver a John Stone, que sin duda la dejaría asistir al parto. Y para ellos sería un gran alivio que la madre de su hijo fuera una amiga íntima de Rick y Liz.

Guardó el sobre de los Prentiss en el cajón de abajo de la mesa. Si colocaba los brazos de determinada manera, casi podía sentir el peso de la cabecita del bebé en el hueco del codo. Si dejaba aquel sobre en el cajón un par de semanas, le daría tiempo a llegar a un acuerdo definitivo con Marley y Jake. Hasta podía dejarles que eligieran ellos el nombre del bebé. ¡Eso les convencería de que era perfecta!

Aquello sucedía con mucha frecuencia: la madre biológica y la adoptiva se conocían por pura casualidad justo en el momento en que era necesario. No solo había pasado en su consulta: también había oído contar casos parecidos a muchos médicos y enfermeras.

Pero ¡había vuelto a ocurrir! ¡Los padres biológicos habían acudido allí en busca de ayuda, y allí estaba ella! Era una buena opción y estaba perfectamente preparada para criar a su hijo. Igual de bien que los Prentiss, eso seguro.

Sacó el sobre del cajón y lo sopesó. Les tenía mucho cariño a Darla y Phil. Eran una pareja maravillosa. Y era una lástima que no pudieran tener hijos. Lo único que les hacía falta para que su vida fuera perfecta era un hijo en el que depositar todo su amor.

Volvió a guardar el sobre en el cajón. «¡El bebé es mío!», pensó con vehemencia. «¡Yo lo he encontrado! ¡Lo he encontrado justo cuando me hacía falta!».

Abrió el cajón y volvió a mirar el sobre. Los Prentiss gozaban de buena salud, tenían una vida familiar estupenda, montones de amor, una profunda fe religiosa, eran sensatos y buenas personas, tenían sentido del humor... Les habría encantado tener un bebé, pero no habían puesto condiciones. Otro niño podía necesitarles. Y no tenían hijos.

«Yo tengo dos», se dijo Mel. «Dos hijos sanos, felices, listos y guapos. Darla nunca ha abrazado a un bebé recién nacido contra su pecho. Pero yo necesito otro. ¡Necesito otro! Necesito sentir una vez más la dicha de la maternidad. Necesito sentirme necesitada. Y si no puedo ver crecer mi vientre, puedo ver crecer el de Marley. ¡Ver crecer a mi bebé!».

Cerró el cajón. Lo cerró con decisión. Apoyó la cabeza sobre la mesa. Le dolían la garganta y las sienes. Empezó a arderle el estómago. «Estoy incubando algo», pensó.

«No es tu bebé», dijo una vocecilla. «Lo deseas tanto que vas a intentar robárselo a unos posibles padres que merecerían tener un hijo más que nadie en el mundo. ¿Por qué vas a hacer eso?».

—Porque es lo que siento que necesito –dijo en voz alta. Suavemente, pero en voz alta.

Solo necesitaba un par de semanas, cuatro como mucho, para zanjar el asunto. Conseguiría que los Prentiss no se enteraran de lo del bebé de Marley, y que los padres del bebé no supieran nada de los Prentiss. Y aunque averiguaran lo de los Prentiss, tal vez prefirieran que Jack y ella adoptaran al bebé. No dañaría a nadie.

Un par de semanas para que los padres biológicos les escogieran a ellos, a Jack y a ella, que necesitaban otro bebé para entregarle todo el cariño de sobra que llevaban en el corazón. Darla y Phil acabarían por encontrar otro niño. O morirían con un exceso de cariño en el corazón. El propio Phil lo había dicho: había cosas peores.

«Esto no es propio de ti, Melinda», dijo otra vez aquella vocecilla.

«¿Y qué es propio de mí, entonces?», se preguntó. «Soy una mujer como otra cualquiera, una mujer como Darla, una mujer que quiere sentirse plena ¡Es completamente razonable!».

«Razonable», pensó. «¿Intentar forzar a tu marido a procrear con ayuda de una desconocida al precio de cincuenta mil dólares, a pesar de tener ya una familia sólida y feliz? ¿Mentirle, engañarlo para adoptar a un niño que ha aparecido como caído del cielo? ¿Hacerle chantaje emocional para que haga lo que quieres? ¿Comprometerse a ayudar a una pareja a la que quieres y admiras y esconder su solicitud para que tú puedas tener otro hijo? Razonable... Sí, para una auténtica chiflada».

Puso el sobre en la mesa. Agarró su bolso y su maletín y salió a recepción, donde Cameron seguía sentado frente al ordenador.

—Lo siento, creo que estoy incubando algo –dijo—. Necesito irme a casa. Te dejo el Hummer, por si hay una emergencia.

—Llamaré a Jack –dijo él, poniéndose en pie.

—No, no. Préstame tu coche. Tengo a la niñera en casa. Le

diré que se quede y me echaré a descansar un par de horas. Lo siento...

—¿Qué ocurre, Mel? –preguntó Cameron mientras buscaba las llaves de su coche en el bolsillo—. ¿Quieres que te lleve?

—No. No, es solo que estoy un poco mareada y tengo la sensación de que voy a tener una migraña. Debería irme a casa y echarme –tomó las llaves—. Estoy bien, pero sustitúyeme aquí, ¿quieres?

—Claro, pero...

—Luego te llamo, si así te quedas más tranquilo. Después de descansar un poco y tomarme una pastilla. Te traeré el coche antes de que cerremos...

—Eso no me preocupa –dijo él—. Estás pálida y te noto rara. Deja que te lleve...

—Te llamo luego –lo interrumpió ella, y se marchó.

A eso de la una, Cameron cruzó la calle y entró en el bar para comprar un sándwich. Se sentó en un taburete y dijo a Jack:

—¿Cómo está Mel?

—¿Mel? –preguntó Jack—. Tú lo sabrás mejor que yo.

—¿No ha pasado por aquí antes de irse a casa? ¿No te ha llamado?

—¿Qué? –dijo Jack—. ¿De qué estás hablando?

—Se fue a casa hace un par de horas. No se encontraba bien. La verdad es que tenía muy mala cara. Estaba pálida como un fantasma. Se llevó mi coche y me dejó el Hummer. Espero que no haya tenido que parar por el camino.

Jack arrugó el ceño.

—Fue muy repentino. Vinieron los Prentiss para traerle los papeles de su solicitud de adopción. Encontré el sobre encima de la mesa. Unos minutos después de que se marcharan, Mel se fue. Dijo que le parecía que iba a tener una migraña, pero en todo el tiempo que llevo trabajando con ella...

—Disculpa –dijo Jack. Se acercó un momento a las puertas batientes que daban a la cocina y luego se dirigió a la puerta del bar—. Ahora mismo sale el Reverendo a atenderte, Cam – y se marchó.

Llegó a casa lo más deprisa que puso, sin saber qué iba a encontrarse cuando llegara. Mel llevaba bastante tiempo de un humor extraño e impredecible. Él había intentado afrontar la situación como había podido. Nunca le había pasado aquello con su mujer. Mel era muy estable; el que tenía más problemas de temperamento era él: desde un leve síndrome de estrés postraumático consecuencia de su época de militar, a sus estallidos de cólera si las cosas no salían como quería.

Nunca se había sentido tan desconcertado respecto a Mel. Su mujer lo había retado, lo había asustado, lo había salvado, pero él nunca había dejado de entenderla. Era la persona más franca y directa que había conocido nunca.

Cuando entró en la casa, Leslie, la niñera de catorce años, se levantó de un salto del sofá alarmada.

—¡Jack!

—¿Mel está en casa? –preguntó él.

—Dijo que no se encontraba bien y fue a echarse un rato.

—¿Los niños están durmiendo?

—Sí. Dormirán una hora más, creo. ¿Pasa algo?

—No, nada. Sigue haciendo lo que hagáis las niñeras de catorce años a la hora de la siesta: hablar por teléfono, trastear en la cocina, dormir, ver la tele, lo que sea...

—Claro, Jack –dijo ella, riendo.

Jack subió a su habitación, a la habitación que había insonorizado por completo al construir la casa para que sus hijos y sus invitados no oyeran el ruido que hacían Mel y él durante sus maravillosos y apasionados encuentros sexuales. Su mujer estaba tumbada boca abajo en la cama, sollozando.

Jack se sentó a un lado de la cama y la hizo volverse suavemente. Ella tenía los ojos hinchados y la cara húmeda y enrojecida.

—Jack —dijo con un sollozo.

—¿Qué ha pasado, nena? —preguntó él, sentándola en su regazo.

—Phil y Darla fueron a llevarme sus papeles para adoptar a un niño. Me pidieron que se los dé a quien pueda necesitarlos. A cualquier madre que esté buscando una buena familia a la que dar a su hijo. Jack, iba a ocultárselo a Marley para que nos dé a nosotros a su bebé —escondió la cara en el pecho de su marido.

—Pero no lo has hecho —dijo Jack mientras le acariciaba el pelo.

—Pero iba a hacerlo porque pensaba que lo que más necesitaba en el mundo para sentirme bien era un bebé. No me importaba de dónde procediera, con tal de que fuera mío. Nuestro. Porque de ese modo volvería a ser una mujer, volvería a ser madre. Estaría completa otra vez, como cuando nos conocimos...

«Ya era hora de que se derrumbara», pensó él. «Hacía tiempo que tenía que pasar».

—Eres aún mejor que cuando nos conocimos —dijo—. Eres todo lo que puedo desear. Si te falta algo, te aseguro que no lo veo por ningún lado.

—Porque no se ve —respondió Mel—. Pero yo lo siento. Ahora hay un vacío donde antes estaba el centro de mi ser. Recuerdo... recuerdo que, cuando estaba casada con Mark y no me quedaba embarazada, me sentía como una tullida, aunque nadie más que yo viera mi tara. Tú no sabes lo que era ir en coche a la clínica con un tubito de esperma metido entre los pechos para mantenerlo caliente, con la esperanza de que aquella vez diera resultado, de que al fin me quedara embarazada...

—¿Entre los pechos?

—El médico nos decía que procuráramos hacerlo lo más romántico posible. Que intentáramos olvidar que era todo ciencia y recordar que se trataba de que mi marido y yo creáramos un hijo... Hacíamos el amor, yo recogía el semen, me ponía la ropa a toda prisa, me metía en el coche y me iba a toda velocidad al laboratorio... Pero Jack... No me sentía como las otras mujeres. Me sentía extraña, anormal. ¿Sabes cuál es la oración que más se reza? «Dios mío, ¿por qué no puedo ser como todo el mundo?».

—Nadie es como todo el mundo, nena –dijo Jack—. Todos somos distintos. Todos tenemos necesidades distintas. Y cada cual lleva su carga.

—No quería obsesionarme con quedarme embarazada, pero cuando llevaba uno o dos años intentándolo no pensaba en otra cosa. Todo cambió cuando murió Mark, claro. Luego te conocí a ti y sin pretenderlo tú llenaste ese vacío. Lo llenaste de vida, Jack –añadió—. Soy matrona, Jack. Dar vida, parir, es como el fundamento de todo. Lo echo de menos, Jack. Lo echo muchísimo de menos, y ya nunca lo tendré.

—Solo ha cambiado –dijo él—. Tienes hijos y sigues atendiendo a mujeres embarazadas. Sigues trayendo a niños al mundo, y lo que es más importante: cuidas de la salud de las madres. Gracias a ti superan muchísimas cosas...

—Pero yo quiero volver a sentir eso, Jack. ¡No estoy acabada! Quiero volver a ser la mujer que conociste, la mujer a la que dejaste embarazada sin intentarlo siquiera.

—La mujer a la que puse de muy mal humor sin proponérmelo –dijo él con una sonrisa.

—Quiero volver a tener la regla, ¿te lo puedes creer? Debería estar feliz por haberme librado de ella... pero la echo de menos.

—Yo también –contestó Jack.

—¿Tú? ¿Por qué? –preguntó Mel, incorporándose.

Jack se encogió de hombros.

—Mi vida giraba en gran parte en torno a tus periodos: cuándo tenías las reglas, cuándo no las tenías, si la tenías o no... Al final, resultó que no volviste a tenerla después de la primera vez que nos acostamos. Y estaba deseando que discutiéramos sobre si te parecía bien que hiciéramos el amor mientras tenías la regla. Fantaseaba con que a ti te diera vergüenza y a mí no me importara...

—Siempre has sido más ardiente de lo que te conviene –contestó ella.

—Porque eras tú –dijo Jack—. Tu cuerpo estaba siempre cambiando, pasando por fases. Por altibajos emocionales.

—Sigo teniendo altibajos

—Pero yo también lo echo de menos, Mel –añadió Jack—. Quería darte masajes en la espalda cuando tuviera calambres, quería oírte decir que estabas de mal humor o que la regla era un engorro. Echo de menos esperar a ver si te viene la regla y saber que, si no te viene, volverás a ponerte enorme y furiosa –se rio—. Eso también cambió de repente para mí. Tan de repente que da miedo pensarlo.

—Pero ¿te das cuenta? Eso me convirtió en otra mujer, sin previo aviso. Todo cambió de la noche a la mañana. Se supone que tiene que cambiar a los cuarenta y cinco o a los cincuenta, ¡no a los treinta y cinco! Acababa de descubrir cómo quedarme embarazada después de tanto trabajo y tantas molestias, y ¡zas! ¡Volvieron a quitármelo!

Jack le enjugó las lágrimas de las mejillas.

—Pero ahora tienes dos hijos a los que criar, a los que perseguir y gritar y a los que dar azotes y meter en la cama con nosotros. Ahora eres más sabia: has sobrevivido, has madurado y eres más equilibrada que antes. Ya no sangras. Ya nunca discutiremos sobre si puedes dejar que ame hasta el último palmo de tu cuerpo, aunque tengas las regla. No habrá más sorpresas. Ahora podemos hacer planes. Y en cuanto haya pasado esta crisis, no habrá más ataques de locura repentinos...

—¿Crees que es un ataque de locura? –preguntó ella.

—No –Jack sacudió la cabeza—. No. Es que tienes que asumir que has perdido una parte de tu cuerpo que para ti era esencial. Es muy duro, pero puedes asumirlo. En eso consiste asumir una pérdida. Para Rick también fue muy duro asumir que había perdido una pierna. Así que, ¿sabes qué, Mel? No vamos a tener más hijos. Por suerte, ya tenemos dos. Ahora podemos relajarnos y disfrutar de ellos –la mordió en el cuello—. Ahora puedo hacerte el amor tantas veces como quieras. Constantemente, si quieres. Podemos contratar a una niñera, cerrar la puerta con llave y pasarnos días enteros fornicando como conejos, si te apetece.

—Eso no va a hacer que me sienta mejor –le informó ella.

—Los orgasmos múltiples siempre han hecho que te sientas mejor –repuso él en voz baja.

—Bah –respondió ella en tono de reproche.

Jack se rio.

—Entonces es que finges muy bien. Siempre has sido tan madura a la hora de reconocer lo que te hace sentir bien...

—Jack, tengo un vacío aquí, dentro de mí –dijo ella, pasándose las manos por el vientre—. Noto un hueco, como si faltara algo importante.

Jack apoyó la palma sobre su tripa.

—Porque algo que estaba ahí antes, algo con lo que contabas, que creías que era una parte importante de ti, ha desaparecido. Tuvo que ser así, Mel. Era una cuestión de vida o muerte. No hubo más remedio.

—No me había dado cuenta de cuánto lo echaba de menos, de cuánto deseaba recuperarlo.

—Lo sé, nena.

—¿Y ahora que?

Él se encogió de hombros.

—Si te apetece llorar, yo puedo prestarte mi hombro. Al final te darás cuenta de que eres diez veces más mujer que cuando te conocí y de que eres mejor cada día. Te darás cuenta de que me enamoré de ti, no de tu útero, aunque te esté muy agradecido por haberme dado dos hijos antes de que lo perdieras.

—Esa idea de la madre de alquiler... ¿Por qué te parecía tan mal? –quiso saber ella.

Jack sacudió la cabeza.

—No estoy seguro. Tenía la corazonada de que estabas intentando llenar un vacío de nuestras vidas que no existía. Que intentabas forzar las cosas. Me parecía que no estabas siendo realista respecto a la vida que tenemos, que es casi perfecta. Y a veces, cuando se fuerzan las cosas, se pierde más de lo que se gana.

—Le pregunté a Phil Prentiss qué pasaría si no conseguían adoptar un niño y me dijo que morirían con un montón de amor de sobra en los corazones...

—Pues no quiero que a nosotros nos pase eso –dijo Jack—. Vamos a gastar hasta la última gota. En los niños, en nuestras familias, en tus pacientes, en el pueblo... En gente a la que no conocemos aún y en nuestros amigos de siempre. En nosotros. Gastemos nuestra última gota de amor mientras exhalamos el último suspiro.

Mel le sonrió a pesar de que una lágrima rodaba por su mejilla.

—Tengo que dar el sobre de Phil y Darla a esa joven pareja...

—Claro que sí –dijo él, enjugándole la lágrima—. Y así tu corazón será el doble de grande.

CAPÍTULO 16

Unos días después de la detención y la puesta en libertad de Aiden, el abogado que estaba tramitando su divorcio lo llamó a la cabaña de Erin.
—Tengo noticias. No estás divorciado. Pero tampoco estabas casado, exactamente.
Aiden frunció el ceño.
—¿Cómo dices?
—Tu mujer tiene un montón de maridos —añadió Ron—. Es una estafadora. Imagino que no te sorprende, ¿no? Tú fuiste su segundo marido, cuando todavía estaba casada con el primero. Su primer marido era y seguramente sigue siendo su socio y cómplice. Ella ha utilizado un montón de alias. No estamos seguros de haberles seguido la pista a todos aún. Son bosnios: Albijana Kovacevic y Mustafá Zubac. Esa mujer no va a demandarte, ni va a manchar tu reputación, ni nada por el estilo. No puede permitírselo. Los buscan en cinco estados.
Aiden se había quedado sin habla. Apenas podía respirar.
—¿Aiden? –dijo Ron—. ¿Doctor Riordan?
—Eh, sí. ¿Estás seguro de lo que me has dicho?
—Te he mandado unas fotos por e-mail, pero sí, estamos seguros. Siguen siempre el mismo modelo de estafa. La joven y bella Annalee, o Busha, o como quiera llamarse, se casa. Normalmente, con un caballero bastante acomodado y mayor que

ella. No tan acomodado como para que destaque, pero sí con dinero suficiente en el banco para convertirse en un blanco muy lucrativo. No invierten mucho tiempo en cada estafa. Ella ha sido masajista, camarera, bailarina, niñera...

—¿Niñera? —preguntó Aiden mientras encendía su ordenador y se conectaba a Internet.

—Sí, lo sé, da miedo pensarlo, ¿eh? Ella finge tener un trastorno de personalidad y un par de meses después de la boda acepta divorciarse y renunciar a su derecho a pensión compensatoria a cambio de un pago en efectivo. Sus presuntos maridos le dan cincuenta mil o cien mil dólares para que se largue y el divorcio se tramita y queda registrado. Por desgracia para ella, algunas de sus víctimas han tenido dudas después de pagarle y han acudido a la policía a denunciar la estafa.

—Pero antes de casarse con ellos —dijo Aiden—, les hace una demostración de sus habilidades eróticas, que son considerables. Ese tipo, su cómplice... Nunca lo he visto, ni sabía que existía. ¿Es su chulo?

—Más o menos —dijo Ron—. Ella se ha casado y divorciado unas cuantas veces en distintos estados. Tu divorcio fue un camelo: tu abogado no tenía licencia para ejercer como tal y dejó sobre la mesa un montón de casos pendientes que no fueron tramitados ni registrados. Así pues, en el registro civil figura tu boda, pero no tu divorcio. Gracias a eso, mi gente ha podido averiguar que ya estaba casada y que ninguno de sus matrimonios posteriores era legal. Bingo.

Aiden miró la pantalla del portátil, donde acababa de abrirse una fotografía. Erin, que estaba escuchando atentamente, miró por encima de su hombro:

—Dios —dijo Aiden.

La mujer que aparecía en la fotografía era Annalee. El hombre tenía un aspecto muy siniestro, pero Aiden comprendió al instante que ese era solo uno más de sus disfraces.

—Es ella —dijo—. ¿Y el tipo? La sorprendí en la cama con él: un joven marinero que dijo que no sabía que estaba casada y que la había conocido en un bar a las diez de la mañana. Dios mío... Hasta lloró. Pensé que tenía dieciocho años y que estaba muerto de miedo. Eso fue lo único que me impidió no darle una paliza.

—Mustafá Zubac, también llamado Mujo.

—¿Cómo has conseguido las fotografías? —preguntó Aiden.

—Los han detenido varias veces estos últimos años, pero nunca han sido procesados por estafa. Salen bajo fianza y se largan a otra parte.

—Sabía que me había engañado —masculló él—. No podía demostrarlo, pero siempre lo he sabido. Me pilló recién bajado de un barco después de dos años de misión. Un joven médico con dinero en el bolsillo. Dios mío. Pero la Armada... ¿Ella estuvo en la Armada?

—Sabemos muy poco de su historia, pero imagino que lo que sucedió fue que emigró con sus padres y se lió con Mujo, un compatriota suyo, después de alistarse en el Ejército. Albijana no lo tuvo fácil en Bosnia. En su barrio había conflictos continuamente. Pero Mujo lo tuvo aún peor y se hizo delincuente siendo todavía muy joven. Eso fue lo que le salvó la vida. Los dos aprendieron a mentir, a robar y a estafar cuando eran muy jóvenes, seguramente para sobrevivir. Son muy buenos en lo suyo. Y nadie aprende a vivir al margen de la ley mejor que una pareja de críos que creció en una zona de guerra.

—Ya lo creo. ¿Y ahora qué?

—Bueno, tienes varias opciones. Cuando te llame para preguntarte si tienes listo el dinero y los documentos, puedes decirle que lo sabes todo y que hay órdenes de detención en vigor contra Mujo y ella. Me sorprendería que volvieras a tener noticias suyas después de eso. O puedes fingir que no sabes nada y ayudar a la policía a atraparles. A la policía local le encantará echarles el guante, y el FBI se hará cargo de ellos gustosamente. Tú decides.

—Aunque me encantaría ayudar, creo que voy a pasar —contestó Aiden—. No quiero causar más problemas a mi familia, ni a Erin. Este asunto ya nos ha dado suficientes quebraderos de cabeza.

—Es lo que habría hecho yo —dijo Ron—. No te extrañes

si la policía local te pide que colabores, pero depende absolutamente de ti: no te sientas presionado. Entre tanto, presentaremos una solicitud en el juzgado con la documentación correspondiente para que se declare nulo tu matrimonio con Annalee Kovacevic y se elimine del registro civil. Te mandaremos copia de toda la documentación. Tardaré un par de meses, pero seguiremos al tanto de lo que pase.

—Te lo agradezco, porque le he comprado a tu compañera un diamante muy gordo y no creo que le apetezca devolverlo.

Ron se echó a reír de buena gana.

—¡Enhorabuena! ¿Ya habéis fijado una fecha? –preguntó.

—No, no lo haremos hasta que tú nos des luz verde.

—En eso estamos. Con un poco de suerte no tardaremos mucho. Avísanos si vuelves a tener noticias de Albijana, ¿de acuerdo?

—¿Si vuelvo a tener noticias?

—Bueno, estoy seguro de que va a emitirse una orden de busca y captura contra ellos. Si se lo huelen, seguramente se largarán.

—Ojalá –dijo Aiden—. Gracias, Ron. No sé cómo lo has hecho, pero gracias.

—Tengo un equipo muy bueno. Son implacables a la hora de averiguar la verdad. Te sorprenderían las cosas que es capaz de ocultar la gente, Aiden.

—En fin, Dios te bendiga por lo que has hecho.

Ron Preston se rio.

—No creo que estés tan contento cuando te llegue la factura. Asegúrate de estar sentado cuando abras el sobre.

Aiden se contuvo para no decir: «Habrá valido la pena hasta el último centavo».

—Gracias. Luego hablamos.

Erin y Aiden no eran los únicos que esperaban con impaciencia a que Annalee volviera a ponerse en contacto con ellos. Después de que Aiden le explicara a su familia aquel sorprendente giro de los acontecimientos, todos esperaron ansiosamente el desenlace. No tuvieron que esperar mucho. Al final del sexto día, Aiden recibió un e-mail:

Has tenido tiempo suficiente. ¿Están listos los papeles para que los firme tal y como hablamos? Annalee.

Para Aiden casi fue una desilusión que no llamara. Le habría gustado oír cómo reaccionaba al enterarse de que su intento de estafa no había funcionado. Envió un correo a Ron Preston pidiéndole consejo sobre cómo contestar. Le recomendó decir:

Los papeles no están listos, señora Zubac. Su matrimonio con Mustafá es el único legal que figura en el registro, de modo que finalmente no necesito ningún divorcio. Piérdase y no vuelva a molestarme.

Envió copia del e-mail de Annalee y de su respuesta a Ron, quien sin duda se aseguraría de que también los recibieran las autoridades. Después de aquello, no les quedó otra cosa que hacer que seguir con sus vidas. Pero el acoso de Annalee había sido tan duro para él que le costó relajarse. Nada le habría alegrado más que enterarse de su detención.

Comenzó a arrepentirse enseguida de no haber colaborado con la policía.

—Estoy preocupada por mi hermana —le dijo Marcie a Ian—. Está pasando algo y se empeña en negarlo.

—¿Cómo estás tan segura de que pasa algo? —preguntó Ian.

—Se lo noto en la voz. Está tensa, tiene una risa nerviosa que nunca le había oído, y antes me llamaba todos los días, a veces hasta dos veces al día. Ahora, casi siempre tengo que llamarla yo. Está pasando algo.

—Lo que pasa es que estás embarazada —respondió Ian—. ¿Qué va a pasar?

—Se ha ido a Virgin River, se ha enamorado, se ha comprometido y va a empezar una nueva vida, todo en dos meses. ¿Y si las cosas se tuercen entre Aiden y ella?

Ian tomó la cara de su mujer entre las manos, miró sus ojos verdes y preguntó:

—Si se tuercen, ¿qué puedes hacer tú para evitarlo?

—Puedo estar ahí para apoyarla –contestó Marcie—. Si me contara lo que pasa, quizá pudiera ayudarla. Sé más de lo que ella cree sobre relaciones de pareja. Erin es un poco excéntrica. Y muy mayor para estar teniendo su primera relación seria.

Ian sonrió y sacudió la cabeza.

—Dentro de un par de semanas estará en casa. Y dentro de tres semanas nosotros vamos a tener un hijo. No te preocupes. Cuando Erin esté en casa y nazca el pequeñín, podréis hablar de ese asunto día y noche.

Marcie pensó que aquella era la respuesta típica de un marido. ¿Estarían los hombres programados para decir cosas como «relájate»? A ella, sin embargo, no le bastaba: estaba segura de haber notado algo raro en la voz de su hermana. Y estaba decidida a averiguar qué era.

Estaba embarazada de treinta y cinco semanas, acababa de ir al médico y todo iba conforme a lo previsto. Le harían la cesárea en la semana treinta y ocho, un par de semanas antes de que saliera de cuentas. Todo iba bien. Podía hacer un viaje rápido a Virgin River, pasar una noche con Erin, ver cómo estaban las cosas y regresar en coche por la mañana. El médico le había dicho que no viajara, pero no porque fuera a ponerse de parto por hacer un viaje largo o porque hubiera algún problema, sino porque se suponía que debía estar cerca del hospital por si se le adelantaba el parto.

Aun así, todo lo que había leído sobre embarazos indicaba que los primeros partos eran eternos. En el peor de los casos, si se ponía de parto, pararía en la cuneta, pediría ayuda y esperaría a que llegara una ambulancia.

Por la mañana, cuando Ian se marchó a trabajar, metió un par de cosas en una bolsa de viaje y le escribió una nota:

Me he ido a Virgin River a ver a Erin. Llamaré y te dejaré un mensaje cuando llegue. Espero estar allí a mediodía. Esta noche hablamos. Vuelvo mañana a primera hora. No te preocupes. Estoy estupendamente. Y te quiero.

Tuvo cobertura de móvil casi todo el trayecto y cuando llevaba tres horas en la carretera echó un vistazo a su teléfono y vio que no tenía llamadas perdidas. Ian iba a enfadarse mucho con ella, pero a Marcie no le preocupaba su enfado. Su marido no podía estar mucho tiempo enfadado con ella. Además, ya se había acostumbrado a que hiciera lo que le daba la gana. Marcie se sonrió. A fin de cuentas, así era como lo había atrapado: haciendo lo que le daba la gana.

Estaba cerca de la cabaña cuando empezó a encontrarse regular. Pero era típico: las últimas semanas de embarazo eran muy incómodas. Para empezar, era menuda y llevaba una carga enorme. A veces la presión que sentía sobre la pelvis era insoportable. Seguramente estaba también un poco deshidratada, aunque había llevado agua consigo todo el camino. Y tenía hambre, aunque había tomado unas galletas saladas con mantequilla de cacahuetes. Cuando llegara a casa de Erin comería algo y se echaría un rato. Había cumplido a la perfección el horario previsto y estaba orgullosa de ello: todavía no era mediodía.

El todoterreno de Erin no estaba aparcado en la cabaña, ni tampoco el de Aiden. Debían de haber salido a algo, pero a Marcie no le importó. Comería algo y descansaría. Abrió la puerta y entró. Las persianas estaban bajadas y la casa estaba un poco a oscuras. Cerró la puerta y se acercó primero a las puertas del porche de atrás para subir la persiana. Cuando se dio la vuelta, estuvo a punto de dar un grito de sorpresa.

Una mujer rubia, con la cara hinchada y amoratada, la estaba apuntando con una pequeña pistola.

—¿Quién eres tú? –le preguntó la mujer.

Marcie se llevó las manos al pecho, asustada. Luego se rehizo.

—Soy Marcie Buchanan y esta cabaña es mía. ¡Baja esa pistola antes de que hagas daño a alguien!

La mujer no apartó la pistola.

—¿Dónde están Erin y Aiden? –preguntó.

—¡No tengo ni idea! ¡Acabo de llegar! ¿Qué demonios haces aquí? ¿Qué quieres?

—Estoy esperando a Aiden. Necesito un poco de dinero –contestó la otra.

Marcie abrió su bolso.

—Puedes quedarte con lo que tengo. Debo de llevar cincuenta dólares, por lo menos.

La mujer se echó a reír, torciendo el gesto. Tenía el labio partido e hinchado, los ojos morados y la cara un poco torcida.

—¿De veras? –dijo–. ¿Cincuenta dólares, nada menos? –se rio otra vez–. Bueno, pequeña, si lo multiplicamos por mil, quizá lleguemos a un acuerdo.

—Ahhh –dijo Marcie, agarrándose el vientre–. Necesito agua o alguna cosa –dijo–. No me encuentro bien...

—Sírvete. Luego siéntate y quédate quietecita. Quizá me seas útil.

—Puede que esté de parto –dijo Marcie–. Lo cual sería terrible.

—Eso no es problema mío –se encogió de hombros.

—Necesito usar el teléfono...

—De eso nada, ricura. Bebe agua y siéntate.

—Ah, Dios –gimió Marcie.

La mujer sonrió malévolamente.

—Aquí no vas a encontrarlo, nena –dijo con frialdad.

Erin y Aiden pasaron un par de horas montando en bici por el río Eel, en Fortuna, comieron temprano una ensalada de marisco en la terraza de un restaurante y fueron a casa de Luke a pasar parte de la tarde. Erin estaba ayudando a Shelby a bañar al pequeñín cuando Aiden fue a avisarla de que Luke y él iban a llevar a Art a casa de Netta y a hacer unos recados. Prometió estar de vuelta a las cinco, como muy tarde.

El bebé estaba durmiendo la siesta cuando a las dos Shelby contestó al teléfono y se lo pasó a Erin.

—Es tu cuñado —dijo.

Erin agarró el teléfono.

—¿Ian? ¿Marcie está bien?

—No lo sé —respondió él—. Estaba preocupada por ti y me ha dejado una nota diciendo que se iba a Virgin River a verte.

—¿Preocupada por mí? Pero ¿por qué?

—Dice que te notaba rara. No puedo explicártelo, pero ya conoces a Marcie. En la nota decía que me llamaría en cuanto llegara a Virgin River, pero no ha llamado. Ya debería estar allí, pero en la cabaña nadie contesta al teléfono.

—Me voy para allá ahora mismo a esperarla. Te llamaré en cuanto la vea.

—Yo también voy para allá. Cuando llegue, si está bien, me va a oír.

—Ian, llama a la guardia de tráfico —dijo Erin—. Diles que estén atentos a su coche, por si ha tenido algún problema por el camino. Diles la ruta exacta que ha tomado.

—Lo haré. Llámame cuando llegues a la cabaña.

Erin colgó y miró a Shelby, desconcertada. Sacudió la cabeza.

—¡Qué extraño! Por lo visto Marcie piensa que me pasa algo raro. Le dije que todo iba bien, pero quizá le parecí un poco estresada por teléfono. El caso es que ha decidido venir en coche y comprobarlo con sus propios ojos. Me voy a la cabaña a esperarla.

—¿Quieres que te acompañe? —preguntó Shelby.

—No, aprovecha que el bebé está durmiendo para echar una siesta. Luego te veo. Dile a Aiden que me he ido a casa.

Un rato después, cuando aparcó frente a la cabaña, vio enseguida el coche de Marcie.

—Vaya, gracias al cielo –dijo para sí misma—. ¡Qué ocurrencia! –entró y vio a su hermana tumbada en el sofá de piel. Se acercó a ella y dijo—: ¿Se puede saber cómo se te ha ocurrido venir sola hasta aquí?

—Eh, Erin... –dijo Marcie—. Tenemos un problema –ladeó la cabeza, indicando hacia el otro lado de la habitación.

Al volverse, Erin vio a Annalee sentada en una silla, lejos de su alcance, con una pequeña pistola apoyada sobre las rodillas. Sofocó un grito y retrocedió, sorprendida. Por un instante no supo qué la había alarmado más: si el hecho de que Annalee estuviera allí, el estado de su cara o la pistola.

Se incorporó.

—¿Qué demonios es esto, Annalee? ¿Qué esperas conseguir con este numerito?

—Dinero –se encogió de hombros—. Me han ido mal las cosas y necesito dinero.

—No he visto tu coche...

—Está aparcado detrás, donde no se ve –contestó Annalee—. Ahora, ¿podemos sentarnos y hablar de negocios?

—¿Cuánto quieres? –preguntó Erin—. Te extenderé un cheque.

—Ya –Annalee se rio—. Me temo que necesito liquidez inmediata. Dinero en efectivo.

—¿Y vas a tomar rehenes? ¿Eso es lo que planeas?

Annalee se rio otra vez y Erin hizo una mueca de horror al ver cómo se contraía su rostro.

—No, claro que no. Serían un estorbo.

—Bueno, apuntar a mi hermana embarazada con una pistola mientras yo voy a buscar dinero equivale a tomar rehenes. Y no se me ocurre que puedas hacerlo de otro modo. ¿No tienes ya suficientes problemas?

—Espera a oír esto –dijo Marcie—. Es muy lista.

Erin miró a su hermana con el ceño fruncido.

—Lo es –añadió Marcie.

—Explícate –dijo Erin.

—Vamos a hacerlo por Internet –dijo Annalee—. Una transferencia. Todo el mundo hacer operaciones bancarias por Internet. Necesito que transfieras cincuenta mil dólares a mi cuenta en el extranjero. No te preocupes. De lo demás, me encargo yo.

Erin sacudió la cabeza.

—Será una broma.

—En absoluto. ¿Quieres hacerme ese favor o esperamos a que llegue Aiden?

Erin se quedó pensando un momento.

—Puedo hacerlo yo –dijo—. Pero tengo que llamar por teléfono. A mi gestora de inversiones. Tendrá que transferir fondos a mi cuenta corriente. Luego te haré la transferencia. Por Internet.

—Si metes la pata y avisas a alguien, vamos a tener problemas –dijo Annalee.

—No voy a meter la pata –prometió Erin—. ¿Luego te irás?

—Claro. ¿Para qué iba a quedarme?

—¿Dónde está tu cómplice? ¿Ese tal Mujo?

—Bueno, ese es el problema –contestó Annalee—. Cuando descubrimos que nos estaban buscando, se largó. Me dejó en la estacada. No es la primera vez, y siempre vuelve cuando se calman las cosas, pero de momento no puedo ir a ningún sitio sin dinero. Y, como siempre, se llevó todo lo que teníamos –sonrió—. Ya lo encontraré. Sé dónde buscar.

—Fue él quien te hizo eso, ¿verdad? –preguntó Erin.

—Mujo tiene mucho genio, pero yo también. Supongo que a veces lo saco de quicio.

—Annalee –Erin sacudió la cabeza—. ¿Por qué quieres volver con él? ¿No puedes conseguir a cualquier hombre que te interese?

—Nadie es como nosotros –dijo—. Como Mujo y como yo. Nadie nos entiende, ni se parece a nosotros. Nada más. Así son las cosas.

Erin sacudió de nuevo la cabeza.

—¡Qué vida! —masculló.

Se acercó despacio a la mesa, muy cerca de Annalee. Abrió el portátil y se conectó a Internet. Luego levantó el teléfono e hizo una llamada. Saludó alegremente a la secretaria de su gestora de inversiones, le explicó que tenía que pagar una señal para comprar una casa en un lago en el norte de California y pidió que transfirieran cincuenta mil dólares a su cuenta corriente. Cuando acabó, miró a Annalee.

—¿Y ahora qué?

—El número de cuenta está ahí, en esa libreta, junto al ordenador, listo para que hagas la transferencia.

Erin respiró hondo y siguió adelante. La operación tardó menos de quince minutos en efectuarse, lo cual daba un poco de miedo.

—Ya está —dijo.

—Voy a tener que comprobarlo —dijo Annalee—. Apártate del ordenador, por favor, y no hagas ninguna tontería. Preferiría no tener que disparar a nadie, pero te advierto que la libertad significa mucho para mí.

—No hay problema. Compruébalo —dijo Erin, apartándose para sentarse junto a Marcie—. ¿Estás bien? —le preguntó a su hermana.

—Bueno, sí y no —respondió Marcie—. Me encuentro bien, pero estoy teniendo contracciones. Son cada vez más fuertes y más frecuentes. Contracciones de verdad. Así que se supone que tengo que llamar a mi médico y encontrarme con él en el hospital. Pero de momento...

Erin se levantó de un salto y gritó:

—¿Te das cuenta de lo que está pasando? ¡Mi hermana está de parto y tiene que ir al hospital a que le hagan la cesárea! ¡No hay tiempo que perder! ¡Un retraso podría tener consecuencias muy graves!

Annalee levantó la mirada del ordenador como si estuviera aburrida. Marcie tocó el brazo de su hermana.

—Ya hemos hablado de eso. Dice que no es problema suyo.

—¡Pues va a serlo si no hace caso! ¡Date prisa!

—La transferencia no está registrada aún –dijo Annalee con calma—. Tranquilízate.

—Comprueba mi orden de transferencia –exigió Erin—. Los bancos suelen tardar veinticuatro horas en acusar recibo de una transferencia.

—Me parece que te convendría cambiar de banco –dijo Annalee alegremente—. El mío tarda veinticuatro horas en poner los fondos a mi disposición, pero la transferencia queda registrada casi inmediatamente –se recostó en su silla y se puso a juguetear con el arma—. Ya no tardará mucho.

¿Cómo podía estar tan tranquila cuando su hermana estaba de parto, sabiendo el peligro que corría Marcie? Claro que, si era de verdad una psicópata, nada la afectaba.

A Erin, el tiempo se le hizo eterno, y mientras estaba sentada junto a Marcie, sintió que el vientre de su hermana se tensaba y se relajaba un par de veces.

—¿Estás contando el tiempo?

—Son cada cinco minutos, más o menos. Todavía no hay por qué preocuparse. Puede que se vaya y nos deje en paz –respiró hondo—. Ian me va a matar.

—Sí, en cuanto estés bien. ¿Puedes concentrarte en no parir? ¿Una especie de autohipnosis?

—No sé –dijo Marcie—. Hasta hoy he estado concentrándome en parir un poco antes de lo previsto...

Se oyó un pequeño pitido al otro lado de la habitación.

—Muy bien, ya está –dijo Annalee, y cerró el ordenador—. Todo ha ido como la seda.

—Odio que tengas que irte con tanta prisa después de robarnos, pero lo entendemos.

Annalee se rio.

—¿Sabes?, una de las cosas que más admiro, sobre todo en una mujer en apuros, es el sentido del humor. Pero ha ido todo tan bien que creo que deberíamos esperar a Aiden y hacerlo otra vez. ¿Qué te parece?

—Que yo sepa, Aiden no piensa venir aquí –dijo Erin–. Ha ido a Eureka y no volverá a casa de su hermano hasta la hora de la cena. Yo había quedado en ir allí esta tarde.

—Pues vamos a darle un poco de tiempo para que te eche de menos –respondió Annalee.

Erin se inclinó hacia delante.

—No te arriesgues, Annalee. Si esperas a que empiecen a preocuparse por nosotras, puede que te pases de la raya. Te he dado un buen pellizco. Márchate antes de que la policía encuentre tu rastro.

En ese momento sonó el teléfono. Y sonó, sonó y sonó. Cuando saltó el buzón de voz, Erin dijo:

—En serio. No tientes a tu suerte. O, si necesitas más dinero, quizá yo pueda dártelo para que te marches...

—Normalmente aceptaría el ofrecimiento, pero suele haber un punto en el que la gente empieza a preguntarse a qué vienen tantas transferencias. Según mi experiencia, cincuenta mil dólares es una cantidad alta, pero segura. Vamos a dar un poco de tiempo a nuestro querido Aiden. Además... No me importaría verlo una vez más...

—Tienes que entender que, si era él quien ha llamado, vendrá, pero no vendrá solo. Vendrá con la policía. No seas tonta, Annalee. Puedes dispararnos o puedes sacarnos de aquí a punta de pistola, pero no podrás escapar. En cambio si te marchas ahora, antes de que nadie se entere de lo que está pasando, quizá lo consigas.

—Agradezco tu preocupación, pero creo que todo saldrá a pedir de boca. Vamos a darle un poco más de tiempo.

Marcie hizo una mueca y dejó escapar un gemido.

—Tengo que ir al cuarto de baño –dijo Erin.

—Aguanta.

—¡Tengo que ir ahora mismo!

—Por mí puedes mearte encima. ¿Por qué no intentas calmarte?

—¿Cuánto tiempo te propones esperar a Aiden? ¡Porque mi hermana necesita un médico!

Annalee miró su reloj.

—Un poco más, quizá. No te preocupes. No tardaré mucho en dejaros en paz. Y si las cosas van bien, tendré dinero suficiente para que no volváis a verme.

Erin estaba muy preocupada. No sabía quién iba a llegar primero, si Aiden o Ian. O quizás Aiden con la policía. Si las cosas se complicaban, alguien podía resultar herido y Marcie y su bebé correrían peligro.

Y eso no podía soportarlo. No lo permitiría.

Se inclinó hacia Marcie y le apartó suavemente el pelo de la cara.

—Si desvío su atención, ¿podrás salir? –susurró.

—¡Nada de cuchicheos! –gritó Annalee.

Marcie gimió. Luego, de pronto, rompió aguas y empezó a arrojar líquido, mojando el sofá y el suelo debajo de ella y de Erin.

—No –dijo débilmente–. Me parece que no.

—Dios mío, pensaba que lo de que te estabas haciendo pis era una broma –dijo Annalee–. ¡Qué asco! ¡Debería darte vergüenza!

CAPÍTULO 17

Erin miró su reloj. Eran las cinco. Ian llegaría pronto y Aiden volvería a casa de Luke y se enteraría de que ella se había ido a la cabaña. La situación estaba a punto de estallar y en su cuarto de estar había una loca empuñando un arma.

Y Marcie había roto aguas. Aunque Erin no sabía mucho de partos, sabía que aquello era importante.

—¿Qué pasa ahora? –le preguntó a su hermana.

—Que tengo que entrar en quirófano dentro de poco o estamos perdidos. El niño está de nalgas, Erin. No puede salir solo.

Erin se levantó enérgicamente. Miró a Annalee con furia.

—Está bien, se levanta la sesión. Mi hermana ha roto aguas y tenemos que marcharnos inmediatamente. Así que lárgate.

Annalee también se puso en pie, moviendo un poco la pistola.

—¡Siéntate! Ya te he dicho lo que vamos a hacer.

—Sí, ya te he oído –replicó Erin—. Estás cometiendo un grave error. Dentro de poco vendrá un montón de gente a averiguar por qué mi hermana y yo no respondemos al teléfono ni hemos llamado, como prometimos. Márchate. Algún día me lo agradecerás.

—Dispararé –la advirtió Annalee.

—Muy bien, haz lo que quieras –dijo Erin—. Yo voy a por

toallas —se dirigió con decisión hacia el cuarto de baño y le sorprendió un poco que no disparara. Siguió caminando. Cruzó la puerta que unía el cuarto de baño con el dormitorio, agarró el bote de repelente para osos y se lo metió bajo el brazo. Agarró la sopera metálica y el cucharón y se asomó por la otra puerta, la que daba al cuarto de estar.

No vio a Annalee. Bien. La había seguido.

Cerró la puerta del dormitorio al entrar en el cuarto de estar y luego corrió a cerrar también la del baño. Después se quedó entre las dos puertas y comenzó a golpear la sopera y a gritar con todas sus fuerzas sin perder de vista ninguna de las dos puertas. Cuando vio que una empezaba a abrirse despacio, soltó la sopera y el cucharón y empuñó el repelente.

Pensó que cabía la posibilidad de que Annalee le disparara, pero no tenía elección. Con un poco de suerte, tendría mala puntería. Y aunque resultara muerta o gravemente herida, entre tanto habría conseguido causar graves daños a Annalee y Marcie podría alcanzar el teléfono.

Se acercó a la puerta que se había abierto el ancho de una rendija. Le dio una fuerte patada y al precipitarse por ella pulsó el botón del bote de espray. Y lo mantuvo pulsado.

Annalee disparó antes de soltar la pistola para cubrirse los ojos, pero Erin no sintió ningún disparo. Annalee retrocedió hacia el dormitorio y Erin la siguió. Annalee comenzó a gritar, furiosa, cegada por el espray de pimienta. Cuando estuvo cerca de ella, Erin agarró el bote y la golpeó en la cabeza con él con todas sus fuerzas.

Oyó un fuerte crujido y Annalee cayó como una piedra.

Erin la miró. Estaba inconsciente, o muerta, quizá, y un hilillo de sangre salía de su nariz. Tenía la boca y los ojos entreabiertos.

—Uf —dijo Erin.

—¡Erin! ¡Erin! ¿Estás bien? —gritó su hermana angustiada desde la otra habitación.

Corrió a ver a Marcie.

—Tengo que llevarte al hospital.

Marcie sacudió la cabeza y empezó a llorar.

—Dame el teléfono para que llame a emergencias y mientras tanto asegúrate de que esa mujer está fuera de combate.

—Puede que la haya matado —dijo Erin, agarrando el teléfono—. Parece muerta. Mira, voy a llevarte al coche. Llamaremos de camino para que vengan a buscarnos.

Marcie sacudió la cabeza, aterrorizada.

—No creo que podamos. Siento que... siento como si tuviera piedras en la pelvis. Siento que... —dejó de hablar y miró el teléfono parpadeando. Luego lo dejó caer y empezó a gritar de dolor.

Erin cayó de rodillas junto al sofá.

—¡Marcie! ¡Nena! ¡Dime qué hago!

—No lo sé —gruñó ella sin aliento—. No lo sé...

Erin oyó un motor y corrió a la puerta. Al ver a Aiden saltar de su coche gritó:

—¡Aiden! ¡Deprisa! ¡Es Marcie!

Él retrocedió un poco para sacar de la parte de atrás una bolsa que Erin no sabía que guardaba allí. Ella exhaló un suspiro de alivio al darse cuenta de que seguramente era un maletín de emergencia.

—¿Por qué no me has llamado? —preguntó Aiden mientras corría hacia la puerta.

—Annalee —contestó ella—. Tenía una pistola.

Aiden se paró en seco.

—¿Dónde está? ¿Se ha ido?

—Podría decirse así. La he dejado sin sentido —dijo Erin—. O la he matado. Le di en la cabeza con el bote de repelente para osos. Después de rociarle los ojos. Está en el dormitorio.

Aiden sonrió de repente, pero se acercó inmediatamente a Marcie y se puso de rodillas junto al sofá.

—Hola —dijo—. Tranquila, ya estoy aquí. ¿Qué está pasando?

Con los ojos muy abiertos, Marcie susurró aterrorizada:

—No tendría que nacer así, Aiden. Pero creo que quiere salir.

—A veces hay que conformarse con lo que nos toca, pequeña. ¿Cuánto tiempo hace que rompiste aguas?

—Media hora o cuarenta minutos —gruñó al sentir otra contracción—. ¡El médico dijo que el niño moriría! ¡Va a morir, Aiden! ¡Sácalo enseguida! Yo puedo soportarlo. Pero no dejes que...

—Tranquila, tranquila. No va a morir. Vamos a hacer las cosas bien. Respira hondo y procura calmarte. ¿De cuántas semanas estás?

—De treinta y cinco.

—Buen trabajo —Aiden se levantó e indicó a Erin que se quedara junto a su hermana—. Controla el tiempo de las contracciones y nada de empujar, pase lo que pase.

Aiden comprendió que la situación era grave antes incluso de examinar a la paciente. Para empezar, sabía que supuestamente el niño estaba de nalgas y debía nacer por cesárea. Normalmente, los niños colocados de nalgas no ejercían presión suficiente para romper las membranas, a no ser que hubieran descendido mucho y estuvieran a punto de salir. El flujo sanguinolento que manchaba las bragas de Marcie y la fuerza de las contracciones indicaban que el parto era inminente. Aiden abrió su maletín, sacó un par de guantes de látex y se los puso. Pero no para examinar a su paciente.

Con los guantes puestos, corrió al dormitorio y tocó con dos dedos la arteria carótida de Annalee. El pulso era firme. La agarró por los tobillos, la arrastró sin contemplaciones por la pequeña cabaña y la sacó al porche. No quería mancharse las manos con su sangre ni con sus fluidos corporales. Sabía que pronto iba a tener que introducirlas en el canal del parto de Annalee. Dejó a Annalee en el porche y cerró con llave las puertas. Se quitó los guantes y los tiró. Luego cerró la otra puerta de la cabaña y se acercó a Marcie.

—Son muy seguidas, Aiden —dijo Erin—. Ha tenido dos desde que te has ido.

—Gracias, cariño. Marcie, voy a llevarte a la cama. No te esfuerces. Deja que el trabajo lo haga yo. Erin... Busca dos o tres bolsas de basura grandes y unas toallas y llévalas a la habitación junto con mi maletín —se inclinó para levantar a Marcie y le sonrió—. Confía en mí. No va a pasar nada.

—Claro —dijo ella con voz débil—. Claro —luego empezó a sollozar.

—Todo va a ir bien —la depositó suavemente en la cama—. Hay que quitarte las bragas, pequeña. Tengo que echar un vistazo —ya estaba bajándoselas cuando entró Erin—. Toallas —le dijo—. Montones de toallas. Y trae el teléfono, por favor.

Cuando Marcie estuvo desnuda de cintura para abajo, Aiden echó un vistazo a su suelo pélvico. No vio nada aún y dio gracias por ello. Necesitaba lavarse las manos, pero disponía de muy poco tiempo y no podría lavárselas a conciencia. Buscó otros guantes en el maletín.

—Está bien, cariño, dobla las rodillas y sepáralas. Vamos a ver qué tenemos ahí.

Marcie obedeció y Aiden apoyó una rodilla en el suelo, puso una mano sobre su vientre e introdujo suavemente la otra en su canal del parto. Pensó: «¡Maldita sea!». Pero dijo:

—Allá vamos, con mucha tranquilidad. Jadea un poco, Marcie —sacó su estetoscopio del maletín y dijo—: Quieta, por favor —escuchó, y aunque no era el mejor equipo para oír los latidos fetales, bastó: el bebé no estaba sufriendo—. Bien. Va todo perfectamente —aunque en realidad estaba pensando: «Esto es un desastre».

Cuando Erin le llevó lo que había pedido, puso una toalla de baño encima de una bolsa de basura extendida y pidió a Marcie que se alzara un poco para poder deslizarla bajo ella.

—¿Has visto lo que he hecho? —preguntó a Erin—. Seguramente dentro de un rato te pediré que hagas lo mismo: una toalla encima de una bolsa de plástico.

—Me da igual la colcha —contestó ella.

—No es eso lo que me preocupa. En un parto hay mucho

líquido y mucha sangre, tantos que pueden ser un estorbo para ver lo que está ocurriendo. Conviene mantener la zona lo más limpia posible. Ahora llama a emergencias, pon el manos libres y deja el teléfono aquí, en la mesilla de noche. Luego tráeme... ¿Tienes alcohol para friegas?

—No —contestó ella mientras hacía lo que le había pedido.

—Está bien, trae la botella de whisky. También necesito hilo, o cordel, o si no tienes, unos cordones de zapatos. Y un cuenco. Un cuenco de tamaño medio.

—¿Qué? – preguntó ella al dejar el teléfono.

Aiden la miró, procurando no parecer angustiado.

—Por favor, cariño. Hay que darse prisa.

—Ya —dijo ella, y salió corriendo.

Cuando contestó la operadora de emergencias, Aiden dijo:

—Al habla Aiden Riordan, soy médico, obstetra. Voy a necesitar transporte médico urgente. Un helicóptero, si es posible. Y acceso a una unidad neonatal de cuidados intensivos.

—¿Cuál es la situación, doctor? —preguntó la operadora.

—Tengo una mujer en avanzado estado de gestación. El bebé viene de nalgas, la madre está de treinta y cinco semanas, tiene una dilatación de ocho centímetros y ha roto aguas. Voy a tener que proceder al parto. ¿Puede darme una hora de llegada aproximada?

—El satélite marca su ubicación en el 400 de Moonlight Road. ¿Es correcto?

Erin regresó y asintió con la cabeza.

—Es correcto —respondió él—. La casa está justo en lo alto de la montaña, en un claro bastante grande. ¿Qué van a enviar? ¿Un autobús? ¿Un helicóptero?

—Se lo diré enseguida... Por favor, no se retire.

—De acuerdo —masculló él—. Marcie, quiero que respires hondo, lentamente y con calma. Yo respiraré contigo. Erin, ve a buscar una palangana o una cacerola con agua templada y algunas toallas pequeñas. ¿Dónde está ese cordel? Necesito dos trozos de unos quince centímetros de largo. Hay tijeras en el maletín. ¿Qué probabilidades hay de que tengas una perilla?

—Ninguna —respondió ella—. ¿Por qué?

—No tengo todo lo que necesito en el maletín. Algo para succionar, por ejemplo. Pero puedo arreglármelas.

Volvieron a oír algo al otro lado del teléfono.

—Vamos a mandar un helicóptero desde Redding, doctor Riordan. Tiempo aproximado de llegada, una media hora.

—Asegúrense de que esté equipado para trasladar a un prematuro. La paciente no puede esperar media hora para llegar al quirófano.

—¿Quiere que le pase con alguien para que le dé indicaciones, doctor? —preguntó la operadora.

Aiden se rio con desgana.

—Es usted muy amable, gracias, pero puedo arreglármelas. ¿Puede mandar a alguien del departamento del sheriff del condado de Humboldt?

—Pero usted está en Trinity, doctor...

—No se preocupe. Usted llámelos, por favor. Dígales que hay aquí una mujer a la que están buscando. Se llama Annalee Kovacevic. Estoy seguro de que les agradará la noticia.

—¿Puede deletrearme el nombre, doctor?

—No, en este momento estoy ocupado.

—¿Esa mujer es la parturienta, doctor?

—No. La señorita Kovacevic está esperando en el porche, creo. La paciente se llama Marcie Buchanan y es... —dejó de hablar cuando Marcie dejó escapar un grito de dolor seguido por un fuerte gruñido.

Aiden la examinó y vio el trasero de un niño muy pequeñito. Por suerte el parto se había adelantado y el bebé no era muy grande.

—Está lista para parir —concluyó.

En ese momento, dejó de atender a la operadora de emergencias. Puso un poco de whisky en el cuenco y metió dentro las tijeras y el bisturí para esterilizarlos. Haría una episiotomía si era necesario. Las tijeras eran para cortar el cordón, a no ser que antes llegara el helicóptero.

—Erin —dijo—, moja una toallita y quédate junto a la cabeza de Marcie. Mójale la frente, dale apoyo moral —luego añadió dirigiéndose a Marcie—: Escúchame, el bebé está a punto de nacer y...

Marcie soltó otro grito y empujó sin querer.

—Para, para, para —ordenó él—. Contrólate y escúchame. Tienes que hacer lo que te diga. Sé que duele, pero todo depende de esto. ¡Marcie!

Ella gritó otra vez y Aiden dijo, desesperado:

—¡Erin! ¿Puedes ayudarme? ¡Tenemos que actuar al mismo tiempo!

La contracción pasó y Erin, sentada en la cama, junto a la cabeza de su hermana, le enjugó la frente y le hizo volver la cara para que la mirara a los ojos.

—Marcie, mírame —dijo—. Escúchame. Aiden necesita toda tu colaboración para que el bebé nazca bien. Es de vital importancia, Marcie. Agárrate a mis manos y escucha a Aiden. Respira hondo y escucha a Aiden.

—¿Va a pasarle algo al niño? —preguntó Marcie, sollozando.

—No, no va a pasarle nada. Todo va a ir bien —afirmó Aiden—. Pero tienes que hacerme caso. Tienes que hacerme caso. No empujes aún.

—Tengo... que... que...

—Dame un segundo —dijo él—. Jadea si eso te ayuda. Contrólate. Erin, intenta tranquilizarla. Jadea como un perro. Prueba con eso.

—Me duele —dijo Marcie—. ¡Dios, cómo duele!

—Sí —dijo Aiden—. Pero ya casi está —y de pronto vio las nalgas del bebé y sus muslos recogidos debajo—. Marcie, Erin, tenéis que escucharme. Es muy importante. Cuando te diga que empujes, empuja. Cuando te diga que pares, para.

Erin agarró con fuerza la mano de su hermana. La miró a los ojos.

—Eso haremos. Podemos hacerlo. ¿Verdad, Marcie?
Ella contestó sin aliento:
—Sí. Sí. Por favor, que todo salga bien.
—No va a pasar nada –dijo Aiden—. Ahora, Marcie. Empuja ahora.

El bebé tenía que salir por sus propios medios hasta el ombligo sin ninguna intervención externa. Era el modo más seguro de hacerlo, pero costaba quedarse mirando sin poder hacer nada.

—Bien –dijo él—. Descansa un segundo.

No iba a tardar mucho. El bebé era pequeño y podía salir rápidamente. El trasero ya había salido.

—Una vez más, Marcie. Empuja cuando estés lista.

Empujó y Aiden vio los muslos y las rodillas.

—Deja de empujar. Jadea. Contente –pasó dos dedos por el muslo del bebé, hasta la parte de abajo de la rodilla, presionó, la rodilla se desdobló y salió la pierna derecha. Hizo lo mismo con el lado izquierdo hasta que las dos piernas estuvieron fuera. Agarró al bebé por las caderas. Si lo agarraba por el abdomen, podía causarle lesiones internas. Con el pulgar en el sacro y las manos alrededor de las caderas, giró al bebé hacia abajo hasta que apareció el primer hombro.

—Aaaaaaahhh –gritó Marcie.

—¡No empujes! ¡No empujes! No empujes –ordenó él.

El bebé estaba sin oxígeno y había que actuar rápidamente, pero no podía permitir que el impulso natural de la madre de empujar complicara las cosas. Pasó dos dedos por el brazo del bebé y presionó a la altura del codo para que saliera el brazo. Giró lentamente al bebé en dirección contraria y repitió la maniobra para sacar el otro brazo.

Aquella era la parte más peligrosa de un parto de nalgas: la salida de la cabeza. Había que hacerlo con mucho cuidado. Sujetó la tripita del bebé con la mano derecha, las nalgas hacia arriba.

—Marcie, no empujes. Erin, necesito tu ayuda –apoyó una

mano en la pelvis de Marcie—. Dentro de un segundo voy a pedirte que aprietes aquí —deslizó dos dedos de la mano derecha dentro del canal del parto y los pasó alrededor del cuello en busca del cordón. Había habido suerte: el cordón no estaba enrollado. Encontró el maxilar del bebé y tiró hacia abajo, inclinándole la barbilla hacia el pecho.

—Erin, aprieta. Marcie, empuja para que salga el bebé. Ahora. Ahora. Ahora.

Y el bebé salió. Estaba sin fuerzas. Le había faltado el oxígeno, pero no mucho tiempo. Aiden puso una mano sobre su pecho, le dio la vuelta y masajeó su espalda un momento. Estaba a punto de darle la vuelta y de aspirar el moco usando su boca cuando se oyó una tosecilla y, a continuación, un grito agudo. También se oyó a lo lejos el ruido de las aspas de un helicóptero.

—Bien hecho, Marcie —dijo Aiden—. Erin, ponle una toalla encima. Vamos a limpiar al pequeñín, a secarlo y a darle calor. Eso es lo que necesita ahora.

Llorando, Marcie tendió los brazos hacia su hijo antes de que su hermana le pusiera la toalla.

—Dios mío, Dios mío... —sollozaba.

Aiden tapó al bebé para mantenerlo caliente; luego cortó el cordón umbilical. Oyó el helicóptero. No iba a tener que ocuparse de la placenta. Si Marcie la expulsaba espontáneamente, el equipo de emergencias se ocuparía de ello.

Antes de que aterrizara el helicóptero se abrió la puerta de la cabaña.

—¡Marcie! —gritó Ian—. ¡Marcie! —apareció en la puerta de la habitación, aterrorizado.

Aiden se levantó, se quitó los guantes ensangrentados y sonrió. Estaba salpicado de sangre y de fluidos.

—Todo ha salido bien, Ian. Tu bebé ya está aquí.

Ian cayó de rodillas en la puerta. Se llevó los puños a los ojos un momento. Luego levantó la vista.

—¿Están los dos bien?

Aiden se acercó a él y lo ayudó a levantarse.

—Están perfectamente, pero van a ir a la unidad de cuidados intensivos de Redding para asegurarnos. El helicóptero está aterrizando. Seguro que podrás ir con ellos.

Ian se acercó a la cama. Erin se apartó y su cuñado ocupó su lugar. Levantó una esquina de la toalla y pasó un dedo por el vientre del bebé.

—Dios —dijo en voz baja.

Marcie lo miró a los ojos.

—¿Estás muy enfadado? —preguntó suavemente.

Él asintió.

—Sí —dijo con ternura—. Dios —miró a Aiden—. ¿El niño está bien?

—En Redding le harán un examen más detallado, pero parece estar bien. Ha llorado enseguida, tiene buen color y es suficientemente grande, aunque no tan grande como para impedir el parto. Yo diría que está estupendamente.

Erin se acercó a él y Aiden le pasó el brazo por los hombros. Unos segundos después, entró el equipo de emergencias con una camilla. Tomaron las constantes vitales a los pacientes, valoraron su estado, preguntaron al médico cómo había ido el parto y se llevaron a la nueva familia. Mientras sacaban a Marcie, Aiden y Erin oyeron preguntar a uno de los enfermeros:

—¿Ha montado alguna vez en helicóptero, papá?

—Sí, una o dos veces. Y siempre ha sido horrible.

—Pues esta va a gustarle, llevar a su familia a puerto seguro...

Unos segundos después, un ayudante del sheriff apareció en la puerta.

—He pensado que querría saber que hemos atrapado a esa mujer que lo denunció. Intentaba escapar en su coche. Se salió de la carretera como si no viera dónde iba. Está detenida.

—Gracias —contestó Aiden.

Erin se apoyó en él.

—El bebé está bien, ¿verdad? —preguntó.

—Yo creo que está de maravilla.

—¿De verdad habías hecho esto antes?

—Más o menos —se encogió de hombros—. A veces, cuando son gemelos, el segundo viene de nalgas. Si a la madre se le adelanta el parto y no hay una cesárea programada, hay que ayudar a nacer al bebé que viene de nalgas. Lo he hecho un par de veces. El pequeño... ¿Cómo va a llamarse?

—Heath.

—Heath ha colaborado siendo pequeño. Y tú has sido de gran ayuda —la besó en la frente—. Gracias, nena. No podría haberlo hecho sin ti.

—Dios mío —se oyó decir de pronto a una voz llorosa—. ¡Qué... qué bonito!

Aiden miró a su alrededor y se echó a reír al darse cuenta de que la operadora de emergencias seguía al teléfono.

—¿Va todo bien, amiga mía? —preguntó.

La operadora se sorbió las lágrimas.

—Sí. ¿Necesitan algo más?

—No, nada —contestó Aiden—. En cuanto limpiemos la habitación, nos iremos al hospital. Allí les informaré de todo. Adiós —colgó y miró a Aiden—. ¿Estás bien?

—Pensaba estar en la habitación con Marcie cuando naciera el bebé, pero no tenía previsto ver el parto. Y lo he visto de verdad. Si alguna vez tengo la suerte de tener un hijo, prefiero que no sea así —dijo.

—Yo también.

—Aiden, le he dado a Annalee cincuenta mil dólares.

Él puso unos ojos como platos y se quedó boquiabierto.

—Lo tenía todo planeado. Una transferencia por Internet a su cuenta en el extranjero. Y tenía una pistola. Pensé que se iría en cuanto tuviera el dinero, pero no se fue. Y no podía esperar a ver si cooperaba a tiempo para que Marcie recibiera auxilio. La verdad es que esperé demasiado. Después de que Marcie rompiera aguas, al darme cuenta de que nos estábamos quedando sin tiempo, la rocié con el espray y luego la golpeé. Debí hacerlo antes de darle el dinero.

—De lo que ha pasado hoy aquí, el dinero es lo que menos importa. Quizá no puedas recuperarlo, pero te aseguro que, donde va a ir, Annalee no va a poder gastárselo.

El bebé de Marcie e Ian era pequeño, pero estaba perfectamente. Aiden y Erin pasaron un par de noches en Redding para asegurarse de que todo iba bien. El pequeño Heath fue dado de alta a los dos días. Ian iba a llevarlos a casa, a Chico, y Aiden se ofreció a remolcar el coche de Marcie.

La noticia de la detención de Annalee y del parto de emergencia se extendió por el pueblo y cuando Aiden y Erin se presentaron por fin en el bar de Jack, las bebidas corrieron por cuenta de la casa a cambio de que les contaran todos los detalles.

—¡Qué modo tan emocionante de acabar las vacaciones de verano! –le comentó Jack a Aiden.

—Sí –contestó Aiden—. Recuérdame que no vuelva a tomarme unas vacaciones de verano como estas.

—¿Y ahora qué, doctor?

—Haremos las maletas, diremos adiós y nos marcharemos a Chico. Estoy seguro de que volveremos de vez en cuando a pasar un fin de semana, pero primero tengo que encargarme de un par de cosas. Necesito un trabajo y una esposa –sonrió—. Y el trabajo no lo he elegido aún.

—Te lo dije –dijo Jack mientras limpiaba la barra—. Este sitio es un infierno si lo que quiere uno es dedicarse a pescar tranquilamente. O a hacer senderismo.

Aiden levantó su cerveza en un brindis.

—A mí me parece estupendo.

Tuvieron que hacer las maletas y despedirse de todo el mundo. Se reunieron con la familia de Aiden un par de noches, y se pasaron por el bar de Jack para despedirse de sus vecinos y de sus nuevos amigos. George y Maureen iban camino de Montgomery para estar disponibles cuando Rosie empezara el colegio. Luke había decidido que, en cuanto se marchara su familia y

Shelby empezara otra vez el curso en la escuela de enfermería, despejaría una zona detrás de las cabañas y prepararía la instalación para que pudieran acampar caravanas. Luke y Art prometieron ir a regar el huerto de Erin y a cosechar lo que pudieran.

Aiden había cargado su equipaje en su coche y enganchado el de Marcie para poder remolcarlo. Ayudó a Erin a cargar sus pertenencias en su todoterreno. Mientras ella volvía a la cabaña para comprobar que todas las luces estaban apagadas y cerrar las puertas, él encendió el motor de su coche y se quedó esperando. Cuando ella volvió, abrió los brazos y Erin se acercó.

—Nuestras futuras vacaciones de verano seguramente no serán tan emocionantes como estas —comentó él, estrechándola entre sus brazos.

—Por suerte —contestó ella antes de darle un beso—. ¿Te preocupa que Annalee salga de la cárcel y vuelva a hacer acto de aparición?

—No, siempre y cuando tú tengas a mano un bote de repelente para osos —dijo él, riendo.

—Más vale que lo tengas en cuenta —lo amenazó ella con una sonrisa—. Se acabaron los tiempos en que tenías que causarme una conmoción cerebral para que te hiciera caso.

—Eso fue muy troglodita por mi parte, ¿no crees? —preguntó él.

—Sí, mucho —dijo Erin, y arrugó la nariz—. Desde luego, tenía el aspecto y el aroma de un troglodita.

Aiden soltó un gruñido y frotó la nariz contra su cuello. La besó. Luego acarició su pelo por encima de la oreja.

—Vamos a ponernos en marcha. Yo te sigo. Enséñame el camino a casa, cariño.

Mel Sheridan entró en el bar a primera hora de la tarde, se sentó en un taburete y se inclinó sobre la barra para dar un beso a su marido.

—Hola, nena —dijo él.

—Es hoy –dijo ella en voz baja.
—¿Quieres que vaya contigo?
Mel sacudió la cabeza y sonrió.
—No. Quiero hacerlo sola –miró su reloj—. Solo quería pasarme por aquí un minuto.
Jack deslizó una mano hasta su nuca y se la masajeó un poco.
—Lo celebraremos esta noche, ¿qué te parece? Me escaparé temprano y llevaré la cena. Vuelve a sacar las velas. ¿De acuerdo?
—Me parece perfecto. Me pasaré por aquí antes de irme –le dio otro beso rápido, se bajó del taburete y regresó a la clínica.
Veinte minutos después estaba en la zona de recepción cuando se abrió la puerta. Entraron Darla y Phil. Parecían un poco preocupados, o perplejos, quizá. Mel les sonrió y dijo:
—¿Cómo estáis?
—Bien. Bien –contestó Phil, rodeando con el brazo los hombros de su mujer.
—¿Habéis tenido alguna noticia de vuestra solicitud de adopción? –preguntó Mel.
—No, ninguna todavía, pero nos han dicho que suele pasar bastante tiempo –dijo Darla—. Nos hemos armado de paciencia. Lo que tenga que pasar, pasará. Cuando llamaste, dijiste que querías hablar con nosotros de eso. ¿Falta algo? ¿Algo que tengamos que añadir?
Mel sacudió la cabeza.
—Quiero que conozcáis a unas personas –dijo—. Venid conmigo –los llevó a la cocina.
Cuando llegaron, Marley y Jake se levantaron de la mesa. A Marley empezaba a notársele la barriga por debajo de la camiseta.
—Marley, Jake, quiero presentaros a unos amigos míos, Darla y Phil Prentiss. Tienen una granja muy grande en el valle y los conozco desde que llegué a Virgin River, hace unos años –se volvió hacia Darla y Phil—. Estos son Marley y Jake. Han visto vuestra solicitud de adopción y querían conoceros y hablar. Se enfrentan a una situación complicada.
Marley se acarició suavemente la tripa. Jake le pasó el brazo

izquierdo por la cintura y tendió la otra mano a Phil por encima de la mesa.

—¿Qué tal? –dijo.

—Voy a preparar un té para Darla y Phil y luego os dejaré para que habléis. No tenemos ninguna cita prevista, así que tomaos todo el tiempo que necesitéis.

Darla se llevó una mano temblorosa a la boca y se le saltaron las lágrimas.

—No llores, cariño –dijo Phil—. Si te pones a llorar, estos jóvenes pensarán que no tienes fortaleza suficiente para ser una buena madre –se rio y estrechó la mano de Jake—. Es un honor, hijo. Por favor, sentaos. Estamos a vuestra disposición. Disparad.

Mel los dejó en la cocina y volvió a la zona de recepción. Cameron estaba sentado a la mesa.

—¿Estás bien? –preguntó.

—Sí, estoy bien. ¿Quieres irte temprano hoy? –preguntó ella.

Cameron negó con la cabeza.

—No hace falta –contestó.

—Entonces, ¿te importaría ocuparte de nuestros invitados por si necesitan algo?

—En absoluto. ¿Te vas a casa?

—Sí –contestó ella—. Pero primero voy a cruzar la calle. Espero que el bar esté vacío. Creo que necesito un abrazo de mi marido.

—Adelante –Cameron sonrió—. Es muy bueno lo que has hecho.

—Hay un montón de amor en esa cocina –dijo Mel—. Tengo la sensación de que van a ser un gran consuelo los unos para los otros.

—Mel –dijo Cameron—, tú has sido un gran consuelo para muchísima gente. Por favor, no lo olvides nunca.

—Gracias, Cam. Eres muy amable por decir eso.

Y pensó: «No tendremos amor sobrante cuando nos vayamos de aquí. Gastaremos hasta la última gota».

Últimos títulos publicados en Top Novel

Un lugar en el valle – ROBYN CARR
Los O'Hurley – NORA ROBERTS
La mejor elección – DEBBIE MACOMBER
En nombre de la venganza – ANNE STUART
Tras la colina – ROBYN CARR
Espíritu salvaje – HEATHER GRAHAM
A la orilla del río – ROBYN CARR
Secretos de una dama – CANDACE CAMP
Desafiando las normas – SUZANNE BROCKMANN
La promesa – BRENDA JOYCE
Vuelta a casa – LINDA LAEL MILLER
Noelle – DIANA PALMER
A este lado del paraíso – ROBYN CARR
Tras la puerta del deseo – ANNE STUART
Emociones secuestradas – LORI FOSTER
Secretos de un caballero – CANDACE CAMP
Nubes de otoño – DEBBIE MACOMBER
La dama errante – KASEY MICHAELS
Secretos y amenazas – DIANA PALMER
Palabras en el alma – NORA ROBERTS
Brisas de noviembre – ROBYN CARR
El precio del honor – ROSEMARY ROGERS
Sin nombre – SUZANNE BROCKMANN
Engaño y seducción – BRENDA JOYCE
Una casa junto al lago – SUSAN WIGGS
Magnolia – DIANA PALMER

www.ingramcontent.com/pod-product-compliance
Lightning Source LLC
LaVergne TN
LVHW030336070526
838199LV00067B/6311